ullstein

Das Buch

Sie waren mehr als dreißig Jahre lang vier beste Freundinnen. Als Sonja plötzlich starb, blieben ihre Freundinnen Susanne, Maggan und Rebecka verzweifelt zurück. Aber Sonja hat ihnen ein besonderes Erbe hinterlassen. Mit dem Wunsch »Ich will, dass ihr glücklich werdet« schickt sie die drei auf eine abenteuerliche Reise. Sie sollen ihren routinierten Alltag hinter sich lassen.
In zehn Briefen verrät Sonja ihren Freundinnen Geheimnisse, die sie nie zuvor geteilt hat. Die Freundinnen sollen die Orte besuchen, die ihrer verstorbenen Freundin am meisten bedeutet haben.
Zu dritt machen sich Susanne, Maggan und Rebecka auf den Weg in ein riesiges Abenteuer …

Die Autorin

Åsa Hellberg wurde 1962 in Fjällbacka geboren. Heute lebt sie mit Sohn, Katze und ihrem Lebensgefährten in Stockholm. Sie arbeitete unter anderem als Flugbegleiterin, Coach und Dozentin, bevor sie mit dem Schreiben begann. Mit ihren Romanen schrieb sie sich auf Anhieb in die Herzen der Leserinnen und stand wochenlang auf der Spiegel-Bestsellerliste.

Von Åsa Hellberg sind in unserem Hause
bereits erschienen:

Sommerfreundinnen
Herzensschwestern
Sommerreise
Mittsommerleuchten
Wir sehen uns im Sommer

Åsa Hellberg

Wir sehen uns im Sommer

Roman

Aus dem Schwedischen
von Hanna Granz

Ullstein Taschenbuch

Besuchen Sie uns im Internet:
www.ullstein-taschenbuch.de

MIX
Papier aus verantwortungsvollen Quellen
FSC® C083411

Deutsche Erstausgabe im Ullstein Taschenbuch
1. Auflage Juni 2018

Titel der schwedischen Originalausgabe: *Sonjas andra chans*
(Bokförlaget Forum 2017)
Umschlaggestaltung: bürosüd° GmbH, München
Titelabbildung: © Annette Nordstrom/living4media (Stuhl, Ablage);
© www.buerosued.de (Fliederbusch, Himmel, Gras, Korb)
Satz: Pinkuin Satz und Datentechnik, Berlin
Gesetzt aus der Stempel Garamond
Druck und Bindearbeiten: CPI books GmbH, Leck
ISBN 978-3-548-29082-9

Für meine Großmutter Birgit, die ihre besten Freundinnen Tyra und Göta 1914 in einem Kinderheim in Köping kennenlernte.

Ihre Freundschaft hielt ein Leben lang.

Prolog

Ende 2011
Anwaltskanzlei Andreasson in Stockholm

Ihr Lieben,

jetzt wird es Zeit, für immer Abschied zu nehmen, und es tut mir weh, wenn ich daran denke.
Eure Liebe und Eure unerschütterliche Loyalität haben mich geheilt. Dafür kann ich Euch gar nicht genug danken.
Wenn Ihr das hier lest, ist bereits viel Zeit vergangen, seit wir uns das letzte Mal gesehen haben, und ich hoffe natürlich sehr, dass Ihr in Euren neuen Leben angekommen seid und Euch genauso daran erfreut, wie ich es getan habe, als ich sie für Euch geplant habe. Und ich wünsche mir, dass Ihr noch genauso eng befreundet seid wie früher, trotz der Herausforderungen, denen Ihr Euch in verschiedenen Ländern stellen müsst. Ich glaube fest daran. Was uns verbunden hat, war einzigartig. Jedenfalls kenne ich kein vergleichbares Quartett.
Meine liebe Rebecka, ich hoffe, es gefällt Dir auf Mallorca, und der Architekt, den ich Dir zur Unterstützung geschickt habe, war … nach Deinem Geschmack.
Liebe Susanne: Das Hotel in London war mein Baby. Es hat mir so viel Spaß gemacht, mir vorzustellen, wie Du dort eines Tages schalten und walten würdest. Ich hoffe, Du und Michael habt einander gefunden. Ich

kann mir kein anderes Paar denken, das besser zusammenpassen würde.
Und Du, meine liebe Maggan, ich hoffe so sehr, dass es Dir in Paris gelungen ist, Deine Kreativität endlich auszuleben. Und dass Du mir verzeihst, dass ich Paul wieder aufgestöbert habe. Er hat niemals aufgehört, Dich zu lieben, und es war einfach zu verlockend zu versuchen, Euch wieder zusammenzubringen.
Wir vier waren immer beste Freundinnen und sind es noch, während ich diese Zeilen schreibe. (Nachher werden wir zusammen bei Maggan zu Abend essen und ich weiß jetzt schon, dass ich mit Bauchmuskelkater nach Hause fahren werde, weil wir den ganzen Abend zusammen gelacht haben werden.)
Wenn Ihr diesen Brief lest, ist das alles längst vorbei. Zumindest was mein Erdenleben angeht; was danach kommt, weiß ja niemand genau. Ich werde immer noch nicht vollständig unter der Erde sein (klingt seltsam, wenn ich das so schreibe, aber genauso ist es). Ich habe Anwalt Andreasson gebeten, damit zu warten, bis Ihr in Euren neuen Leben angekommen seid.
Jetzt aber, da mein Erbe aufgeteilt und alles geklärt ist, bitte ich Euch um Eure Hilfe. Ich möchte, dass Ihr mich zur letzten Ruhe an verschiedene Orte bringt, die mir zu Lebzeiten etwas bedeutet haben. Eine Reise, die Euch rund um die Welt führen wird.
Im Laufe dieser Reise werde ich Euch meine wahre Geschichte erzählen. Sie beginnt mit meinem sechzehnten Lebensjahr.
Ihr werdet meine Asche im Gepäck dabeihaben, was wahrscheinlich verboten ist, aber Ihr seid zu dritt und könnt mich unter Euch aufteilen. Ein Großteil wird bereits verstreut worden sein, doch was noch übrig ist,

bitte ich Euch, mitzunehmen. Im Sekretär in meiner Wohnung liegen Puderdosen, die ich von meiner Großmutter geerbt habe. Wenn Ihr wollt, könnt Ihr mich darin transportieren.
Nach dieser Reise werden wir für immer voneinander Abschied nehmen, und ich werde, dank Euch, eine zweite Chance bekommen haben. Wofür, werde ich Euch im Folgenden erzählen.
Passt auf Euch auf und bleibt beste Freundinnen, auch wenn ich nicht mehr dabei bin.

Von ganzem Herzen
Eure Sonja

Lange Zeit sagte keine von ihnen ein Wort. Maggans Wangen waren feucht, Rebecka schnäuzte sich und Susanne sah den Anwalt mit großen Augen an, als dieser sich schließlich auf seinem Stuhl umdrehte und eine Urne aus dem Aktenschrank hinter sich zog. Behutsam stellte er sie auf dem Schreibtisch ab.

»Ich dachte, wir würden nie wieder etwas von ihr hören«, sagte Susanne leise und fasste vorsichtig die Urne an. »Du wirst nie aufhören, uns zu überraschen, stimmt's, Sonja?«

Die beiden anderen berührten ebenfalls die Urne. Susanne lächelte. »Natürlich gibt es bis dahin noch einiges zu klären … aber wann fahren wir?«

1

Fünf Jahre später

Maggan versuchte den Fleck auf dem Küchentisch wegzureiben, doch es war unmöglich. Es schien, als hätte sich genau an dieser Stelle der Lack gelöst. Sie merkte, wie Zorn in ihr aufstieg. Er begann irgendwo im Bauch und strahlte langsam in ihre Arme und Hände aus, bis sie schließlich den Lappen auf den Tisch schleuderte. Von oben war ein Seufzen zu hören. Ein französisches, schweres, abgrundtiefes Seufzen. Sie nahm den Lappen wieder auf, ging zur Spüle und wusch ihn aus. Sie musste sich zusammennehmen. Paul wartete auf seinen Morgenkaffee und es wurde Zeit, das Tagwerk in Angriff zu nehmen.

Es war Dienstag. Und dienstags putzte Maggan immer. Sie begann mit der Küche, dann kam das Wohnzimmer und zum Schluss das Schlafzimmer. Das Spielzimmer der Enkel brauchte sie nicht aufzuräumen, sie würden erst nächste Woche wieder zu Besuch kommen. Mechanisch goss sie frisches Wasser in die Kaffeemaschine. Dienstag. Ein Tag wie jeder andere, dennoch hatte sie heute etwas Besonderes vor.

Jedes Mal, wenn sie Sonjas Urne zur Seite rückte, versetzte es ihr einen Stich. Unglaublich, dass sie es noch immer nicht geschafft hatten, den letzten Wunsch ihrer Freundin zu erfüllen. Susanne, Rebecka und sie hatten zwar bereits mehrfach versucht, sich auf den Weg zu machen, doch irgendetwas war immer dazwischengekommen. Zuletzt vor einem Jahr.

Maggan staubte das Regal im Wohnzimmer ab. Vielleicht hätten sie Sonjas Überreste lieber in deren eigener Wohnung lassen sollen, doch dort waren sie nur sehr selten. Und als Maggan nach dem Verkauf von Pauls und ihrem Pariser Restaurant nach Farsta zurückgezogen war, erschien es ihr nur natürlich, die Urne in ihr Reihenhaus mitzunehmen, damit Sonja nicht so alleine war.

Jetzt war Maggan sich nicht mehr sicher, ob das so eine gute Idee gewesen war. Schließlich war es ziemlich unfair, dass Susanne in ihrem Londoner Hotel herumspringen und ihre Gäste bedienen konnte und sich dabei keine Gedanken machen musste, dass Maggan durch die Anwesenheit der Urne ständig an ihr schlechtes Gewissen erinnert wurde. Und Rebecka, die Arme, war nicht mehr aus dem Bett aufgestanden, seit Adam vor acht Monaten gestorben war. Dass sie derzeit an niemand anderen denken konnte, war nur verständlich. Doch es waren Maggan und Paul, die mit der Asche leben mussten, die eigentlich schon vor langer Zeit hätte verstreut werden sollen.

Nachdem sie den Lappen wieder verstaut hatte, kehrte Maggan in die Küche zurück und kochte sich selbst einen frischen Kaffee. Obwohl sie Paul bereits eine Tasse gebracht hatte, war er immer noch nicht aufgestanden. Irgendetwas war nach ihrem Umzug nach Schweden mit ihm passiert. Er selbst behauptete, er fühle sich hier fremd, niemand würde ihn verstehen. Es war ihm nicht gelungen, Freunde zu finden, und die Kneipen, in denen er angefragt hatte, brauchten alle keinen neuen Küchenchef. Lediglich Jobs als Küchenhilfe waren ihm angeboten worden, was ihn zutiefst kränkte und nur noch mehr deprimierte.

Als Maggan damals nach Paris gegangen war, war sie vollkommen anders an die Sache herangegangen. Sie hatte Sprachkurse besucht, Käse gegessen und die Stadt genossen. Paul dagegen lief meist nur zu Hause herum und seufzte, was Maggan zutiefst bekümmerte. Vom Erdgeschoss konnte sie hören, wie er oben stöhnte, und sie fühlte sich hilflos, weil sie nicht wusste, wie sie ihm helfen sollte. Manchmal dachte sie, sie müssten vielleicht doch zurückziehen, aber da sie selbst Paris vier Jahre lang eine Chance gegeben hatte, konnte er das doch auch genauso lange mit Farsta tun. Oder?

Hier lebten ihre gemeinsame Tochter Anneli und ihre Enkelkinder. Als Anneli nach ihrer Scheidung von Åre nach Stockholm zurückgekehrt war, war es für Maggan nur selbstverständlich gewesen, nach Schweden zurückzuziehen. Alex wurde an Silvester dreizehn Jahre alt, die Zwillinge sollten im Herbst eingeschult werden, und da schien es ihr wichtiger denn je, in der Nähe ihrer Tochter zu sein.

Auch Paul liebte seine Enkelkinder abgöttisch. Wenn sie zu Besuch kamen, war er voller Energie, und Alex und er spielten hinter dem Haus Fußball, bis sie beide vollkommen erschöpft waren. Doch an den Tagen, an denen die Kinder bei ihrem Vater waren, versank Paul in Düsternis.

»Ich gehe einkaufen«, rief Maggan jetzt die Treppe hinauf. Dann verließ sie das Haus, ohne seine Antwort abzuwarten.

Susanne rief auf die Sekunde pünktlich an.

»Bist du rausgekommen?«, fragte sie.

»Ja, ich bin gleich in Farsta Centrum«, sagte Maggan und verlangsamte ihr Tempo. Sie würde sich auf die Bank dort drüben setzen, um zu telefonieren. »Wie läuft es in London?«

»Ach, wie immer. Wir sind ausgebucht. Ich arbeite zwölf Stunden am Tag, dann gehe ich nach Hause, esse irgendetwas, das ich mir aus dem Hotelrestaurant mitgenommen habe, und schlafe ein, bevor ich damit fertig bin. So sieht mein Leben aus, sieben Tage die Woche. Mir fehlt der Sex, und ich überlege gerade, wie ich wieder welchen haben könnte, ohne mich deshalb zu irgendetwas verpflichten zu müssen.«

Normalerweise konnten sie über fast alles reden, doch heute konnte Maggan ihr auch keinen Rat geben, schon gar nicht zu diesem Thema.

»Was sollen wir mit Rebecka machen?«, fragte sie stattdessen. »Ich musste heute schon wieder den ganzen Tag an sie denken.«

Die Freundinnen waren von Rebeckas Trauer ausgeschlossen. Die wenigen Male, die sie überhaupt ans Telefon ging, war sie kurz angebunden und einsilbig gewesen. Laut Rafaela, die in ihrem Haus auf Mallorca für sie arbeitete, lief es gerade gar nicht gut. Anscheinend vergrub sie sich von Tag zu Tag mehr in der Trauer um ihren Mann.

»Ich weiß, wir müssen dringend etwas unternehmen«, sagte Susanne. »Aber was? Wir können sie schließlich nicht dazu zwingen, das Haus zu verlassen. Wir sind bei ihr gewesen, und ich habe sie unzählige Male zu mir eingeladen, aber sie lehnt immer ab.«

»Am Telefon, ja. Aber was hältst du davon, noch einmal zu ihr zu fliegen?«, fragte Maggan.

Sie hörte, wie Susanne zögerte. Dann antwortete sie: »Das könnte funktionieren. Ich kann mir hier problemlos ein paar Tage freinehmen. Aber wie ist es mit dir? Kannst du von zu Hause weg?«

Es wäre so schön, mal eine Pause von Paul zu haben! Maggan liebte ihn über alles, machte es sich selbst jedoch unnötig schwer, indem sie sich pausenlos um ihn kümmerte. Dabei wäre es für ihn wahrscheinlich sogar besser, wenn er aufstehen und sich seinen Kaffee selber holen müsste oder zur Abwechslung einmal ihr einen machen würde … Doch so einfach war das eben nicht. Sie behandelte ihn wie ein Kind. Maggan seufzte. Wenn man es genau betrachtete, lag Paris nur zwei Stunden entfernt. Er konnte jederzeit dorthin fahren, wenn er so großes Heimweh hatte. Oder Schwedisch lernen, irgendeinen Job annehmen. Doch nichts davon tat er, weil seine Frau sich um alles kümmerte. Er brauchte keinen Finger zu rühren.

»Du kannst dir nicht zufällig länger freinehmen?«, fragte sie hoffnungsvoll.

»Was meinst du damit?«

»Sonjas Asche.«

»Oje, die hatte ich völlig verdrängt. Es ist ein Jahr her, seit wir es zuletzt versucht haben. Es scheint einfach nicht klappen zu wollen. Können wir den Rest nicht auch einfach in einem Friedwald verstreuen?«

Maggan schnappte nach Luft. »Susanne!«

»Ja, entschuldige. Aber jetzt sind schon so viele Jahre vergangen, ohne dass es uns gelungen wäre, mit dem Wenigen, das noch da ist, etwas anzufangen. Steht die Urne immer noch in deinem Bücherregal?«

»Ja, das tut sie, und es ist eine Schande, dass wir ihrem letzten Willen noch nicht nachgekommen sind, nach allem, was sie für uns getan hat.«

Susanne schwieg eine Weile.

»Verdammt«, sagte sie dann, »jetzt schäme ich mich wirklich. Du hast natürlich recht. Wenn du die Anwaltskanzlei bittest, einen neuen Reiseplan für uns zu machen, bin ich dabei. Wie viel Zeit benötigen wir denn insgesamt für die Reise? Sechs Wochen?«

Maggan nickte. »Ungefähr.«

»Am Stück?«

»Ich glaube, das können wir selbst entscheiden.«

»Weißt du, was das Schlimmste ist? Ich glaube, das Hotel kommt ausgezeichnet ohne mich klar. Meine Leute sind großartig. Ich wäre ja gern unentbehrlich, aber das bin ich nicht.« Susanne lachte. »Und was ist mit Paul, kommt er klar? Du kannst ihn ja keinen Tag alleine lassen, ohne dass er sich beschwert. Ich weiß noch, was er für ein Theater gemacht hat, als wir uns letztes Jahr auf den Weg machen wollten.«

»Er kann nach Paris fahren oder Michael in London besuchen. Es wird bestimmt nicht leicht für ihn, aber ich brauche das, Susanne. Ich muss mich endlich mal wieder eine Weile frei fühlen.«

Es war mittlerweile kein ungewohntes Gefühl mehr, doch sie hätte nicht gedacht, dass sie es jemals laut sagen würde. Aber mit sechzig hatte man ja wohl das Recht, ein bisschen mehr an sich selbst zu denken?

Sonja hatte Maggan gut gekannt, und als sie ihre Freundin vor sieben Jahren mittels ihres Testaments nach Paris geschickt hatte, war ihr vor allem daran gelegen, dass Maggan sich als freie, reife Frau fühlen sollte, die sich um sich selbst und ihre eigenen Interessen kümmerte. Und genau das hatte Maggan getan. Sie war aufgeblüht in Paris. War mutiger geworden. Und hatte schließlich sogar ein Buch über Sonja geschrieben, das zwar kein Bestseller geworden war, doch bei vielen Lesern für Begeisterung gesorgt und sich immerhin so gut verkauft hatte, dass der Verlag damit zufrieden gewesen war. Es war sogar auf Französisch erschienen, weil Maggan die beliebtesten Rezepte aus Sonjas Restaurant eingefügt hatte.

Als sie und Paul dann aber in das Reihenhaus in Farsta zurückgezogen waren, in dem Maggan ihr ganzes Leben verbracht hatte, war sie wieder in ihre alte Rolle zurückgefallen, obwohl sie nie mit ihm zusammen dort gewohnt hatte. Sie trug die schicken Kleider nicht mehr, auf die sie in Paris so stolz gewesen war. Die Krücke, die sie bereits früher wegen ihres kaputten Beins hatte benutzen müssen, kehrte zurück und sie buk wieder ihre Zimtschnecken, die sie später heimlich aß. Ihr Verlag wollte, dass sie weitere Bücher schrieb, doch sie hatte ihr Selbstvertrauen anscheinend in Paris zurückgelassen.

Wenn sie ehrlich war, ging es nicht nur Paul schlecht. Sie selbst war nur viel besser darin, es zu verbergen.

»Okay, dann machen wir es doch so«, sagte Susanne, die es gewohnt war, das Kommando zu übernehmen. »Du sprichst mit der Kanzlei und sagst, wir müssten von Mallorca aus starten, weil wir Rebecka wahrscheinlich gewaltsam entführen müssen. Ich kann mir jedenfalls nicht vorstellen, dass sie freiwillig mitkommt. Sie hat Angestellte, die sich um das Haus kümmern, und wird dort im Grunde ebenso wenig gebraucht wie ich in meinem Hotel. Was ist deiner Meinung nach realistisch? Wollen wir in zwei Wochen starten?«

Maggan wurde schwindlig. Vor einem Jahr waren sie nicht losgekommen. Doch diesmal würde es ihnen hoffentlich gelingen.

Sie selbst, Susanne und Rebecka. Nur sie drei. Und Sonja natürlich, in ihrer Urne.

2

Auf dem Weg zu dem Hotel, das sie geerbt und anschließend nach Sonja benannt hatte, musste Susanne daran denken, dass schon wieder beinahe ein Jahr vergangen war. Fast auf den Tag genau. Michaels Augen hatten wütend geblitzt, doch das war ihr schnuppe gewesen. Sie hatten schon so viele Male über genau diesen Punkt gestritten.

»Weißt du was, Susanne, du bist der sturste Mensch, mit dem ich je klarkommen musste.«

»Musste? Bitte sehr, da ist die Tür!«, hatte sie gefaucht. Das Reihenhaus gehörte ihr, sie hatte es ebenfalls von Sonja geerbt. Er konnte jederzeit zu sich nach Hampstead fahren, wenn es ihm nicht passte. Oder in seine Suite im Hyatt. »Aber zieh dich an, bevor du gehst. Mit einem Handtuch um die Hüfte durch Notting Hill zu laufen, sähe lächerlich aus.«

»Wir sind seit sechs Jahren zusammen, und du weigerst dich immer noch, auch nur einen der Ringe zu tragen, die ich dir geschenkt habe. Warum, Susanne? Ich verstehe es einfach nicht!«

Die Zornesader auf seiner Stirn trat deutlich hervor, wie immer, wenn sie wegen Susannes Unwillen stritten, den nächsten Schritt in ihrer Beziehung zu wagen. Dabei handelte es sich in Michaels Augen nur um eine Verlobung, die nicht zwangsläufig in einer Hochzeit münden musste. Susanne sollte den Ring lediglich als Symbol für ihre Liebe tragen. Und er wünschte sich, dass sie mit ihm zusammenlebte und nicht darauf bestand, dass jeder seine eigene Wohnung hatte.

»Weil ich dir nicht auf diese Weise gehören will. Ich

werde wahrscheinlich für den Rest meines Lebens mit dir zusammen sein wollen, aber ich brauche Luft. Ich möchte nicht dein Eigentum sein, dein Vorzeigeobjekt. Du willst mich markieren, und ich will nicht markiert werden.«

Er trat näher und packte ihren Arm. »Du wirst *wahrscheinlich* mit mir zusammenbleiben wollen?«

Sein Blick war unerwartet finster, doch ein Schauer des Wohlbehagens durchfuhr sie, als er ihn über ihren Körper gleiten ließ.

»Ja. Wie sollen du oder ich wissen, was in Zukunft passiert? Guck dir doch an, wie es Sonja ergangen ist. Und ich selbst habe Brustkrebs gehabt. Vielleicht kehrt der noch mal zurück.«

»Wahrscheinlich?«, wiederholte er und ließ ihren Arm wieder los, weil ihm das Handtuch von der Hüfte rutschte.

Sie schmunzelte. Er hatte einen gewaltigen Ständer, der unter dem Handtuch hervorlugte. Das hier war das perfekte Vorspiel für die beiden. Ein Quickie jetzt sofort, und sie war bereit für einen langen Arbeitstag im Hotel. Sie öffnete den Gürtel und ließ den Bademantel fallen.

»Ich werd's dir zeigen, *wahrscheinlich*«, knurrte er und zog sie mit sich auf den Boden.

Ein paar Tage später kam er in ihr Büro und baute sich breitbeinig mit überkreuzten Armen vor ihr auf.

»Einmal um die Welt?«

Ganz langsam nahm sie die Brille ab und legte sie auf den Schreibtisch neben den Ordner mit dem Budget, das sie gerade durchging.

»Du hast mit Paul telefoniert?«, fragte sie ruhig.

»Ja. Und ich musste zugeben, dass die Frau, mit der ich seit sechs Jahren zusammen bin, mir gegenüber keinen Mucks darüber gesagt hat.«

»Ich habe es vergessen. Wir haben uns gestritten, und dann ist es irgendwie untergegangen. Es ist noch so frisch, dass ich einfach nicht dazu gekommen bin.« Sie legte den Ordner in die Schreibtischschublade, das musste warten.

»Laut Paul ist es aber schon seit einem Monat beschlossen, und ihr fliegt bereits in zwei Wochen. Ich nehme an, alle deine Mitarbeiter wissen längst Bescheid?«

Susanne erinnerte sich, wie sie ihm in die Augen geschaut hatte. Er hatte bekümmert ausgesehen. Und wütend. Diese Kombination hatte seinen sonst so warmen Blick ungewöhnlich finster wirken lassen.

»Es tut mir leid, Michael, ich hätte es dir sagen sollen.« Sie meinte es aufrichtig. Es war niemals ihre Absicht gewesen, etwas hinter seinem Rücken zu entscheiden.

Er beugte sich über den Schreibtisch. So nahe, dass sie sein Rasierwasser riechen konnte. »Vertraust du mir nicht? Ist es das, worum es geht? Deine Weigerung, dich zu binden, und dass du mir nichts von einer sechswöchigen Reise erzählst, die du mit Freundinnen unternehmen willst, die ich selbst seit vielen Jahren kenne? Ich war ebenfalls mit Sonja befreundet, hast du das vergessen? Ich habe sie sogar noch vor dir gekannt! Ihr haben wir es zu verdanken, dass wir uns kennengelernt haben. Glaubst du, ich hätte mich ihrem letzten Willen widersetzt, glaubst du das wirklich? Ich wusste doch von ihrem letzten Brief, seit ihr ihn bekommen habt. Deshalb verstehe ich es einfach nicht! Vielleicht überlegst du dir in diesen sechs Wochen mal, was du eigentlich willst. Diese Art von Beziehung will ich nämlich nicht mehr führen. Es wird Zeit, dass du dich entscheidest.«

Nur wenige Stunden nach Michaels Ultimatum hatte sie beschlossen, die Beziehung zu beenden. Sie tat ihm nur weh, weil sie nicht den nächsten Schritt gehen wollte.

Das war nun genau ein Jahr und zwei Tage her.

Eine Woche später hatten Adam und Rebecka die Diagnose über seine Krebserkrankung bekommen, und das hatte natürlich alle Reisepläne wieder über den Haufen geworfen.

Susanne öffnete die Eingangstür und ging zu ihrem Büro. Diskret winkte sie der vollauf beschäftigten Rezeptionistin, zwinkerte dem Frühstückspersonal zu und begrüßte fröhlich das Küchenteam. In ihrem Büro angekommen, wünschte sie Vera, die sich um die Verwaltung kümmerte, einen guten Morgen und ließ sich mit einer Tasse Kaffee in der Hand, die sie sich noch im Vorbeigehen organisiert hatte, auf den Bürostuhl ihr gegenüber sinken. »Ist alles okay?«

Vera war neunundsiebzig Jahre alt und in Topform. Sie war eine der vielen Senioren, die Susanne im Laufe der letzten Jahre eingestellt hatte. In der Spülküche arbeitete Otto, neunzig Jahre alt, und unter ihren Zimmermädchen hatte sie zwei Sechsundsiebzigjährige, ein Zwillingspärchen, das sein Leben lang stets Seite an Seite gearbeitet hatte. Zwei Männer, die nicht viel redeten, aber sehr gute Arbeit leisteten. Susanne hatte festgestellt, dass es viele Vorteile hatte, Personal verschiedensten Alters zu haben und jedem die Arbeit zuzuteilen, die ihm lag. Bei ihr gab es Männer, die Toiletten putzten, und Frauen, die Glühbirnen wechselten. Sie teilten sich die Arbeit, und Susanne glaubte, dass das mit dazu beitrug, dass so viele unterschiedliche Gäste von ihrem Hotel angezogen wurden. Sowohl Geschäftsfrauen als auch Männer, die die Oper besuchen wollten, übernachteten gern im *Sonjas.*

»Ja, ja, alles gut«, sagte Vera. »Ich bin schon seit halb sieben hier. Mir fällt es immer schwerer, morgens lange zu schlafen. Aber du hast anscheinend Spaß gehabt«, ihre Augen leuchteten erwartungsvoll, »deine Wangen sind ganz rosig.«

»Leider nein, es muss daran liegen, dass ich zu Fuß gekommen bin.« Susanne wusste genau, worauf Vera abzielte. Schließlich hatte sie unzählige Male gesagt, Susanne und Michael gehörten zusammen und es wäre bestimmt nur eine Frage der Zeit, bis sie wieder zueinanderfänden.

Und natürlich kam es immer noch vor, dass Susanne sich fragte, was eigentlich so schlimm daran wäre, sich an Michael zu binden. Er liebte sie und hatte es ihr auf jede erdenkliche Weise gezeigt. Und sie küsste den Boden, auf dem er ging, auch wenn sie nicht dasselbe Verlangen nach Nähe hatte wie er. Sie hatte versucht, ihm zu erklären, wie viel Energie sie daraus zog, auch mal für sich zu sein, doch da er selbst das genaue Gegenteil war, fiel es ihm schwer zu verstehen, dass es nichts mit ihm persönlich zu tun hatte.

Manchmal überlegte sie, ob sie nicht auch lernen könnte, aus etwas anderem Kraft zu ziehen als aus dem Alleinsein. Anderen gelang es schließlich auch. Vielleicht war es ja auch gar nicht so anstrengend, mit jemandem zusammenzuwohnen.

»Michael ist ein wahnsinnig gut aussehender Mann. Mir dürfte er so viele Diamanten schenken, wie er wollte«, sagte Vera träumerisch.

»Denkst du schon wieder an Verlobungsringe?« Susanne lächelte. Nur wenige verstanden sie, und es war nicht leicht, es einer so romantisch veranlagten Dame wie Vera zu erklären.

Sie nahm sich vor, rasch das Thema zu wechseln, und setzte demonstrativ ihre Lesebrille auf. Dann schaltete sie den Rechner ein. »Wie sieht es denn hier aus, gibt es irgendetwas, das ich direkt in Angriff nehmen müsste?«

Während der Computer hochfuhr, lehnte Susanne sich zurück. Auch wenn sie sich dagegen wehrte, war es doch, als würden die erneuten Reisepläne ihre Gedanken wieder zum vergangenen Jahr zurückführen.

Nachdem Schluss war, hatten Michael und sie sich erst auf Adams Beerdigung vier Monate später wiedergesehen. Das Herz war ihr beinahe zersprungen, als sie ihn erblickte. Er stand ein paar Meter von ihr entfernt neben Paul und sie musste sich zusammenreißen, um nicht zu ihm zu treten und ihren Kopf an seine Schulter zu legen. Er nickte ihr kurz zu und sah ebenso bewegt aus wie alle anderen, die sich versammelt hatten, um von Adam Abschied zu nehmen.

Bleischwer lag die Trauer über dem schönen Garten. Susanne und Maggan standen an Rebeckas Seite und hielten sie fest, während der Priester der Schwedischen Kirche über Adam sprach. Rebecka war kaum wiederzuerkennen. Ihr ganzes Leben lag in Scherben.

Nach der Zeremonie waren sie zum Mittagessen ins Haus eingeladen. Am Buffet trat Michael langsam auf Susanne zu. Einen Schritt weiter, und sie hätte angefangen zu weinen.

»Wie geht es dir?«

Ihre Blicke begegneten sich.

Susanne versuchte, ihre Tränen zurückzuhalten. »Jetzt gerade bin ich einfach nur traurig und weiß nicht, wie ich Rebecka helfen soll«, sagte sie leise und blinzelte eine Träne weg.

»Verstehe.« Er nahm ihre Hand und hob sie an seine Lippen, küsste sie behutsam. »Susanne, ich …«

»Sch«, sagte sie und blickte ihm in die Augen. »Sag jetzt nichts mehr, sonst kann ich mich nicht mehr beherrschen.«

»Ich kann ohne dich nicht leben«, murmelte er. »Ich weiß einfach nicht, wie das geht.«

Sein Atem war heiß, und obwohl er nur ihre Hand berührte, reagierte sie mit dem ganzen Körper. Jede einzelne Zelle hatte seine Berührung vermisst. Alles öffnete sich ihm.

»Bitte, Michael«, flüsterte sie und kämpfte gegen den Wunsch an, sich von ihm trösten zu lassen. Ein einziges Wort noch, und sie …

Er ließ ihre Hand los. »Entschuldige. Wahrscheinlich bin ich heute besonders sensibel.«

Während des Essens wandte er sich ausschließlich dem Gast auf seiner anderen Seite zu, doch dann wurde es Abend. Nachdem sie Rebecka ins Bett begleitet hatten, gingen Susanne und Michael zusammen zu den Gästezimmern. Seines lag direkt gegenüber von ihrem.

Sie blieben davor stehen und sahen sich lange schweigend an, bis sie die Hand ausstreckte. Sie konnte nicht anders.

»Nur heute Nacht, Michael. Halte mich bitte, nur heute Nacht.«

3

Maggan und Susanne landeten im Abstand von nur einer Stunde in Palma und fielen sich in der Ankunftshalle weinend in die Arme. Freudentränen, dachte Maggan, doch in ihrem Fall waren es auch Tränen der Erleichterung.

»Wie geht es dir?«, schluchzte Susanne.

»Danke, gut, und dir?«, schniefte Maggan. Dann fügte sie flüsternd hinzu: »Die erste Hürde ist geschafft.«

»Welche?«, fragte Susanne und trocknete sich die Augen.

»Sonja aus Schweden herauszubekommen. Sie liegt verteilt auf drei Puderdosen in meinem Koffer.« Maggan zog ein Taschentuch aus der Packung, die Susanne ihr hinhielt.

»Gut gemacht«, sagte Susanne. »Ab jetzt ist jede von uns für ein Drittel von ihr verantwortlich.«

Endlich konnte Maggan sich wieder entspannen. Sie hatte solche Angst gehabt, jemand könnte nach den Dosen fragen, doch ihr Gepäck war ohne Probleme durchgekommen, keiner der Zollbeamten hatte reagiert.

»Dann lass uns mal ein Taxi suchen. Weißt du, ob Rebecka zu Hause ist?«, fragte Maggan.

»Ja, ich habe gleich nach der Landung mit Rafaela gesimst. Rebecka sitzt im Garten.«

Die Taxis standen vor der Ankunftshalle Schlange, und so dauerte es nicht lange, bis sie in einem klimatisierten Wagen auf dem Weg zu Rebeckas Haus in Puerto Andratx waren. Sie redeten über dies und das, so dass Maggan nicht mehr an Paul denken musste, der bei ihrem Abschied am Flughafen in Arlanda geweint hatte. Sie machte sich Sorgen um ihn, vielleicht sogar mehr, als sie zugeben wollte. Er war so empfindlich. Wenn nun etwas passierte, während sie weg war … Sie würde es sich nie verzeihen.

»Wir werden das doch hinkriegen?«, fragte sie und versuchte sich darauf zu konzentrieren, was vor ihnen lag. Schließlich könnte es sein, dass Rebecka sich weigern würde, mitzukommen. Dann müssten sie womöglich einfach auf Mallorca bleiben: Die grandiose Aussicht von Rebeckas Haus und Garten aus genießen, im Pool baden und reden, wie nur drei beste Freundinnen es können. Die

Frage war allerdings, ob es Rebecka überhaupt guttat, in diesem Haus zu bleiben, das ihr und Adams Zuhause gewesen war. So viele glückliche Erinnerungen waren damit verbunden, doch während Adams dramatischem Krankheitsverlauf war es eben auch zu einer Krankenstation geworden. Bereits zwei Tage nach seinem Tod wurde er beerdigt, und anschließend war Rebeckas Lebenswille verschwunden.

Acht Monate war das jetzt her. In der Zwischenzeit waren Maggan und Susanne viermal auf Mallorca gewesen, und auch wenn Rebecka jedes Mal so tat, als würde sie sich freuen, war sie doch stets abwesend gewesen. Ihre Augen wirkten leblos, auch wenn der Mund lächelte.

Rebeckas Haus war groß, es gab genügend Platz für zahlreiche Gäste, und Adam und Rebecka hatten früher Alleinerziehende mit ihren Kindern in den beiden Flügeln wohnen lassen. Der Verein *Alleinstehende Eltern* hatte sich darum gekümmert, dass sie nach Mallorca fliegen und dort eine Woche lang baden und in der Sonne liegen konnten. Es war ein Herzensprojekt der beiden gewesen, doch als Adam Ende Juli von seiner Krankheit erfuhr, hatten sie für den Rest der Saison alles abgesagt. Sowohl er als auch Rebecka waren gerne von Kindern umgeben, doch während seiner Behandlung brauchte Adam Ruhe. Zu Beginn hatte es noch ein wenig Hoffnung gegeben, doch die verging, als sich herausstellte, dass sich die Metastasen bereits in seinem ganzen Körper ausgebreitet hatten. Nur drei Monate nach der Krebsdiagnose war er gestorben – Rebeckas große Liebe, die sie erst mit fünfundfünfzig kennengelernt hatte.

Es ist so ungerecht, dachte Maggan, als sie in das kleine Dorf hineinfuhren und dann die gewundene Straße zum Haus hinauf. Denn Rebecka hatte bereits ihr Päckchen zu tragen gehabt. Das große Erbe, das Geld, das Haus und alles andere, was Sonja ihren drei Freundinnen hinterlassen hatte, konnte sie nicht darüber hinwegtrösten.

Ohne Adam stand Rebecka quasi vor dem Nichts.

Als das Taxi hielt, wartete Rafaela bereits in der Tür.

»Sie sitzt hinten in der Laube«, sagte sie leise. »Wollt ihr gleich zu ihr? Ich kümmere mich um euer Gepäck und bringe es in eure Zimmer.«

Vom Eingang aus blickte man durch das Wohnzimmer direkt auf den prunkvollen Garten, der Rebeckas ganzer Stolz war. Ganz hinten stand die Laube, in der die drei Freundinnen so oft zusammengesessen hatten. Oft unter lautem Gelächter. Obwohl Sonja, die Vierte im Quartett, nicht mehr dabei gewesen war, hatten sie sich vom Glück gesegnet gefühlt. Es hatte den Anschein gehabt, als wären sie immun gegen jeden neuen Kummer. Alles hatte sich für sie zum Guten gewendet, und sie alle hatten die Möglichkeit bekommen, ihre Träume zu verwirklichen.

Maggan ließ den Blick über das Haus gleiten, in dem die Liebe zwischen Rebecka und Adam gewachsen war, während er ihr beim Ausbau behilflich gewesen war. In den Wänden steckten so viele schöne Erinnerungen. Doch zugleich war dieses Haus eine permanente Erinnerung an die Trauer, und es war schwer nachzuvollziehen, wie Rebecka es eigentlich empfand. War es gut oder schlecht für sie, hier weiterhin zu wohnen?

Susanne nahm Maggan bei der Hand.

»Komm. Wir müssen.«

Rebecka saß in einem Liegestuhl. Der große weiße Hut hing ihr bis auf die Schultern herab. Sie saß zurückgelehnt, den Blick auf das Meer gerichtet. Ihre Strickjacke und die Jeans konnten nicht verbergen, wie dünn sie geworden war.

Sie musste sie aus dem Augenwinkel gesehen haben, denn sie stand auf, als sie näher kamen. Lächelnd schüttelte sie den Kopf und ging ihnen entgegen.

»Ihr albernen Gänse, was macht ihr denn hier?«, fragte sie leise.

»Wir kommen mit Liebe, Essen und Abenteuern«, antwortete Susanne und umarmte sie.

»Genau das hat mir gefehlt«, sagte Rebecka und deutete auf die Laube. »Kommt, setzt euch.«

Hätten die Freundinnen sie vor anderthalb Jahren überrascht, hätte sie laut aufgeschrien und wäre vor Freude umhergetanzt wie ein Kind. Maggan fragte sich, ob unter der trauernden Oberfläche überhaupt noch etwas von der alten Rebecka übrig war.

»Wollt ihr etwas trinken?«, rief Rafaela von der Terrasse herüber.

»Ja, gerne. Saft«, antwortete Rebecka.

»Saft?«, fragte Susanne ungläubig und zog einen Stuhl aus dem Schatten, um in der Sonne zu sitzen. »Aber wir trinken doch immer Champagner, wenn wir uns sehen?«

Rebecka hob eine Augenbraue und Maggan warf Susanne einen wütenden Blick zu. Das war doch vollkommen überflüssig, dachte sie.

»Ja, ja, ich weiß genau, was ihr denkt. Aber wisst ihr was? Adam war mein Freund. Und ich weiß, dass er es sehr merkwürdig gefunden hätte, wenn wir drei bei einem Wiedersehen nach so langer Zeit plötzlich Saft statt Champagner getrunken hätten. Er hätte sich ernsthaft gefragt, warum wir nicht das Leben feiern, solange wir die Möglichkeit dazu haben.« Susanne stellte die Lehne nach hinten und wandte ihr Gesicht der Sonne zu. »Aber Saft geht natürlich auch«, sagte sie trocken.

Maggan war wie erstarrt. Vielleicht hätten sie besser

vorher besprochen, welche Strategie sie Rebecka gegenüber anwenden sollten. Sie selbst war davon ausgegangen, dass sie es behutsam angehen würden. Wie sollten sie sie sonst dazu bringen, mit auf die Reise zu kommen? Susanne war schon immer ein Bulldozer gewesen, doch jetzt passte das wirklich nicht. Ihre Freundin brauchte Fürsorge und Mitleid, keinen Tritt in den Hintern.

Rebecka setzte sich die Sonnenbrille auf. »Du kannst gerne Alkohol trinken, Susanne, wenn du das brauchst.« Nur wer sie gut kannte, konnte ihre Verärgerung heraushören. »Ich habe nur gesagt, worauf ich selber Lust habe, mittags um …«, sie sah auf ihre Armbanduhr, »… halb eins.«

Susanne winkte ab. »Saft ist okay. Danke.«

»Was macht ihr eigentlich hier? Hat Rafaela euch hergebeten?«

Maggan blickte Susanne flehend an. Sie wollte ihr ein Zeichen geben, doch bitte nicht gleich mit der Tür ins Haus zu fallen. Doch genauso gut hätte sie versuchen können, ein durchgehendes Pferd zu stoppen.

»Wir holen dich zu der Weltreise ab, die wir vor Adams Krankheit geplant hatten. Es wird höchste Zeit, dass wir Sonjas letztem Wunsch nachkommen und ihre Asche verstreuen.«

Sie lächelte breit, als würde sie begeisterte Zustimmung erwarten.

Doch Rebecka war überhaupt nicht angetan.

»Kommt gar nicht in Frage«, sagte sie und wandte sich Rafaela zu, die mit einem Tablett herankam. »Wusstest du davon?«

»Wovon?«, fragte Rafaela und wurde so rot, dass sie gar nichts weiter zu sagen brauchte.

Rebecka seufzte. »Was wollt ihr von mir? Es geht mir,

wie es mir eben geht, und es wird nicht besser werden, nur weil ich mit euch verreise.«

»Kann sein, trotzdem wollen wir gern mit dir zusammen sein«, sagte Susanne. »Stimmt's, Maggan?«

Maggan nickte. »Ja, natürlich.«

Sie war überzeugt, dass sie das Rennen verloren hatten. Das hier konnte gar nicht gut gehen. Susannes Taktik hatte Rebecka nur noch weiter in ihr Schneckenhaus getrieben.

»Tatsache ist, dass es Sonjas Wunsch war und wir es schon viel zu oft aufgeschoben haben. Erinnere dich, was sie geschrieben hat. ›Denkt daran, dass Freundschaft das Allerwichtigste ist. Nicht zuletzt, wenn Ihr Krisen durchstehen müsst, denen niemand entgeht, bloß weil er Geld auf dem Konto hat.‹«

»So stand das da gar nicht«, schnaubte Rebecka, »das denkst du dir nur aus.«

»Kann sein, aber ungefähr so. Unsere Freundschaft ist das Wichtigste, für mich zumindest«, sagte Susanne und sah Rebecka herausfordernd an.

»Bloß weil du zu dumm bist, um schätzen zu können, was du an Michael hast? Ich brauche dich wohl nicht daran zu erinnern, dass es eines schönen Tages zu spät sein könnte, wenn du ihn wiederhaben willst?« Rebecka starrte aufgebracht zurück.

Maggan hätte sich am liebsten unter den Tisch verkrochen. Jetzt war Rebecka wütend. So hatte Maggan sich das nicht vorgestellt, als sie die Reise vorgeschlagen hatte. Jetzt konnten sie genauso gut kehrtmachen und mit ihren Puderdosen wieder nach Hause fahren.

4

Normalerweise schlichen die Leute auf Zehenspitzen um sie herum, fragten vorsichtig, wie es ihr ging, und wenn die Antwort »beschissen« war, zogen sie sich zurück und ließen sie wieder in Ruhe. Sie hatte beinahe vergessen, wie penetrant Susanne sein konnte. Jetzt hatte sie also beschlossen, sie aus ihrem Loch zu locken, und nichts würde sie dabei aufhalten.

Nun, dazu gehörten immer noch zwei.

Rebecka ließ den Blick über ihren Garten wandern. Als sie zum ersten Mal hierhergekommen war, nachdem sie das Grundstück und das noch nicht fertige Haus von Sonja geerbt hatte, war es so ein Glücksgefühl für sie gewesen, einfach nur dazustehen und über das Meer zu blicken. Nach vielen schwierigen Jahren, in denen sie versucht hatte, über ihre missglückte erste Ehe hinwegzukommen, hatte das Leben endlich ein wenig schöner ausgesehen. In diesem Augenblick, vor beinahe sieben Jahren, hatte sie das Gefühl gehabt, auf einmal alles zu haben, was sie brauchte. Und dann war auch noch der Architekt Adam in ihr Leben getreten und hatte ihm damit noch einmal eine neue Wendung gegeben.

Die Jahre nach Sonjas Tod waren die glücklichsten ihres Lebens gewesen, genau wie Sonja es sich wahrscheinlich erhofft hatte, als sie ihren drei besten Freundinnen ihr komplettes Vermögen vererbt hatte. Sie wollte ihr Leben verändern, und das war ihr in jeder Hinsicht gelungen. Rebecka war unendlich dankbar für ihre Großzügigkeit, doch es gab Momente, in denen ihr der Verlust von Adam so wehtat, dass sie sich beinahe wünschte, ihn niemals kennengelernt zu haben.

»Dann findest du also, ich habe genug getrauert?«, fragte Rebecka und drehte ihren Kopf zu Susanne. »Wie kannst du dir anmaßen, darüber zu entscheiden?«

»Habe ich irgendetwas davon gesagt?«, fragte Susanne und klappte die Lehne wieder hoch. »Ich verstehe nur nicht, warum deine Trauer dich hier ans Haus fesseln muss. Nimm sie doch einfach mit. Du kannst doch genauso gut auf einer Reise trauern wie hier? Oder hast du Angst, du könntest aus Versehen lachen, wenn du von hier wegkommst? Oder ein Fünkchen Lebensfreude empfinden, obwohl Adam nicht mehr da ist? Wovor hast du eigentlich Angst, Rebecka?«

Angst? Sie hatte doch keine Angst! Das war ja wohl das Absurdeste, was sie seit Langem gehört hatte! Sie war verzweifelt, begriffen sie das denn nicht? Das Haus war ihr und Adams Zuhause gewesen, ein Paradies, das sie zusammen geschaffen hatten. Sie würde hier nicht weggehen, denn das hieße zugleich, Adam allein zu lassen.

»Er kommt nicht wieder zurück, Rebecka. Er ist fort. Er ist nicht mehr hier, er lebt in dir, und wo immer du hingehst, nimmst du ihn mit. Ich glaube, er fände es sogar ganz gut, mal eine Weile von hier wegzukommen«, sagte Susanne, als könnte sie ihre Gedanken lesen.

Rebecka spürte, wie die Wut sich in ihrem Bauch sammelte und sich dann rasch im ganzen Körper ausbreitete. »Glaubst du, ich weiß nicht, dass er fort ist, wenn doch jede Faser meines Körpers danach schreit, denselben Weg zu gehen?« Zitternd erhob sich Rebecka. »Verschwinde! Wenn ich wiederkomme, will ich dich hier nicht mehr sehen.«

Sie drehte sich auf dem Absatz um und rannte ins Haus und weiter in ihr Schlafzimmer, wo sie die Tür hinter sich zuschlug. Sie war so wütend, dass Susanne einfach hier auftauchte und ihre Gedanken durcheinanderwirbelte, die so hübsch an ihrem Platz lagen, wenn man sie nur in Ruhe ließ. Was wollten die Leute nur immer von ihr? Sie wollte sich ganz den Erinnerungen widmen, die Zukunft war ihr vollkommen egal. Sie hatte ja gar keine, ohne Adam.

Rebecka sah aus dem Fenster zu der Stelle im Garten hinüber, die Adam und sie so geliebt hatten. Dort hatte er ihr den Heiratsantrag gemacht. Und dort hatte er auch seinen letzten Atemzug getan.

Das Pflegeteam, bestehend aus den freundlichsten und warmherzigsten Menschen, denen sie je begegnet war, hatte Adams Krankenbett hinausgerollt, als es so weit war. Über den Rasen, an der Laube und an dem Pool vorbei. Es war früher Abend gewesen, angenehm warm und seltsam still, so als begriffen alle Nachbarn, dass auf dem Grundstück nebenan etwas Trauriges geschah. Nicht einmal die Grillen veranstalteten ihren üblichen Lärm. Das Personal ließ sie und Adam allein. Rebecka hatte darum gebeten, hatte gesagt, sie wolle mit ihrem Mann allein sein, wenn er sie verließ.

Rebecka tat ihr Bestes, um es ihm bis zum Schluss so angenehm wie möglich zu machen. Sie hatte seine Kissen aufgeschüttelt und sich so gelegt, dass sein Kopf bequem an ihrer Brust liegen konnte. Seine Augen waren weit offen, als wolle er ein letztes Mal alles in sich aufnehmen. Sie schloss die Augen, ihre Lippen berührten den Flaum auf seinem Schädel. Tränen rollten ihr über das Gesicht. Er war kaum noch bei Bewusstsein, sein Atem ging immer flacher und sie betete ein letztes Mal zu Gott, er möge ihn retten, obwohl sie wusste, dass es zu spät war.

Und dann war es vorbei gewesen. Rebecka schrie vor Verzweiflung und wiegte Adam vor und zurück, vor und zurück. Erst als die Nacht sternenklar über sie hereinbrach, gelang es dem Personal, Adam aus ihren Armen zu lösen.

Obwohl seitdem acht Monate vergangen waren, lebte der Schrei in ihrem Inneren fort. Adam war ihr Ein und Alles gewesen, und jetzt war er nicht mehr da. Sie wandte den Blick vom Fenster und schaute auf das Bett. In der Schublade ihres Nachttisches lag die Schachtel mit den Schlaftabletten, die sie gesammelt hatte. Siebenundsechzig Stück. Erst gestern hatte sie noch einmal nachgezählt.

»Setz dich«, sagte Susanne zu Rafaela, nachdem Rebecka hineingerannt war. »Wir müssen uns beraten.«

Susanne sah genau, wie aufgebracht Maggan war, kümmerte sich jedoch nicht darum. Die einzige Möglichkeit, die Mauer zu überwinden, die Rebecka um sich herum gebaut hatte, lag darin, andere Gefühle in ihr zu wecken als die, in denen sie sich in den vergangenen Monaten vergraben hatte. Das zumindest war Susannes Plan, und sie betete, dass er funktionieren möge.

»Wie konntest du nur«, sagte Maggan empört. »Du siehst doch, wie niedergeschlagen sie ist.«

»Genau deshalb«, sagte Susanne. »Wut ist wesentlich gesünder als das, worin sie sich gerade suhlt und was vermutlich der Grund dafür ist, dass sie so leidet.«

»Puh, wie gemein du bist.«

»Ich glaube, Susanne hat recht«, sagte Rafaela vorsichtig. »Seit Adams Tod habe ich sie nicht mehr so energisch über die Wiese gehen sehen.«

»Gut, dass wir uns einig sind. Ich schlage vor, wir lassen sie eine Weile in Ruhe«, sagte Susanne und stand auf. »Ich brauche erst mal etwas zu essen und schaue jetzt im Kühlschrank nach, was da ist. Kommt ihr mit?«

Bestimmt gibt es Schinken und andere Leckereien,

dachte sie hungrig. Sie würde Rebecka eine Stunde geben und sie dann wieder in die Mangel nehmen. Sie war fest entschlossen, diese Mauer zu durchbrechen, und wenn es den ganzen Tag dauern würde. Morgen früh musste Rebecka mit ihr und Maggan ins Taxi steigen, etwas anderes kam gar nicht in Frage.

Sie öffnete den Kühlschrank und holte Käse, Schinken und Oliven heraus. Einen Teller nach dem anderen stellte sie auf den langen Bartisch.

»Du hättest mir sagen sollen, welche Taktik du anwenden willst«, sagte Maggan, als sie in die Küche kam, und setzte sich auf einen Barhocker.

»Nichts da! Dann wärst du gar nicht mitgekommen. Oder du hättest sie vorher angerufen und gewarnt.« Susanne nahm einen großen Bissen von dem Käse, den sie sich abgeschnitten hatte. »Du willst sie verhätscheln, aber das funktioniert im Moment nicht«, schmatzte sie mit vollem Mund.

»Bist du jetzt auch noch Trauer-Expertin geworden?«

»Nein. Das sagt mir allein mein gesunder Menschenverstand.« Sie rollte eine Scheibe Schinken zusammen. »Willst du auch etwas?«

Maggan schüttelte den Kopf. »Und was schlägst du jetzt vor?«

»Dass wir sie eine Stunde in Ruhe lassen. Dann versuchen wir es erneut.«

»Weil es eben so gut gelaufen ist?«

»Sei nicht so zynisch. Sie weiß, dass wir sie lieben und nur ihr Bestes wollen. Glaub mir, sie wird mitkommen.«

Im Flur öffnete sich eine Tür, und Susanne und Maggan drehten sich gleichzeitig um. Rebecka ging schnurstracks zur Toilette und knallte die Tür hinter sich zu.

»Na siehst du«, sagte Susanne ruhig.

»Was? Dass sie auf Toilette muss?«

»Sie hat eine Toilette direkt an ihrem Zimmer«, sagte Susanne. »Sie will wissen, was wir tun.« Sie betrachtete eingehend die Oliven und nahm sich dann die größte. Die mit den Kernen schmeckten am besten. »Bist du sicher, dass du nichts essen möchtest?«, fragte sie und steckte sie sich in den Mund. Sie schmeckte genauso gut, wie sie erwartet hatte.

Susannes und Maggans Zimmer lagen an einem anderen Flur. Sie hatten jeweils ihr eigenes Zimmer hier im Haus. Für die übrigen Gäste blieb noch genügend Platz, wobei seit Adams Beerdigung ohnehin nur noch selten jemand zu Besuch kam.

Rafaela betrat nun ebenfalls die Küche. Sie arbeitete seit vielen Jahren für Rebecka und hatte sich, vor allem im letzten halben Jahr, unentbehrlich gemacht.

»Ich habe nie so ganz verstanden, wie ihr euch eigentlich kennengelernt habt«, sagte sie. »Sonja war ja anscheinend auch mit euren Männern befreundet?«

Susanne nickte, spuckte den Kern in ihre Hand und legte ihn auf den Teller. »Warte kurz«, sagte sie, nahm sich noch ein Stück Käse und kaute gierig. Rafaela lächelte und wartete geduldig, bis Susanne mit einem Schluck Wasser alles hinuntergespült hatte.

»Jetzt kann ich es dir erzählen«, sagte Susanne. Und dann begann sie mit der Geschichte, wie Rebecka, Sonja und Maggan in dem Sommer, bevor sie die drei selbst kennengelernt hatte, zusammen auf Interrail-Tour gegangen waren und wie sie dabei Paul und Michael kennengelernt hatten, die schon damals beste Freunde gewesen waren. Maggan und Paul hatten sich ineinander verliebt, und als Maggan wieder nach Hause kam, stellte sie fest, dass sie schwanger war. Paul hatte von so vielen Projekten geträumt, dass Maggan sich entschied, ihm nichts von dem Kind zu erzählen. Sie waren noch so jung. Er lebte in Frankreich und sie in Schweden. Heute hätte sie sich bestimmt anders entschieden, aber damals hatte sie es einfach nicht besser gewusst. Nicht einmal den Freundinnen gegenüber hatte sie die Wahrheit gesagt.

Paul hatte nach Maggan gesucht, aber keinen Kontakt mehr zu ihr herstellen können. Sonja dagegen hatte die Freundschaft mit ihm weiter gepflegt und schließlich mit ihm zusammen ein Restaurant in Paris eröffnet.

»Und dann wurde ich Teil der Clique«, sagte Susanne und lächelte. »Ich war die Babysitterin von Maggans Tochter und lernte darüber die drei anderen kennen.«

»Und Paul und Michael?«

»Zu denen hatte nur Sonja noch Kontakt. Sie hat allerdings dafür gesorgt, dass wir sie nach ihrem Tod wiedertrafen. Maggan schickte sie nach Paris, wo Paul immer noch lebte, und ich bekam Michael als Mentor, als ich alles über die Hotelbranche lernen sollte. Er war ja damals schon Chef im Hyatt und wusste, wovon er redete.« Sie schob sich noch ein Stück Schinken in den Mund. Sie konnte nicht an ihn denken, ohne dass ihr Herz schneller schlug. Würde das jemals vorbeigehen?

»Aber wie kam Adam mit ins Spiel?«, fragte Rafaela.

»Das Hyatt hat seine Firma häufig engagiert, und bei irgendeiner Gelegenheit hat Sonja ihn getroffen, und als sie dann heimlich die Wohnungen und Häuser für uns umbauen und einrichten ließ, ging der Auftrag an Adam. Er hat mein Hotel eingerichtet, Maggans Mietwohnung in Paris, mein Reihenhaus in London sowie Rebeckas Wohnung in Palma.«

»Und zum Schluss kam er hierher, um Rebecka mit dem Haus zu helfen?«

Susanne nickte.

»Ich ruhe mich jetzt einen Moment aus«, sagte sie dann. Aus dem Augenwinkel sah sie, wie Rebecka in ihr Zimmer zurückhuschte. »Dann bin ich besser gewappnet für den nächsten Akt.«

Sobald Susanne ihr Zimmer betrat, übermannte sie die Sehnsucht nach Michael. Hier hatten sie sich so oft geliebt, und wenn sie dann endlich schliefen, taten sie es so eng umschlungen, dass sie nur das Bein ein wenig heben musste, um ihn wieder in sich zu spüren.

Oh Gott, war das sexy gewesen! Und wunderbar unanständig … Hätte Rebecka nur die Hälfte von dem gewusst, was sich zwischen ihnen abgespielt hatte, wäre sie vor Schreck in Ohnmacht gefallen. Früher konnte Susanne nicht einmal das Wort »Sex« aussprechen, ohne dass Rebecka errötete.

Sie setzte sich auf das Bett, strich über die Decke und kehrte wieder zu dem zurück, was vor ihr lag. Sicherlich konnte sie nicht ansatzweise ahnen, welchen Schmerz Rebecka mit sich herumtrug. Und sie wollte sie auch nicht dazu bringen, Adam zu vergessen, sondern vielmehr dazu, dass sie daneben auch noch andere Gefühle zuließ. In diesem Haus würde sie irgendwann eingehen, und dabei wollte Susanne nicht tatenlos zusehen.

Wenn es ihr gelang, Rebecka an Bord dieses Flugzeugs zu bringen, durfte sie anschließend so elend sein, wie sie wollte. Das Bild der Freundin, wie sie abgemagert und in diesem riesigen Schlapphut allein über die Wiese ging, hatte sich ihr tief eingebrannt. Irgendwie musste sie sie dazu bewegen mitzukommen. Es *musste* einfach klappen. Und wenn sie dazu erst Rebeckas Hass auf sich ziehen musste, dann würde sie das eben in Kauf nehmen.

Etwas später am Abend kam, wie von der Kanzlei Andreasson angekündigt, ein gefütterter Umschlag bei ihnen an. Susanne gab der Frau vom Kurierdienst zehn Euro Trinkgeld, schloss die Tür und öffnete dann das Päckchen.

Sie winkte mit dem Inhalt und begab sich ins Wohnzimmer. »Drei Umschläge. Auf einem steht ›Film‹, auf dem zweiten ›Brief‹ und auf dem dritten ›Tickets‹«, rief sie. »Gemäß der Anweisung von Andreasson sollen wir mit dem Film beginnen, oder?«, fragte sie Maggan. Rebecka hielt sich im Hintergrund, aber Susanne sah, dass sie sie beobachtete.

»Genau. Erst den Film, dann den Brief und zuletzt die Tickets.«

Rebecka hatte noch immer nicht gesagt, dass sie mitkommen würde, war aber immerhin aus ihrem Zimmer gekommen, hatte etwas gegessen und mit ihnen geplaudert.

Und als sie die DVD einlegten, kroch sie zwischen Susanne und Maggan auf das Sofa, reichte jedem eine Wolldecke und hüllte sich in ihre eigene. Dann erschien das erste Bild.

Australia.

Keine von ihnen kannte den Film. Rebecka sagte kaum ein Wort, während Susanne jedes Mal nach Luft schnappte, wenn Hugh Jackman zu sehen war. Maggan schluchzte und schniefte, als der kleine Junge seine Mutter verlor und in Nicole Kidman eine neue fand. Erst um zwei Uhr morgens war der Film zu Ende, und sie waren alle ganz ergriffen. Sogar Rebecka gab zu, dass es ein fantastischer Film gewesen war.

»Und nun zum Brief«, sagte Susanne und öffnete das Kuvert.

Erster Brief
Australien

Nun beginnt also unsere letzte gemeinsame Reise. Ich freue mich sehr, dass Ihr mitkommt, dass ich eine zweite Chance bekomme, meine Geschichte zu erzählen, die ich Euch all die Jahre über verschwiegen habe.

Wie Ihr Euch jetzt sicher denken könnt, beginnt sie in Australien.

Unser Umzug nach Sydney veränderte mein ganzes Leben. Doch das wusste ich damals noch nicht. Ich war verzweifelt. Mein Vater hatte dort Geschäftsinteressen, und was ich auch sagte, es half alles nichts. Ich musste mich entscheiden, entweder mit umzuziehen oder auf ein Internat zu gehen.

»Nicht jedes Mädchen hat die Gelegenheit, seine Sweet Sixteen im Ausland zu feiern, Sonja-Liebes«, sagte meine Mutter, als wir uns an unserem letzten Morgen in Schweden anzogen. Geplant war, dass wir zwei Jahre dort bleiben würden. Das kam mir natürlich vor wie eine Ewigkeit. Ich zog die neue Cordhose an, die meine Mutter mir am Tag zuvor gekauft hatte. Sie war mir zehn Zentimeter zu lang. Meine Mutter wünschte sich wahrscheinlich sehnlichst, ich wäre ein bisschen mehr wie sie, oder sie nahm gar nicht wahr, wie verschieden wir waren. Sie war groß, schlank und elegant, während ihre einzige Tochter eher dem Vater glich: rund und rothaarig. Du hast wütende grüne Augen, sagte meine Mutter immer zu mir, und blinzelte mir mit ihren großen blauen zu.

Meine geliebte Mutter. Man konnte ihr nie lange böse sein.

Es dauerte nur fünfzehn Minuten, dann hatte ich

Freunde in meiner neuen Heimat gefunden. Zu meiner großen Überraschung betrachtete man mich dort als exotisch. Das war mir mein Leben lang nicht passiert, aber Schweden, Elche und sexuelle Freizügigkeit sorgten dafür, dass ich ganz oben auf der Beliebtheitsliste landete. Sogar die strenge Mrs Pearson, die wir in Englisch hatten, schmeichelte sich bei mir ein. Natürlich trug wahrscheinlich auch der Wohlstand meiner Familie dazu bei, dass ich gute Zeugnisse bekam, obwohl ich ziemlich häufig schwänzte. Alles war neu und wollte von mir entdeckt werden. Diese Art, das Leben in vollen Zügen zu genießen, habe ich anschließend beibehalten, wie Ihr wisst!

»Deine Eltern sind so was von nett«, fand meine neue Freundin Madeleine. Immer wollte sie bei uns zu Hause und bei meiner hübschen, tollen Mutter sein. Und sie hatte wirklich etwas Besonderes, das fand ich ja selbst. Sie nahm die Dinge nicht so schwer. Schimpfte nicht so viel, wie andere es vielleicht getan hätten. Meine Eltern stritten sich auch nie, zumindest nicht, wenn ich dabei war. Ich fand immer, dass in unserer kleinen Familie eine gute Stimmung herrschte.

Ich kann mich nicht erinnern, dass ich mich jemals einsam gefühlt oder mir Geschwister gewünscht hätte, außerdem durfte ich wenige Jahre später ja dann Eure große Schwester werden. Vor allem auf Dich musste ich immer ein bisschen aufpassen, Susanne. Schon als Siebzehnjährige warst Du ein heißer Feger. Du, Maggan, hattest ein Kind, deshalb suchte ich bei Dir wahrscheinlich eher Trost. Aber das taten wir eigentlich alle, oder? Schließlich trafen wir uns immer bei Dir, wenn das Leben gerade mal mies zu uns war. Und Rebecka, meine kluge, warmherzige Rebecka. Auf Dich und deinen Kopf konnte ich mich ebenfalls immer verlassen. Als wir Interrail machten, warst Du immer diejenige, die dafür sorgte, dass wir ein günstiges Zimmer bekamen, rechtzeitig am Bahnhof waren und Kondome benutzten. Also bis auf Maggan, natürlich. Doch das war gut so, denn es führte dazu, dass Du eine wunderbare Tochter bekamst. Nicht wahr, Maggan?

Doch zurück nach Sydney. Ich ging auf eine Internationale Schule, und die Schülerschaft bestand aus einer ziemlich wilden Mischung. Da gab es alles, von streng Religiösen bis zu Hippie-Kindern. Manche konnten kein Englisch. Andere hatten Bodyguards. Manche waren so überbehütet, dass sie von ihren Nannys zur Schule gebracht wurden.

Meine Beliebtheit zeigte sich nicht zuletzt beim ersten Schulball. Zu Hause in Schweden hatte man mich gemocht, weil ich witzig war, ansonsten hatte man nichts Besonderes an mir gefunden. Hier dagegen musste ich die jungen Männer geradezu abwimmeln. Andere Mädchen blieben den ganzen Abend sitzen ohne aufgefordert zu werden, während meine beste Freundin Madeleine und ich keine Minute auf unseren Plätzen saßen.

Madeleine, die aus Bangladesch kam, sollte jemanden heiraten, den ihre Eltern für sie ausgesucht hatten. So war das in ihrer Familie. Sex sollte sie erst in ihrer Hochzeitsnacht haben. Doch auf dem Schulball verliebte sie sich. Und wurde schwanger. Anschließend verschwand Madeleine von einem Tag auf den anderen. Ich habe sie nie wiedergesehen. Als ich bei ihr zu Hause klopfte, machte niemand auf. Sechs Monate hatten wir alles geteilt und waren die besten Freundinnen gewesen, ich war verzweifelt. »Du findest schon neue Freunde«, sagte meine Mutter aufmunternd zu mir. Heute würde ich mir vielleicht wünschen, ich hätte damals mehr über das Trauern gelernt, doch meine Mutter wollte sich einfach nicht damit befassen. Sie wollte, dass alles hell und leicht ist. Mir dagegen erschien der Rest des Schuljahres pechschwarz.

Doch dann erschien Luke Danes in der Tür unseres Klassenzimmers, und plötzlich hatte der Raum keine Decke mehr. Die Vögel sangen, Sonne strömte in mein Herz und ein zartrosa Seidentuch legte sich über ganz Australien.

Der junge Amerikaner mit den dunklen Locken war das Schönste, was ich je gesehen hatte.

Auch meine Eltern schlossen Luke sofort ins Herz. Sie hatten sich ebenfalls in unserem Alter kennengelernt, und für sie war es das Natürlichste der Welt, ihn in unseren Familienkreis aufzunehmen. Als sie dann aber Lukes Eltern zum Abendessen einladen wollten, stellte sich heraus, dass ich bei seiner Familie nicht so hoch im Kurs stand. Sie waren streng katholisch und lehnten uns strikt ab. Luke zufolge war sein Vater nicht ganz so extrem wie seine Mutter, doch er wäre nie auf die Idee gekommen, ihre Entscheidungen in Frage zu stellen. Ich taugte nicht für ihren Sohn, und nichts auf der Welt konnte sie davon abbringen.

Natürlich trafen wir uns trotzdem weiter. Bei mir zu Hause waren wir schließlich immer willkommen, in unserer großen Wohnung mitten in Sydney.

Den ersten Kuss bekam ich im schönen Chinesischen Garten.

Ich wünsche mir so sehr, dass Ihr dort meine Asche verstreut.

5

Rebecka weinte und packte ihre Sachen. Packte alles wieder aus und wieder ein. Die Anwaltskanzlei hatte die Reise komplett organisiert, und es gab nichts, das sie noch verhindern konnte, außer Rebecka selbst. Alles in ihr schrie danach, zu Hause bleiben zu dürfen, sie würde die Reise nicht ertragen, aber Maggan hatte ihr versprochen, dafür zu sorgen, dass sie wieder nach Hause kam, wenn es wirklich nicht anders ging – wenn sie also unterwegs zusammenklappte.

Lange betrachtete Rebecka Adams Foto und flüsterte leise: »Verzeih!«, dann packte sie es ein, klappte den Koffer zu und fasste einen Entschluss: Sie würde nicht mit Susanne reden, bis sie gelandet waren. Danach würde sie weitersehen.

Palma–London–Dubai–Sydney. Das war die erste Etappe. In Sydney würden sie erfahren, wohin es als Nächstes ging. Auf Susannes direkte Anweisung hatte Maggan die Kanzlei gebeten, immer erste Klasse zu buchen, und als sie in Heathrow die Kabine betraten, fanden sie traumhaft bequeme Sessel vor. Doch das hätte Rebecka niemals laut zugegeben. Demonstrativ zog sie die Trennwand zwischen sich und Susanne hoch. Dann wandte sie sich über den Mittelgang Maggan zu.

»Was für ein Luxus!«, flüsterte sie.

»Susannes Werk«, sagte Maggan. »Emirates ist anscheinend das Beste vom Besten.«

»Eine ganz schöne Verschwendung, und das von unserem Geld!«, schnaubte Rebecka.

»Susanne hätte es mit Freuden aus ihrer eigenen Tasche

bezahlt, aber das Geld dafür hatte Sonja bereits vor ihrem Tod zur Seite gelegt. Du weißt doch, wie großzügig Susanne ist«, sagte Maggan.

Susanne zog die Trennwand wieder herunter.

»Ihr sollt nicht über mich reden, wenn ich es hören kann«, sagte sie. »Ihr freut euch doch, dass wir es so komfortabel haben? Ein kleines Dankeschön wäre durchaus angebracht!« Sie lächelte der Stewardess zu, die fragte, welchen Champagner sie gerne hätten. »Bollinger, please«, sagte sie. »Ihr zwei Lästermäuler könnt selbst bestellen.« Damit schloss sie die Trennwand wieder.

Rebecka bestellte ein Glas Wasser. Sie konnte einfach nichts anderes trinken. In den ersten Monaten nach Adams Tod war sie fast durchgehend betrunken gewesen. Doch als es nichts half und sie nur Kopfschmerzen davon bekam, hatte sie mit dem Alkohol ganz aufgehört.

Entweder oder.

Susanne hatte recht gehabt, als sie sagte, Rebecka hätte Angst. Sie hatte Angst vor diesem Entweder-oder, das ein Wesenszug von ihr zu sein schien. Um ihre erste Ehe hatte sie sieben Jahre lang getrauert, bis es mit einem kleinen *Poff!* plötzlich vorbei gewesen war. Und dann war es, als hätte es ihren Ex-Mann nie gegeben. Er war ihr plötzlich vollkommen gleichgültig gewesen. Was, wenn es mit Adam genauso kommen würde? *Poff.*

Wie sollte es ihr je wieder gut gehen, ohne dass sie ihn vergaß? Musste es immer so sein wie mit ihrer ersten Ehe, dass es ihr gleichgültig werden musste, damit sie loslassen konnte? Allein die Vorstellung erschien ihr unerträglich.

Nun hatte ihr Ex-Mann sich allerdings ihr gegenüber auch sehr gemein verhalten – im Nachhinein betrachtet war er keine einzige ihrer vielen Tränen wert gewesen –, aber so funktionierten Gefühle nun einmal nicht.

Sie fürchtete sich, ohne Adam nach vorne zu blicken. Hatte Angst, ihn zu vergessen. Angst, für den Rest ihres Lebens allein bleiben zu müssen. Wenn ich wenigstens Kinder hätte, dachte sie und nippte an dem Wasser, während sie auf den Bildschirm vor sich starrte.

Adam und sie hatten gefrotzelt, sie könnten eine junge Frau adoptieren, die über die Organisation *Alleinstehende Eltern* bei ihnen Urlaub gemacht hatte. Sie war selbst Waise gewesen und hatte oft Rebeckas Nähe gesucht. Doch dann war eine andere junge Mutter mit ihrem Sohn aufgetaucht, und *Simsalabim* hatten die beiden sich verliebt. Ein Jahr später hatten sie geheiratet, und Adam und Rebecka waren sich einig gewesen, dass das natürlich das Beste war. Keiner von ihnen beiden wusste schließlich, was es bedeutete, Eltern zu sein. Ein Leben mit Kindern kannte sie höchstens durch Maggans Tochter Anneli, für die sie eine Art Tante gewesen war.

Jetzt wandte sie sich Maggan zu, die gerade ein Taschenbuch herauszog. »Wie geht es eigentlich Anneli, jetzt nach ihrer Scheidung?«

»Ach, ich glaube ganz gut. Peter und sie haben sich einvernehmlich getrennt, keiner von ihnen hat bisher einen neuen Partner. Paul und ich halten die Daumen, dass sie es schaffen, Freunde zu bleiben. Oder wenigstens nicht zu streiten.«

»Wird sie dieses Jahr nicht schon vierzig?«

»Ja, verrückt, oder? Erinnerst du dich noch, wie ich mit ihr schwanger war? Einsam und verzweifelt, und wie ich gelogen habe, jemand anderes als Paul sei der Vater.« Maggan lachte und schüttelte den Kopf.

»Und dass es schon wieder sieben Jahre her ist, seit du ihn wiedergefunden hast, kann man sich auch kaum vorstellen, oder?«

»Ja.«

»Geht es ihm inzwischen denn besser in Farsta?« Es fühlte sich gut an, über etwas anderes zu reden als über sich selbst, und Rebecka wurde bewusst, dass es sehr lange her war, dass sie Maggan gefragt hatte, wie es ihr eigentlich ging. Paul war es schwergefallen, sich nach dem Umzug vor ein paar Jahren an Schweden zu gewöhnen, und Rebecka wusste, dass das wiederum sehr hart für Maggan war, die doch immer wollte, dass es allen gut ging.

»Ach, geht so. Er ist froh, dass er dort Anneli und ihre Familie in der Nähe hat, aber du weißt ja, wie es ist. Jeder hat mit sich selbst zu tun. Alex will am liebsten mit seinen Freunden zusammen sein. Opa ist zwar ganz lustig und Alex spricht auch Englisch und Französisch, aber er ist dreizehn. Da sind die Kumpel einfach wichtiger. Auch die Zwillinge lieben ihren Opa, spielen aber am liebsten miteinander. Ich glaube, Paul fühlt sich oft überflüssig.«

»Und was macht sein Schwedisch?« Rebecka wickelte sich in die Decke, die neben ihr auf dem Sitz gelegen hatte.

»Nichts, außer ›Hallo‹ und ›Tschüss‹ spricht er kein Wort. Aber er hat ja schon zwei Muttersprachen, und mit Englisch kommt man auch ganz gut zurecht.«

»Was hat er gesagt, als du von deinen Reiseplänen erzählt hast? Sechs Wochen ohne dich müssen für ihn ja der Horror sein.«

»Allerdings.« Maggan sah sie bekümmert an. »Und es klingt vielleicht hart, aber ich musste einfach mal raus. Es fällt mir schwer, mit seinen Hochs und Tiefs umzugehen. Manchmal erscheint ihm alles so unglaublich düster, und dann kämpfe ich wie verrückt, damit es ihm wieder besser geht. Er selbst sagt, er weiß einfach nicht weiter. Weiß nicht, wer er überhaupt ist, wenn er kein beliebter Restaurantbesitzer in Paris mehr sein kann. Das ist er ja auch deutlich länger gewesen als Vater. Er war schließlich über fünfzig, als er eine erwachsene Tochter bekam.«

»Habt ihr schon mal überlegt, zurück nach Paris zu gehen?«, fragte Rebecka und merkte plötzlich, dass das Flugzeug dabei war, vom Gate zurückzusetzen. Wie konnte sich so ein Koloss so lautlos bewegen? Andererseits hatte sie auch nicht bemerkt, wie die anderen Passagiere eingestiegen waren, daher war sie vielleicht gerade ohnehin nicht besonders aufmerksam.

»Nein, ich möchte nicht schon wieder umziehen. Anneli braucht mich ja auch in Stockholm.«

Susanne schlug die Beine übereinander und lehnte sich zurück, während die Maschine sich zum Abflug bereit machte. Auf der anderen Seite der Trennwand hörte sie die beiden anderen leise miteinander reden, fand es zur Abwechslung jedoch ganz schön, mal ihre Ruhe zu haben. Sie wollte den ganzen Flug nach Dubai über wach bleiben, dann konnte sie im Anschluss den dreizehnstündigen Flug von dort nach Sydney komplett verschlafen. Neugierig beobachtete sie die Stewardessen, die in der Kabine arbeiteten, und versuchte in sich hineinzuhorchen, ob sie ihren früheren Job wohl vermisste. Ein bisschen vielleicht. Die Arbeit hatte großen Spaß gemacht und war wohl eher ein Lebensstil als eine Arbeit gewesen. Fünfundzwanzig Jahre lang pflegte sie diesen Lebensstil, bis sie kündigte, um nach London zu ziehen und das Hotel *Sonjas London*, wie es offiziell hieß, zu betreiben. Seitdem hatte sie keine Zeit mehr gehabt, über Alternativen nachzudenken, denn das Hotel füllte ihr ganzes Leben aus.

Als sie merkte, dass sie sich der Startbahn näherten, stellte sie ihre Rückenlehne gerade, beide Füße auf den Boden und zog den Sicherheitsgurt ein wenig fester. Die

Handgriffe saßen nach vielen Jahren Vielfliegerei noch immer.

Sie überlegte, was Michael wohl gerade tat, ob er wohl jemanden hatte. Er war ein sehr attraktiver Mann, der im Prinzip jede Frau haben konnte. Nicht nur Susanne erlag seinem männlichen Charme. Dass sie die Blicke der Männer auf sich zog, war inzwischen seltener geworden. Als wäre im Alter von fünfzig Jahren über Nacht etwas mit ihrem Aussehen passiert. Sie konnte es selbst sehen, wenn sie ihren nackten Körper im Spiegel betrachtete. Doch es machte ihr nicht viel aus. Sie hatte ihre Zeit gehabt, in der die Männer ihr hinterhergehechelt waren, was sie gleichermaßen gnadenlos ausgenutzt und auch immer ein wenig verachtet hatte.

Jetzt, fünf Jahre nach der Operation, bei der ihr ein Teil der einen Brust abgenommen worden war, und einen Monat, nachdem sie aufgehört hatte, ihre Medikamente gegen den Krebs zu nehmen, fühlte sie sich wohl und zufrieden. Im Grunde brauchte sie keine Bestätigung mehr durch einen Mann, dennoch war es natürlich ein tolles Gefühl, von Michael begehrt zu werden, wann immer sie sich trafen. Es war ihnen nach Adams Tod nicht gelungen, ihre Beziehung endgültig ruhen zu lassen, doch es war, wie es war. Sie sahen sich ab und zu, weil die Chemie zwischen ihnen so einmalig war, wollten jedoch nach wie vor grundsätzlich Verschiedenes. Dass sie ab und zu Sex hatten, änderte nichts an dieser Tatsache.

Oft fragte sie sich, was eigentlich mit ihr nicht stimmte. Was für andere so selbstverständlich zu sein schien – dass Liebe zugleich auch beinhaltete, Wohnung und Rechnungen zu teilen – war für sie überhaupt nicht selbstverständlich, und sie hatte über Jahre gegrübelt, warum. Ihre Single-Freundinnen in London suchten ständig jemanden, mit dem sie ihr Leben teilen konnten, während sie selbst das Bedürfnis hatte, ihr eigenes Leben zu leben, mit Michael als einer Art Zugabe. Susanne hatte ein schlechtes Gewissen, weil ihn seine Gefühle für sie in etwas hineinzwangen, das er eigentlich nicht wollte, und auf Dauer würde es so auch nicht funktionieren. Für keinen von ihnen. Im Moment war sie froh, einfach nur mit ihren besten Freundinnen zusammen zu verreisen. Auch Rebecka und Maggan hatten schließlich ihre Gründe, sich einmal eine Auszeit zu nehmen, und so hoffte Susanne, dass sie, auch wenn Rebecka gerade wütend auf sie war, einander eine Stütze sein könnten, so wie sie es immer gewesen waren.

6

In den Pyjamas der Fluggesellschaft sahen sie beinahe aus wie eine Kindergartengruppe bei einer Übernachtungsparty. Doch Maggan wusste, dass sie nach einer Dusche vor der Landung wieder fit sein würden, trotz der beinahe vierundzwanzigstündigen Reise. Das war der Vorteil, wenn man erster Klasse flog.

Inzwischen war sie seit sieben Jahren steinreich, doch das hatte an ihrem Umgang mit Geld nicht viel geändert. Sie war dreiundfünfzig gewesen, als Sonja ihr, Rebecka und Susanne jeweils anderthalb Milliarden hinterlassen hatte. Diese Summe war so schwindelerregend hoch gewesen, dass das meiste Geld, das sie nicht an Wohltätigkeitsorganisationen verschenkt hatte, auf der Bank lag, weil sie gar nicht wusste, was sie damit anfangen sollte.

Sie hätte sich ein Schloss kaufen können, aber was

sollte sie mit so vielen Zimmern anfangen? Sie hätte dadurch ja nur mehr zu putzen gehabt. Das Einzige, was sie sich jetzt häufiger gönnte, war ein Taxi. Ihr eines Bein, das manchmal steif wurde – und das andere, das immer mal wehtat –, ließ nicht zu, dass sie selbst Auto fuhr, was sie bekümmerte, denn das hätte sie wirklich gerne getan. Doch nachdem sie mit Paul nach Farsta zurückgezogen war, hatten sie immerhin einen nagelneuen Volvo gekauft, damit sie bequem saß, wenn sie ihre Ausflüge rund um Stockholm unternahmen. Paul war so stolz gewesen, als sie vom Autohaus losgefahren waren. Er wollte nichts davon wissen, dass sie das Auto von ihrem Erbe bezahlte, stattdessen nahmen sie einen Teil des Erlöses vom Verkauf ihres Restaurants in Paris. Maggan konnte sich anstrengen, wie sie wollte, aber durch ihren Privatverbrauch allein würde sie nicht einmal ein Hundertstel dessen ausgeben können, was sie von Sonja geerbt hatte. Es war geradezu unmöglich, egal, wie viele Jahre sie noch leben würde. Und es einfach verschwenden wollte sie auch nicht, das entsprach einfach nicht ihrer Art.

Die drei Frauen waren sich einig, dass sie ihren Reichtum ein wenig verringern sollten, indem sie Leuten davon abgaben, die Geld nötiger brauchten als sie. Die Frage war nur noch, wie sie es anstellen würden. Sollten sie sich auf eine bestimmte Sache konzentrieren oder wie bisher hier und da etwas spenden? Als Adam erkrankt war, hatten sie die Gespräche darüber erst einmal auf Eis gelegt, doch jetzt wurde es vielleicht Zeit, sie wieder aufzunehmen.

Maggan gähnte und schaute zu Rebecka hinüber, die sich in ihrem Sessel zurückgelehnt und eine Augenmaske aufgesetzt hatte. Susanne schlief bestimmt schon auf ihrer Seite, sie war es ja gewohnt zu fliegen. Maggan selbst fiel es schwer, zur Ruhe zu kommen, zu viel passierte um sie herum. Dabei waren sie in diesem Teil der Kabine schon sehr rücksichtsvoll – die Stewardessen bewegten sich geradezu auf Zehenspitzen. Dennoch nahm Maggan jede noch so kleine Bewegung wahr. Vorsichtig schloss sie die Tür, die ihren Sitz in eine Art kleines Abteil verwandelte. Dann stellte sie die Lehne immer weiter nach hinten, bis sie schließlich vollkommen waagerecht lag. Es fühlte sich merkwürdig an, aber durchaus nicht unbequem. Wenn sie die Ohrstöpsel benutzte, die sie mitgenommen hatte, würde es vielleicht sogar ihr gelingen, ein wenig zu schlafen. Sie legte das Taschenbuch neben ihren Sitz. Mit einem Mal fühlte sich diese ganze Aktion richtig gut an.

Susanne war hellwach. Verdammter Mist! Dabei hatte sie einen ordentlichen Whisky getrunken, Kaffee vermieden, sich abgeschminkt und die Zähne geputzt. Dennoch war sie kein bisschen müde. Stattdessen sah sie sich einen Film an. *Bridget Jones' Baby.* Der war witzig, und sie lachte laut über den alternden Colin Firth, der Renée Zellweger auf seinen Armen trug. Er hatte ein paar zusätzliche graue Strähnen bekommen und noch mehr Falten. Rebecka hatte immer gefunden, Adam sehe ihm ähnlich, was Susanne amüsierte, denn es stimmte überhaupt nicht. Zumindest konnte sie selbst keine Ähnlichkeit entdecken. McDreamy von *Grey's Anatomy* spielte auch mit. Auch ein gut aussehender Mann. Ein bisschen klein vielleicht, aber dennoch attraktiv.

Das Herummäkeln am Aussehen der beiden Filmstars führte unweigerlich dazu, dass sie den Schönsten aller Männer vor sich sah. Michael. Der Mann, der ihr schon beim ersten Händedruck einen elektrischen Schlag versetzt hatte. Verdammt. Jetzt konnte sie es endgültig vergessen. Sie kniff die Augen zusammen und versuchte an

Schneematsch, ekliges Essen und anderes zu denken, was sie nicht mochte, doch es half nichts. Seufzend widmete sie sich erneut dem Filmangebot.

Rebecka versuchte ebenfalls zu schlafen, doch die Gedanken ließen sie einfach nicht zur Ruhe kommen. Sie dachte an Sonjas Asche und an Adam, der ebenfalls lieber hatte verstreut werden wollen, als in einer Urne begraben zu werden.

Rebecka hatte es selbst getan. Auf ihrem Lieblingsplatz hinter dem Pool stehend, hatte sie den Wind nach ihm greifen lassen und zugesehen, wie Adam ihre kleine gemeinsame Welt verließ und Teil von etwas viel Größerem wurde.

Doch im Haus konnte sie nach wie vor seine Anwesenheit spüren. Manchmal redete sie mit ihm, und wenn es leise genug war, hörte sie seine warme Stimme antworten. Sie stellte ihm alberne Fragen, wie zum Beispiel, ob sie die Beleuchtung auf der Terrasse einschalten sollte, wenn sie dort abends alleine saß. Oder sie bat ihn um Hilfe, wenn eines der Waschbecken verstopft war. Nie aber hatte sie bisher gefragt, wie es ihm ging, das traute sie sich nicht.

Was, wenn es ihm schlecht ging?

Sie hatten versucht, über das *Danach* zu sprechen, als sie begriffen hatten, dass er es nicht schaffen würde, doch es war ihnen schwergefallen. Die Zeit war so knapp gewesen. Sie schafften es lediglich, über ihre Liebe zueinander zu reden, und wie viel ihnen die gemeinsame Zeit bedeutet hatte. Sie hatten darüber gelacht, dass Rebecka so lange gebraucht hatte, bis sie ihm wirklich vertraut hatte, und gleichzeitig darüber geweint, dass sie ein Jahr verloren hatten, weil sie nicht gewagt hatte, seine Nähe zuzulassen. Und sie hatte ihm versprochen, nicht mit dem Leben aufzuhören, wenn er nicht mehr an ihrer Seite war. Dieses Versprechen zu halten, fiel ihr unglaublich schwer.

Warum war er gestorben und nicht sie? Hätten sie nicht einfach gemeinsam das Leben verlassen können? So hatte sie oft gedacht. Wenn es ein Leben danach gab, war es dann nicht furchtbar ungerecht, dass Adam es alleine leben musste, bloß weil Gott nicht begriff, dass er sie beide hätte zu sich nehmen sollen? Dass Gott ein Mann war, daran zweifelte Rebecka keinen Augenblick, schließlich hatte er ihr Adam genommen. So gemein waren Frauen nicht.

Und warum saß sie jetzt an Bord dieses Flugzeugs? Susanne und Maggan hätten diese Reise ja wohl auch ohne sie unternehmen können. Sonja hätte verstanden, dass Rebecka noch nicht dazu in der Lage war. Schließlich war seit Adams Tod noch nicht einmal ein Jahr vergangen. Allerdings bezweifelte Rebecka, dass es nach dem ersten Jahr leichter werden würde. Nichts deutete darauf hin, dass es irgendwann einfacher wurde. Die Sehnsucht hielt sie nachts wach, ihr war schlecht, und sie hatte Erinnerungslücken. Ihr volles Haar war ihr teilweise ausgegangen, sie hatte stark abgenommen und ihre Brüste hingen schlaff herab.

Rastlos rutschte sie in ihrem Liegesitz hin und her, dann beschloss sie, sich hinzusetzen. Dennoch musste sie irgendwie eingeschlafen sein, denn als sie das nächste Mal auf die Uhr sah, waren es nur noch fünf Stunden bis zur Landung. Rebecka öffnete ihren Sicherheitsgurt. Sie musste zur Toilette. Vielleicht würde sie auch duschen. Sie stand auf und schaute über die Kante zu Maggan hinüber. Sie schlief tief und fest und schnarchte leise. Von der anderen Seite ihres Sitzes schaute plötzlich Susanne herüber. Sie lächelte und Rebecka wandte sich schnell ab. Vorne waren die Toilette und die Dusche, und sie ging rasch mit ihrem Kleiderbündel unter dem Arm dorthin. Sie hatte nicht vor, zurückzulächeln. Denn sie hatte ein furchtbar schlechtes Gewissen, weil Adams Seele jetzt vielleicht ganz allein auf Mallorca war.

Die Dusche war genauso überwältigend wie der Rest der ersten Klasse, die Duschgel-Flaschen wirkten exquisit. Wäre sie nicht so niedergeschlagen gewesen, hätte sie es sicherlich mehr genießen können. Doch so konnte sie sich weder für die weichen Handtücher noch für die wohlriechende Seife sonderlich begeistern. Die Dusche wusch ihren Zorn auf Susanne nicht ab, aber immerhin fühlte sie sich deutlich munterer, als sie anschließend wieder ihre eigenen Sachen anzog.

Sie würde der Reise eine Chance geben. Dennoch würde sie keinen Moment zögern, nach Hause zu fahren, wenn es ihr doch zu weh tat.

Maggan hatte den Fernsehbericht über die australischen Zollbeamten gesehen, und als sie das Flugzeug verließen, war ihr schlecht. Was, wenn sie auffliegen würden? Sie hatte Sonjas Asche zwar mit gewöhnlichem Puder vermischt, aber dennoch. Vielleicht dachten die Beamten, es wären Drogen. Oh Gott, was würde dann passieren?

»Ein Glück«, stieß sie erleichtert aus, als sie die Kontrolle hinter sich gebracht hatten, ohne dass Spürhunde sich auf sie gestürzt hatten oder jemand ihre Koffer genauer untersuchen wollte. »Das war knapp.«

»Tatsächlich?« Susanne lächelte. »Sie haben ja nicht einmal in unsere Richtung geguckt.«

»Aber sie hätten es tun können.«

»Das stimmt natürlich.«

Maggan wandte sich Rebecka zu. »Hast du im Flugzeug geschlafen?«

Rebecka zuckte die Achseln. »Ein bisschen gedöst, glaube ich. Wohin geht es als Nächstes?«

Ihre Stimme klang wieder so tonlos, es tat wirklich weh, sie so zu hören. War es doch ein Fehler gewesen, sie zu dieser Reise zu überreden? Maggan seufzte. Sie hatte Rebecka versprochen, ihr zu helfen, wenn sie nach Hause wollte, und das würde sie auch tun.

»Wir nehmen jetzt ein Taxi zum Hotel und dann suchen wir den Ort, an den Sonja gerne wollte«, sagte Susanne.

»Habt ihr noch gar nicht herausgefunden, wo der ist?«, fragte Rebecka irritiert. »Schließlich können wir uns ja nicht einfach irgendwo hinstellen und ihre Asche auskippen. Wir müssen einen Plan machen.«

Irgendetwas zu unternehmen, ohne vorher einen Plan zu haben, war noch nie Rebeckas Ding gewesen. Und dass sie jetzt nicht einfach mitlief, zeigte, dass sie anscheinend ein wenig aufgewacht war. Maggan schmunzelte innerlich.

»Dann müssen wir halt einen machen. Wir wissen auch nicht mehr als du über diesen Chinesischen Garten, aber es gibt bestimmt eine Karte, die wir uns ansehen können«, sagte Susanne. »Trotzdem will ich erst mal ins Hotel. Von da scheint es nicht weit bis in die Stadt zu sein.«

Sie ging los, den Koffer hinter sich herziehend.

»Keine Limousine?«, fragte Rebecka spitz. »Hast du unser gemeinsames Portemonnaie jetzt zugemacht?«

Susanne blieb abrupt stehen. »Willst du mich die ganze Reise über anpampen, oder kannst du dir vorstellen, mal für einen Moment damit aufzuhören? Ich will dir nichts Böses, Rebecka, im Gegenteil.«

Susanne marschierte mit klappernden Absätzen weiter, und obwohl Maggan und Rebecka deutlich bequemere Schuhe trugen, mussten sie beinahe rennen, um mit ihrer langbeinigen Freundin Schritt halten zu können.

»Warte doch mal«, sagte Maggan verärgert und stieß sie mit ihrer Krücke an. »Ich kann nicht so schnell.«

Susanne wandte sich noch einmal Rebecka zu. »Also, was ist jetzt?«

Maggan hatte Angst, was Rebecka antworten würde. Wenn diese Reise gut gehen sollte, kam es darauf an, dass sie miteinander auskamen, auch wenn die Gefühle zwischen ihnen hochkochten. Seit beinahe vierzig Jahren waren sie die engsten Freundinnen und Vertrauten. Das war eine lange Zeit. Ihr gesamtes Erwachsenenleben. Sie hatten schon so viele Krisen überstanden, da würden sie es doch wohl auch diesmal schaffen.

Susanne und Rebecka kennen mich besser als ich mich selbst, dachte Maggan. Es gibt keinen Menschen, dem ich mehr vertraue als ihnen.

»So geht es nicht weiter«, sagte sie, ehe Rebecka antworten konnte. »Ihr müsst euch wieder vertragen, sonst halte ich es nicht aus.«

»Na gut«, murmelte Rebecka. »Ich tue mein Bestes.«

Susanne lächelte und klopfte ihr auf die Schulter. »Das reicht, Rebecka. Damit bin ich schon zufrieden.«

Maggan schluchzte vor Erleichterung auf, und die beiden Freundinnen drehten sich verwundert zu ihr um.

»Ja, was? Glaubt ihr, nur ihr beiden habt Gefühle?«

7

Maggan hatte ihn mitten in der Nacht angerufen. Es war schön gewesen, ihre Stimme zu hören, auch wenn Paul zunächst das Geräusch nicht hatte zuordnen können, das ihn geweckt hatte. Sie waren gerade in Sydney gelandet und es klang, als würde sie sich darüber freuen, dass er für ein paar Tage zu Michael nach London fahren wollte.

Paul wusste, dass ihr seine Niedergeschlagenheit zu schaffen machte. Doch sie war viel zu gutherzig, um Grenzen zu setzen, lieber tat sie alles, damit es ihm besser ging. Er wusste sehr wohl, dass er manchmal eher eine Ohrfeige verdiente als einen Kuss, und manchmal fürchtete er sogar, dass sie es bald nicht mehr mit ihm aushalten würde. Dann bekam er Angst. Dennoch unternahm er nichts, um an seiner Situation etwas zu ändern. Es war nicht Maggans Schuld, dass er sich einsam fühlte. Im Gegensatz zu ihr fiel es ihm schwer, Kontakt zu seinen alten Freunden zu halten. Michael und er waren zusammen aufgewachsen und hatten einander immer sehr nahegestanden. Früher hatten sie sich mehrmals im Jahr in London oder Paris getroffen, doch es war beinahe, als hätten sie vergessen, wie das ging, nachdem sie Maggan und Susanne kennengelernt hatten.

Michael war Direktor des Hyatt Regency in London. Er hatte mit achtzehn Jahren als Tellerwäscher angefangen und dann Stufe für Stufe die Karriereleiter bis an die Spitze erklommen, wo er sich nun schon seit vielen Jahren erfolgreich hielt. Ein Chauffeur seines Hotels holte Paul am Flughafen in Heathrow ab. Die Limousine war sehr bequem, und Paul lehnte sich zurück und öffnete die Tüte, die ihm beim Einsteigen überreicht worden war.

Welcome. Have a drink. See you soon. /M

Paul lächelte, dann zog er das Glas und die Miniflasche Whisky heraus. Was hatte er überhaupt für einen Grund, immer so deprimiert zu sein?

Als er ankam, stand Michael vor dem Eingang. Er öffnete die hintere Tür des Autos und lächelte breit. »Na, Großer, lange nicht gesehen«, sagte er. Sie umarmten sich und klopften sich dabei auf den Rücken. »Wir essen heute Abend im Restaurant und übernachten auch hier, dann können wir morgen weitersehen, was wir machen. Ist das okay für dich?«

»Mir ist alles recht«, sagte Paul. »Schön, dich zu sehen.« Sie gingen zu den Aufzügen.

Michael zog eine Schlüsselkarte aus der Tasche. »Ich dachte, du sollst es auch ein bisschen nett haben, wenn deine Frau unterwegs ist. Ich kann mir nicht vorstellen, dass sie unter fünf Sternen wohnen«, sagte er.

Die Aufzugtür öffnete sich, und sie traten in den Flur. Michael zeigte nach rechts und reichte ihm die Schlüsselkarte. »Deine Suite liegt hier, ich wohne da drüben. Es steht ›Privat‹ an der Tür, wie du dich vielleicht erinnerst. Klopf einfach an, wenn du ausgepackt hast, dann können wir vor dem Essen noch irgendwo etwas trinken gehen.«

Michael freute sich, Paul zu Besuch zu haben, und hatte bereits Feierabend gemacht. Ein paar entspannte Stunden mit seinem besten Freund würden ihm guttun. Er nahm sich viel zu selten frei, vor allem jetzt, da seine Beziehung mit Susanne im Prinzip vorbei war. Früher waren er und Susanne oft zu zweit ein paar Tage weggefahren, um einfach mal ihre Ruhe zu haben. Paris, New York, Mallorca. Es hatte im Grunde keine Rolle gespielt, wohin sie fuhren, die meiste Zeit hatten sie sich ohnehin hauptsächlich miteinander beschäftigt. Er bekam nie genug von ihr. Sie von ihm allerdings auch nicht, zumindest nicht, wenn es um Sex ging. Das hatte sich geändert, als sie Krebs bekommen hatte. Da hatte sie einerseits für eine Weile die Lust verloren, andererseits entzog sie sich ihm aber auch sonst auf eine Weise, wie sie es zuvor nicht getan hatte. Es schien beinahe, als würden durch die Krankheit ihre unterschiedlichen Auffassungen von Beziehungen noch deutlicher zutage treten. Während er ihr näherkommen wollte, nahm sie eher Abstand.

Hin und wieder besuchte er seine Schwester und ihre Familie, doch sich ohne konkreten Anlass freizunehmen, war nicht sein Ding. Da arbeitete er lieber. Seine Position als eine der langjährigsten Führungskräfte im Konzern bedeutete, dass er oft reisen musste, was ihm anfangs Spaß gemacht hatte. Jetzt dagegen war er ganz froh, dass die nächste Konferenz hier bei ihm stattfinden würde. So blieben ihm wenigstens das Fliegen und der Zeitunterschied erspart.

Er sah auf die Uhr. Eine schnelle Dusche, dann war er bereit für den Abend.

Drei Stunden später waren die Freunde so angeheitert, dass Michael vorschlug, doch lieber woanders zu essen, wo er nicht auf seinen Ruf achten musste, und kurz darauf saßen sie in einer Eckkneipe, wo es nichts anderes gab als Fish and Chips, und sangen laut mit, wenn die Cover-Band bekannte Lieder anstimmte. Da hatten sie sich längst über das Mysterium schwedischer Frauen ausgetauscht, über schlechte Fußballmannschaften gelästert und ausdiskutiert, ob es okay wäre, wenn Michael mit der Frau an der Bar flirtete, die ihn die ganze Zeit anstarrte.

»Dreh dich doch einfach um, wenn es dich stört«, schlug Paul vor.

»Was Susanne wohl gerade macht?«, sagte Michael. »Vielleicht hat sie im Flugzeug jemanden kennengelernt … es wäre nicht das erste Mal.« Er merkte, dass er ein wenig lallte, doch Paul schien ihn dennoch zu verstehen. »Hast du nie Lust, untreu zu sein?«, fuhr er fort und versuchte, den Blick auf die Frau an der Bar zu fokussieren. Als ihm das nicht gelang, sah er stattdessen Paul an.

»Wirklich nicht. Müssen wir jetzt über Susanne oder Maggan reden? Können wir nicht über uns sprechen?«

Doch es gelang Michael nicht, das Thema zu wechseln, nachdem er einmal damit angefangen hatte. Immer wenn er zu viel getrunken hatte, tauchte Susanne in seinen Gedanken auf, wobei sie im Grunde wahrscheinlich ständig in seinem Hinterkopf präsent war und der Alkohol sie lediglich deutlicher hervortreten ließ.

»Es war immer, als wären Susannes Gefühle wichtiger als meine. Verstehst du, was ich meine? Immer hat sie darüber bestimmt, wie unsere Beziehung aussehen sollte.«

»Aber ihr hattet es doch eigentlich auch ziemlich gut zusammen? Ich hatte immer das Gefühl, ihr klebt förmlich aneinander.« Paul lächelte.

»Ja, schon. Aber sonst? Nähe, Vertrauen und all das andere, das zum Beispiel du mit Maggan hast. Oder Rebecka mit Adam.«

»Könntest du dich in Maggan oder Rebecka verlieben?«

»Nein, ganz bestimmt nicht.«

»Na, dann hast du doch die Antwort. Meine Frau würde dich total langweilen.«

»Hm. Denkst du?«

»Ich weiß es! Du brauchst Widerstand. Deshalb magst du ja auch mich.« Paul lächelte erneut.

»Weil du nicht immer meiner Meinung bist?«

»Ja, so in etwa. Ach, ich weiß es auch nicht. Aber ich

finde, ihr beiden passt gut zusammen. Sie hält dich bei der Stange, wie ich es noch nie bei einer anderen gesehen habe, und ich glaube, das gefällt dir auch. Aber vielleicht habe ich auch unrecht.«

Michael antwortete nicht, sondern starrte nur auf das Tischtuch.

Am darauffolgenden Abend lag Michael im Bett, die Hände auf der Bettdecke, und stellte sich vor, dass die drei Frauen jetzt wahrscheinlich frühstückten. Er selbst versuchte einzuschlafen, was ihm jedoch nicht wirklich gelingen wollte.

Zum Abendessen hatte er keinen Tropfen getrunken. Die Ausschweifungen des Vortages machten ihm immer noch zu schaffen, und das war nicht besonders angenehm. Es war ihm nicht einmal gelungen, seine Gedanken an Susanne zu ertränken, was der einzige Grund gewesen war, sich zu besaufen. Und Paul, der früher auch immer ganz gut dabei gewesen war, trank inzwischen nur noch maßvoll, was es auch nicht lustiger machte. Sich selbst die Kante zu geben, war dann eigentlich nur noch lächerlich.

Sie hatten beschlossen, ein paar Tage in seinem Haus in Hampstead zu verbringen. Im Hotel gab es immer irgendjemanden, der etwas von ihm wollte, da fiel es ihm hier leichter, richtig auszuspannen.

Er faltete die Hände und drehte seine Finger. Erst in die eine Richtung, dann in die andere. Er legte sich auf die Seite, merkte, wie es in seinen Beinen kribbelte, und drehte sich wieder auf den Rücken. War es nicht zu warm im Zimmer? Er beschloss, ein Fenster zu öffnen.

Hampstead war ein ruhiger Vorort von London. Hier wohnten jede Menge reicher Leute und der Lärm war weit weg. Er öffnete den Haken, schlug das Fenster auf und ließ das Vogelgezwitscher rein. Dann ging er zur Toilette. Durch die Wand hörte er Paul laut schnarchen.

Tee. Natürlich, das machte ihn immer müde. Tee und ein Film. Irgendetwas langweiliges Britisches. Er ging ins Schlafzimmer zurück, um sein Handy zu holen, dann lief er hinunter ins Wohnzimmer. Auf dieser Treppe hatte er Susanne zum ersten Mal geküsst. Später hatten sie sich hier auch geliebt. Irgendetwas war es mit Treppen, das sie beide anmachte. Jedes Mal, wenn er hier langging, musste er daran denken.

Jedes Mal.

Das Einzige, was in diesem Augenblick auf der Treppe passierte, war, dass ein Engländer mittleren Alters in einem dünnen Bademantel und mit löchrigen Pantoffeln an den Füßen hinunterging. Sein Haar stand in alle Richtungen ab, er roch nicht besonders gut, und er fragte sich, ob ihn jemals zuvor etwas so aus der Bahn geworfen hatte.

Er legte das Handy auf den Wohnzimmertisch. Er hatte gehofft, etwas von Susanne zu hören, einen Gruß, irgendetwas. Ein einziges Wort hätte genügt.

Aber wozu genügt? Warum war er plötzlich bereit, sich mit so wenig zu begnügen, wenn doch die ganze Trennung deshalb nötig gewesen war, weil er genau das nicht konnte? Lag es daran, dass sie nicht in Reichweite war, dass ihm plötzlich selbst ein ›Hallo‹ genügt hätte?

Im Fernsehen lief eine weitere Folge von *Downton Abbey*, der Lieblingsserie seiner Landsleute. Er selbst konnte nicht nachvollziehen, was sie daran fanden, und schaltete weiter. Nachrichten, nein. Die britische Polizei auf Verbrecherjagd auf der M25? Nein, danke. Er legte die Fernbedienung weg und griff nach dem Handy. Vielleicht war es ja kaputt? Er schaltete es aus und wieder ein. Nichts. Kein entgangener Anruf, keine neue Nachricht. Er sah in seinen E-Mails nach. Auch nichts. Jedenfalls nichts von ihr.

Er zögerte einen Moment, dann schrieb er:

Hoffe, das Hotel ist in Ordnung. /M

Kein *XXX*. Kein *Love*. Das war gut. Es zeigte, dass er sich kümmerte, mehr aber auch nicht.

Er war sich sicher, dass sie sich freuen würden, wenn sie am nächsten Morgen auscheckten. Man würde ihnen lediglich ein Doppelzimmer in Rechnung stellen. Er hatte seiner Kollegin versprochen, sie dafür zu entschädigen, wenn sie in der kommenden Woche nach London kam.

8

Sie hatten eine Vier-Zimmer-Suite mit Blick auf den Hafen. Zusammen zu wohnen ist eine richtig gute Idee, dachte Susanne und schaute auf das Wasser, in dem sich die Lichter der Stadt spiegelten. So konnten sie aufeinander aufpassen und sich aber auch zurückziehen, wenn sie das Bedürfnis hatten, allein zu sein. Die Suite war riesig, und es war bestimmt das angesagteste Hotel in ganz Sydney.

Park Hyatt. Sie überlegte, ob Maggan Andreassons den Tipp gegeben hatte, Michael zu kontaktieren, um einen guten Preis zu bekommen, denn diese Unterkunft war bestimmt nicht billig. In Susannes eigenem kleinen Hotel gab es ebenfalls Suiten, sie waren urgemütlich, aber diese hier war so überwältigend, dass Susanne sich vornahm zu fragen, was sie kostete und ob Michael dabei mitgemischt hatte. In jedem Fall war es eine gute Idee gewesen, sie so unterzubringen. Der Blick auf das Meer und die Oper war unvergleichlich, und die verschiedenen Balkone ermöglichten den Blick auf die gesamte Stadt.

An der Rezeption bekamen sie eine Karte vom Chinesischen Garten, die sie mit in den Frühstücksraum nahmen.

»Komisch, heute tut mein Bein gar nicht so weh«, sagte Maggan beim Essen. »Vielleicht kann ich meine Krücke hierlassen. Könnt ihr euch vorstellen, nicht ganz so schnell zu gehen? Der Park scheint nicht besonders groß zu sein.« Sie vertiefte sich erneut in die Karte.

»Sag einfach Bescheid, wenn du nicht mehr kannst«, sagte Rebecka und versuchte eine Scheibe Schinken zu essen, obwohl sie bereits nach einer halben Avocado und einem Ei satt gewesen war. Auch das war schon mehr gewesen, als sie seit Langem gegessen hatte. Fasziniert sah sie Susanne zu, die mit einer weiteren Ladung Eier, Speck und Würstchen von dem üppigen Buffet zurückkehrte. »Erstaunlich, dass du nicht mindestens eine Tonne wiegst«, sagte sie.

»Ich habe, seit ich fünfzig bin, jedes Jahr ein paar Kilo zugenommen«, sagte Susanne und spießte ein Stück Wurst auf. »Aber wen stört das. Mich jedenfalls nicht.« Sie lachte laut und wedelte mit der Gabel, bevor sie sie in den Mund steckte.

Susanne sieht immer noch wahnsinnig gut aus, dachte Rebecka bei sich. Es lag an ihrer Figur, aber auch an ihrem großen Selbstbewusstsein. Rebecka konnte sich nicht erinnern, dass Susanne jemals unzufrieden mit ihrem Aussehen gewesen wäre. Zwar war sie tatsächlich immer aufsehenerregend schön gewesen, doch es gab ja auch Frauen, die ebenso groß und hübsch waren und dennoch den Kopf einzogen und sich für ihr Aussehen förmlich entschuldigten. Das hatte Susanne niemals getan. Sie wusste, dass sie begehrt wurde, und als sie jung gewesen waren, hatten die Freundinnen für sie oft als Schutzschild gegen allzu aufdringliche Männer agieren müssen. Susanne hatte über die Aufmerksamkeit, die sie erregte, meist nur gelacht und sich nicht viel daraus gemacht. Sie nahm sich, was man ihr anbot. »Es ist meine Sache, wenn ich mit verschiedenen Männern ins Bett gehen will«, sagte sie immer. »Das tun Männer seit ewigen Zeiten, ohne dass man es anders nennen würde als potent. Und so sehe ich mich eben auch: Ich bin potent.«

Rebecka selbst hatte oft Probleme mit diesen Dingen gehabt, war immer vorsichtig gewesen. Ihr Appetit auf Sex war eigentlich erst mit Adam geweckt worden und beruhte ganz allein darauf, dass die Lust, die sie mit ihm verspürte, ihre Scham verdrängte. Und als sie erst einmal fort gewesen war, schien es, als würden die Hormone sie in einem nie versiegenden Fluss durchströmen.

Würde sie je wieder Sex haben können oder war das für immer vorbei? Sie rollte eine kleine Tomate auf ihrem Teller hin und her. Mit Adam war alles verschwunden: die Komplimente, wenn sie sich hübsch machte, seine leuchtenden Augen, wenn sie all die schönen Sachen auszog, die Schulter, an die sie sich anlehnen konnte, wenn sie traurig war, sein warmer Körper neben ihrem, wenn sie fror.

Sieben Jahre hatte sie gebraucht, um über ihre erste Ehe mit Robert hinwegzukommen. Wenn es diesmal nun genauso lange dauern würde? Eigentlich ertrug sie den Schmerz keinen einzigen Tag länger. Aber was konnte ihn überhaupt lindern? Es gab schließlich nichts, was mit dem vergleichbar gewesen wäre, was sie mit Adam zusammen gehabt hatte.

»Stellt euch vor, hier hat Sonja sich verliebt!« Susannes Stimme unterbrach Rebeckas düstere Gedanken. »Ich bin gespannt auf den nächsten Brief, ich möchte zu gerne wissen, ob es weiterging mit diesem Luke. Oder vielleicht mit einem anderen Mann?« Sie lachte. »Mann, wie ich sie manchmal vermisse! Ich habe nie wieder jemanden kennengelernt, der das Leben so genossen hat wie sie.«

Maggan nickte. »Das stimmt. Ich glaube, es lag an all den Verlusten, die sie so früh im Leben trafen, dass sie diese Fähigkeit entwickelt hat. Ich habe viel darüber nachgedacht, als ich das Buch über sie geschrieben habe. Wie es ihr trotz all der Tragödien gelang, glücklich zu sein. Ich habe sie immer als stark und voller Energie erlebt.«

Rebecka überlegte, ob ihr selbst das wohl jemals gelingen würde. Noch fühlte es sich völlig unmöglich an.

Maggan trank den letzten Schluck aus ihrer Tasse, dann beugte sie sich über den Tisch zu den anderen. »Es reicht, glaube ich, wenn wir heute eine Puderdose mitnehmen«, flüsterte sie.

»Ich glaube, du kannst ruhig lauter reden«, sagte Susanne. »Wahrscheinlich spricht hier niemand Schwedisch, und noch weniger wird jemand begreifen, dass wir Sonja in der Dose haben.«

Sie beschlossen, Sonjas Asche zur Mittagszeit zu verstreuen, wenn es aussah, als wenn sich die Grashalme zur Sonne hinstreckten. Zu Hause wurde es langsam Herbst, hier jedoch begann gerade der Frühling und es war nicht besonders kalt. Eine dünne Jacke war alles, was man bei diesem schönen Wetter brauchte. Sie kamen nur langsam voran, denn Maggans Bein ließ kein rasches Tempo zu, doch sie hatten es ja auch nicht eilig.

Der korrekte Name des Parks war *Chinese Garden of*

Friendship, und das kam Susanne beinahe symbolisch vor, als Rebecka sich bei ihr unterhakte. Von der anderen Seite lächelte Maggan ihr zu.

»Wir können doch bestimmt noch einen Tee in diesem Teehaus trinken, das uns vom Hotel so ans Herz gelegt wurde«, schlug Susanne vor und musste sich unter einem Ast ducken. »Und *Dim Sum* essen.« Die Rezeptionistin war geradezu ins Schwärmen gekommen, als sie vom Essen und den Teesorten dort gesprochen hatte.

»Habe ich noch nie gegessen«, sagte Maggan. »Aber man muss alles mal probieren.«

Der Park war einzigartig. Alles schien genau durchdacht zu sein. Jeder Baum, jede Blume und jeder Busch bildete ein Stillleben für das Auge des Betrachters. Im Wasser schwammen Fische hin und her. In den Bäumen zwitscherten Vögel, versteckt im dichten, grünen Laub. Ein Reptil verschwand im Gebüsch, als die drei Frauen sich dem Ufer näherten.

Das Teehaus lag auf einem kleinen Hügel, war den Spaziergang jedoch durchaus wert. Die winzigen mit Gemüse gefüllten Teigtaschen schmeckten himmlisch. Susanne freute sich, als sie sah, wie Maggan zuschlug. Rebecka dagegen bekümmerte sie eher, sie aß nur ein Viertel dessen, was sie beide verdrückten.

Susanne betrachtete sie. »Wie geht es dir?«, fragte sie. »Ist es sehr anstrengend für dich?«

»Nicht anstrengender als sonst. Ich bin froh, mit euch hier zu sein«, sagte Rebecka ruhig. »Ich kann nur einfach nicht aufhören, daran zu denken, wie gut Adam der Garten gefallen hätte.« Sie blickte nach draußen und trank einen Schluck Tee. Dann fuhr sie fort: »Und dann denke ich an Sonja und sehe sie vor mir, wie wir zusammen im Botanischen Garten in Göteborg waren. Erinnert ihr euch auch noch daran? Sonja bestand darauf, dass wir dort picknicken sollten, und als sie ihren Korb auspackte, war er voller Wein und Birnen.« Sie lachte.

»Ja, ich erinnere mich«, sagte Maggan. »Und du, Susanne, warst du auch mit dabei?«

»Ja, ich war dabei und stumm vor Bewunderung, weil Sonja so weltgewandt wirkte. Eigentlich seltsam, dass ich sie nie näher zu ihren Reisen und Auslandsaufenthalten befragt habe, aber es war auch immer, als würde sie alle Fragen dazu eher abwimmeln. Fandet ihr nicht?«

Die anderen beiden nickten. »Wahrscheinlich wollte sie sich uns einfach anpassen«, sagte Rebecka. »Ich erinnere mich noch, wie sie uns diese Interrail-Tour vorschlug. Für mich war es die erste Auslandsreise, aber sie war vorher genauso aufgeregt wie ich.«

»Oder ich«, sagte Maggan und lächelte.

»Als ich das erste Mal ins Ausland reiste, war das auch mit Sonja«, sagte Susanne. »Wir fuhren für ein Wochenende nach London, aber mehr Details zu dieser Reise kriegt ihr nicht von mir.« Sie lachte.

»Danke.« Jetzt lächelte auch Rebecka.

Als sie den kleinen Wasserfall mitten im Park entdeckten, wussten sie, dass sie richtig waren. Er war nur wenige Meter hoch und das Wasser plätscherte in einen Teich, in dem schöne Steine im Schatten der riesigen Baumkronen Muster bildeten. Hier und da drangen Sonnenstrahlen hindurch und glitzerten auf der Wasseroberfläche.

Mit einem feierlichen Gefühl öffneten sie die Dose. Sie hatten beschlossen, dass jede von ihnen etwas sagen sollte. Vorsichtig gab Maggan jeweils ein Häufchen Asche auf drei Taschentücher, dann schraubte sie den Deckel wieder zu und verstaute die Dose in ihrer Handtasche.

Susanne hatte einen Kloß im Hals. »Fang du an«, sagte sie zu Rebecka, die vorsichtig einen Schritt nach vorne machte und sich über den Rand zum Wasserfall beugte. Es fiel Susanne schwer, die Tränen zurückzuhalten, als sie Rebeckas Stimme hörte. Noch immer fühlte es sich unendlich traurig an, dass sie kein Quartett mehr waren. Susanne rückte näher an Maggan heran und legte ihr den Arm um die Schultern, und während Rebecka ein wenig Asche in das fließende Wasser rieseln ließ, blieben sie dicht beieinander stehen.

Schließlich war Susanne an der Reihe. Sie trat vor, ging in die Hocke und konnte Sonja plötzlich deutlich vor sich sehen. Ihre rot geschminkten Lippen, die beinahe immer zu einem breiten Lächeln geöffnet waren.

»Meine liebe Sonja. Du warst meine große Schwester, mein Vorbild, dem ich nacheiferte, und die, die mich lehrte, erwachsen zu werden. Ich vermisse deine Klugheit, vor allem jetzt in diesem Augenblick. Es sind drei ziemlich verwirrte Freundinnen, die sich auf dieser Reise von dir verabschieden, und falls du irgendwo bist, falls das Leben tatsächlich weitergeht, darfst du dich gern zu erkennen geben.« Susanne schüttete die Asche ins Wasser. »Ich hoffe, du weißt, dass du sehr geliebt und wahnsinnig vermisst wirst.«

9

Obwohl seit ihrem Tod bereits sieben Jahre vergangen waren, war es ein bewegender Moment. Sonja fehlte ihr so sehr, dass es immer noch wehtat. Sie und Sonja hatten sich sehr nahegestanden, es war keine Übertreibung, dass Susanne sie als große Schwester bezeichnete. Sie hatte Sonja nachgeeifert und von ihr alles über Männer gelernt, über Verhaltensweisen, wann ein gezielter Tritt in die Eier angezeigt war, welche Partys sich lohnten und vieles mehr. Sonja war emanzipiert und etwas ganz Besonderes gewesen, sie hatte das Leben genossen, als wäre ihr dessen Endlichkeit immer bewusst gewesen. Sie hatte alles mitgenommen und dabei gewiss auch die eine oder andere Niete erwischt, doch darüber hatte sie nie geredet. Sie klopfte sich den Staub ab und ging weiter. Zu Susanne hatte Sonja gesagt, sie solle nicht jedem ihrer Schritte folgen, sondern aufpassen, wo sie hinging, und dass jeder seinen eigenen Weg finden müsse. Zum Geburtstag schenkte sie ihr jedes Jahr Kondome, begleitet von Vorträgen, wie wichtig es sei, sich zu schützen, »nicht nur vor Krankheiten«.

Erst nach ihrem Tod hatten ihre Freundinnen herausgefunden, dass Sonja eine Tochter hatte, Julie, die zu diesem Zeitpunkt bereits siebenunddreißig war. Aufgewachsen war sie unter behüteten Umständen bei ihrem biologischen Vater und dessen Frau in London. Julie hatte viel von Sonja geerbt, sie sah ihr ähnlich, hatte aber auch viel von dem mitbekommen, was Susanne als Lebensfreude bezeichnete. Nicht ein einziges Mal hatte Julie Sonja Vorwürfe gemacht, weil sie sie weggegeben hatte. Sie meinte, sie hätte eine großartige Kindheit bei ihren Eltern gehabt, und auch wenn sie die Details über ihre Herkunft erst als Erwachsene erfahren hatte, war das nichts, womit sie sich quälte. Inzwischen arbeitete sie teilweise im *Sonjas London*, sie liebte ihren schwedischen Ehemann und bezeichnete sich selbst als glücklichsten Menschen der Welt.

Susanne schloss die Augen. Sie sah Sonja in ihrem roten, bestickten Kaftan vor sich, den sie als Malkittel benutzt hatte. Erinnerte sich, wie dieser ihr immer um die Beine geflattert war, wenn sie sich in ihrer Wohnung von einem Zimmer ins andere bewegt hatte. Und dieser Duft, eine Mischung aus Sonjas Parfum und dem Terpentin aus dem Atelier … Sie vermisste Sonja wie am ersten Tag und würde es immer tun. Dennoch tat es gut, an sie zu denken, trotz des Schmerzes, der damit verbunden war.

Inzwischen war Susanne dem Tod selbst näher als der Jugend, und was ihr mit vierzig noch wie eine Ewigkeit erschienen war, tat es nun nicht mehr. Innerhalb weniger Jahre hatte sich ihre Sicht darauf verändert. Sonja und Adam gab es nicht mehr. Sie selbst war an Krebs erkrankt und es gab keine Garantie dafür, dass sie keinen Rückfall erleiden würde. Die Ärzte behaupteten zwar, sie hätten alles entfernt, aber so etwas war auch anderen schon gesagt worden, und dann kam der Krebs nach mehr als zehn Jahren doch wieder zurück.

Immer öfter hatte Susanne das Gefühl, die Zeit würde knapp. Die Jahre vergingen so unfassbar schnell. Wie sollte sie schaffen, was sie noch erledigen wollte, wenn sie den Kopf voller Probleme hatte, statt voller Lösungen? Die Zeremonie am Wasserfall hatte ihr wieder bewusst gemacht, wie schnell es manchmal gehen konnte. Immer wieder hatte sie sich in den vergangenen Jahren die Frage gestellt: Wenn sie nur noch ein Jahr zu leben hätte, würde sie dann lieber gebunden sein wollen oder frei?

»Okay, Mädels, ich habe einen Entschluss gefasst«, sagte Susanne, als sie abends gemeinsam am Tisch saßen. Das Restaurant am Wasser war ein perfekter Abschluss für diesen Tag. Sie aßen Meeresfrüchte, tranken Weißwein, und Rebecka hatte Lippenstift aufgelegt, was Susanne und Maggan nicht kommentierten, doch die Tränen in Maggans Augen, als sie die Freundin betrachtete, sagten alles darüber, welche Veränderung dieses zarte Rosa bedeutete.

»Einen Entschluss wozu?«, fragte Maggan, knipste den Kopf einer Garnele ab, pulte dann den Rogen heraus und legte ihn auf den Teller.

»Bist du verrückt?«, fragte Susanne. »Iss das mit, das ist total lecker!« Sie nahm selbst eine Garnele und zeigte Maggan, wie sie es machen sollte.

Maggan schüttelte sich. »Nein, ich mag keinen Rogen. Die Konsistenz ist irgendwie eklig.«

»Du wolltest von deinem Entschluss erzählen«, sagte Rebecka zu Susanne.

»Ja, richtig. Mein Entschluss.« Susanne wischte sich die Hände an der Serviette ab. »Ich werde den Rest meines Lebens einfach nur noch genießen«, sagte sie stolz. Dann sah sie die beiden anderen erwartungsvoll an.

»Und das heißt …?«, fragte Rebecka.

»Ganz einfach: Ich lasse alles hinter mir, was mir den Tag versaut, mich runterzieht oder traurig macht und dadurch Energie raubt.«

»Wie zum Beispiel?«

»Michael.«

Die beiden Freundinnen sahen sie ungläubig an.

Susanne überlegte kurz. Dann schüttelte sie den Kopf. »Es macht mich einfach total fertig, ein Jahr, nachdem wir Schluss gemacht haben, immer noch über Michael nachzudenken, und dass wir zwischendurch immer mal miteinander schlafen, macht die Sache auch nicht besser. Es macht mir das Hirn wund, immer wieder dasselbe zu denken. Wir geben einander einfach nicht das, was wir brauchen. Ich tue ihm weh, weil ich ihn erst nah an mich heranlasse, um ihn dann doch wieder von mir zu stoßen. Und er tut mir weh, weil er einfach nicht verstehen kann, dass ich beides will, mit ihm zusammen sein und frei sein.« Sie lachte trocken. War sie eben noch frohen Mutes gewesen, so war sie es nun nicht mehr. Dies war keineswegs eine leichte Entscheidung. Aber eine notwendige, um endlich ihren Seelenfrieden wiederzufinden. »Ich kann einfach keine Kompromisse mehr eingehen. Es geht einfach nicht.«

»Ich versuche ja wirklich zu verstehen, was du willst. Aber was ist ein Leben ohne menschliche Bindungen? Hättest du lieber kurzfristige sexuelle Beziehungen? Das ist ja an sich nicht verkehrt, aber hast du nicht so schon gelebt, bevor du Michael kennengelernt hast? Und komm jetzt nicht und sag mir, dass du damals glücklicher gewesen wärst.« Rebecka sah sie von der anderen Seite des Tisches an.

»Ich glaube, ich weiß, was du meinst«, sagte Maggan, die bisher geschwiegen hatte. »In gewisser Weise kann ich deinen Wunsch nach Freiheit nachvollziehen. Aber ich muss auch Rebecka recht geben, dass es irgendwann wahrscheinlich sehr einsam wird. Eine Beziehung heißt doch immer Geben und Nehmen?«

»Ja. Aber vielleicht will ich ja genau diese Einsamkeit. Ich war doch nicht unglücklich, bevor ich Michael kennengelernt habe, oder?« Susanne legte ihr Besteck beiseite. Es tat plötzlich weh in ihrer Brust, wenn sie überlegte, ob da nicht doch etwas dran war. Sie hatte ein starkes Bedürfnis danach, allein zu sein, doch es war längst nicht so einfach, wie sie es darzustellen versuchte. Ihre Liebe zu Michael brannte noch immer, versengte jedoch eher ihre Grenzen, statt ihr Leben zu erhellen. »Ich habe wahnsinnige Angst«, sagte sie aufrichtig. »Aber noch mehr Angst habe ich davor, mich selbst zu verlieren. Ich muss weitergehen.«

»Erkläre mir noch mal, warum du das nicht gemeinsam mit ihm tun kannst«, sagte Rebecka.

»Weil ich ihm nicht geben kann, was er möchte. Michael will mehr. Mehr von mir. Mehr gemeinsame Zeit. Und ich brauche mehr Zeit für mich. Das ist eine Gleichung, die nicht aufgeht.«

»Ich kann einfach nicht verstehen, dass man mit dem, den man liebt, nicht zusammen sein möchte.«

»Ich auch nicht, Rebecka. Aber es ist so. Ich habe das Gefühl zu ersticken, und das ist ein schreckliches Gefühl, weil ich gleichzeitig weiß, dass er für uns beide nur das Beste will. Es ist nichts Böses an ihm. Es ist ganz allein meine Schuld.«

»Kann man in solchen Dingen überhaupt jemandem die Schuld geben?«, fragte Maggan. »Ihr beide passt so gut zusammen, und niemand würde bezweifeln, dass ihr euch liebt, aber wenn ihr euch nicht einig seid, wie ihr eure Beziehung leben wollt, dann verstehe ich schon, dass es schwierig ist. Du bist fünfundfünfzig Jahre alt und hast das Recht zu entscheiden, was dir guttut.«

»Reden wir jetzt noch von mir?«, fragte Susanne.

»Ja, und vielleicht auch ein bisschen von mir«, gab Maggan zu.

»Ihr beiden müsstet mal sehen, was ihr habt«, sagte Rebecka erregt und klapperte mit dem Besteck. »Wollt ihr euch verderben, was ihr mit Michael und Paul habt, nur weil ihr das Bedürfnis nach Freiheit habt?« Sie schüttelte den Kopf. »Von meiner Warte aus betrachtet …« Sie brachte den Satz nicht zu Ende.

Das brauchte sie auch nicht. Susanne wusste genau,

was sie meinte. Doch zugleich ging es ihr schlecht, weil sie nicht mehr geben konnte und weil sie sich bedrängt fühlte. Es fiel ihr schwer, es zu erklären, denn sie begriff es ja selber kaum.

Als Susanne in ihr Zimmer kam, nahm sie das Telefon zur Hand. In London war es jetzt Nachmittag, und Michael war wahrscheinlich noch im Hotel. Maggan zufolge war Paul noch bei ihm in der Stadt, und Susanne dachte, dass das gut wäre. Michael wie auch sie selbst konnten Freunde jetzt gut gebrauchen.

»Ich bin es.«

»Das sehe ich. Wie geht es euch?«

»Danke, gut ... Die Reise macht Spaß, und überhaupt ...«, sagte sie gedämpft.

»Susanne, was ist los?«

»Findest du, dass das, was wir gerade tun, funktioniert?«, fragte sie leise.

»Was meinst du? Dass wir uns ab und zu treffen? Nein, das finde ich nicht. Du weißt, dass ich mehr brauche, um glücklich zu sein.«

»Na dann«, sagte sie. »Ich liebe dich, und ich möchte, dass du das weißt. Aber ich muss allein sein können.«

»Das bist du doch auch, Susanne. Es ist ein Jahr her, seit wir Schluss gemacht haben, wir haben seit Monaten nicht mehr miteinander geschlafen. Was willst du da noch beenden? Die heimlichen Treffen, die wir uns nach Adams Tod nicht verkneifen konnten?«

»Ja«, sagte sie. »Ich kann nicht weitergehen, wenn wir nicht endgültig Schluss machen. Wenn ich dich sehe, will ich mit dir ins Bett, und dann fühlt es sich an, als würde ich dich ausnutzen, weil ich genau weiß, dass du mehr von mir willst.«

»Tu das nicht. So etwas darfst du nicht tun. Wenn man sich liebt …«

»Siehst du, genau das ist es. Du weißt, was Liebe ist, und ich weiß es nicht. In den ersten Jahren hatte ich wahnsinnige Angst, du könntest mich verlassen, und jetzt habe ich wahnsinnige Angst, mit dir zusammen zu sein. Irgendetwas ist an mir verkehrt«, sagte sie. »Und ich muss herausfinden, ob es etwas ist, das ich ändern will, oder ob ich es einfach akzeptieren muss.«

»Ohne mich?«

Es tat so weh, dass sie beinahe keine Luft mehr bekam. Dennoch musste sie es ihm sagen.

»Ja, Michael. Ohne dich.«

Dann legte sie auf und kappte die Verbindung zu dem Mann, den sie in den letzten sieben Jahren geliebt hatte.

Sie wusste, dass es wehtun würde und dass sie ihn und seine Einladungen zu einem Date vermissen würde. Aber jedes Mal, wenn sie sich trafen, fragte er, ob sie es sich anders überlegt hätte, ob sie sich ein gemeinsames Leben vorstellen könnte … und wenn keiner von ihnen seine Bedürfnisse aufgeben oder sie sich auf halbem Wege treffen konnten, dann war dies die richtige Entscheidung.

Dennoch fühlte es sich an, als würde ihr das Herz aus der Brust gerissen.

Am letzten Abend in Sydney fanden sie eine DVD in Maggans Postfach. Die Hülle verriet nichts über den Inhalt. Erst als Maggan den Film in ihren Computer einlegte und diesen an den Fernseher anschloss, sahen sie den Titel: *Verdammt in alle Ewigkeit.*

»Das war klar«, murmelte Rebecka. »Sie liebte diesen Film.«

»Ich habe überhaupt keine Ahnung«, sagte Susanne. »Wohin geht es für uns als Nächstes?«

Zweiter Brief
Hawaii

Wenn ich auf mein Leben zurückblicke, bin ich dankbar, dass ich nicht wusste, wohin es mich führen würde. Ich hatte immer das Gefühl, einfach mitzumachen. Es ist mir stets leichtgefallen, mich neuen Situationen anzupassen. Nur selten habe ich versucht, das Band zurückzuspulen, stattdessen habe ich einfach mitgehalten, egal, ob es gerade auf- oder abwärts ging. Wie ihr ja inzwischen wisst, habe ich ein Kind zur Welt gebracht, ein rothaariges kleines Ding, das jemand anderen brauchte als mich und auch bekam. Da ich ihr aus der Entfernung über die Jahre ein wenig gefolgt bin, weiß ich, dass man sich sehr gut um sie gekümmert hat.
Ihr Vater tröstete mich, als meine Welt zusammenbrach, aber wir waren nie zusammen.
Mein Herz gehörte längst einem anderen.

Ich fuhr nach Hawaii und Maui, um Luke zu treffen. Wir heulten beide, als wir uns sahen, und ließen unseren Tränen freien Lauf. Er hatte zwei Tage Urlaub, bevor er wieder nach Vietnam musste, und mein Herz zersprang beinahe beim Gedanken daran. Ich hasste den Krieg, wie alle anderen auch.
Und ich war so dankbar, dass er unverletzt war. In seinen Briefen hatte er mir von all den Verlusten geschrieben, über Kameraden, die für ihr Leben versehrt waren. Er selbst hatte keine einzige Schramme. Noch nicht.
Wir hatten die fixe Idee, dass wir uns am Strand lieben

müssten, genau wie Deborah Kerr und Burt Lancaster im Film, und mit dem Jeep, den wir gemietet hatten, fuhren wir aus der Stadt weit auf die Insel hinaus, bis wir die perfekte Stelle gefunden hatten. Wir waren so jung. Strände schienen uns eine gute Idee zu sein. Dabei war es in Wirklichkeit natürlich total unbequem. Wir hatten Sand überall, wo man keinen Sand haben sollte, aber wir konnten eng umschlungen am Strand liegen und das war natürlich trotzdem sehr romantisch.

Am besten ging es trotzdem im Hotel.

Meine Unschuld hatte ich ihm bereits ein Jahr zuvor mehr als gerne geopfert, als er einberufen wurde. Das war eine meiner besten Entscheidungen gewesen, denn genau wie ich es mir gedacht hatte, stellte sich heraus, dass Sex wirklich mein Ding war. Vielleicht lag es aber auch daran, dass Luke ein großartiger Liebhaber war. Schon das erste Mal war so fantastisch, dass wir kaum zu Atem gekommen waren, bevor ich vorschlug, es noch einmal zu tun.

Bis er Australien verließ, waren wir immer zusammen. Wir lachten und weinten über dieselben Dinge, diskutierten über Politik und stimmten in allem überein. Ich liebte seine braunen Augen und er meine grünen. Nichts konnte uns trennen. Doch als Amerikaner hatte er keine Chance zu entkommen. Die USA waren im Krieg, Luke war achtzehn und wurde in etwas hineingezwungen, das er eigentlich nicht wollte, der Einfluss seiner Familie war groß. Als guter Staatsbürger hatte man seine Pflicht zu tun. Lukes Aufenthalt in Sydney währte deshalb nur kurz, und die letzten Monate verbrachten wir ausschließlich miteinander. Ich schwänzte häufig die Schule, aber meine Mutter sagte, das sei okay, ich könnte es später nachholen. Die Liebe sei wichtiger, meinte sie.

Ob sie es meinem Vater erzählt hat, weiß ich nicht. Er mochte Luke ja auch und schien nichts dagegen zu haben, dass wir bei uns zu Hause waren. Luke aß und schlief bei uns und war immer da, wenn ich da war. Meine Mutter war viel mit irgendwelchen Wohltätigkeitsorganisationen beschäftigt, sodass wir unsere Ruhe hatten.

Von unserem letzten Abend in Hawaii erinnere ich jede Einzelheit. Wie schmal seine Augen wurden, wenn er lachte. Den Geruch seiner Haut. Meine Tränen. Die Gefühle zwischen uns.

Wir waren so unfassbar jung! Einen Monat später erst wurde ich achtzehn.

Als wir uns trennten, wusste ich nicht, wie es weitergehen würde. Meine Eltern wollten nach Schweden zurückziehen, und Luke und ich würden uns natürlich so oft wie möglich besuchen. Dass die Entfernung zwischen unseren jeweiligen Heimatländern so groß war, war uns egal.

»Wenn ich wiederkomme, werde ich um deine Hand anhalten, und ich rate dir, Ja zu sagen!«

Noch heute höre ich, wie er das sagt.

Er legte sich auf mich und drückte mich so fest er konnte, und da, in genau dem Augenblick, begriff ich, dass dies eine der glücklichsten Stunden meines Lebens war.

Da wusste ich noch nicht, wie rasch das Leben sich ändern kann, wie sehr das darauffolgende Jahr von Verlusten gekennzeichnet sein würde.

Eine meiner schönsten Liebeserinnerungen stammt aus Hawaii.

Ich wünsche mir, dass Ihr meine Asche dort ins Meer streut.

10

Maggan war hingerissen von der Freundlichkeit der Crew, bewunderte die bunten Blumen, die sie um den Hals trug, und genoss das gute Essen an Bord der Hawaiian Airlines. Ich habe es wirklich richtig gut, dachte sie und drückte sich noch tiefer in den bequemen Sitz.

Rebecka hatte gesagt, dass es ihr heute nicht so gut ginge, und auch Susanne schien nicht bester Laune zu sein, doch Maggan selbst fühlte sich leicht wie eine Feder und fröhlich wie schon lange nicht mehr. So zumindest hatte sie ihre Gefühle in ihrem Tagebuch beschrieben. Ihren Blog hatte sie aufgegeben. Nachdem Sonja gestorben war, hatte sie keine Lust mehr dazu gehabt. Später hatten sie, Rebecka und Susanne, einen gemeinsamen Blog gehabt, den sie einfach *The Blog* genannt hatten, aber keine von ihnen kümmerte sich darum oder aktualisierte ihn, wie eigentlich vereinbart, und so verlief er sich irgendwann im Sande. Außerdem hatte Susanne immer über ihr damals noch blühendes Sexleben mit Michael schreiben wollen, und das hatten sie und Rebecka unpassend gefunden.

Immerhin saßen Rebecka und Susanne jetzt nebeneinander und unterhielten sich leise. Maggan war froh, dass ihre Zeit als Vermittlerin zwischen den beiden vorbei war. Es hatte sie belastet, zumal diese Reise ohnehin schon so mit Gefühlen überfrachtet war. Sie waren alle drei ergriffen von Sonjas Geschichte. Zu Lebzeiten hatte sie ihnen nie von ihrer Jugendliebe Luke erzählt. Irgendwie seltsam. Warum hatte sie es so geheim gehalten? Jeder hatte doch wohl eine erste Liebe. Andererseits hatte Sonja generell nicht viel über ihr Liebesleben preisgegeben. Maggan erinnerte sich, dass sie sich darüber unterhalten hatten, als sie nach ihrem Tod ihre Wohnung ausgeräumt hatten, und dass sie gescherzt hatten, sie hätte wahrscheinlich zahlreiche Liebhaber im Ausland gehabt. Vielleicht waren sie damit der Wahrheit näher gekommen, als sie gedacht hatten.

Sie löffelte den Rest ihres Desserts. »Das war köstlich«, sagte sie und hielt ihren leeren Teller hoch. »Habt ihr probiert?«

»Nein, ich fand, es sah eklig aus.« Rebecka schüttelte sich.

»Dann gib es mir, ich esse es gerne«, sagte Maggan.

Susanne beugte sich vor. »Na, du hast ja einen ordentlichen Appetit!«

»Ja, schließlich habe ich gerade keinen Kummer, so wie ihr«, sagte sie, griff nach Rebeckas Nachtisch und stellte ihn auf ihr eigenes Tablett. »Und Süßes hat mich schon immer interessiert.«

Sie nahm einen Löffel des rosaroten Gemischs und war sich unsicher, ob es Erdbeere oder Himbeere war. Auf jeden Fall schmeckte es himmlisch.

»Was wisst ihr über Honolulu?«, fragte sie anschließend und legte den Löffel zur Seite.

»Dass wir neun Stunden brauchen, um dorthin zu kommen«, seufzte Rebecka.

»Ja, gut, aber abgesehen davon?«

»Nichts. Ich habe ein Bild vor mir, von Palmen, Musik und diesen Blumenketten um den Hals, aber sonst …«

Susanne zuckte die Achseln. »Geht mir ähnlich. Warm und schön. Sorglos.«

»Apropos«, sagte Maggan. »Ich hoffe ja, wir haben irgendwann auf dieser Reise mal Zeit, uns zusammenzusetzen und über Geld zu reden. Wir spenden hier und da mal eine Million an irgendwelche Wohltätigkeitsorganisationen, aber ich habe das Bedürfnis, mich ernsthafter zu engagieren. Darum müssen wir uns wirklich langsam mal kümmern. Wir haben schließlich schon oft darüber geredet.«

»Stört es dich, so viel zu haben?«, fragte Susanne und lächelte.

»Ja, irgendwie schon.«

»Wir könnten problemlos alles ausgeben. Grundstücke kaufen, Wohnungen für Flüchtlinge bauen, die Thorax-Klinik des Karolinska Krankenhauses unterstützen und sie im Gegenzug bitten, irgendetwas nach Sonja zu benennen, eine Großspende an den Krebsfonds schenken, Greenpeace, Medpax oder andere Organisationen unterstützen, aber du meinst wahrscheinlich doch noch etwas anderes.«

»Ich weiß nicht. Ich denke nur immer, wie viel Zeit ich darauf verwende, Zimtschnecken zu backen, dabei hätte ich die Möglichkeit, wirklich etwas zu verändern.«

Mit diesem Gedanken war Maggan am Abend zuvor eingeschlafen und morgens wieder aufgewacht. Sonja hatte ihr Möglichkeiten eröffnet, von denen sie Gebrauch gemacht hatte, solange sie in Paris gelebt hatte. Zu Hause in Farsta dagegen war sie abgestumpft. Das wurde ihr jetzt klar, da sie wieder ein bisschen auflebte.

»Ich denke zum Beispiel an Oprah, die eine Mädchenschule gegründet hat. Das könnten wir doch auch tun. Oder wir unterstützen ihre Schule.«

»Na klar. Ruf Oprah doch mal an, grüß sie von mir.« Susanne grinste.

»Wenn ich in den letzten Jahren etwas gelernt habe, dann, dass sich viele Türen plötzlich öffnen, wenn man Geld hat«, sagte Rebecka. »Unmöglich wäre es also nicht, dass sie antworten würde.«

»Hab ich mir doch gedacht, dass euch das ein bisschen

aufmuntert«, sagte Maggan und gähnte. »Jetzt bin ich satt und werde ein bisschen schlafen.«

Auf dem Flug nach Sydney hatte sie wider Erwarten geschlafen wie ein Stein, und jetzt war sie so müde, dass sie wohl auch diesmal keine Schwierigkeiten haben würde.

Rebecka stellte ihre Rückenlehne zurück und sah aus dem Fenster. Sie überlegte, wie es wohl sein würde, nach Mallorca zurückzukehren, wenn sie Sonjas Asche verteilt hätten. Zu Rafaela hatte sie gesagt, dass es in Ordnung wäre, wenn sie anfing, den Aufenthalt für Eltern und Kinder bereits für die kommenden Herbstferien im November vorzubereiten. Rafaela hatte protestiert, meinte, es sei noch zu früh und es würde Rebecka bestimmt alles zu viel werden. Und Rebecka konnte ihre Zweifel nachvollziehen. Immer hatte es bisher irgendeinen Knirps gegeben, der unbedingt bei ihr und Adam im Schlafzimmer übernachten wollte. Ohne ihn würde ihr das aber wahrscheinlich das Herz brechen. Adam konnte so gut mit Kindern umgehen. Er wäre ein großartiger Vater gewesen.

Sie hätte selbst auch gerne Kinder gehabt, doch ihr erster Mann war daran nicht interessiert gewesen – bis er sie verlassen und eine jüngere Frau geheiratet hatte, die sofort schwanger geworden war – und dann war es für Rebecka zu spät gewesen. Natürlich hätte sie sich in Kopenhagen künstlich befruchten lassen können, mit jemandem schlafen können, ohne zu verhüten, oder einen ihrer homosexuellen Freunde fragen können, doch nichts davon hatte sie unternommen. Wenn, dann wollte sie auch einen Ehemann dazu haben. Und da sie den nicht bekam, lag sie zu Hause und war unglücklich.

Wegen Robert.

Einem Mann, der sie nie richtig zu schätzen gewusst hatte.

Noch immer wurde sie wütend, wenn sie darüber nachdachte. So viele Jahre hatte sie verschwendet. Wie hatte sie glauben können, dafür Zeit zu haben? Mit vierzig schien das Leben immer noch lang genug, um Tage und Stunden sinnlos zu vergeuden. Darin musste sie Susanne recht geben: Es war wirklich Verschwendung, sich mit Kummer und Sorgen zu beschäftigen, wenn man sich genauso gut davon befreien konnte.

Eines Tages, hoffentlich eher früher als später, würde sie die Kraft finden, sich zu entscheiden. Entweder dafür, sich mithilfe der zusammengesparten Tabletten mit Adam wiederzuvereinen, oder dafür, sich aus dem Tief, in dem sie sich befand, herauszuarbeiten und einen neuen Lebensinhalt zu finden.

Sie war knallhart in ihren Ansichten. Dass es eine göttliche Bestimmung im Leben gäbe, war Unsinn, dagegen war es umso wichtiger, sein Leben als etwas Sinnvolles zu betrachten. Was sie im Augenblick nicht tat.

Susanne drehte sich auf die andere Seite und versuchte sich auf das Hörbuch zu konzentrieren, doch die Gedanken ließen ihr einfach keine Ruhe.

»Erzähl mir was«, sagte sie zu Rebecka.

»Was?«

»Egal, irgendwas.«

»Ich kann gerade nicht«, sagte Rebecka und schloss die Augen.

»Okay«, sagte Susanne und drehte sich wieder um.

Huch, dachte sie, als sie den gut aussehenden Mann zwei Sitze weiter entdeckte. Sein Nachbar war aufgestanden und hatte die Sicht auf ihn freigegeben. Warum also nicht? Sie lächelte und beugte sich über den Mittelgang.

»Wir überlegen gerade, was man in Honolulu so unternehmen könnte«, sagte sie. »Haben Sie vielleicht einen Tipp?«

Als der Nebenmann zurückkam, baten sie ihn, sich auf Susannes Platz zu setzen, denn seiner war jetzt von ihr besetzt. Der Schöne hatte sie sofort gebeten, sich doch neben ihn zu setzen, und das hatte sie gerne getan. Rebecka und Maggan wollten schlafen, und sie selbst hatte Lust, ein bisschen zu flirten. Schnell fand sie heraus, dass der Mann geschäftlich unterwegs war. Er arbeitete mit Booten. Ob er welche baute oder nur verkaufte, begriff sie nicht so ganz, aber sie hatte den Blick ja auch fest auf seinen Mund gerichtet und ließ ihrer Fantasie freien Lauf, statt genauer zuzuhören.

»Und du? Eine Schwedin unterwegs von Sydney nach Hawaii. Machst du Urlaub? Suchst du vielleicht ein kleines Abenteuer?« Er zwinkerte ihr zu.

»Sozusagen«, sagte sie und zog ihren Arm ein wenig zurück, als er seine Hand darauflegte und ihn drückte. Was machte er da? Sie verschränkte die Arme vor der Brust und lehnte sich ein wenig in den Gang.

»Das klingt gut«, sagte er. »Was sagt denn dein Mann dazu, dass du ohne ihn fährst? Ich meine, du machst ja schon was her, mit diesen Beinen.« Er grinste breit. Viel zu breit. Er war viel zu direkt. Plump.

Ihre Flirtlust war mit einem Mal verschwunden. Das hier war kein netter Typ, das war ein Arschloch. »Und was sagt deine Frau dazu, dass du sie allein lässt?«

»Sie hat nichts dagegen. Wir führen eine offene Ehe.«

Susanne widerstand der Versuchung, die Augen zu verdrehen. »Offen wofür?« Sie fragte, obwohl sie genau wusste, was er meinte. Sie wollte lediglich seine Antwort hören, bevor sie auf ihren eigenen Platz zurückkehrte.

»Anderen Menschen näherzukommen, wenn du weißt, was ich meine«, sagte er und ließ einen Finger über ihren Arm gleiten. »Sie ist gerade in Rom. Wahrscheinlich nicht allein.« Er ließ den Blick über ihren Körper wandern und hielt bei ihren Brüsten an. Dann sah er ihr in die Augen und pfiff leise.

Susanne wurde schlecht. Hatte sie ihn wirklich eben noch attraktiv gefunden? Sie musste ihr Urteilsvermögen komplett verloren haben.

»Ich wünsche ihr, dass sie eine ganze Armee hübscher Italiener hinter sich herzieht«, sagte Susanne und stand auf. Sie streckte die Hand aus und rüttelte den Mann, mit dem sie die Plätze getauscht hatte, unsanft an der Schulter.

»Ich hätte gerne meinen Platz zurück«, sagte sie.

Die guten Männer waren alle schon vergeben. Außer einem. Dem Besten von allen. Doch den hatte sie verlassen.

Und sie selbst hatte ihre ersehnte Freiheit, von der sie keine Ahnung hatte, was sie mit ihr anfangen wollte.

11

Maggan drehte beinahe durch, als sie an der Gepäckausgabe warteten und ihr Koffer einfach nicht kam.

»Jetzt haben sie Sonja gefunden«, flüsterte sie. »Ich wusste, dass es nicht gut gehen würde. Jetzt ist es vorbei. Glaubt ihr, sie stecken uns ins Gefängnis?«

Sie war so außer sich, dass Rebecka ihr eine Papiertüte reichte, die sie aus dem Flugzeug mitgenommen hatte.

»Hier. Atme da rein. Dein Koffer ist bestimmt nur fehlgeleitet worden, so etwas passiert ständig.«

»Aber da sind nicht immer Leichen drin«, fauchte Maggan und schlug Rebecka die Tüte aus der Hand. Ihr Blick fuhr nervös über das beinahe leere Gepäckband. »Was sollen wir denn jetzt machen?«, fragte sie schrill, als alle ihre Koffer bekommen hatten und nur sie drei noch am Band standen.

»Wir melden, dass der Koffer nicht aufgetaucht ist«, sagte Susanne. »Ich frage mal dort drüben.«

»Sollte Rebecka das nicht lieber machen?«, fragte Maggan. »Bei deinem Temperament geht vielleicht etwas schief.«

Susanne, die sich bereits zum Gehen gewandt hatte, blieb stehen und zog die Schultern hoch. »Gut. Rebecka, übernimmst du das? Ich bin anscheinend nicht geeignet.«

»Passt so lange auf meinen Koffer auf«, sagte Rebecka. »Ach übrigens, wir müssen dann bestimmt angeben, wo wir wohnen, das erfahren wir aber erst in der Ankunftshalle.«

Plötzlich schrie Maggan auf. »Da ist er!« Sie rannte zum Band und riss ihren Koffer an sich. Dabei brach sie vor Erleichterung beinahe in Tränen aus. »Mein Koffer! Bloß gut. Jetzt machen wir aber, dass wir hier wegkommen.«

Ohne weitere Zwischenfälle gingen sie am Zoll vorbei in die Ankunftshalle. Auf der anderen Seite angekommen, sahen sie sich um. Maggan lachte laut auf. Jetzt mussten sie nur noch herausfinden, wohin sie als Nächstes mussten. Doch Susanne hatte schon etwas entdeckt.

Sonjas Reise stand auf einem Schild, das von einem Mann mit einem prachtvollen Blumenkranz um den Hals hochgehalten wurde.

»Es muss Sonja viel Spaß gemacht haben, diese Reise

für uns vorzubereiten, und darüber bin ich echt froh«, sagte Susanne und ging ihnen voran zu dem Mann mit dem Schild.

Während der Chauffeur das Gepäck verstaute, setzten Rebecka und Susanne sich nach hinten und Maggan ließ sich auf dem Beifahrersitz nieder.

»Wohin fahren wir?«, fragte Maggan neugierig, als der Mann das Auto startete. Sie sah sich schon mit den beiden anderen einen endlos langen Sandstrand entlanglaufen, vielleicht lag ihr Hotel sogar am Meer. Sie würde gleich ins Wasser gehen. Der Bikini, den sie sich im vergangenen Sommer gekauft hatte, war noch so gut wie neu. In Schweden war es viel zu kalt, um baden zu gehen, selbst wenn es ein schöner Sommer war. Sie zog sich die Strickjacke aus, die sie in Sydney und während des Flugs noch gebraucht hatte. Es war heiß, und obwohl ihre Hose sehr dünn war, war ihr viel zu warm.

»Zum Fährterminal.« Der Chauffeur reichte ihr einen Umschlag.

Susanne beugte sich zwischen den Sitzen nach vorn.

»Hallo? Moment mal, habe ich richtig gehört? Fährterminal?«

Maggan riss das Kuvert auf.

Willkommen in Honolulu.
Damit Ihr alles von der Inselgruppe zu sehen bekommt, habe ich es so organisiert, dass Ihr auf einem Kreuzfahrtschiff von Insel zu Insel fahrt. Das wird bestimmt toll!

»Oh, nein«, sagte Rebecka müde. »Alles, nur das nicht!«

»Das war es wohl mit meinem Sandstrand«, sagte

Maggan und seufzte. Sie sah all die schrecklichen Überfahrten vor sich, die sie zwischen Schweden und Finnland zurückgelegt hatte und auf denen das ganze Schiff voller betrunkener Menschen gewesen war, die auf eine schnelle Nummer aus waren.

»So ein Mist«, sagte Susanne. »Ausgerechnet ein Schiff!«

»Es würde mich nicht weiter wundern, wenn wir Sturm und Hagel bekämen«, sagte Maggan, als sie sich zum Check-in auf die *Radiance of the Seas* begaben. »Könnt ihr euch erinnern, ob ich schnell seekrank werde?«

Als Rebecka die Tür zu ihrer Suite öffnete, sendete sie Sonja dennoch einen kleinen Dank, denn auf den ersten Blick sah es hier sehr einladend und modern aus. Vielleicht würde es also doch gar nicht so schlimm werden. Sie ging zu einem der Fenster und zog die Gardinen beiseite, hinter denen sich eine Balkontür verbarg. Sie öffnete sie und ließ ein wenig frische Luft herein. Hier konnte Susanne sich sonnen, wenn sie wollte. Auf dem kleinen Balkon fanden genau zwei Liegestühle und ein kleines Tischchen Platz. Neben dem Doppelbett befand sich eine kleine Sitzgruppe – für zwei – mit einem Fernseher. Das Bett sah bequem aus und Rebecka freute sich darauf, große Teile der Zeit darin zu verbringen, obwohl sie sich vorgenommen hatte, an manchen Tagen ihren Kummer zu vergessen und so zu tun, als täte es nicht mehr ganz so weh.

Tief drinnen fühlte es sich verkehrt an, doch zugleich musste sie versuchen, Kraft zu schöpfen. Die Gefühle, die ihr wehtaten, taten es so sehr, dass es nicht genügte, sie hin und wieder beiseitezuschieben. Sie brauchte einen Tag. Einen ganzen Tag, an dem sie zumindest so etwas wie Freude empfinden konnte.

Sie sah sich in der Suite um. Sie war wie gemacht für

ein Liebespaar. Vor dem Zweiersofa standen eine Flasche Champagner und zwei Gläser bereit. Nein, drei Gläser, wie sie jetzt entdeckte, und da konnte sie endlich doch ein wenig lächeln. Natürlich. Schließlich hatte Sonja sich das Ganze ausgedacht. In Zusammenarbeit mit der Anwaltskanzlei Andreasson natürlich, die seit dem Tod des alten Andreasson von dessen Tochter betrieben wurde. Rebecka überlegte, wie viel von Sonjas ursprünglicher Planung sich jetzt, sieben Jahre nach ihrem Tod, überhaupt noch realisieren ließ. Wahrscheinlich hatte die Kanzlei doch die eine oder andere Änderung vornehmen müssen, damit alles passte. Diese Reise war mit fünf Jahren Verspätung begonnen worden. Sie waren alle drei so beschäftigt mit ihren neuen Aufgaben und Beziehungen gewesen, dass sie sie immer wieder aufgeschoben hatten. Es war fast peinlich, wenn man genau darüber nachdachte.

Rebecka nahm die Flasche aus dem Kühlbehälter und griff nach den Gläsern. Wenn sie wirklich versuchen wollte, sich von ihrem Kummer freizunehmen, musste sie selbst die Initiative ergreifen.

»Bitte versteh mich«, sagte sie leise mit einem Blick zur Decke.

»Komm rein.« Susanne lachte, als sie Rebecka mit der Flasche und den drei Gläsern sah. »Du hättest sie gar nicht mitbringen müssen, hier gibt es auch eine.« Dann erst fiel ihr auf, was es bedeutete. »Rebecka, du willst mit uns anstoßen? Oh, wie schön! Komm, wir gehen zu Maggan.« Sie griff nach ihrer Handtasche, die sie neben der Tür abgelegt hatte. »Ich muss nur schnell nachsehen, ob ich meine Schlüsselkarte eingesteckt habe.« Sie wühlte ein bisschen, und als sie sie gefunden hatte, hängte sie sich die Tasche über die Schulter. »Jetzt können wir.«

Maggans Kabine lag auf demselben Flur. Im Bademantel öffnete sie ihnen die Tür.

»Ich wollte mir kurze Hosen anziehen«, sagte sie. »Warum habt ihr euch nicht umgezogen?«

»Weil wir erst Schampus mit dir trinken wollen«, sagte Rebecka und hielt die Flasche hoch.

»Du auch?«

Rebecka nickte.

Susanne ging zum Sofa, setzte sich und legte die Füße auf den Tisch. »Unsere Suiten sehen genau gleich aus. Ein Glück für Sonja, denn wenn deine schöner gewesen wäre als meine, hätte ich ihr das übel genommen. Ich muss zugeben, ich habe schon deutlich bessere Laune als vorhin, als wir an Bord gegangen sind.«

Rebecka öffnete die Flasche und goss den Champagner in die mitgebrachten Gläser.

»Ich habe mir vorgenommen, mal einen Tag von meiner Trauer freizunehmen, wenn es geht. Ich fühle mich einfach so schwach, dass ich dringend etwas unternehmen muss«, sagte sie vorsichtig. »Seid so gut und bedrängt mich nicht, ich werde es einfach versuchen. Im Moment weiß ich einfach nicht, was richtig oder falsch ist.«

»Da verspreche ich doch glatt dasselbe«, sagte Susanne. »Keine Grübelei und kein Selbstzerfleischen in den nächsten Tagen.«

»Ich trauere zwar nicht und grüble nicht und zerfleische mich auch nicht selbst«, sagte Maggan und setzte sich ihnen gegenüber in den Sessel. »Dafür verspreche ich, nicht mehr darüber zu meckern, dass wir auf einem Schiff sind. Wenn ihr es schafft, schaffe ich es auch.«

»Worauf trinken wir?«, fragte Susanne und sah Rebecka an.

»Auf die Freundschaft.« Sie erhob ihr Glas.

12

Als Paul London verließ, um für ein paar Tage nach Paris zu fahren, unternahm Michael einen weiteren Versuch, seinen Kummer in Alkohol zu ertränken. Es gelang ihm nur bedingt. Er landete mit der blonden Direktorin des Park Hyatt Sydney im Bett und wusste hinterher selbst nicht, wie es eigentlich dazu gekommen war.

Sie waren essen gegangen, um über die Arbeit zu reden, dann in einer Bar gelandet und hatten schließlich in dem Hotel auf der anderen Straßenseite eingecheckt. Als er aufwachte, stand sie in der Tür, winkte mit dem Handy und sagte, sie würde sich später noch mal bei ihm melden.

Als sie hinausgegangen war, hob er die Bettdecke hoch. Verdammt! Er hatte also tatsächlich mit ihr geschlafen. Er sah sich im Zimmer um. Seine Unterhose lag neben dem Bett, das Hemd über der Stuhllehne, seine Aktentasche mitten im Zimmer. Gab es irgendeinen Grund zu der Annahme, sie könnte Nein gesagt haben?

Jetzt war er wenigstens nüchtern. Zumindest nüchtern genug, um festzustellen, dass er mit ihr im *Claridge's* gelandet war. So ein Mist! Die Hotelwelt war klein, und sich einfach hinauszuschleichen, kam auch nicht in Frage, schließlich musste er das Zimmer noch bezahlen. Oh Gott, was hatte er nur getan? Mit einer Kollegin, einer viel jüngeren noch dazu, die ihn als eine Art Mentor betrachtete. In den kommenden Tagen hatten sie mehrere gemeinsame Termine, und er hatte nicht die geringste Ahnung, wie er das hier diskret beenden sollte.

Unter der Dusche erinnerte er sich, dass sie die treibende Kraft gewesen war. Dass sie gesagt hatte, sie hätte schon immer … mit ihm. Dass er da jedoch noch gebunden gewesen sei.

Dann hatte er ihr also erzählt, dass Susanne sich von ihm getrennt hatte.

Während er sich die Haare trocken rubbelte, dachte er an die kommenden Tage. Die würden bestimmt kein Spaß werden.

Auf dem Weg zu den Taxis vor dem Hotel rief er Paul an. »Zum *Hyatt Regency*, bitte«, sagte er durch die heruntergekurbelte Scheibe zu dem Fahrer, bevor er sich auf den Rücksitz setzte. »Jetzt geh schon ran«, murmelte er in sein Handy.

Er musste einfach mit jemandem reden. Nicht um sich sagen zu lassen, dass er ein kompletter Idiot war, das wusste er auch so, sondern um einen Rat zu bekommen, wie er sich am geschicktesten aus der Affäre ziehen konnte.

Paul nahm nicht ab. Enttäuscht steckte Michael das Handy in seine Brusttasche. Dann sah er auf die Uhr. Der Termin war in einer Dreiviertelstunde. Er würde es gerade eben noch schaffen, etwas zu essen und sich umzuziehen, bevor er ihr wieder begegnete. Am besten wäre es wahrscheinlich, über das Ganze zu lachen, und er nahm sich vor, es damit zu versuchen. *Ach, das war ein schöner Abend, aber dann … oje, ganz schön verrückt. Ha, ha, ha.*

Michael hatte ein schlechtes Gewissen. Als wäre er fremdgegangen. Was natürlich Unsinn war, denn schließlich war es Susanne gewesen, die das Wenige ihrer noch vorhandenen Beziehung beendet hatte. Er war lediglich noch für ein paar Monate ihr Liebhaber gewesen, und es war jedes Mal fantastisch, mehr jedoch hatte sie schon nicht mehr von ihm gewollt. Sie hatten sich nur noch gelegentlich getroffen, wenn Susanne gerade Lust darauf hatte. Und natürlich hatte auch er immer Lust, doch er wollte eben auch mehr. Dabei hatte er sich wahrscheinlich geradezu lächerlich gemacht mit seinen Überzeugungsversuchen.

Frauen.

Manchmal hasste er sie geradezu. Seine Ex-Frau, von der er sich ein paar Jahre, bevor er Susanne kennenlernte, getrennt hatte, hatte ihn mit ihrem Personal Trainer betrogen, wollte sich aber auf keinen Fall von ihm scheiden lassen. Michael wollte es auch nicht, es gab für ihn jedoch keine Alternative. Über so einen Betrug konnte er doch nicht einfach hinwegsehen.

Was er dagegen in der vergangenen Nacht getan hatte, war kein Betrug gewesen. Warum fühlte es sich dann aber so an?

Mit einem kurzen Gruß eilte er an der Rezeption vorbei, stieg in den Fahrstuhl und schloss die Tür. Er lehnte sich an die Wand. Das Frühstück würde er sich nach oben kommen lassen, dachte er. Eine Kanne Kaffee und ein frisch gebügeltes Hemd, und der Tag konnte beginnen.

»Camille«, begrüßte er sie und streckte ihr die Hand entgegen. Dann zögerte er einen Moment. »Danke für den netten Abend.« Er lächelte schief.

»Ich habe zu danken«, flüsterte sie und blinzelte ihm zu. Mit dem Daumen fuhr sie über seine Hand.

Aus dem Augenwinkel entdeckte er ein bekanntes Gesicht. »Roger«, rief Michael dankbar und winkte ihm zu. »Entschuldige mich«, sagte er und ließ sie stehen, um seinen amerikanischen Kollegen zu begrüßen. Dann kam einer nach dem anderen herein, und zum Schluss war Michael von Hotelchefs aus allen Ländern der Welt umgeben, die zu einem viertägigen Treffen nach London gekommen waren. Sieben weibliche und fünf männliche

Spitzenkräfte würden über eine mögliche Expansion nach Südamerika beraten.

Irgendwann zwischendurch legte Camille ihre Hand auf seinen Oberschenkel, das war aber auch alles. Als die gesamte Truppe später am Abend im Restaurant des *Hyatt* essen ging, war alles wieder in Ordnung. Ein Glas Wein würde er zur Gesellschaft mittrinken, mehr aber nicht. Er würde zeitig ins Bett gehen, um die kommenden Tage gut zu überstehen, schließlich war es seine Aufgabe, die Gespräche zu leiten.

Wenige Stunden später ritt Camille ihn in seinem Bett. Ihre Brüste bewegten sich kaum, obwohl der Rest ihres Körpers es tat. Er hatte sich bei den anderen Teilnehmern für einen gelungenen Tag bedankt und war gegangen, doch sie hatte sich zu ihm in den Aufzug gedrängt, kurz bevor sich die Türen schlossen, und jetzt lag er also unter ihr.

Sie war sehr direkt gewesen. Hatte gesagt, dass sie ihn wolle. Dass sie wunderbar schweinische Fantasien habe, was sie miteinander anstellen könnten, und dass sie den ganzen Tag heiß gewesen sei. Sie wolle ihn auf sich, hinter sich, in sich spüren, je härter, desto besser.

Er war schließlich auch nur ein Mensch.

Das war natürlich eine Ausrede, und er schämte sich auch dafür. Anscheinend jedoch nicht genug.

»Aber das ist doch gut«, sagte Paul, als Michael ihn am nächsten Morgen endlich erreichte und ihm alles erzählte. »Du brauchst eine neue Frau, um Susanne zu vergessen.«

»Warum habe ich dann ein so schlechtes Gewissen?« Michael verließ sein Zimmer, um sich dem zweiten Konferenztag zu widmen, und ließ den Blick kurz über die Suite wandern, um sich zu vergewissern, dass von den Ausschweifungen der vergangenen Nacht nichts mehr zu sehen war. Das Kondom hatte er weggeworfen, die Bettwäsche würde er wechseln, wenn er zurückkam.

»Keine Ahnung. Weil es neu für dich ist? Schließlich hast du viele Jahre lang nur mit einer geschlafen.«

»Du meinst also, Sex ist der Weg, um zu vergessen. Sind wir wirklich so einfach gestrickt?«

»Dazu sage ich jetzt mal nichts«, meinte Paul. »Aber ein schlechtes Gewissen brauchst du wirklich nicht zu haben. Schließlich hat Susanne mit dir Schluss gemacht, bevor das passiert ist, oder?«

»Lass uns von etwas anderem reden«, sagte Michael. »Wie ist es in Paris?«

»Ich war gestern im *JP's*, sie haben ziemlich viel gemacht, seit es unser *Sonjas* war, aber eher Äußerlichkeiten, keine größeren Eingriffe. Das Essen war großartig, und viele meiner Angestellten arbeiten noch dort. Es war ein netter und etwas sentimentaler Abend. Gar nicht so leicht, mit anzusehen, dass da jetzt jemand anderes schaltet und waltet. Ich wünschte, Maggan wäre dabei gewesen, es hat mich ein bisschen runtergezogen, allein dort zu sein.«

»Wie geht es ihr? Hast du mit ihr gesprochen?«, fragte Michael, obwohl ihn eigentlich eher interessierte, wie es Susanne ging. Hatte sie auch versucht, *ihn zu vergessen*? Allein bei der Vorstellung wurde ihm schlecht.

»Ihr geht es gut. Sie sind auf Kreuzfahrt rund um Hawaii«, antwortete Paul. »Wir haben nur kurz telefoniert. Ich habe es nicht einmal geschafft, ihr von meinem Besuch in unserem ehemaligen Restaurant zu erzählen.«

Es war wirklich unglaublich, wie eifersüchtig er nach zwei Nächten mit einer anderen Frau war. Schließlich hatte er mit jemand anderem geschlafen, nicht Susanne. Zumindest nicht, soweit er wusste. Dennoch brannte es wie Feuer in ihm, wenn er sich vorstellte, dass ein anderer sie befriedigte. Sie nackt sah. Sie küsste. Ihre Brüste streichelte, die sich ebenso heftig bewegten, wie der Rest ihres Körpers. Kreuzfahrt also. Es wusste doch jeder, was an Bord solcher Schiffe passierte.

Er hatte sich eingebildet, sie loslassen zu können. Doch das konnte er nicht. Sex war überhaupt keine Lösung.

»Komm noch mal in London vorbei, bevor du wieder nach Farsta fährst«, bat er.

»Ja, das habe ich mir auch schon überlegt. Ich habe mit Anneli gesprochen, und anscheinend haben sie und die Kinder diese Woche schon viel vor, und nächste Woche sind sie beim Vater, da würde ich mich nur einsam fühlen. Also ja, ich komme gerne!«

13

Es waren drei sehr elegante Frauen, die sich am Abend zum Käpt'ns Dinner begaben. Maggan trug eines ihrer Paris-Kleider, das mit einem eng anliegenden Unterkleid darunter immer noch passte, Rebecka weiße Hosen und ein weißes Hemd und dazu die Brillant-Ohrringe, die Adam ihr als Morgengabe geschenkt hatte, und Susanne eines ihrer allerengsten Kleider.

»Keine Ahnung, was das mit mir und Leopardenmustern ist«, sagte sie, als sie mit den beiden anderen zusammentraf, »aber ich fühle mich tatsächlich ein bisschen wie ein Tier, wenn ich dieses Kleid trage.« Sie lächelte breit und schwenkte die Hüften. »Und es könnte sein, dass ich keinen Slip darunter trage.«

»Du kannst es einfach nicht lassen, oder?«, sagte Maggan. »Ich wette, du trägst inzwischen dieselben Oma-Schlüpfer wie wir anderen auch.«

»Auf keinen Fall!«, sagte Susanne. »Mein Bauch wird nicht in irgendwelche Formunterwäsche gezwängt, das ist doch total unbequem. Und *meine* Oma hat immer gesagt, dass man untenrum frische Luft braucht. Genau daran halte ich mich heute Abend.«

Rebecka seufzte. »Können wir bitte das Thema wechseln?«

Susanne hatte glänzende Laune. Dies würde ein richtig netter Abend werden! Sie war mit ihren besten Freundinnen unterwegs, und heute Abend würden sie am Kapitänstisch sitzen. Sein Porträt hing an der Wand im Salon, er schien ein eleganter Mann zu sein. Höchstens fünfzig, breitschultrig, und durch die vielen Dienstgradabzeichen wirkte er noch imponierender. Es sollten mehr Männer Uniform tragen, dachte sie, als er ihr am Tisch den Stuhl herauszog. Er war tatsächlich so groß und stattlich, wie sie erwartet hatte. Ein schwacher Duft nach Rasierwasser. Auf ihrer anderen Seite saß ein weniger gut riechender Geschäftsmann, der laut und gestenreich die vielen Vorzüge seines Unternehmens schilderte. Rebecka saß auf der anderen Seite des Kapitäns und Maggan etwas weiter unten am Tisch. Ihr Kavalier sah auch ganz süß aus, schüchtern und ein wenig verschreckt, war aber auch höchstens siebzehn Jahre alt. Kaum zu glauben, dass er der Sohn dieses mit den Armen wedelnden Bonzen neben ihr war, aber so wirkte es sich vielleicht aus, wenn der Vater alle Aufmerksamkeit für sich beanspruchte.

Susannes Tischherr erhob sich. »Ich bin der Kapitän hier an Bord«, sagte er mit natürlicher Autorität. In Susannes Augen wurde er immer attraktiver. Noch zwei Gläser Champagner, und er würde eine richtige Gefahr für sie darstellen. Oder sie für ihn. Er ließ den Blick über den Tisch schweifen. »Wenn ich jetzt mit Ihnen zu Abend esse, übernimmt der Erste Steuermann das Kommando über das Schiff. Diese Frage kommt meistens, und ich will Sie deshalb beruhigen und Ihnen versichern, dass Sie sich überhaupt keine Sorgen zu machen brauchen, weil ich hier sitze und ein paar schöne Stunden mit Ihnen verbringe.« Er lächelte, und als Susanne sah, wie seine Augen leuchteten, beschloss sie, ihn einmal zu besuchen, wenn er diesen Koloss steuerte. Sie war schon häufiger mit Kapitänen zusammen gewesen, wenn auch eher Flugzeugkapitänen, aber das zählte auch. Meist wollte Susanne die Kontrolle behalten, doch Männer, die in Uniform Befehle erteilten, machten sie richtig heiß. Was das anging, war sie tatsächlich einfach gestrickt. Aber egal, sie war Single, sie konnte so viele Fantasien haben, wie sie Lust hatte, und wenn sich noch dazu die Möglichkeit bot, sie zu verwirklichen – warum nicht? Sie hatte eine eigene Kabine, und in der konnte sie tun und lassen, was sie wollte.

Kurz flatterte Michaels Bild vor ihrem inneren Auge vorbei, sie verdrängte es jedoch rasch wieder. Sie musste aufhören, an ihn zu denken. Stattdessen lächelte sie ihren gut riechenden Tischherrn an.

Nach dem Essen gingen sie geschlossen an die Bar. Der Kapitän wollte sie alle zu einem Cocktail einladen, bevor er sich wieder auf die Brücke begab, um zu arbeiten.

»Sie haben gesagt, Sie betreiben ein Hotel«, sagte er zu Susanne, als sie am Tresen standen. »Seit wann?« Sie waren geradezu gezwungen, dicht beieinanderzustehen, die Körper aneinandergedrängt. Ihr gefiel, was sie spürte. Und dass sie ihm, obwohl sie so groß war, gerade bis zur Nase reichte.

»Seit sieben Jahren ungefähr. Und wie lange fahren Sie schon um Hawaii herum?«

Er lächelte. »Noch nicht so lange. Ich bin mit dieser Reederei mal hier, mal da gewesen.« Er reichte ihr ein Champagnerglas. »Die Meere, auf denen ich segle, wechseln.«

»Trinken Sie selber immer noch nichts?«, fragte sie. »Vielleicht ein kleines Gläschen?«

»Nicht, solange ich im Dienst bin«, sagte er. »Wenn ich in einer Woche von Bord gehe, genehmige ich mir einen. Wo sind Ihre Freundinnen denn geblieben?«

»Rebecka wollte ein bisschen frische Luft schnappen und ist allein irgendwohin«, antwortete sie. »Und Maggan unterhält sich wahrscheinlich, sie ist gut in so etwas.«

Der Kapitän nickte, dann entschuldigte er sich. Er musste auf die Brücke zurück und bat sie, ihre Freundinnen zu grüßen.

»Danke für den netten Abend.«

Ihr Blick folgte seinem breiten Rücken zu den Aufzügen. Einen Moment lang überlegte sie, ihm zu folgen, beschloss dann aber sehr vernünftig, es sein zu lassen. Für heute war sie ganz zufrieden so, wie es war. Ihr Körper hatte auf einen anderen Mann als Michael reagiert, und es war schön, sich einmal wieder so lebendig zu fühlen. Für den Augenblick genügte ihr das.

Rebecka blickte sich noch einmal nach den Freundinnen um, die sich jedoch gut zu amüsieren schienen. Susanne stand an der Bar und Maggan redete und lachte mit ein paar anderen Frauen an einem Bartisch daneben. Sie hatte noch nie Probleme gehabt, Kontakt zu knüpfen. Susanne gegenüber verhielten sich die meisten Frauen eher zurückhaltend, Maggan dagegen mochten sie immer sofort.

Rebecka zog sich zurück, um sich ein ruhiges Plätzchen zu suchen. Sie wollte sich nur einen Augenblick hinsetzen, dann würde sie zu den beiden anderen zurückkehren. Die großen Fenster boten tagsüber wahrscheinlich einen grandiosen Blick, um diese Uhrzeit jedoch war es draußen stockfinster. Es machte ihr nichts aus. Es genügte ihr zu wissen, dass da draußen Wasser war. Die Weltmeere waren miteinander verbunden, Adam war also bei ihr. Sie schloss die Augen. Sofort sah sie ihn vor sich. Erinnerte sich wieder, wie er vor ihrer Wohnung in Palma aufgetaucht war und wie es ihm nach und nach gelungen war, ihren Widerstand zu brechen. Es hatte seine Zeit gedauert, doch nachdem es ihm erst einmal gelungen war, ging alles sehr schnell, und nur wenige Monate später waren sie verheiratet. Das war ihnen beiden wichtig gewesen, und von dem Tag an, an dem er bei ihr einzog, waren sie nur getrennt, wenn es sich nicht anders einrichten ließ. In den ersten beiden Jahren hatte er manchmal einen Architektenauftrag außerhalb von Mallorca. Danach begannen sie mit den Eltern-Kind-Programmen, und da überließ Adam das Architekturbüro seinem Partner, um sich ganz auf die Familien konzentrieren zu können, die zu ihnen kamen.

Er war der stärkste und gesündeste Mann, den man sich vorstellen konnte, und es fiel Rebecka nicht schwer, seinen lebendigen Blick vor sich zu sehen. Sie lächelte vor sich hin. Ach, Adam. Warum musste ich dich nur so früh verlieren? Ich hatte doch gerade erst angefangen, dich zu lieben. Sie dachte daran, wie sie mit dem Finger die Linien in seinem Gesicht nachgefahren war. Über jede einzelne musste er ihr erzählen. Eine kam vom vielen Lachen, die andere von der Trauer um seine erste Frau. Von einer dritten, die vom Augenwinkel zur Wange hinunterlief, behauptete er, sie sei dabei zu verschwinden. Die hätte er bekommen, als Rebecka ihn abgewiesen hätte, aber seit sie ein Paar wären, würde sie immer kürzer.

»Adam«, flüsterte sie. »Sag mir, ob ich zu dir kommen soll, oder zeig mir, wie man weiterlebt.« Sie holte tief Luft und lauschte auf eine Antwort.

»May I?«, sagte eine Stimme neben ihr, und sie zuckte zusammen und öffnete die Augen. Ein Mann lächelte sie an.

»Bitte.«

Er setzte sich auf den Stuhl neben ihr und schlug die Beine übereinander. »Ein schöner Abend heute. Sind Sie allein?«

»Nein, gar nicht. Meine Freundinnen sind bloß noch in der Bar.«

»Eine Mädels-Tour?«

»Ja, so in etwa.«

»Nett.«

Sie stand auf. »Ich wollte gerade schlafen gehen«, sagte sie freundlich. »Ich wünsche Ihnen noch einen schönen Abend.«

»Sie sind allein hier, und ich auch.« Er erhob sich rasch. Sie antwortete nicht, doch als sie davonging, folgte er ihr. Es war ein unangenehmes Gefühl und sie beschleunigte ihren Schritt. Dort vorn waren die Aufzugtüren, doch sie war noch nicht weit gekommen, da holte er sie ein.

»Hallo, nicht so eilig! Wir können uns doch ein bisschen unterhalten. Und kennenlernen. Schließlich haben wir noch ein paar gemeinsame Tage hier an Bord. Du siehst einsam aus, und eine Frau wie du braucht männliche Gesellschaft.«

Rebecka erstarrte. Was sagte er da? Wie konnte er es wagen? Sie hatte nicht um seine Aufmerksamkeit gebeten, ihm keinerlei Blick geschenkt, und dennoch nahm er sich heraus, zu beurteilen, was sie brauchte? Hinter ihnen drang Lärm aus der Bar. Es war bis hierher zu hören, und sie überlegte, ob sie zurückgehen und Hilfe holen sollte, um diesen Kerl wieder loszuwerden, aber wovor sollte sie Angst haben? Was konnte überhaupt noch Schlimmes passieren, wenn das Schlimmste längst geschehen war? Er konnte ihr keine Angst machen. Das konnte niemand mehr.

Sie blieb stehen und blickte ihn fest an. »Lassen Sie mich bitte in Ruhe«, sagte sie.

Er grinste schief, als würde er sie nicht ernst nehmen. »Komm schon, Mädel, ich will dich nur ein bisschen kennenlernen.«

»Aber ich möchte Sie nicht kennenlernen«, sagte sie.

Sein Lächeln verschwand. »Wofür gehst du dann auf eine verdammte Kreuzfahrt, wenn du keine neuen Leute kennenlernen willst?« Er trat einen Schritt näher. Sein Alkoholgestank verursachte ihr Übelkeit.

»Ich möchte jetzt gehen«, sagte sie und zog sich zurück.

»Nicht so eilig.« Er packte ihren Arm.

Es tat weh. »Lassen Sie mich los, Sie tun mir weh!«

»Dann sei doch nicht so widerspenstig«, sagte er, ohne ihren Oberarm loszulassen. Stattdessen zog er sie von den Aufzügen weg in die dunkle Ecke weiter hinten. Sie hatte keine Chance, zu entkommen.

»Wenn Sie mich nicht loslassen, schreie ich«, sagte sie, als ihr klar wurde, dass er ein Nein nicht akzeptieren würde. Er würde sie einfach vergewaltigen.

Sie versuchte sich aus seinem Griff zu winden, doch es war unmöglich. Würde es überhaupt jemand hören, wenn sie schrie? Ihr Herz klopfte laut in demselben hektischen

Takt wie die Musik aus dem Nachtclub auf der anderen Seite der Wand.

»Wir beide sind ganz allein hier, mein Herzchen«, sagte er, als könne er ihre Gedanken lesen. Er zog sie näher an sich heran. Dann fasste er ihren anderen Oberarm ebenso fest, und sie hatte ihn direkt vor sich, seinen stinkenden Atem in ihrem Gesicht. Als er keuchte, er wolle sie haben, war es, als ob ihre Gedanken stillstehen würden. Wie von selbst flog ihr Knie nach oben und sauste hart in seinen Unterleib. Sofort ließ er sie los, legte die Hände an seinen Schritt und brüllte, während er gleichzeitig in die Knie ging.

Rebecka rannte um die Ecke zu den Aufzügen und drückte verzweifelt auf die Knöpfe. Als sie endlich drinnen war und die Türen sich geschlossen hatten, dauerte es noch einmal eine gefühlte Ewigkeit, bis er sich endlich in Bewegung setzte.

Auf ihrer Etage angekommen, rannte sie in ihre Kabine, und nachdem sie die Tür geschlossen und verriegelt hatte, lehnte sie sich dagegen und suchte in der Handtasche nach ihrem Handy. Ihre Finger zitterten, sodass sie kaum wählen konnte.

»Susanne, hol Maggan und komm sofort hierher, ich bin überfallen worden.«

14

In dieser Nacht schliefen sie alle drei nicht besonders viel. Rebecka hatte immer wieder erzählen müssen, was passiert war. Purser, Sicherheitschef und Schiffsarzt kamen als Erste, später auch der Kapitän. Er lief mehrmals in der Suite auf und ab, ehe er sich Rebecka gegenüber niederließ, die zwischen Maggan und Susanne auf dem Zweiersofa eingezwängt war.

»Sie verstehen sicherlich, dass wir nicht an Bord bleiben können«, sagte Rebecka und begegnete seinem bekümmerten Blick. »Ich kann mir jedenfalls nicht vorstellen, weiter mitzufahren.«

»Das kann ich wirklich gut nachvollziehen, und Sie können sich darauf verlassen, dass wir alles tun, um Ihnen behilflich zu sein«, sagte der Kapitän. »Gleich morgen Vormittag laufen wir einen Hafen an, es sei denn, Sie möchten jetzt sofort per Hubschrauber das Schiff verlassen. Wenn Sie bis morgen warten, würden wir natürlich Leute vom Sicherheitsdienst vor Ihrer Kabine postieren.«

»Der Hafen ist schon in Ordnung, oder?«, fragte Rebecka und drückte die Hände ihrer Freundinnen.

Diese nickten. Es war Rebeckas Entscheidung.

»Wo können wir Sie denn, wenn nötig, erreichen? Die Reederei übernimmt selbstverständlich alle Kosten, die Ihnen bisher entstanden sind und um Sie von hier wegzubringen. Machen Sie sich keine Gedanken mehr wegen dieses Mannes, ich werde ihn kielholen!«, sagte der Kapitän. Sie sah ihm an, dass er es ernst meinte.

Als sie wieder allein in der Suite waren und sie sich ein wenig beruhigt hatte, sagte Rebecka: »Feige ist er jedenfalls nicht, dieser Kapitän.« Zu dem Zeitpunkt hatte Susanne bereits zehnmal nachgeschaut, ob der Wachdienst auch tatsächlich vor ihrer Tür saß.

Susanne war wütend, Maggan besorgt, am ruhigsten war Rebecka. Sie hatte ein klares Bild von dem, was passiert war, konnte wiederholen, was der Mann gesagt hatte, und sogar genau beschreiben, wie er ausgesehen hatte.

Allerdings mochte sie nicht mit auf das Restaurant-Deck kommen, um zu zeigen, wo genau es passiert war, lieber zeichnete sie es auf einem Blatt Papier auf.

Maggan zeigte sich beeindruckt davon, dass es Rebecka gelungen war, alles genau zu registrieren, obwohl sie doch einem Vergewaltigungsversuch ausgesetzt gewesen war. Eine schreckliche Vorstellung, was da alles hätte passieren können! Und was für ein Glück, dass sie geistesgegenwärtig genug gewesen war, sich zu verteidigen.

Erst gegen fünf Uhr morgens kamen sie ins Bett, und Rebecka musste sich damit abfinden, dass Maggan und Susanne bei ihr schliefen. Sie weigerten sich schlicht und ergreifend, sie allein zu lassen.

Am nächsten Morgen standen sie untergehakt auf dem Achterdeck, in der Mitte Maggan mit Sonjas Asche in einer Serviette. Sie war als Letzte an der Reihe.

»Sonja«, sagte sie, »ich wünschte wirklich, du wärst hier und wir könnten zu viert hier zusammen sein, statt von dir Abschied zu nehmen. Du wärst wahnsinnig wütend geworden wegen dem, was Rebecka gestern Abend passiert ist, und hättest dich bestimmt unmittelbar auf die Suche nach dem Täter gemacht. Den Mut dazu hättest du gehabt. Du warst immer stark und furchtlos. Es ist so traurig, dass du nicht mehr bei uns bist. Denk nur dran, wie viele Nächte wir zusammengesessen und geredet haben. Und gelacht. Und am darauffolgenden Morgen hast du mir immer mit Anneli geholfen, weil du wusstest, dass ich zu müde war, um es allein hinzukriegen. Deine Fürsorglichkeit war groß, Sonja, und ich soll dir von Anneli ausrichten, dass sie dich genauso vermisst wie ich.«

Sie öffnete die Serviette über dem Wasser und ließ die Asche davonwehen.

Einen Moment blieben sie so stehen und Maggan hielt sich an ihren beiden Freundinnen fest.

»Wir müssen künftig besser aufeinander aufpassen«, sagte sie.

»Männer müssen einfach damit aufhören, Frauen anzugreifen«, entgegnete Susanne wütend. »Warum sollen wir uns einschränken, bloß weil so ein Typ kein Nein versteht? Wenn ich den zu fassen kriege, kastriere ich ihn!«

»Könnte schon passiert sein«, sagte Rebecka ruhig. »So einen Treffer habe ich noch nie gelandet.«

Das Schiff hinterließ eine Spur im Wasser, als sie langsam in den Hafen glitten, und als der Landesteg ausgefahren wurde, standen die drei Freundinnen schon mit ihren Koffern bereit. Sie durften das Schiff als Erste verlassen, den Wachdienst an ihrer Seite.

Sie wollten für ein paar Tage in einem Hotel in Honolulu einchecken, die Reederei hatte sich bereits um alles gekümmert. Auch im Hotel würde der Wachdienst nicht von ihrer Seite weichen, auf etwas anderes hatte der Kapitän sich nicht einlassen wollen. Die Anwaltskanzlei würde den nächsten Brief von Sonja dorthin schicken.

»Und du willst nicht lieber nach Mallorca zurück?«, fragte Maggan besorgt.

»Komischerweise nicht. Ich will runter von diesem furchtbaren Schiff, aber ich möchte die Reise fortsetzen. Das hätte ich selbst nicht gedacht, bevor ich es gesagt habe.« Rebecka lächelte.

»Ich hoffe, sie bekommen ihn schnell zu fassen«, sagte Maggan.

»Das hoffe ich auch«, sagte Susanne. »Und dass sie ihn über Bord werfen. Ihn am Kronleuchter im Speisesaal aufhängen. Ein Bild von ihm auf dem Fernsehbildschirm in jeder einzelnen Kabine zeigen, mit einem warnenden Begleittext darunter.«

Rebecka fühlte sich gestärkt. Es wunderte sie selbst, doch dass es ihr gelungen war, einen Angriff abzuwehren, sorgte dafür, dass sie sich sowohl physisch als auch mental stärker fühlte. Im Laufe ihres Lebens war sie auf unterschiedliche Weise von Männern angegangen worden. In ihrem früheren Job als Konzernchefin für *JH Foods* war es sogar die Regel gewesen, dass Männer versucht hatten, ihre Macht verbal auszuspielen, damit sie sich kleiner fühlte. Es dauerte mehrere Jahre, bis sie es durchschaut hatte, doch als es so weit war, schlug sie zurück, und innerhalb eines einzigen Jahres mussten sowohl der Marketingchef, der Finanzchef als auch der Vorstandsvorsitzende – alles Männer – ihren Platz räumen, nachdem sich herausgestellt hatte, dass sie gegen sie intrigiert hatten. Sie selbst hatte fest im Sattel gesessen, bis sie selbst sich entschied, ihren Job aufzugeben und sich der Herausforderung zu stellen, die Sonja sich für sie überlegt hatte: ein Haus auf Mallorca auszubauen.

Seitdem hatte sie es nicht mehr nötig gehabt, ständig auf der Hut zu sein. Sie hatte Adam gehabt, das Haus, ihre Freunde, und niemand hatte ihr Böses gewollt. Außer Gott, doch sie weigerte sich, sich mit ihm zu beschäftigen.

Die alten Kämpfe hatte sie inzwischen längst vergessen. Nur wenn sie gründlich überlegte, fielen ihr zudringliche Kollegen auf irgendwelchen Konferenzen ein, Hände, die sich während eines Geschäftsessens selbstständig machten. Damals hatte sie gedacht, es wäre dem Alkohol geschuldet. Inzwischen glaubte sie eher, dass es um Männer und Macht ging. Genau wie bei diesem Verrückten vom Vorabend, der das Nein einer Frau einfach nicht ernst nahm.

Ihm das Knie zwischen die Beine zu rammen, hatte sich unglaublich gut angefühlt. Hinterher war sie geradezu high gewesen. Hatte sich kein bisschen ängstlich gefühlt, sondern nur noch stark. Unüberwindbar. Als hätte man ihr Adrenalin injiziert und die Muskeln ihres zarten Körpers schienen plötzlich riesengroß. Sie wurde jetzt noch rot, wenn sie daran dachte, wie sie sich vor dem Spiegel einen Schattenboxkampf geliefert hatte, bevor Maggan und Susanne an ihre Tür klopften, aber in dem Moment war ihr Körper so voller Energie gewesen, wie sie es lange nicht mehr erlebt hatte.

Jetzt bei Tageslicht war sie etwas nüchterner. Es hätte schließlich auch schlimmer ausgehen können. Wenn es ihm gelungen wäre, sie in die Ecke zu zerren, hätte er sie unbemerkt vergewaltigen können. Ihre Schreie und Hilferufe wären vom Lärm des Nachtclubs übertönt worden.

Sie hoffte inständig, dass sie ihn zu fassen bekämen.

Sie hatten ihr Fotos vom Boarding gezeigt, doch sie hatte ihn nicht wiedererkannt. Die Merkmale, an die sie sich erinnerte, waren, dass er mittelgroß war, ein kariertes Jackett trug sowie ein Hemd, das über dem Bauch spannte. Und Cowboystiefel. Das hatte sie gesehen, als er zu Boden gegangen war, und gedacht, dass sie sich das auf jeden Fall merken müsste.

Um halb zwei sollte der Flieger von Hilo nach Honolulu gehen, und während sie warteten, aßen sie auf dem Flughafen zu Mittag. Susanne beobachtete Rebecka. Wäre es nach dem, was passiert war, nicht vollkommen absurd gewesen, sie würde behaupten, Rebecka hätte sich zum ersten Mal seit Adams Tod wieder geöffnet. Ihre Bewegungen waren energisch und ihr Blick glasklar, obwohl sie so wenig geschlafen hatte.

Die Umstände, die dazu geführt hatten, waren natürlich schrecklich, doch Susanne war froh, dass sie einen Grund bekommen hatten, das Schiff zu verlassen. Sie war noch nie sonderlich begeistert vom Meer gewesen. Zumindest nicht so wie andere, die das Bedürfnis hatten, sich hineinzustürzen, obwohl es eiskalt war, und die unbedingt ein Boot haben und damit rausfahren mussten, selbst wenn es stürmte und in Strömen regnete. Susanne fühlte sich mitten in der Stadt am wohlsten. Ob es London oder Stockholm war, spielte dabei keine so große Rolle. Michael war genauso. Natürlich konnten sie sich auch mal eine Woche an den Strand legen, doch sie gingen beide nicht einmal mit den Zehen ins Wasser, wenn es nicht mindestens fünfundzwanzig Grad hatte.

Susanne bemühte sich, nicht an Michael zu denken, doch er tauchte einfach immer wieder auf, so sehr sie auch dagegen ankämpfte. Sie überlegte, wie er wohl auf den schlimmen Überfall auf Rebecka reagiert hätte. Am wahrscheinlichsten war, dass er nichts überstürzt, sondern sich hingesetzt hätte, um einen Plan auszuarbeiten, wie man den Übeltäter ausfindig machen könnte. So war er einfach, strukturiert und effektiv.

Es hatte ihr erstaunlich gut gefallen, sich heimlich mit ihm zu treffen. Sich nur gelegentlich zu verabreden, erzeugte eine besondere erotische Spannung. Sie hatte immer Unterwäsche angezogen, von der sie wusste, dass sie ihn erregte, und er legte ihr Lieblingsparfum auf und rasierte sich, weil er wusste, dass seine Bartstoppeln sie beim Küssen kratzten. Wirklich schade, dass sie so nicht weitermachen konnten, dachte sie und seufzte. Wenn er ihr nur den Raum hätte geben können, den sie brauchte, hätte es gut funktionieren können. Im Unterschied zu ihm hatte sie nicht die Spielregeln geändert, seit sie sich kennengelernt hatten. Gleich zu Beginn hatte sie ihm gesagt, wie sie war und was sie brauchte, und auch, was er von ihr erwarten konnte. Schließlich war sie schon beinahe fünfzig gewesen und hatte gewusst, wie sie es am liebsten hatte. Und anfangs war es auch gar kein Problem für ihn gewesen, er schien ihre Lebensweise voll und ganz akzeptieren zu können. Doch nach ein paar Jahren …

Oh nein, diese Gedanken hatte sie schon so oft hin und her gewälzt, dass sie kotzen könnte! Sie mussten längst tiefe Spuren in ihr Gehirn gefressen haben. Sie sollte sich wirklich bemühen, mehr über die wirklich wichtigen Dinge nachzudenken. Sie selbst. Ihr eigenes Leben. Diese Reise mit ihren besten Freundinnen.

Im Hotel wartete bereits das nächste Päckchen auf sie. Die Kanzlei war da anscheinend sehr gewissenhaft, obwohl sich die Reiseroute geändert hatte. Film, Brief und Tickets.

Susanne legte den Film ein, dann ließ sie sich auf das Bett fallen, in dem Rebecka und Maggan bereits mit jeweils einer Tüte Chips und einer Colaflasche lagen. Keine machte sich die Mühe, ein Glas zu holen. Auch Susanne nicht. Sie knuffte sich ein Kissen zurecht, streckte die Hand nach ihrer Tüte und ihrer Flasche aus und drückte auf *Play.*

Als sie feststellten, dass es ein norwegischer Film war, sahen sie einander verblüfft an. *Ich bin Dina.* Keine von ihnen hatte je etwas von diesem Film gehört, doch schon bald waren sie von der Geschichte ganz gefangen. Marie Bonnevie als psychisch labile Dina war einfach nur großartig.

Was der Film mit Sonja zu tun hatte, begriffen sie jedoch erst, nachdem sie den Brief geöffnet hatten.

Dritter Brief
Lofoten

Na, wie fandet Ihr den Film? Fragt Ihr Euch, was ich Euch damit – abgesehen von den atemberaubenden Landschaftsbildern – sagen will?
Eigentlich nur eines: Dass es einen krank machen kann, die Menschen, die man liebt, zu verlieren.

Als meine Eltern starben, veränderte sich mein Leben von einem Moment auf den anderen. Heute kann ich nicht mehr nachvollziehen, wie ich diese Zeit überstanden habe, ohne völlig den Verstand zu verlieren. Wir waren gerade aus Sydney weggezogen, und während meine Eltern sich wieder in Stockholm niederließen, zog ich weiter nach Paris, um Kunst zu studieren. Auf dem Heimweg von einem Besuch bei Verwandten meiner Mutter in Schottland passierte es: Das kleine Privat-Flugzeug mit meinem Vater an den Schaltknüppeln stürzte ab, und meine Eltern waren sofort tot. Eine absolute Katastrophe für eine Achtzehnjährige. Ich hatte keine weiteren Angehörigen.
Anwalt Adreasson holte mich in Paris ab, und für zwei Wochen schlief ich bei ihm im Gästezimmer, weil er sich weigerte, mich allein zu lassen. Und ich war wirklich allein. In Schottland gab es ein paar entfernte Verwandte, doch den Anwalt kannte ich viel besser als sie, weil er ein enger Freund meiner Eltern gewesen war.
Kurz darauf erfuhr ich, dass ich auch Luke verloren hatte. Der Brief, den seine Mutter mir schickte, brachte meine Welt vollends zum Einsturz. Sie schrieb, Luke sei in den Nachwehen des Krieges auf eine Mine getreten und bei der Explosion gestorben.

Luke war meine Hoffnung auf eine Zukunft gewesen. Mein Traum. Wir hatten eine Familie gründen wollen. Wir hatten so viel Pläne gehabt, so vieles, das wir gemeinsam erleben wollten, und in unseren Briefen sprachen wir von nichts anderem. Ich liebte ihn und er mich. Natürlich waren wir jung, aber wir waren echte Seelenverwandte, und nun war meine zweite Hälfte plötzlich fort.

Wie ich das überlebte?

Ich stürzte mich ins Vergnügungsleben. Trank zu viel, hatte mehrere lose Beziehungen, die mich für den Moment von meinem Kummer befreiten. Doch dann wurde ich schwanger, und da kam die Wirklichkeit mit einem Schlag zurück. In dem Zustand, in dem ich mich befand, eingekapselt in tiefe Trauer, konnte ich mich nicht um Julie kümmern.

Nachdem ich mich vergewissert hatte, dass sie mit ihrem Vater und dessen Frau eine Familie bekam, in der sie geborgen aufwachsen konnte, zog ich nach Stockholm zurück und lernte Euch kennen. Ich kann nicht behaupten, dass es mir dadurch gelang, meine Eltern zu vergessen, aber es wurde immerhin leichter für mich.

Und dann wurdet Ihr nach und nach zu meiner Familie.

Doch dann eines Tages. Ein Donnerstag. Ich hatte eingekauft. Das Übliche, Ihr wisst schon. Waschmittel, Seife und ein paar Lebensmittel, nichts Frisches, kein Glas. Das weiß ich noch, denn es ging nichts kaputt, als ich vor meiner Wohnungstür in Vasastan alles fallen ließ.

Er stand da, als wäre es das Natürlichste auf der Welt.

Aber das war es nicht.

Ich hatte ihn seit zehn Jahren nicht mehr gesehen. Zehn Jahre lang hatte ich geglaubt, er sei tot.
Zehn Jahre!
Es liegt immer noch ein bisschen wie im Nebel, aber ich weiß, dass ich auf ihn losging. Ich schlug ihn, so fest ich konnte. Ich trat und schrie auf ihn ein, bis ich weinend zusammenbrach. Er setzte sich neben mich. Hielt mich. Wiegte mich in seinen Armen. Er roch noch genauso wie vor zehn Jahren. Ich hätte ihn blind in einer Menge entdeckt, selbst nach so vielen Jahren.
Er folgte mir in die Wohnung. Brachte mich ins Bett. Ich klapperte mit den Zähnen und fror bis ins Mark. Er brachte mir Tee mit einem Schluck Milch, so, wie ich ihn immer getrunken habe. Setzte sich auf die Bettkante und streichelte mir über die Haare.
Sie hatten ihn festgenommen, als er gerade nach Hause wollte. Ein Jahr hatte er im Gefängnis gesessen, und als er endlich freigelassen wurde, konnte er mich nicht finden. Er erzählte, dass er mich überall gesucht hätte. Briefe geschrieben, versucht, meine Telefonnummer herauszubekommen, sogar in Paris war er gewesen, weil er dachte, ich wäre dort. Doch die Briefe kamen zurück. Es gab keine Sonja mehr unter der Adresse.
Ich erzählte ihm, dass ich einen Brief von seiner Mutter bekommen hätte, in dem sie schrieb, er sei tot. Seine Augen waren voller Trauer, als er meinem Blick begegnete. Mit brüchiger Stimme erklärte er, dass er inzwischen verheiratet sei und zwei Söhne habe.
Er hatte schließlich aufgegeben und getan, was von ihm erwartet wurde. Er hatte ein Mädchen geheiratet, das schon lange als seine künftige Frau auserkoren war. Seine Mutter hatte gewonnen, ohne dass er wusste, wie es zugegangen war.

Einen Monat bevor er mich aufsuchte, war er in Paris gewesen und aus irgendeinem Grund im Restaurant Sonjas *gelandet. Es war damals schon ziemlich beliebt und in aller Munde, daher vielleicht gar kein so großer Zufall. Unter meinem Porträt, das dort im Eingang hing, blieb er wie angewurzelt stehen und traute seinen Augen nicht. Er fragte Paul, der an diesem Tag zum Glück zum Plaudern aufgelegt war, und fand heraus, dass ich Teilhaberin des Restaurants war, jedoch in Stockholm lebte und weder Mann noch Kinder hatte.*

Hätte ich Familie gehabt, hätte Luke mich nicht aufgesucht.

Mein geliebter Luke.

Ihn dort in meiner Wohnung zu sehen, war vollkommen surreal, ich konnte gar nicht aufhören, ihn zu berühren. Er sah sich selbst so schmerzhaft ähnlich. Die Locken, die ihm in die Stirn fielen und die er mit der Hand zurückstrich. Ein paar Linien mehr im Gesicht, immerhin war er jetzt dreißig, doch ansonsten war er so schön, wie ich ihn von dem Tag in Erinnerung hatte, als er in Sydney zum ersten Mal den Klassenraum betrat.

Zehn Jahre sind eine lange Zeit, dennoch war es, als wären alle Uhren mit einem Mal zurückgedreht worden.

Er liebte mich noch immer. Dass er verheiratet war, konnte daran nichts ändern. Die ganze Zeit hatte er mich im Herzen getragen, und seit wir uns getrennt hatten, war er keinen Tag richtig froh gewesen, erzählte er.

Ich selbst hatte um ihn getrauert, wäre nie auf den Gedanken gekommen, seine Mutter könnte mich über seinen Tod belogen haben. Welche Mutter würde so etwas tun? Wenn ich gewusst hätte, dass er lediglich vermisst wurde, hätte ich zumindest etwas Hoffnung behalten.

Unser Wiedersehen war daher ein Schock für mich. Ich wusste nicht, was ich denken oder fühlen sollte. Und obwohl es eine Art Glücksgefühl gab, traute ich mich nicht, mich richtig darauf einzulassen.

Als er vorschlug, ich könnte ihn auf die Lofoten in Norwegen begleiten, wo er wegen seiner Arbeit hinmusste, erschien mir das eine gute Idee. Zwar war er verheiratet, doch ich wusste, dass ich den Kontakt mit ihm nicht abbrechen konnte. Zumindest nicht sofort. In mir passierte so vieles, das ich erst einmal verstehen musste. Er war tot gewesen, und jetzt stand er lebendig vor mir. Es war zu viel, um es innerhalb eines einzigen Nachmittags zu begreifen.

Er saß einfach da. Nach zehn Jahren Trauer und Sehnsucht saß Luke auf meiner Bettkante.

Er küsste meine Hände, und ich hörte auf zu zittern.

Verstreut meine Asche, wo es Euch am besten passt. Die gesamten Lofoten bedeuten für mich nichts als Liebe.

15

»Damit hatte ich wirklich nicht gerechnet«, sagte Maggan, nachdem sie Sonjas Brief gelesen hatten. Sie fühlte sich vollkommen leer. Und irgendwie vor den Kopf gestoßen. Wenn Sonja es ihnen erzählt hätte, hätten sie sie trösten können. »Luke. Sie hat seinen Namen zu Lebzeiten kein einziges Mal erwähnt, dabei scheint er ihre große Liebe gewesen zu sein.«

Susanne schüttelte den Kopf. »Ja, wirklich, was für eine Geschichte! Warum hat sie uns nie von ihm erzählt? Und was geschah nach Norwegen?«

»Das werden wir wohl erfahren, wenn wir dort sind«, sagte Rebecka. »Sie muss ihre Gründe gehabt haben, uns nichts von ihm zu sagen.«

Maggan schlitzte das Kuvert mit den Reiseunterlagen auf. »Wir sollen über Schweden reisen«, sagte sie und musterte mit gerunzelter Stirn die Flugtickets via Stockholm nach Luleå.

Ich will nicht nach Hause, dachte sie. Zwar vermisste sie ihre Familie, vor allem ihre Enkelkinder, doch sie hatte sich so sehr darauf eingestellt, sechs Wochen am Stück unterwegs zu sein, dass es sich merkwürdig anfühlte, bereits nach zwölf Tagen wieder zurückzufliegen, und noch merkwürdiger, in Arlanda zu landen, um dann noch weiter nach Norden zu reisen.

»Wie groß ist der Zeitunterschied?«, fragte Rebecka. »Mir wird ganz schwindlig bei dem Hin und Her zwischen den Zeitzonen.«

»Ich guck mal«, sagte Susanne, die den Rechner noch auf dem Schoß hatte. »Dort ist es zwölf Stunden später«, sagte sie wütend. »Außerdem müssen wir zwischenlanden, was die Reise verdammt lang macht. Das würde sich ja okay anfühlen, wenn es irgendwo anders hinginge, aber zurück nach Schweden? Hätte es nicht wenigstens L. A. sein können?«

Maggan sah erst Susanne an, dann Rebecka.

»Hört ihr eigentlich, wie wir klingen? Wir sind von Sydney hierher gereist, haben in einem Luxushotel und Kabinen gewohnt, von denen andere nur träumen können. Und jetzt jammern wir herum, weil wir nach Schweden fliegen sollen.«

»Ja, wir sind schlimm«, sagte Susanne mürrisch, nahm ein paar Chips und steckte sie sich in den Mund.

»Aber wirklich!«, stimmte Rebecka ihr zu und schwang die Beine über die Bettkante.

»Reißt euch mal zusammen«, sagte Maggan. »Ich habe mir jedenfalls vorgenommen, meine Einstellung zu ändern und dankbar anzunehmen, was Sonja für uns geplant hat. Arlanda klingt doch toll, wie habe ich mich danach gesehnt!«

Die anderen beiden sahen erst sie an und dann einander. Sie schüttelten den Kopf. »Nee, Maggan, das klang noch nicht wirklich glaubwürdig, das kannst du besser!«, sagte Rebecka.

»Streng dich mal ein bisschen an«, sagte Susanne.

»Ich gehe in mein Zimmer und packe schon mal«, sagte Maggan beleidigt. »Stockholm-Luleå. Hurra!«

»Norwegen ist schön. Aber mit dem Bus?«, sagte Susanne skeptisch, als sie in den Reisedokumenten sahen, wie es von Luleå aus weitergehen sollte. Sie waren in der Ankunftshalle in Arlanda geblieben, waren furchtbar müde und stellten fest, dass sie noch für einige Stunden keine Möglichkeit haben würden, sich auszuruhen.

Rebecka zog die Augenbrauen zusammen. »Ja«, sagte sie. »Und wir müssen gleich nach der Landung in diesen Bus steigen. Wenn du die Reisedokumente gründlich gelesen hättest, wäre es weniger überraschend gekommen.« Sie wedelte mit den Tickets vor Maggans Augen. »Ich bin dafür, dass wir es einfach bleiben lassen. Oder was meint ihr?«

»Und was machen wir stattdessen?«, fragte Susanne und sah sehnsüchtig zum Kiosk hinüber. Auf jeden Fall würde sie sich schwedische Süßigkeiten kaufen, bevor sie weiterfuhren. Sie war drei Jahre nicht mehr zu Hause gewesen, und damals auch nur, weil Michael es gewollt hatte. Ihr selbst gefiel es so gut in London, dass sie niemals Heimweh verspürte. Außer vielleicht nach diesen Süßigkeiten.

»Keine Ahnung«, sagte Rebecka. »Aber Sonja kann doch nicht wollen, dass wir dabei draufgehen. Dieses Hin und Her macht mich fertig! Manchmal ist es Morgen, wenn eigentlich Abend ist, dann wieder umgekehrt. Frühstück oder Abendbrot? Wie soll man das wissen? Wir können doch nicht den Rest der Reise nur noch Frühstücksbrötchen essen.«

»Du hast immerhin genug Energie, um dich aufzuregen«, sagte Maggan. »Natürlich können wir nicht einfach machen, was wir wollen. Es ist ihr letzter Wille, und dem müssen wir folgen.«

»Sonst passiert was?«

»Sonst bekommen wir ein schlechtes Gewissen. Ich jedenfalls kann einfach nicht aufhören, an ihren Luke zu denken. Was ist danach passiert? Nach Norwegen? Fragt ihr euch das etwa nicht?«, fragte Susanne.

»Doch, natürlich tue ich das. Aber ein schlechtes Gewissen würde ich deshalb nicht bekommen«, sagte Rebecka. »Sie versucht, uns hier umzubringen, das kann keine Liebe der Welt rechtfertigen. Außerdem habe ich keine warmen Sachen mit. Auf den Lofoten ist es doch sicher kalt?«

»Dann kauf dir eine Jacke. Das kann doch nicht so schwierig sein.«

»Susanne hat recht. Wir müssen fahren, egal, wie müde wir sind. Wie viel Zeit haben wir noch bis zum Flug nach Luleå?«

Susanne zerrte sie entschlossen Richtung Kiosk, wo sie sich eine große Tüte mit Süßigkeiten füllte. Dazu suchte sie noch drei Rollen Schokoladendrops aus und musste unbedingt auch noch die neue Polly-Sorte testen. Als Maggan und Rebecka ihr Angebot, ihnen ebenfalls etwas zu kaufen, ablehnten, starrte sie sie an, als traue sie ihren Ohren nicht.

»Moment«, sagte sie. »Wollt ihr zwei Tanten mittleren Alters wirklich keine schwedischen Süßigkeiten essen, obwohl ihr die Möglichkeit habt?«

»Ich wohne hier«, sagte Maggan müde.

»Stimmt, das hatte ich vergessen«, sagte Susanne und hielt einen großen, zweifarbigen Totenkopf hoch. »Also ich liebe diese Dinger.« Sie nahm einen großen Bissen.

»Ich fasse es einfach nicht, wie du von einer Sekunde auf die andere die Stimmung wechseln kannst«, sagte Rebecka. »Eben noch warst du genauso sauer wie wir, dass wir nach Hause fahren sollen, und jetzt strahlst du wie die Mitternachtssonne auf den Lofoten. Was willst du eigentlich?«

»Ich will es gut haben«, antwortete Susanne. »Du weißt schon, das Beste draus machen. Und dafür muss ich selbst etwas tun. Stellt euch vor, ich finde ein heruntergekommenes Hotel da im hellen Norden, das ich renovieren kann. Oder einen knackigen Norweger, mit dem ich mich eine Nacht vergnügen kann. Das wäre doch was, oder?« Sie nahm eine Punsch-Praline aus der Tüte und wedelte den beiden Sauertöpfen damit vor dem Gesicht herum. »Seid ihr sicher, dass ihr nichts abhaben möchtet?«

Enttäuscht stellte Susanne fest, dass keine einzige ihrer ehemaligen Kolleginnen an Bord der klapprigen Maschine nach Luleå war. Wenn sie London hin und wieder doch einmal verließ, flog sie mit British Airways, sodass sie die Freunde von früher tatsächlich nur wiedersah, wenn sie

sie besuchten. Dann versuchte sie sich ein paar Tage freizunehmen, doch es fiel ihr schwer, sich dem Hotel fernzuhalten. Es lag fußläufig von ihrer Wohnung entfernt, und wenn sie wirklich freimachen wollte, musste sie eigentlich wegfahren. Zu Hause am Küchentisch zu sitzen, wurde ihr schnell langweilig, selbst wenn sie Freunde zu Besuch hatte. Wenn der ganze Tratsch erzählt war, und das war nach ein paar Stunden meist der Fall, wollte Susanne wieder arbeiten.

Während ihres Zwischenstopps in Arlanda hatte sie mit Vera telefoniert. Alles lief wie immer, niemand hatte nach ihr verlangt, und ihr jüngerer Bruder Patrik, der bei ihr als Küchenchef arbeitete, ließ ausrichten, dass sich auch niemand den Magen verdorben hatte.

»Ich fühle mich überflüssig«, sagte sie zu Maggan, die neben ihr saß. »Vielleicht hätte ich doch hinfahren sollen.«

»Nach London?«

»Ja.«

»Wozu?« Maggan ließ sich eine Tasse Tee geben.

»Um meinen Platz zu behaupten«, sagte Susanne und schüttelte den Kopf, als die Stewardess sie fragend ansah. Sie wollte keinen Kaffee und auch keine weiteren Süßigkeiten. Ihr war schlecht. Hätte sie vorher besser nachgedacht, hätte sie nur ein paar Teile aus der Tüte gegessen, aber sie hatte einen solchen Heißhunger gehabt, dass sie alles in sich hineingestopft hatte. Das rächte sich jetzt.

»Wer sollte den denn einnehmen? Es ist schließlich dein Hotel.«

»Schon, aber sie könnten dafür sorgen, dass ich nichts mehr zu tun habe, wenn ich zurückkomme.«

»Das könnten sie vielleicht.«

»Vielleicht entscheidet Vera sich, in Rente zu gehen«, überlegte Susanne. »Dann hätte ich wieder mehr zu tun.«

Sie fühlte sich ein wenig gekränkt. Ihre Hauptaufgabe war immer gewesen, das Hotel zu repräsentieren. Über den Rest war sie natürlich informiert, fand es aber eher langweilig. Mit den Gästen zu plaudern, das war ihr Ding, und dabei wollte sie auch vermisst werden. Wenn niemand merkte, dass sie nicht da war, konnte sie sich genauso gut im Büro einsperren.

»Vielleicht haben sie das ja auch nur gesagt, damit du beruhigt bist und dir unterwegs keine Sorgen machen musst. Das ist nur nett von ihnen, finde ich. Ich soll euch übrigens von Paul grüßen. Er ist immer noch in Paris.«

»Was macht er da?«

»Er isst in unserem ehemaligen Restaurant. Das *Sonjas* fehlt ihm sehr, und dort trifft er alte Stammgäste, glaube ich.«

»Ist heute Freitag?«

»Ja. Am Dienstag sollen wir auf den Lofoten ankommen.«

Freitag. Da hatte Michael immer frei gehabt. Früher hatte sie sich immer darauf gefreut.

Sie betrachtete Maggan, die an ihrem Tee nippte, dann wendete sie sich Rebecka zu, die auf der anderen Seite des Ganges saß und vor sich hin starrte.

»Psst«, machte sie.

Rebecka drehte den Kopf.

»Du kriegst Falten, wenn du so ein Gesicht ziehst.«

»Was ziehe ich denn für ein Gesicht?«

»Ein saures.«

Rebecka hob eine Augenbraue. »Ich bin ja auch sauer«, sagte sie.

»Denkst du an das, was auf dem Schiff passiert ist?«

»Nein, eher daran, dass ich mehrere Stunden Bus fahren muss.«

»Soll ich dich ein bisschen aufmuntern, indem ich dir von meinen Plänen erzähle?«

»Geht es dabei auch um dein Sexualleben?«

Susanne räusperte sich. »Ja.«

»Sehr nett von dir, aber nein, danke«, sagte Rebecka und schnallte sich an, als das entsprechende Zeichen aufleuchtete.

»Die Norweger sehen so stark und gesund aus, und ich verstehe kein Wort von dem, was sie sagen. Besser geht es doch gar nicht«, sagte Susanne und lehnte sich mit einem verträumten Gesichtsausdruck zurück.

16

Michael schüttelte den Regenschirm aus, bevor er in den Zug nach Paris stieg. Das Wetter in London war furchtbar, seit Tagen regnete es ununterbrochen. Der Wetterbericht kündigte zum Wochenende hin Besserung an, doch für ihn spielte das keine Rolle, er würde ohnehin erst am Mittwoch wieder zurück sein.

Ein langes Wochenende in Paris. Das hatte er lange nicht mehr gemacht. Wenn man bedachte, dass die Reise gerade einmal zwei Stunden dauerte, war es eigentlich eine Schande, dass er nicht öfter fuhr. Doch seit Paul in Farsta wohnte, hatte die Stadt für ihn ein wenig von ihrem Reiz verloren. Jetzt allerdings würden sie sich sehen, und am Abend würden sie ins *Sonjas* gehen, oder ins *JP's*, wie es jetzt hieß.

»Verzeihung.« Er versuchte so geschickt wie möglich an der Mutter vorbeizukommen, die mit ihrem Gepäck, einem Kleinkind und einem Kinderwagen, den sie offenbar zusammenklappen wollte, den Mittelgang versperrte. Auf dem Sitz daneben saß ein gelangweilt aussehender Mann. Entschuldigend blickte die Frau Michael an. Sie sah müde aus, wie es bei Müttern von Kleinkindern häufig der Fall ist. Er hatte oft darüber nachgedacht, wie er selbst wohl als Vater gewesen wäre. Eines wusste er jedenfalls bestimmt: Er hätte niemals seine Frau mit einem Kind auf der Hüfte einen Kinderwagen zusammenklappen lassen und selbst tatenlos dabei zugesehen. Idiot. Michael gab dieser Ehe noch fünf Jahre, dann hatte die Frau wahrscheinlich genug. Das war genau der Typ, der sich über die verlorene Sexlust seiner Frau beklagte, und dass immer er die Initiative ergreifen musste, und dann vor sich hin schmollte, bis sie es schließlich ganz aufgab. Fünf Jahre noch, mein Freund, dachte er, dann sitzt du alleine hier.

Er hatte einen Platz gebucht, auf dem er keinen Sitznachbarn haben würde, und blickte über die Reihen, um die richtige Nummer zu finden. Dort drüben.

Während er noch seinen Koffer verstaute, überlegte er, wie es sich eigentlich für Paul angefühlt hatte, das Restaurant zu verkaufen, das so viele Jahre seins gewesen war. Er war so unglaublich stolz darauf gewesen, was er sich aufgebaut hatte. Sonja war Teilhaberin gewesen, hatte sich jedoch kein einziges Mal in den Betrieb selbst eingemischt, und als Paul erfuhr, dass er der Vater von Maggans Tochter war, begriff er zugleich, warum Sonja ihm viele Jahre zuvor dabei geholfen hatte, das Restaurant zu eröffnen. Zwar hatte Maggan kein Wort darüber verloren, wer Annelis Vater war, aber Sonja hatte ein einziger Blick genügt, um zu begreifen, dass sie Pauls Tochter war.

Erst als Sonja starb und Maggan ihren Anteil am Restaurant erbte, war herausgekommen, wie sich die Dinge eigentlich verhielten, und Michael wusste, dass Paul das Restaurant aus Liebe zu Maggan verkauft und mit ihr nach Farsta gezogen war. Damit war er jedoch gezwungen gewesen, sein Lebenswerk aufzugeben, und das war ihm anscheinend doch schwerer gefallen, als er zugeben wollte. Michael hatte nie so genau darüber nachgedacht, weil Paul immer behauptet hatte, es gefiele ihm in Schweden, doch als sie sich zuletzt in London getroffen hatten, war Paul offener gewesen. Er hatte zugegeben, dass es schwierig war, neu in ein Land zu kommen, dessen Sprache man nicht sprach. In Frankreich war er jemand gewesen – jeder kannte den Betreiber des *Sonjas.* Er war berühmt für seine Kochkünste, wurde gern als Experte hinzugezogen, und manchmal konnte es Wochen dauern, bis man einen Tisch in seinem stets ausgebuchten Restaurant bekam. In Farsta dagegen seufzten alle resigniert, wenn er sich nicht auf Schwedisch ausdrücken konnte. Das führte mit der Zeit dazu, dass er sich immer mehr zurückzog und zu Hause blieb, obwohl er durchaus wusste, dass er eine Arbeit brauchte. Nicht so sehr aus ökonomischen Gründen, aber doch für sein Selbstwertgefühl. Er schämte sich vor Maggan, und dann verhielt er sich manchmal ihr gegenüber unfair, war aufbrausend oder fand, dass sie ihn nicht verstand. Michael hatte gefragt, ob es irgendetwas gäbe, womit er ihm helfen könnte, wusste jedoch im Grunde, dass Paul es nur selbst richten konnte. Er brauchte vielleicht einfach nur einen Kumpel, dem er sein Herz ausschütten konnte.

Michael setzte sich bequemer zurecht, zog das Headset seines Handys hervor, legte ein Buch vor sich hin und lehnte den Kopf an das Kissen, während der Zug das Stadtzentrum Londons verließ und Fahrt Richtung Gare du Nord mitten in Paris aufnahm. Kurz darauf hielt ein

Servierwagen neben ihm, doch er wollte nichts kaufen. Wenn er Paul richtig einschätzte, würden sie den ganzen Tag mit Essen verbringen.

Am Bahnhof holte ein strahlender Paul ihn ab. Er sieht jetzt sogar noch französischer aus als zu der Zeit, als er noch hier wohnte, dachte Michael und betrachtete die Baskenmütze auf den ergrauenden Locken seines Freundes. Vielleicht war das aber auch normal. Er selbst hatte sein gesamtes Leben in London verbracht und sich nie von dort weggesehnt, außer für gelegentliche Reisen. Wenn er London verließ, tat er es fast ausschließlich im Zusammenhang mit seinem Job, manchmal für einen Kurzurlaub. Doch er kehrte immer wieder nach Hause zurück.

Er drückte Paul seinen Koffer in die ausgestreckte Hand.

»Ich gehe davon aus, dass du deinen alten Citroën aus der Garage geholt hast? Wenn ich schon hier bin, will ich auch standesgemäß gefahren werden.«

»Na klar«, sagte Paul und ging mit raschen Schritten zum Parkplatz. »Ich war sogar noch in der Werkstatt, damit er uns unterwegs nicht absäuft.«

Michael lachte, als er das ihm wohlbekannte alte Auto sah.

»Du warst achtzehn, oder?«

»Eher zwanzig. Das ist eine echte Rarität.« Paul lächelte und warf den Koffer auf die Rückbank. Das Dach hatte er in klassischer Manier nach hinten gekurbelt. »Willst du fahren?«

»Auf gar keinen Fall!«

»Wir fahren erst mal nach Hause, damit du dich einrichten kannst, und dann lade ich dich zu einem richtig langen Mittagessen ein.«

Das Auto fuhr sie stotternd durch die Stadt.

»Bist du sicher, dass es hält?«, fragte Michael.

»Hundertprozentig!«, sagte Paul.

»Du wirkst glücklich. Das ist schön zu sehen!«

»Guck dir den Himmel an«, sagte Paul und zeigte nach oben. »Das ist Paris. Blau, mit strahlendem Sonnenschein. Wie sah London heute früh aus?«

»Das kannst du dir sicher denken«, sagte Michael und zeigte auf seinen Regenschirm.

»Japp. Und in Farsta ist es genauso. Aber in Paris! Sonne! Man muss diese Stadt einfach lieben.«

Er hielt vor dem mehrgeschossigen Haus, das Maggan gehörte und in dem sie gewohnt hatten.

»Angekommen«, sagte er fröhlich.

Als Maggan und er sich damals kennengelernt hatten, hatte er eine Wohnung oberhalb des *Sonjas* gehabt. Doch ihre war viel schöner, deshalb hatte es keiner Überredungskunst bedurft, ihn dazu zu bringen, hierher zu ziehen. Seine ehemalige Bude hatten sie zu einem Büro mit Übernachtungsmöglichkeit umgebaut.

»Und wie fühlst du dich jetzt? Maggan bleibt ja noch vier bis fünf Wochen weg.« Michael griff nach seinem Koffer.

»Ich versuche, nicht darüber nachzudenken«, sagte Paul. »Heute sind sie in Schweden gelandet. Sie sollen weiter mit dem Bus zu irgendwelchen Lofoten in Norwegen. Ich habe keine Ahnung, was das ist. Sie werden auch im Bus schlafen. Darüber wird Susanne bestimmt nicht erfreut sein.«

Michael zuckte zusammen, als er ihren Namen hörte. Dann lächelte er schief. Nein, seine Susanne reiste lieber bequem und schlief in angenehmen Betten.

»Das geschieht ihr recht«, sagte er.

»Du bist ganz schön verbittert.« Paul lachte und ging auf den Eingang zu. Sie hatten die Treppe noch nicht erreicht, da öffnete ihnen schon der Concierge.

»Monsieur, herzlich willkommen zurück.« Er nickte Michael freundlich zu.

»Danke, Alain, es ist schön, mal wieder hier zu sein.«

Michael sollte in derselben Gästewohnung wohnen wie immer. Er betrachtete das ihm wohlbekannte Zimmer. Soweit er es erkennen konnte, war alles wie gehabt. Hier waren er und Susanne oft gewesen. Hatten wundervolle Tage verbracht. Und Nächte. Genau daran wollte er jetzt aber nicht denken, doch wie sollte er das vermeiden, wenn er in Paris war und noch dazu in dieser Wohnung?

»Verfluchtes eigensinniges Weib«, schimpfte er laut, doch es nützte nichts, denn die Frau, die er verfluchte, saß in einem Bus, und der Teufel mochte wissen, was sie auf dieser Reise alles tat.

Ich kenne sie so gut, dachte er und ging Richtung Schlafzimmer. Er wusste genau, wie plötzlich sie die Lust überkommen konnte. Früher hatte sie ihn angerufen, um sie zu befriedigen.

Was tat sie jetzt?

17

Als der Bus am darauffolgenden Morgen in Svolvær einfuhr, öffnete sich vor ihnen eine Landschaft von unwirklicher Schönheit. Nie zuvor hatte Rebecka so etwas gesehen, und so genoss sie andächtig die Aussicht. Als wäre das alles mit einem Bildbearbeitungsprogramm verschönert worden. Beinahe unmerkliche Übergänge zwischen hohen Bergen, eisblauen Fjorden und Häusern, die das Ufer säumten. Sie hatte gedacht, es könne keinen schöneren Ort geben als den, an dem ihr Haus auf Mallorca stand, doch Svolvær stellte eine ernsthafte Konkurrenz dar.

»Ach, Adam«, flüsterte sie, als sie kurz nach dem Frühstück, das ihnen bei der Ankunft serviert worden war, an ihrem Hotelfenster stand und auf die Berge hinaussah. »Ich wünschte so sehr, du wärst hier.«

Mit einem Seufzen drehte sie sich zum Bett um, auf dem ihr Koffer lag. Sie öffnete ihn, zog das Foto ihres Mannes heraus und stellte es auf den Nachttisch. Das war die einzige Möglichkeit gewesen, ihn auf dieser Reise dabeizuhaben. Doch Susanne hatte tatsächlich recht gehabt. Man konnte trauern und zugleich andere Gefühle hegen. In der kurzen Zeit, die sie von Mallorca weg war, hatte sie Freude, Wut und Trauer empfunden. Das eine schloss das andere nicht aus, wie sie vielleicht früher gedacht hatte. Stattdessen lebten die Gefühle parallel, und das war vollkommen in Ordnung. Es machte ihr keine Angst mehr. Man konnte mehr empfinden als Verzweiflung. Das Schreckliche, das ihr auf dem Schiff passiert war, hatte es gezeigt. Dort hatte sie gekämpft, und zwar buchstäblich. Als ginge es um ihr Leben. Und so hätte es ja auch kommen können.

Sie küsste das Foto. »Ich liebe dich« flüsterte sie, dann stellte sie es vorsichtig wieder zurück. Die drei Freundinnen waren sich einig gewesen, dass sie sich ein paar Stunden ausruhen wollten, ehe sie in die Stadt gingen, und als sie in dem bequemen Bett lag, dauerte es nur wenige Minuten, bis Rebecka tief und traumlos schlief.

Genau zwei Stunden später wartete sie an der Rezeption auf die beiden anderen.

»Unglaublich, ich habe schon wieder Hunger!«, sagte Susanne, als sie das Hotel verließen.

»Das liegt an der Seeluft«, sagte Maggan. »Die macht hungrig, das weiß doch jeder.«

Rebecka ließ sie schwatzen. Sie sog die klare Luft durch die Nase ein und füllte ihre Lungen. Sie war viel zu hingerissen von der Natur, um irgendetwas zu sagen. So leben zu können! Bei ihr zu Hause war alles üppig und grün, hier sah es ganz anders aus. Die Felsen ragten steil auf, scharfkantig und abweisend. Sie wirkten kalt und hart, doch die pastellfarbenen Gebäude der Stadt milderten das Bild und sorgten für einen warmen und einladenden Eindruck. Solche Kontraste waren ihr nie zuvor begegnet.

»Hört mal auf zu reden«, sagte sie. »Ihr verpasst sonst die ganze Schönheit.«

»Gib mir was zu essen, dann bin ich still«, sagte Susanne.

Da Susannes Jammern auch Rebecka und Maggan hungrig gemacht hatte, entschieden sie sich, in einem Restaurant mit Meerblick zu Mittag zu essen.

Alle drei hatten es abgelehnt, an der Bootsfahrt teilzunehmen, die das Hotel arrangierte, doch nachdem Rebecka das köstlichste Fischgericht gegessen hatte, das sie je probiert hatte, bereute sie ihren Entschluss. Es würde bestimmt ein grandioser Ausflug. Sie schaute auf die Uhr.

»Wann sollte es noch mal losgehen?«, fragte sie.

»Um eins, glaube ich«, sagte Maggan.

Rebecka stand auf und steckte sich den letzten Bissen Brot in den Mund. »Ich versuche es noch zu schaffen, wenn es für euch okay ist«, sagte sie. Und als die anderen nickten, lief sie los. In zehn Minuten sollten sich alle versammeln. Wenn sie sich beeilte, konnte sie sich sogar noch schnell ihre Mütze holen. Vielleicht brauchte sie sie nicht, aber dann würde sie sie einfach in die Tasche stecken.

Vor dem Hotel blieb sie abrupt stehen. Drinnen vor der Glastür stand die Truppe, die mit zum Ausflug wollte.

Mein Gott, ich lebe!, dachte sie. Ich weiß nicht, wie es dazu gekommen ist, aber ich *lebe*!

Sie rannte ins Foyer. »Darf ich mich Ihnen noch anschließen?«, fragte sie.

»Irgendetwas ist seit dem schrecklichen Überfall auf dem Schiff mit ihr passiert«, sagte Maggan und sah Rebecka hinterher, die mit wehendem Mantel davonlief. »Sie wirkt auf merkwürdige Weise gestärkt, findest du nicht?«

»Absolut«, sagte Susanne und tupfte mit einem Stück Brot die letzten Tropfen ihrer Hummer-Suppe auf. »Sie müssten ihn inzwischen ja gefasst haben, wenn er noch an Bord ist.«

»Ja. Ich hoffe, sie bekommt bald Bescheid. Wird bestimmt schwierig für sie, ihn von hier aus zu identifizieren … Meinst du, sie muss noch mal hinfahren?«

»Nach Hawaii? Das wird sie nicht tun. Möchtest du Kaffee? Wir bestellen einen italienischen. Der norwegische im Hotel war ja ungenießbar.«

Wenn sie nicht bald einen ordentlichen Espresso trank, würde sie Kopfschmerzen bekommen.

»Ja, bestell schon mal. Stell dir vor, Sonja und Luke haben hier am Tisch gesessen und auf ihren Kaffee gewartet, genau wie wir«, sagte Maggan.

Susanne lächelte. »Wie es ihnen wohl ergangen ist? Ich hoffe wirklich, wir erfahren es im nächsten Brief.«

Maggan nickte nachdenklich. »Wir haben wirklich geglaubt, wir wüssten alles über sie, oder? Nachdem wir entdeckt hatten, dass sie eine Tochter hatte, dachte zumindest ich, wir hätten auch das letzte Geheimnis gelüftet.«

»Ja, das dachte ich auch«, meinte Susanne. »Ihr Leben ist der reinste Film.« Sie winkte dem Kellner.

Maggan wandte sich der Aussicht zu. »Stell dir vor, so zu wohnen«, sagte sie träumerisch. »Nur Stille und Ruhe. Ein paar Schiffe, die vorbeituckern. Im Winter viel Schnee.«

»Puh, wie langweilig«, sagte Susanne mit Nachdruck. »Ein paar Tage halte ich so etwas aus, aber dann brauche ich dringend wieder Lärm und Abgase. Ich *liebe* Beton!«

»Du bist wirklich vollkommen unromantisch.«

»Vielleicht hast du recht. Wenn das da Romantik ist, dann ist es einfach nur langweilig.« Sie wandte sich dem Kellner zu, der neben ihrem Tisch erschien. *»Two triples of espresso, please.«* Sie sprach langsam und auf Englisch, damit nichts schiefgehen konnte. Norwegisch war wirklich unmöglich zu verstehen.

»Hat Ihnen der Hotel-Kaffee nicht geschmeckt?« Er zwinkerte verschmitzt. »Das kann ich gut verstehen, die Norweger mögen diese Plörre. Zwei dreifache Espresso sind unterwegs!«

Maggan lachte. »Hast du nicht gemerkt, dass er vorhin Schwedisch gesprochen hat?«

»Natürlich nicht«, erwiderte Susanne sauer. »Was hat ein Schwede in Nordnorwegen zu suchen?«

»Was hat eine Schwedin in London zu suchen?«, konterte Maggan.

»Stimmt«, sagte Susanne. »Wäre er etwas für mich?«

»Wer?«

»Der Kellner natürlich.«

»Nein.«

»Weil?«

»Zu jung.«

»Quatsch. Wenn ich jetzt als Single lebe, muss ich doch mal etwas Neues ausprobieren.«

Er kehrte mit dem Kaffee zurück und stellte die Tassen vor sie auf den Tisch.

»Wie alt sind Sie eigentlich?«, fragte Susanne und legte den Kopf schief.

»Wie bitte? Ich? Neunundzwanzig. Und Sie?«

Susanne wand sich.

»Ungefähr fünfzig.«

»Wie meine Mutter«, sagte er lächelnd und ging davon.

Maggan prustete und Susanne kniff die Augen zusammen und erhob warnend den Zeigefinger. »Ich will kein Wort von dir hören!«

Beim Verlassen des Restaurants lachte Maggan noch immer.

Susanne lag auf dem Rücken ausgestreckt in ihrem Hotelbett, die Hände über dem Bauch gefaltet. Sie hatte Heimweh nach *ihrem* Hotel und wünschte, sie hätte Maggan und Rebecka einfach einpacken und dorthin mitnehmen können, statt *in einer Art Paradies* – wie Rebecka es ausdrückte – in Norwegen zu sein. Morgen Abend würden sie den Bus zurück nach Luleå nehmen. Also hatten sie noch eine Nacht, um vernünftig zu schlafen. Aber zuerst mussten sie noch Sonjas Asche verstreuen. Rebecka hatte herausgefunden, dass es einen schönen Wanderweg gab, dem sie ein Stück folgen konnten, er war ihr sehr ans Herz gelegt worden. Von ihrer Bootstour war sie mit rosigen Wangen zurückgekommen und hatte gar nicht aufhören können zu schwärmen, wie schön es gewesen sei. Ein Bild nach dem anderen, das sie mit ihrer Handy-Kamera aufgenommen hatte, hatte sie ihnen gezeigt und die Worte waren nur so aus ihr herausgesprudelt, wie seit einem ganzen Jahr nicht mehr. Dann hatte sie geweint, weil Adam all das Schöne nicht sehen konnte.

Rebeckas allmähliche Wandlung war das Beste an dieser Reise – allein das war es wert, so lange von zu Hause weg zu sein. Obwohl sie noch oft traurig war, schien sie auch wieder andere Gefühle zulassen zu können. Allmählich war sie wiederzuerkennen, und das war eine große Veränderung.

Sie selbst hätte nie gedacht, dass sie Heimweh haben würde, doch das hatte sie. Sie war lange nicht so beeindruckt von all den Felsen und Fjorden wie Rebecka. Und sie vermisste Michael mehr, als sie zugeben wollte.

Immer noch lagen mehrere Wochen Hin- und Herreisen vor ihnen, und sie wussten noch immer nicht, wohin es sie als Nächstes verschlagen würde. Merkwürdigerweise litt Susanne am meisten darunter. Sie, die spontanste der drei Frauen, verspürte plötzlich das Bedürfnis nach einem Plan.

Als Rebecka die Wanderung zur Felsformation des Svolværgeita als »ein bisschen Bewegung« bezeichnete, hatte Maggan genug von der neu erworbenen norwegischen Sportlichkeit der Freundin.

»Nein, das ist es absolut nicht. Für mich ist es ein Nahtod-Erlebnis«, schimpfte sie. Das T-Shirt unter ihrem Pullover war schweißnass und kalt, und ihre Schuhe längst nicht mehr so bequem, wie sie es waren, als sie damit ins Zentrum von Farsta gegangen war. Beide Beine schmerzten von den Zehen aufwärts, und wenn sie gewusst hätte, wie der Weg beschaffen war, hätte sie sich niemals darauf eingelassen. Das Wetter änderte sich so schnell, dass aus dem klarblauen Morgen inzwischen ein diesiger Nachmittag geworden war.

»Stell dich nicht so an«, sagte Rebecka. »Wir gehen natürlich nicht bis zum Gipfel, dazu reicht unsere Kondition nicht. Aber ein kleines Stückchen wirst du doch wohl noch schaffen? So steil ist es doch gar nicht. Und schau nur, wie schön es hier ist.«

Maggan wandte sich an Susanne. »Jetzt hilf mir doch mal ein bisschen«, schnaufte sie, doch Susanne schien ihr nicht zuzuhören.

»Habt ihr hier Empfang?«, fragte sie und drehte sich um ihre eigene Achse und schwenkte dabei ihr Telefon. Sie interessierte sich nicht dafür, wo sie hingingen, und scherte sich offensichtlich keinen Deut um die Aussicht. Den ganzen Tag schon redete sie davon, heim nach London zu fahren.

»Pack das doch mal ein«, sagte Rebecka, die ungebeten die Rolle der Reiseleiterin übernommen hatte. Sie breitete die Arme zum Meer hin aus. »Genießt es«, sagte sie. »*Genießt* es!«

Wäre ihre Freundin nicht erst kürzlich Witwe geworden, Maggan hätte ihr ein Stück Moos in den Mund gestopft.

Susanne schien endlich aufzugeben. »Ich bin einer Meinung mit Maggan, wir brauchen nicht weiterzugehen«, sagte sie. »Hier ist ein guter Ort für Sonjas Asche, finde ich.«

Rebecka seufzte. »Okay, ich gebe es auf. Aber wir können sie nicht einfach auf dem Weg verstreuen. Lasst uns den kleinen Pfad dort nehmen.« Sie zeigte mit dem Finger.

»Dann muss ich mich an einer von euch festhalten, meine Beine wollen einfach nicht mehr«, sagte Maggan.

»Außerdem müssen wir uns ein bisschen beeilen«, sagte Susanne. »Der Bus fährt in drei Stunden, und wir müssen ja auch noch wieder runtergehen.«

Rebecka und Susanne fassten Maggan bei den Armen, dann verließen sie den Hauptweg, um einen schönen Ruheplatz für Sonja zu finden. Der Pfad war ausgetreten und es steckten Stöcke im Boden, sodass er leicht zu gehen war.

Als der Boden plötzlich nachgab, war Maggan eher erstaunt als erschrocken, und erst als sie auf dem Grund eines tiefen Lochs standen, bekam sie Angst.

»Seid ihr okay?«, fragte Susanne. »Was ist passiert? Geht es euch gut?«

»Keine Ahnung, ich begreife gar nichts mehr«, sagte Rebecka.

»Hat jemand eine Taschenlampe?«, fragte Maggan.

»Ja klar, die sollte in keiner Handtasche fehlen«, sagte Susanne.

»Du brauchst gar nicht so blöd zu tun«, sagte Maggan. »Hast du nicht eine in deinem Handy? Zumindest ist es ein deutlich neueres als meins.«

»Ich habe es verloren, als wir hier reingefallen sind«, antwortete Susanne. »So ein Mist! Rebecka, hast du deins noch?«

Es war dunkel in dem Loch. Sie konnten einander erkennen, mehr aber auch nicht. Das einzige Licht kam von oben, doch da der Himmel grau war, war es kaum der Rede wert. Bis hinauf zur Kante waren es mindestens zweieinhalb Meter.

»Nein«, sagte Rebecka. »Ich brauche mein Handy nicht so sehr wie ihr, es liegt in meinem Koffer.«

»Dann haben wir nur dein altes Handy, Maggan«, sagte Susanne. »Ich glaube nicht, dass wir ohne Hilfe hier rauskommen, deshalb wäre es gut, wenn du jemanden anrufen könntest.«

Die sonst so kecke Susanne klang mit einem Mal nervös. Das war ein ganz schlechtes Zeichen, wie Maggan fand. Susanne hätte diejenige sein sollen, die die Situation beherrschte und sie von hier wegbringen konnte. So war es sonst immer gewesen.

Maggan zog ihr Handy heraus. »Wo soll ich anrufen?«

»112, 90 000 oder was auch immer man in so einem Fall in Norwegen wählt. Ich weiß es nicht«, sagte Susanne.

»Ruf doch Paul an. Der kann uns bestimmt helfen«, schlug Rebecka vor.

Maggan drehte sich so, dass ein klein wenig Licht auf das Display fiel, und stellte fest, dass sie niemanden anrufen konnte.

Ihr Telefon war ausgegangen.

18

Paul wollte Michael zum Abendessen ins *JP's* einladen. Es war sein erster Besuch im ehemaligen *Sonjas*, seit Michael angekommen war.

Er öffnete dem Freund die vertraute Tür und sie betraten das Foyer. Früher hatte ein Porträt von Sonja über der Theke gehangen, doch das hatte Paul mitgenommen, als er das Restaurant verkauft hatte. Jetzt lag es gut verpackt in Farsta, und er nahm sich vor, in der Wohnung endlich einen geeigneten Platz dafür zu suchen.

JP sah sie schon von Weitem und kam ihnen mit ausgestreckter Hand entgegen.

»Willkommen! Ihr müsst unbedingt meine Frau und unsere Freunde begrüßen, bevor ihr euch hinsetzt«, sagte er und ging ihnen voraus durch das voll besetzte Restaurant. Paul hatte Jessica Romin schon mehrfach getroffen und kannte sie, lange bevor sie ihm vorgestellt wurde. Sie war eine bekannte Autorin, und Maggan hatte alles von ihr gelesen.

»Paul, wie schön!«, sagte sie und erhob sich, als sie an ihren Tisch traten. Sie begrüßte auch Michael und stellte ihnen ihre Freundin und deren Mann vor. »Wollt ihr mit uns anstoßen, bevor ihr etwas esst?«

»Vielen Dank«, sagte Paul, »aber wir haben den ganzen Tag noch nichts gegessen und sind furchtbar hungrig. Nehmt ihr es uns übel, wenn wir uns lieber gleich auf das köstliche Essen deines Mannes stürzen?«

»Ach was.« Sie lachte. »Aber passt auf! Meine Freundin Sara hat so viel gegessen, dass sie sich nicht mehr bewegen kann.«

»Das stimmt«, sagte die dunkelhaarige Frau und ächzte. »Verzichtet lieber auf das Brot, sonst fühlt ihr euch so wie ich jetzt.«

Sie plauderten noch ein wenig, dann führte JP sie zu ihrem Tisch. Es war derselbe, an dem Paul immer saß, wenn er hier war.

»Ich glaube, ich kenne sie«, sagte Michael.

»JP's Frau? Sie ist Schriftstellerin. Die andere Frau ist Journalistin. Sie schreibt über Erlebnisreisen. Ihr Lebensgefährte, Texas, ist Fotograf. Ziemlich coole Frauen, die schon ihr Leben lang befreundet sind.«

»Apropos«, sagte Michael und zog seinen Stuhl heraus. »Wie geht es unseren Ladys in Norwegen?«

»Als ich das letzte Mal von ihnen gehört habe, gut. Heute habe ich noch nicht mit Maggan gesprochen«, sagte Paul und setzte sich ihm gegenüber. »Und jetzt habe ich mein Handy ausgeschaltet, damit wir beide uns in Ruhe unterhalten können. Ich brauche deinen Rat.«

»In welcher Angelegenheit?«

»Soll ich das *Sonjas* zurückkaufen?«

Michael sah ihn erstaunt an. »Will JP denn verkaufen?«

»Für einen guten Preis wird er es schon tun«, sagte Paul ruhig und breitete die Leinenserviette über seinen Schoß.

»Wollt ihr wieder hierherziehen?« Trotz der Warnung, die er soeben erhalten hatte, brach Michael ein Stück des noch warmen Brotes ab, das ihnen hingestellt wurde. Es duftete einfach unwiderstehlich.

»Ich ja«, sagte Paul. »Ich möchte, dass alle hierherziehen. Anneli, die Kinder und Maggan. Ich glaube allerdings nicht, dass ich sie dazu überreden kann. Aber versuchen möchte ich es auf jeden Fall.« Er verzog den Mund. »In Farsta halte ich es einfach nicht aus, ich gehe dort ein! Das hier ist mein Restaurant, Michael. Meins. Ich habe es vor über fünfunddreißig Jahren mit Sonja aufgebaut. Es ist mein Werk, es sind meine Visionen, die diesen Ort geprägt haben. Dass es jetzt *JP's* heißt und Sonjas Porträt nicht mehr an der Wand hängt, ändert nichts an der Tatsache.«

Er holte tief Luft und sah Michael flehend an.

»Ich verstehe. Aber was, wenn du dich entscheiden musst?«

»Zwischen Maggan und dem Restaurant?«

»Ja?«

»Dann wird es mich zerreißen. Es geht nicht, das wäre eine unmögliche Entscheidung.«

»Vielleicht solltest du erst mal herausfinden, ob das Restaurant überhaupt zum Verkauf steht?«

»Bevor ich mit Maggan gesprochen habe?«

»Ja. Warum solltest du sie verrückt machen, wenn du es sowieso nicht zurückkaufen kannst?«

Paul nickte und holte noch einmal tief Luft.

Er fühlte sich erleichtert. Als wäre das Okay des Freundes ein Freibrief, über eine Rückkehr in die Pariser Kneipenszene nachzudenken. Maggan und Anneli würden es schon verstehen, oder etwa nicht? Doch Michael hatte natürlich recht: Es hatte keinen Sinn zu spekulieren, bevor das Geschäftliche nicht geklärt war. Paul spürte, wie sein Herz schneller schlug. Bevor er heute Abend dieses Restaurant verließ, wollte er einen Termin mit JP ausmachen.

Michael sah Paul an, dass er erleichtert war. Als sie nach einem gelungenen Abend vor dem *Sonjas* auf ihr Taxi warteten, strahlte er über das ganze Gesicht.

»Morgen um elf«, sagte er, zog sein Handy aus der Hosentasche und schaltete es wieder ein. »Dann wissen wir mehr.«

Es machte *pling*.

»Ich schau nur mal schnell, wer angerufen hat.« Paul lauschte mit gerunzelter Stirn. Dann wendete er sich zu Michael um. »Das ist Schwedisch, sie sagen irgendetwas über Maggan, aber ich weiß nicht, was«, sagte er. »Ich geh noch mal kurz rein und frage JP, ob er übersetzen kann. Warte im Taxi auf mich.«

Als Paul wieder aus dem Restaurant trat, war er kreidebleich. Es sah aus, als würde er weinen. Was war nur passiert?

»Wir müssen nach Norwegen«, sagte er. »Die drei sind verschwunden. Das Busunternehmen hat die Anwaltskanzlei angerufen, die wiederum versucht hat, Kontakt mit dir, mir und Rafaela aufzunehmen. Hast du dein Handy auch ausgeschaltet? Der Bus ist ohne sie zurück nach Schweden gefahren, und jetzt wird befürchtet, dass sie sich in den Bergen verlaufen haben.«

Michael wurde eiskalt.

»Alles klar«, sagte er. »Wir fahren jetzt nach Hause, packen unsere Taschen und bitten das Taxi, draußen zu warten. Es ist zehn Uhr. Geht heute Abend noch ein Flug nach Skandinavien?«

Er bat den Fahrer sich zu beeilen, dann zog er sein Handy hervor und versuchte herauszufinden, wie sie so schnell wie möglich nach Norwegen und auf die Lofoten kommen könnten.

Innerhalb der nächsten Stunde hatte er mittels verschiedener Kontakte einen Privatjet organisiert, der sie noch in der Nacht in Paris abholen und nach Norden fliegen konnte.

In den Nachrichten wurde von Unwettern über Nordnorwegen berichtet, über Stürme und massive Regenfälle. Ob seine Susanne für solches Wetter ausgerüstet war? Er schüttelte den Kopf und starrte verzweifelt durch die Taxischeibe. Vielleicht würde sie erfrieren, ehe er überhaupt dort war. Die Angst um die drei Frauen zog ihm die Brust zusammen. Ihnen durfte einfach nichts zugestoßen sein. Er hatte so schon Kummer genug.

19

Unglaublich, wie kalt es hier ist, dachte Susanne benommen. So sehr hatte sie in ihrem Leben noch nie gefroren. Das Wasser stand zehn Zentimeter hoch, denn nach dem kräftigen Regen war es nicht abgeflossen. Keine von ihnen konnte mehr stehen, und sie hielten einander eng umschlungen. Sie spürte, wie ihr das Kinn auf die Brust sank, und rekelte sich. Rebeckas Kopf wurde immer schwerer auf ihrer Schulter.

Plötzlich wurde ihr klar, was gerade geschah.

»Aufwachen!« Sie knuffte Rebecka, so fest sie konnte. »Wir dürfen nicht einschlafen! Oben wird es hell und es hat aufgehört zu regnen. Sie werden uns suchen, und wir müssen rufen. Reiß dich zusammen. Wir waren bei den europäischen Hauptstädten, bei O, und ich habe Oslo gesagt. Jetzt bist du dran mit P.«

»Paris«, sagte Rebecka stumpf.

»Q gibt es nicht«, sagte Maggan schwach. »R wie …« Sie hustete. »Ich habe Durst«, sagte sie. »Und Hunger. Und ich spüre mein eines Bein nicht mehr.«

»Konzentriere dich auf R«, sagte Susanne. »R wie …«

»Reykjavík.«

»Sehr gut, Maggan«, sagte Rebecka müde. »Bitte, lasst mich ein bisschen schlafen. Können wir nicht abwechselnd schlafen, während die anderen beiden wach bleiben?«

»Man darf nicht einschlafen, das wäre fatal«, sagte Maggan. »Das habe ich irgendwo mal gelesen.«

»Ich begreife immer noch nicht, wie wir hier gelandet sind«, sagte Susanne. »Ist das eine Falle für Tiere?« Sie klapperte so sehr mit den Zähnen, dass sie selbst kaum verstand, was sie sagte. »Schließlich lag das Loch nicht offen vor uns, es muss mit Zweigen bedeckt gewesen sein. Also denen, auf denen wir jetzt sitzen.«

Susanne verzog das Gesicht. Es fühlte sich an, als wären ihre Lippen erstarrt. Sie versuchte die Hände zu bewegen. Das war nötig, sonst kamen sie nie hier raus.

Sie hatten ein paar tapfere Versuche unternommen, aus der Grube herauszuklettern. Rebecka hatte sich auf Susannes Schultern gestellt, um über den Rand zu kommen. Um noch ein wenig höher zu kommen, hatten sie die Zweige auf einen Haufen gelegt und sich daraufgestellt, doch sie waren sofort zerbrochen. Susanne hatte laut gepfiffen und sie hatten so laut gebrüllt, wie sie konnten, doch niemand hatte sie gehört. Dann setzte strömender Regen ein, die Wände wurden glatt und rutschig und sie hatten aufgegeben und sich darauf konzentriert, sich gegenseitig warm zu halten.

Doch Susanne wusste, dass sie nicht länger so dasitzen durften. Es wäre ihr Tod. Sie kam auf die Knie und dann mithilfe der Wände zum Stehen. Zitternd beugte sie sich zu Maggan und Rebecka hinunter.

»Hoch mit euch!« Sie rührten sich nicht. »Hoch, habe ich gesagt!«, brüllte Susanne.

Es ist meine Schuld, dachte Rebecka und starrte Susannes Gestalt in der Dunkelheit an. Wenn ich nicht darauf bestanden hätte, den Berg raufzuwandern, wäre das alles nicht passiert.

Sie war so aufgeregt gewesen – ein in letzter Zeit eher seltenes Gefühl – und hatte die anderen gegen ihren Willen Richtung Svolværgeita gezerrt. Sie hatten nachgegeben, weil sie selbst so fröhlich gewesen war, das war der einzige Grund. Und jetzt schämte sie sich, weil ihre eigene Tagesform solche Auswirkungen auf die Stimmung der anderen hatte. Das Auf und Ab ihrer Trauer bestimmte darüber, wie es der ganzen Clique ging. Vor allem Maggan ließ sich dadurch beeinflussen. Susanne versuchte Gott sei Dank dagegenzuhalten, doch das gelang natürlich nicht immer. In diesem Moment konnte Rebecka es erkennen. Trauer war eine mächtige und sehr dominante Kraft, die niemand gern herausforderte. Susanne tat, was sie konnte, wurde jedoch oft von Maggan überstimmt.

Wenn sie hier wieder rauskämen, würde Rebecka den Rest ihres Lebens darauf verwenden, anderen Gutes zu tun, statt sich in ihrem eigenen Kummer zu vergraben.

»Du hast recht, wir müssen uns bewegen«, sagte sie

und wand sich aus Maggans Griff. »Wir müssen unseren Kreislauf in Gang bringen.«

Mühsam kam sie auf alle viere. Sie spürte ihre Füße nicht mehr, wusste aber, dass sie trotzdem versuchen musste zu stehen. Auf den vielleicht zwei Quadratmetern hin und her gehen. Susannes Anweisungen folgen. Sie allein hatte versucht, sie alle in Bewegung zu halten.

Merkwürdig. Rebecka hatte sich nach dem Tod gesehnt und ihn als einzig mögliche Befreiung von ihrem Schmerz betrachtet, doch jetzt, da er ihr drohte, war er längst nicht mehr so verlockend. Taumelnd kam sie auf die Füße. Sie verzog das Gesicht und wischte sich die lehmverschmierten Hände an den Hosenbeinen ab. Sie wollte hier auf jeden Fall lebendig herauskommen.

»Sehr gut«, sagte Susanne. »Komm und hilf mir, Maggan aufzurichten.«

Harald Sannes ließ den Blick über die Rezeption und die Suchmannschaft gleiten, die sich dort versammelt hatte. Die Hunde jaulten und schnüffelten eifrig herum. Ein paar Frauen und Männer hatten bereits in der Nacht gesucht, doch bevor es hell wurde und die Wetterlage sich stabilisierte, hatte es eigentlich keinen Sinn. Es war nicht das erste Mal, dass man sich auf die Suche nach verschollenen Touristen machen musste, und beim letzten Mal war es gar nicht gut ausgegangen. Doch damals war auch noch Schnee mit im Spiel gewesen, und diese drei Frauen waren immerhin nicht zum Klettern aufgebrochen. Zumindest hatte das Hotelpersonal es nicht so verstanden. Andererseits wusste man nie, was die verrückten Schweden sich so ausdenken konnten, die die Wetterwechsel auf die leichte Schulter nahmen, dachte Harald. Gestern hatte es in Strömen geregnet und ordentlich gestürmt. Doch im Laufe der

Nacht war der Wind abgeflaut, und jetzt war es windstill und die Sonne schien. In dieser Region konnte das schnell umschlagen, das wusste er, weil er hier lebte. Doch wer zum ersten Mal hier war, konnte sich so etwas oft nicht vorstellen. Als Rettungsleiter hatte er da schon einiges erlebt.

Das letzte Mal waren die drei Frauen beim Mittagessen gesehen worden. Die Rezeptionistin meinte, dass sie einen Spaziergang geplant hätten, es sei um Schuhe gegangen, und eine der Frauen hätte gefragt, ob sie ihre Krücke mitnehmen sollte, da es den Berg hinaufgehen sollte. Auch von einer Sonja sei die Rede gewesen, daher bestand die Gefahr, dass sie unterwegs noch eine vierte Person mitgenommen hatten.

Dass zwei nervöse, Englisch sprechende Ehemänner eingetroffen waren, machte es auch nicht leichter. Es trug nur zu weiterem Stress bei. Dass sie losgingen und auf eigene Faust suchten, war natürlich ausgeschlossen. Am liebsten hätte Harald sie im Hotelzimmer eingesperrt, doch das konnte er ja schlecht tun. Er würde sich nachher kurz mit ihnen unterhalten und ihnen empfehlen, im Hotel zu warten.

»Essen Sie etwas, trinken Sie einen Kaffee. Beschäftigen Sie sich mit irgendetwas, aber gehen Sie nicht fort«, sagte er. »Falls wir sie finden, werden Sie dringend gebraucht, deshalb halten Sie sich bitte von Alkohol fern.«

»*Falls* Sie sie finden? Ist es nicht klar, dass Sie das tun?«

»Nein«, antwortete Harald kurz. Er wollte keine falschen Hoffnungen wecken. Es war besser, wenn sie sich auf das Schlimmste gefasst machten. Harald war viel zu erfahren und bei genügend Rettungsaktionen dabei gewesen, um zu wissen, dass es ein Glücksspiel war. Die einen gewannen, die anderen verloren.

Michael und Paul gingen sehr unterschiedlich mit ihrer Angst um. Paul saß in einer Ecke, die Arme um den Oberkörper geschlungen, und wiegte sich vor und zurück, während Michael keinen Augenblick stillsitzen konnte. Er musste etwas tun, mithelfen, statt hier wie ein Idiot mit blank geputzten Schuhen abzuwarten. Sie hatten keine Zeit gehabt, sich umzuziehen, hatten keine Ahnung gehabt, wohin sie eigentlich flogen, außer dass das Ziel in Nordnorwegen lag. Maggan hatte Paul von einer großartigen Landschaft erzählt und gemeint, es wäre etwas kühler dort als in Farsta, doch dass es so karg und anders war, hatte Michael nicht erwartet.

Gott sei Dank gab es zumindest einen Flughafen. Der Flug hatte sechs Stunden gedauert. Vor drei Stunden waren sie gelandet, und noch immer war nichts passiert, außer dass der Rettungsleiter sie über den Stand der Dinge informiert hatte. Michael und Paul hatten nichts beitragen können, außer einer Beschreibung der drei Frauen und der Auskunft, dass keine weitere Frau namens Sonja mit dabei war. Harald hatte gefragt, ob die Damen wohl geeignete Kleidung angehabt haben würden, um ein paar Tage draußen zurechtzukommen, und darauf hatte Michael nichts anderes erwidern können als »wahrscheinlich nicht«. Natürlich hatte er Susanne auch schon in bequemen Schuhen gesehen – sie trug stets Turnschuhe, wenn sie zur Arbeit ging – doch das war mitten in London gewesen. Hier brauchte man ganz anderes Schuhwerk. Zumal, wenn sie in die Berge gegangen waren, wie der Rettungsleiter annahm. Er fürchtete, dass sie den Hauptweg verlassen und sich anschließend verirrt hatten, sonst wären sie längst entdeckt worden.

Michael war froh, dass sie Hunde dabeihatten. Sie hatten gebellt und an den Leinen gezerrt und schienen ganz wild darauf, zu suchen. Das war mehr, als man von Paul behaupten konnte, der sich jetzt auf der Seite zusammengerollt hatte. Michael spürte Zorn in sich aufsteigen.

»Jetzt reiß dich mal zusammen«, sagte er und baute sich vor ihm auf. »Ich kann mich nicht auch noch um dich kümmern!« Drei Frauen waren verschwunden, und das Einzige, was Paul dazu beizutragen hatte, war Selbstmitleid. »Hoch mit dir«, brüllte Michael ihn an. »Sonst erzähle ich Maggan, was für ein Weichei von Mann sie hat.«

»Glaubst du, sie leben noch?«, fragte Paul verzagt.

»Natürlich glaube ich das«, fauchte Michael. »Es waren keine Minusgrade heute Nacht, und sie sind erwachsene Frauen, die es gewohnt sind, auf sich aufzupassen. Vor allem Maggan wird das können, denn auf dich kann sie ja nicht bauen.« Er wusste, dass er auf jemanden eintrat, der schon am Boden lag, doch er konnte es einfach nicht lassen. Dazu war er zu gestresst und hatte zu viel Angst. Was zum Teufel war da nur passiert?

Paul setzte sich auf. Er legte die Hände vors Gesicht.

»Ich weiß«, sagte er. »Ich verdiene sie nicht.«

So weit wollte Michael auch wieder nicht gehen, doch tatsächlich erkannte er Paul kaum wieder, den er sonst immer als tatkräftig empfunden hatte. Jetzt war er ein gebrochener Mann, und den Anblick ertrug Michael nicht. Er brauchte einen starken Freund an seiner Seite.

Es war nicht das erste Mal, dass Michael sich Sorgen um Susanne machte. Zuletzt war es während ihrer Krebserkrankung so gewesen. Da hatte er sich beinahe gewünscht, sie würde zusammenbrechen, damit er sich um sie kümmern könnte.

Jetzt wünschte er sich nichts mehr, als dass sie ähnlich stark wäre wie damals.

20

»Hört zu«, sagte Susanne. »Wir müssen versuchen, Rebecka hier rauszubekommen. Es muss einfach klappen. Wenn sie sich auf unsere Hände stellt, reicht sie vielleicht bis über den Rand und kann sich hochziehen.«

Allmählich sickerte das Wasser ab. Die Sonne stand hoch am Himmel und reichte bis zu ihnen hinunter. Das schenkte ihnen Energie, doch es reichte nicht, um ihre Kleider zu trocknen, und Susanne wusste, dass sie eine weitere Nacht hier unten nicht überstehen würden. Maggan war geschwächt, doch darauf konnte sie keine Rücksicht nehmen. Wenn sie überleben wollten, musste eine von ihnen hier raus und Hilfe holen, und Rebecka war die Leichteste von ihnen.

»Ich kann das nicht, meine Hände sind ganz taub«, flüsterte Maggan.

»Meine auch, aber zusammen schaffen wir das. Wir müssen es wenigstens versuchen.«

Susanne schaute zu der Öffnung hinauf. Rebecka würde mit dem halben Oberkörper und vielleicht sogar etwas mehr über die Kante reichen, doch dann musste sie sich selbst heraushieven. War sie stark genug? Sie hatten es gestern schon versucht, aber da war es wegen des Regens zu glatt und rutschig gewesen.

»Komm schon, Maggan. Du musst hoch. Geh ein bisschen hin und her, bring deinen Kreislauf in Schwung. Guck mal, ich kann meine Finger und Beine schon wieder bewegen.« Susanne versuchte Maggan mit einer Kniebeuge zu inspirieren. Dann streckte sie ihr die Hände hin. »Komm, wir ziehen dich hoch, und dann kannst du dich an uns festhalten, bis du dein Gleichgewicht gefunden hast.«

Rebecka stand mitten in dem Sonnenstrahl und versuchte ihre Kräfte zu sammeln. Susanne hatte ihr vorgeschlagen, sich vorzustellen, wie sie sich über die Kante zog, sich eine Technik zu überlegen, die funktionieren konnte, jetzt, wo der Regen nicht mehr herniederpeitschte. »Mach es wie Stefan Holm«, mahnte Susanne. »Versuch, es vor dir zu sehen.«

Sie waren sich einig. Eine weitere Nacht konnten sie nicht hierbleiben.

»Maggan, wir schaffen das«, sagte Rebecka. »Wir haben schon Schlimmeres bewältigt, oder nicht?« Sie stellte sich neben Susanne, dann nahmen sie jede einen Arm und zogen Maggan langsam hoch, damit sie sicheren Halt fand. Anschließend zogen sie sie in den von der Sonne erwärmten Teil. »Hier bleiben wir kurz stehen«, sagte Susanne. »Sag Bescheid, wenn du dich bereit fühlst für einen Versuch.«

Maggan hatte Angst. Sie trug eine große Verantwortung. Es durfte nicht schiefgehen. Susanne würde es allein nicht schaffen, Rebecka hochzuheben, doch zusammen konnte es ihnen gelingen. Wenn nur meine Beine halten, dachte Maggan. Bitte, liebe Beine, nur dieses eine Mal!

Bei dem Autounfall waren beide Beine schwer verletzt worden, und zwischenzeitlich fühlte es sich an, als hätten sie überhaupt keine Kraft mehr. Wenn Maggan regelmäßig ihre Übungen machte, ging es etwas besser. In Paris hatte es zu ihrem Alltag gehört, doch zu Hause in Farsta hatte sie stattdessen Zimtschnecken gegessen. Unmengen von Zimtschnecken. Sie fluchte leise.

»Wenn ich mich hier ein bisschen anlehnen kann«, überlegte sie laut, »dann brauche ich mich nicht ganz allein auf mein rechtes Bein zu verlassen, das im Moment am schlimmsten ist.« Sie streckte die Hand aus und tastete die Wand ab. Sie war lehmig, aber stabil. Gestern war das Wasser nur so daran heruntergeströmt.

Vielleicht würde es klappen. »Wir versuchen es«, sagte sie entschlossen.

Rebecka lag neben dem Loch auf dem Boden. Sie atmete ein paarmal tief durch, dann rief sie zu den Freundinnen hinunter, dass alles okay sei. Das Handgelenk tat ihr weh. Sie hatte es sich wohl umgeknickt, als sie sich über die Kante gezogen hatte, doch das war alles.

»Beeil dich! Wenn ich noch einmal hier unten pinkeln muss, drehe ich durch«, rief Susanne, und zum ersten Mal seit vierundzwanzig Stunden lächelte Rebecka. Sie hatten überlebt. Jetzt musste sie nur noch auf den Wanderweg zurückgehen, dann würde ihnen geholfen.

Im Krankenhaus warteten Michael und Paul auf sie. Als Susanne aus dem Krankenwagen taumelte, lief Michael zu ihr und sie brach in seinen Armen zusammen. Sie hatte alles, aber auch wirklich alles gegeben. Und er ließ sie keine einzige Sekunde aus den Augen. Sie brauchte kein Wort mehr zu sagen, er kümmerte sich um alles. Er redete mit den Ärzten, den Sanitätern sowie dem Hotel, er badete sie, zog sie an und beorderte schließlich den Piloten des Privatjets, sie alle nach Mallorca zu fliegen. Rebeckas Haus war warm, dort gab es Betten für alle und Rafaela würde mit gefülltem Kühlschrank und Töpfen voll Essen auf sie warten. Michael hatte ihnen erzählt, dass das Loch, in das sie gestürzt waren, ursprünglich für ein Denkmal ausgehoben, dann aber vergessen worden war, als der Gemeinde das Geld dafür ausgegangen war, und dass sie eventuell Schmerzensgeld bekommen würden. Noch aber hatte keine von ihnen Lust, sich damit auseinanderzusetzen, sie wollten einfach nur weg.

Die Einzige, die einigermaßen sie selbst zu sein schien, war Rebecka. Sie hatte sich das Handgelenk gebrochen, meinte aber, dass es ihr ansonsten gut gehe. Susanne sah Maggan an, die sich in dem kleinen Bus zum Flughafen an Paul lehnte. Sie sahen beide gleichermaßen mitgenommen aus. Wie kleine Kinder, die nicht wussten, wo sie hinsollten. Michael nahm auch sie unter seine Fittiche, und Susanne war ihm unendlich dankbar, dass er bis auf die Lofoten gereist war, um ihnen zu helfen.

»Hierher möchte ich gerne noch mal zurückkommen«, sagte Rebecka und wandte den Blick zu den Berggipfeln, ehe sie mit der gesunden Hand nach dem Geländer griff und die schmale Flugzeugtreppe hinaufging. Susanne war zu schwach, um es zu kommentieren. Morgen, wenn sie gründlich ausgeschlafen hatte, würde sie Rebecka sagen, was sie von dieser Idee hielt.

Es waren mehrere Wochen vergangen, seit Maggan und Susanne Mallorca mit einer gebrochenen Rebecka zwischen sich verlassen hatten, und Rafaela hatte große Angst vor dem, was sie erwartete, als sie jetzt zurückkamen. Sie hatte einen Großeinkauf gemacht und den Kühlschrank mit Dingen gefüllt, von denen sie hoffte, dass Rebecka sie essen würde. Seit Adams Tod hatte sie keine ganze Mahlzeit mehr zu sich genommen, sondern oft nur in dem herumgestochert, was Rafaela so liebevoll zubereitet hatte.

Sie war froh, dass alle hierherkommen würden, denn dann brauchte sie sich nicht allein um Rebecka zu kümmern. Sie war sich nicht sicher, ob sie das noch einmal gekonnt hätte. Sie brauchte Freude in ihrem Leben, und zwar deutlich mehr, als sie im vergangenen Jahr bekommen hatte. Vielleicht wurde es ja auch Zeit für sie, Rebeckas Haus zu verlassen und sich eine neue Arbeit zu suchen. Sie hatte angefangen, öfter darüber nachzudenken, seit sie ein paar Abende bei ihrem Nachbarn Nikodemus verbracht hatte. Dort ging es lebhaft und fröhlich zu, und für Rafaela war es gewesen, als beträte sie eine andere Welt. So wie die, die sie betreten hatte, als Adam und Rebecka sie viele Jahre zuvor eingestellt hatten.

Es würde ihr wehtun, Rebecka zu verlassen, doch vielleicht tat eine Veränderung ihnen beiden ja auch gut? Rebecka zahlte so gut, dass sie keine Probleme haben würde, jemand anderen zu finden. Und natürlich würde Rafaela bleiben, bis sie jemand anderen gefunden hatte, das war sie ihrer Freundin und Arbeitgeberin schuldig.

Rebecka warf ihren Koffer in den Flur und lief durchs Wohnzimmer auf die Wiese bis zum Pool, wo sie die Arme zum Himmel reckte. Sie war so voll Liebe. Anders konnte man es nicht beschreiben. Adam war den ganzen Weg über bei ihr gewesen; in der Grube, dort hinaus und bis hier nach Hause. Er lächelte ihr zu, er freute sich für sie, und flüsternd hatte sie ihm versprochen zu leben, auch wenn er physisch nicht mehr bei ihr war. Sie würde den Freundinnen ein paar Tage Zeit zum Ausruhen geben, dann mussten sie Sonjas Plan vollenden.

Bevor sie Norwegen verließen, hatte Rebecka heimlich ein wenig von Sonjas Asche verstreut, und an der Hotelrezeption hatte sie das flache Päckchen entgegengenommen, an das die beiden anderen keinen Gedanken verschwendet hatten. Jetzt war sie an der Reihe, sich stark zu zeigen, so wie Maggan und Susanne es zu Beginn der Reise ihr gegenüber getan hatten. Sobald sie bereit waren weiterzureisen, würden sie das Paket gemeinsam öffnen.

Sie hatte mit Andreassons gesprochen und ihnen die Situation erklärt, und die Anwaltskanzlei hatte gesagt, dass sie mit neuen Reiseinformationen kommen würden, sobald sie bereit wären. Der Film und der Brief, den sie in Norwegen bekommen hatte, würden jedoch weiterhin gelten.

»Rafaela, wie schön, dich zu sehen!« Rebecka strahlte, als sie ihre Assistentin entdeckte. »Wie war es hier? Alles unter Kontrolle? Ich hoffe, es wird dir nicht zu viel Arbeit, wenn wir jetzt alle hier einfallen, wo du doch sicher gedacht hast, du hättest ein wenig Zeit für dich. Hat der Gärtner seine Aufträge erledigt? Kann der Pool schon wieder benutzt werden? Sollen wir uns zusammensetzen und die Herbstferien planen, oder hast du alles im Blick? Vielleicht könnten wenigstens ein paar Familien hierherkommen … Was meinst du? Hast du Nikodemus gesehen? Er fährt bestimmt bald wieder nach Schweden, dann müssen wir daran denken, auf sein Haus achtzugeben.«

Rafaela starrte sie an.

»Mach den Mund zu, Herzchen. Es geht mir gut. Wir müssen Pläne für die Zukunft machen. Da gibt es einiges zu besprechen.«

21

Susanne schnarchte laut. Das tat sie immer. Michael lag auf der Seite und sah zu, wie ihr Brustkorb sich hob und senkte, in langen, tiefen Atemzügen. Sie hatte siebzehn Stunden am Stück geschlafen. Maggan saß in einem Liegestuhl auf der Terrasse, fest in eine Decke gewickelt, denn sie fror immer noch, und Rebecka wirbelte voller Energie durch das Haus. Gerade plante sie, das Wohnzimmer zu streichen, sobald sie wieder zurück wäre.

Michael und Paul hatten beide heftig protestiert, als Rebecka ihnen mitgeteilt hatte, Sonjas Wunsch weiterhin erfüllen zu wollen. Doch sie fand, sie wären doch gut zurechtgekommen. Abgesehen von ihrer verletzten Hand, die sie nicht weiter störte, weil es die Linke war und sie einen leichten Gips trug, bräuchten sie sich lediglich auszuschlafen, ein wenig aufzuwärmen und Unmengen zu essen, dann wären sie wieder auf dem Damm. Michael wusste nicht recht, was er von Rebeckas neu gewonnener Energie halten sollte, und hielt es für das Beste, sie vorläufig nicht weiter zu kommentieren. Sie hatte so lange und intensiv getrauert, dass es eigentlich nur positiv für sie sein konnte. Sie war diejenige, der auf dieser Reise am übelsten mitgespielt worden war, dennoch schien es sie eher gestärkt als geschwächt zu haben.

Maggan sagte nicht viel zu dem Thema und Susanne schlief, daher einigten Paul und Michael sich darauf, nicht weiter mit Rebecka zu diskutieren; sie waren fest davon überzeugt, dass die beiden anderen niemals zustimmen würden, die Reise fortzusetzen.

Was in Norwegen passiert war, hatte Michael zum Umdenken gebracht. Wenn Susanne ihn nur ab und zu sehen wollte, so war das immer noch besser, als sich gar nicht zu sehen. So einfach war das. Er würde ihre Beziehung nicht länger verkomplizieren, wenn es eigentlich so leicht war. Sie würden sich treffen, weil sie Lust dazu hatten und wann sie wollten, denn sie brauchten einander.

Dass es eines Unglücksfalls bedurft hatte, um dies einzusehen! Er hoffte inständig, dass es nicht zu spät war.

»Oh, hallo. Wie lange habe ich geschlafen?«, fragte sie. Sie öffnete erst ein Auge, dann das zweite. Zog die Decke enger um sich, als würde sie frieren.

»Lange.« Er streckte eine Hand aus und strich ihr über das Haar. »Hast du Hunger? Soll ich dir etwas organisieren?«

»Gerne einen großen Eimer Kaffee. Ich habe Kopfschmerzen.« Sie sah aus dem Fenster. Obwohl die Gardinen geschlossen waren, drang Licht herein. »Es ist mitten am Tag, oder?«

Er nickte. »Ja, halb drei oder so.«

»Was machen Maggan und Rebecka?«

»Maggan liegt in der Sonne und Rebecka rennt herum und will alles auf einmal machen. Ihre neueste Idee ist, alles neu anzustreichen.«

»Jetzt? Wo wir weiterreisen wollen?« Sie setzte sich auf und verzog das Gesicht. Er beugte sich über sie und schob ihr das Kissen in den Rücken.

»Wollt ihr wirklich wieder los? Reicht es nicht, was passiert ist?«, fragte er.

»Was meinst du damit? Dass noch mehr passieren könnte? Ich glaube, wir haben unser Soll erfüllt, vor allem Rebecka. Der Rest wird ein Kinderspiel.« Sie lächelte. »Was ist jetzt mit meinem Kaffee?«

Sollten sie darüber reden, dass sie Schluss gemacht hatten?, überlegte er auf dem Weg zur Küche. Am liebsten wollte er alles zwischen ihrem letzten Date und jetzt vergessen. Doch was sollte er sagen, wenn sie ihn fragte, ob er jemanden kennengelernt hätte? Er wollte nicht lügen. Würde Susanne ihn verstehen? Sie hatte selbst allerlei flüchtige sexuelle Beziehungen gehabt, ehe sie sich kennenlernten, doch vielleicht hatte sie jetzt einen anderen Blick darauf. Er selbst hatte sich schließlich durch die

Beziehung mit ihr verändert, und vielleicht hatte sie das ebenfalls getan.

Er nahm ein Tablett, bereitete ein paar Käsebrote, füllte Kaffee in eine große Teetasse und kehrte zu Susanne zurück. Die anderen waren draußen, in dem großen Garten. Paul saß neben Maggan in der Sonne. Rebecka mähte einhändig Rasen. Es sah aus, als würde sie dabei vor sich hin singen.

Michael hoffte, sie war nicht dabei, verrückt zu werden.

Es war wirklich nett von Michael, dass er sich so um sie kümmerte, obwohl sie Schluss gemacht hatte. Bedeutete das, dass sie jetzt Freunde waren? Susanne hoffte es. Er hatte sie die ganze Nacht gewärmt, sie hatten eng umschlungen geschlafen, so wie sie es immer taten. Er hatte sie auf die Stirn geküsst und gesagt, alles sei gut.

Doch was wusste er schon? Er war nicht dabei gewesen, in dem eiskalten Loch, in dem das Wasser gestanden hatte. Er hatte nicht mit angesehen, wie Maggan beinahe aufgegeben hatte. Er hatte nicht die Verantwortung dafür getragen, dass die anderen wach blieben und an Rettung glaubten. Diese Bürde hatte sie allein getragen. Und das war doch wohl Beweis genug, dass sie prima ohne ihn zurechtkam?

Sie brauchte ihn nicht.

Hatte sie ihn jemals um Hilfe gebeten, außer wenn es um den Reißverschluss eines Kleides ging? Nein, hatte sie nicht, und dafür gab es Millionen Gründe, doch sie weigerte sich, sich damit auseinanderzusetzen. Michael hatte all die Jahre gefragt, warum sie so war, wie sie war. Weshalb sie sich nicht dieselbe Nähe wünschte wie er und die meisten anderen Menschen. Warum war es ihr so wichtig, allein klarzukommen, hatte er gefragt. Und sie hatte versucht, eine Antwort zu finden. Hatte über ihre Kindheit nachgedacht. Überlegt, ob sie vielleicht einfach seltsam und anders wäre. Doch dazu hatte sie jetzt keine Lust mehr. Sie war fertig mit der Nabelschau und zu dem Schluss gekommen, dass sie so, wie sie war, in Ordnung war. Die Freiheit, zu tun und zu lassen, was sie wollte, stand ganz oben auf der Liste unverhandelbarer Dinge.

Und doch, wie attraktiv er war, als er lächelnd mit dem Kaffee zu ihr zurückkehrte.

»Du siehst nicht mehr ganz so verfroren aus«, sagte er. Dann klappte er die Beine des Tabletts aus und stellte es vor sie hin.

»Ich fühle mich auch vollkommen okay.« Sie nippte an dem heißen Getränk. Es schmeckte köstlich.

Michael warf sich auf das andere Bett und musterte sie eingehend. »Ich werde mich auf alles einlassen«, sagte er.

»Wie meinst du das?«

»Deine Bedingungen. Ich akzeptiere alle.«

»Was für Bedingungen?«

»Dass wir uns nur ab und zu sehen. Dass ich aufhöre, um deine Hand anzuhalten.«

»Aber das ist ja nicht das, was du willst.«

»Nein, aber ich kann mich ja ändern. Als du verschwunden warst, ist mir klar geworden, dass ein Teil von dir besser ist als gar nichts. Ich möchte dich in meinem Leben behalten, Susanne. Und ich will einzig und allein, dass du glücklich bist. Ich weiß jetzt, warum ich dich so genervt habe. Ich habe gedacht, jede Beziehung müsse immer auch den nächsten Schritt tun – was in meinem konservativ britischen Hirn bedeutete, einen Ring an deinen Finger zu stecken. Ich wollte die Spielregeln ändern, und darauf konntest du dich nicht einlassen.«

Sie stellte ihre Tasse ab und sah ihn fest an.

»Ich will nicht, dass du dich meinetwegen änderst, Michael. Ich möchte, dass du das Leben bekommst, das du führen willst, auch wenn es verdammt wehtut, mir vorzustellen, du könntest so neben einer anderen liegen.«

»Für mich kann es nicht schlimmer kommen, als es jetzt ist«, sagte er leise. »Ich vermisse dich. Nein, vielleicht werde ich nicht alle Tage der Woche mit dir zusammenleben, aber das ist okay, solange wir uns zwischendurch sehen. Du bist meine große Liebe, Susanne, und ich kann dich einfach nicht gehen lassen, so sehr ich es auch manchmal möchte. Und glaub mir, ich habe es versucht.«

»Wie hast du es denn versucht?« Sie kniff die Augen zusammen. »Hast du dich mit einer anderen im Bett gewälzt? Nein, sag lieber nichts. Ich will es gar nicht wissen.«

Sie sah ihn forschend an und spürte eine große Ruhe in sich, als sie fortfuhr: »Wenn ich wieder nach Hause komme, können wir uns treffen, wenn du es dann immer noch willst. Aber ich möchte mich frei fühlen, auch wenn wir ab und zu miteinander schlafen. Ich sage nicht, dass ich die Freiheit möchte, mit anderen Sex zu haben. Das ist es gar nicht, was ich will. Es erscheint mir vollkommen uninteressant. Aber vielleicht ändert sich das, und genau das ist die Krux. Ich muss mich neu entscheiden können, wenn ich es brauche. Und ich möchte dabei nicht in Frage gestellt werden, denn dann bekomme ich keine Luft mehr.«

Sie versuchte zu erkennen, ob er sie verstand. Sie konnte es nicht für ihn tun, das musste er selbst übernehmen. Sie konnte nur ihre eigenen Bedürfnisse darlegen.

Er antwortete nicht, sondern rückte nur ein bisschen näher. Dann nickte er. »Okay.«

Am nächsten Tag verabschiedeten sie sich von Paul und Michael, und nachdem sie die Haustür hinter ihnen geschlossen hatten, ging Rebecka in ihr Zimmer, um den Film zu holen.

Die Reiseunterlagen waren auch schon eingetroffen, doch sie hielten sich an die Regel: erst der Film, dann die Tickets. Das Einzige, was sie wussten, war, dass sie bereits am nächsten Tag aufbrechen würden.

Sie saßen in dem großen Wohnzimmer. Rafaela hatte ihnen Tapas hingestellt, bevor sie in ihre kleine Wohnung in Palma gefahren war, um die Blumen zu gießen. Sie würde am folgenden Morgen wiederkommen.

Rebecka zog die schweren Samtvorhänge zu, um das Tageslicht auszuschließen. Sie schenkte Maggan und Susanne Rotwein ein, wollte selbst jedoch nur Wasser trinken. Die Euphorie darüber, dass sie es in Norwegen geschafft hatten, hatte sich etwas gelegt. Jetzt verspürte sie vor allem Dankbarkeit, dass alles gut gegangen war.

Als sie etwas früher am Tag allein gewesen war, hatte sie sich auf das Bett gelegt, umgeben von sämtlichen Fotos, die sie von Adam hatte. Sie hatte sie gestreichelt und ihm erzählt, wie sehr sie ihn vermisste, dass es ihr ein wenig besser ginge, ihre Sehnsucht nach ihm jedoch immer noch so groß war wie zuvor. Sie hatte gesagt, dass sie niemals akzeptieren würde, dass er fort sei, dass sie jedoch versuchen wolle zu lernen, ohne ihn zu leben.

In dem Moment war es ihr völlig unmöglich erschienen.

»Sie sagen, ich soll deine Sachen wegtun«, hatte sie unter Tränen geflüstert. »Aber wie könnte ich das tun? Wie?«

Ingrid Bergman und Humphrey Bogart.

Sie hatten den Film schon einmal bei Sonja gesehen, sie liebte diesen Film. Und es dauerte nur wenige Szenen, bis sie wussten, wohin die Reise gehen würde.

»Erinnert ihr euch auch noch daran, wie Sonja in ihrer

Wohnung ihre Filmmaskerade hatte?«, fragte Rebecka und drückte auf *Stopp.* »Wie sie sich als Ingrid Bergman in *Casablanca* verkleidet hatte? Sie war genauso schön wie die Schauspielerin, wenn auch einen halben Meter kleiner und genauso viel breiter als sie. Das Kleid platzte, als sie sich hinsetzte.«

»Stimmt«, rief Maggan aus. »Es war so ein lustiger Abend! Sie hat mich gezwungen, mich als Humphrey Bogart zu verkleiden, weil sie keinen passenden Mann zur Hand hatte. Ich weiß immer noch nicht, woher sie all die Kostüme und Perücken hatte.«

»Und was war ich noch mal?«, fragte Susanne. »An diese Party kann ich mich gar nicht mehr so genau erinnern.«

»Du warst Brit Ekland, das musst du doch noch wissen! Du bist in einen Bond-Bikini geschlüpft, aber schließlich musstest du Sonjas Bademantel drüberziehen, weil die Männer nicht aufhören konnten, dich anzustarren«, sagte Rebecka. »Ich war grün vor Neid und dachte, nächstes Mal muss ich mich doch als etwas anderes verkleiden als eine Haushälterin aus einem schwedischen Film der Vierzigerjahre.«

Susanne nickte und grinste breit. »Diese Haushälterin war wirklich nicht besonders sexy.«

»Vor allem nicht mit dir im Bikini an der Seite«, lachte Rebecka.

»Ich frage mich, was sie an *Casablanca* so gemocht hat. Vielleicht, dass die Bergman und Bogart sich nicht bekommen haben? Hat sie sich darin vielleicht wiedererkannt?«, fragte Maggan.

»Keine Ahnung«, sagte Susanne. »Vielleicht wissen wir mehr, wenn wir den Brief gelesen haben. Sollen wir weiterschauen?«

Vierter Brief
Casablanca

Ich glaube, dies war einer der ersten Filme, die wir uns gemeinsam angeschaut haben. Ich weiß noch, dass ich dachte, nur ein männlicher Drehbuchautor könnte auf die Idee kommen, Bergman und Bogart am Ende nicht zusammenkommen zu lassen.
Ganz schön naiv, aber Ihr wisst ja – spätestens seit ich Euch mit Adam, Michael und Paul zusammengebracht habe –, dass ich in meinem tiefsten Innern eine große Romantikerin bin. Ich will ein glückliches Ende. Und einen wahnsinnig leidenschaftlichen Schluss.
Nach unserer Wiedervereinigung war ich so verliebt in Luke, dass ich versuchte, nicht darüber nachzudenken, dass er verheiratet war. Ich redete mir ein, dass es nicht meine Verantwortung war. Wir gehörten zusammen. Das war vorherbestimmt. Dass es nicht so gekommen war, war einzig und allein die Schuld seiner Mutter. Und die seiner Frau, die sich nicht von ihm scheiden lassen wollte.
Manchmal hatte ich das Gefühl, verrückt werden zu müssen. Luke und ich standen einander so nahe, dass ich manchmal nicht wusste, ob es seine oder meine Gedanken waren, die mir durch den Kopf gingen. Zugleich waren wir physisch oft weit voneinander entfernt. Er lebte mit seiner Familie in New York und ich malte Bilder in Vasastan. Ab und zu hatte ich sinnlosen Sex mit Männern, von denen ich hoffte, dass ich mich in sie verlieben könnte. Doch ich wusste die ganze Zeit über, dass Luke der Einzige für mich war.
Dass ich seiner Familie immer wieder gemeinsame Zeit mit ihm stahl, versuchte ich, wie gesagt, zu verdrängen.

Wenn wir beide zusammen waren, waren wir immer ganz im Hier und Jetzt. Wir redeten nicht darüber, was seit unserem letzten Treffen geschehen war. Wir sprachen nie über die Zeit, in der ich gedacht hatte, er wäre tot. Er erfuhr nicht, dass ich eine Tochter hatte. Es war etwas, das ihn nicht betraf.
Unser Kokon schloss alle anderen aus, und auch wenn wir uns nur zwei, drei Mal im Jahr sahen, fühlten wir uns tief verbunden. Das Band zwischen uns war so stark, wie ich es nicht einmal aus Romanen kannte. Ein bisschen wie Romeo und Julia vielleicht, doch da ist das Ende zu grausam. (Noch einmal: Männer verstehen einfach nichts von Romantik.)

Die Einladung zur Kunstausstellung einer Freundin in Casablanca kam mir gelegen. Luke und ich hatten uns mehrere Monate nicht gesehen, und nun hatte er einen Auftrag in Spanien, in der Nähe von Gibraltar, und so lud ich ihn nach Casablanca ein, das ja praktischerweise auf der anderen Seite der Meerenge liegt.
Es war Nachmittag, als wir uns trafen. Ich hatte schon eingecheckt und lag auf dem Bett, als er hereinkam. Er blieb an der Tür stehen, und seinen Blick werde ich niemals vergessen. Diese Augen …
Aus der Hosentasche zog er eine Schachtel, und ich hielt den Atem an, als er sie öffnete. Es war ein Solitär, ein Diamant, bestimmt mehrere Karat, und er glitzerte im Sonnenschein, der durch die offene Balkontür fiel.
Er war noch nicht bei mir angekommen, als er mich fragte, ob ich ihn heiraten wolle. Als ich sagte, er wäre doch bereits verheiratet, erwiderte er, sein Herz sei es nicht. Er setzt sich auf die Bettkante. Ängstlich fragte er, ob ich warten könne, und statt einer Antwort streck-

te ich ihm meine rechte Hand entgegen, damit er mir den Ring anstecken konnte.
Ihr erinnert Euch bestimmt an ihn. Ich habe ihn niemals ausgezogen, und ich glaube, ich habe Euch gegenüber behauptet, er stamme von meiner Mutter.
Findet ihr, ich war dumm? Manchmal kam es mir selbst so vor. Aber nur, wenn wir uns längere Zeit nicht gesehen hatten. Wenn wir zusammen waren, gab es keinen Raum für Zweifel. Luke und ich gehörten zusammen. Ich war fünfunddreißig, in meinen besten Jahren als Frau, doch ich konnte mir keinen anderen Mann vorstellen. Lieber blieb ich allein.

Wir kamen natürlich nie zur Ausstellung meiner Freundin. Es war wie immer. Wir wollten nicht mit anderen zusammen sein und verließen die Suite nur, wenn wir das Bedürfnis hatten, uns ein bisschen zu bewegen. Direkt vor dem Hotel lag der Strand, und wir brauchten nur die Tür zu öffnen und direkt in die Wellen zu laufen, um uns nach der Hitze, der wir uns tagsüber hingaben, abzukühlen.
Mein erster und einziger Heiratsantrag wurde mir in Casablanca gemacht, und Ihr könnt Euch sicher vorstellen, wie glücklich ich in diesem Moment war.
Verstreut meine Asche am Strand vor dem Four Seasons *Hotel.*

PS: Die Freundin mit der Galerie heißt Mariana Dobralova. Nehmt gerne Kontakt mit ihr auf und grüßt sie von mir.

22

Am nächsten Morgen packte Maggan die Puderdosen um, sodass sie von Mallorca aus nur noch zwei mitnehmen musste. Sie und Susanne waren sehr dankbar, dass Rebecka geistesgegenwärtig genug gewesen war, ein wenig Asche in Norwegen zu verstreuen. Sonst wären sie gezwungen gewesen zurückzufahren, und das wäre dann doch ein wenig zu viel gewesen. Maggan und Susanne waren fest entschlossen, nie wieder einen Fuß auf die Lofoten zu setzen, und es war ihnen schier unbegreiflich, dass Rebecka offenbar so schnell wie möglich wieder dorthin wollte. Innerhalb weniger Tage hatte sie sich von der trauernden Ehefrau in ein verrücktes Energiebündel verwandelt, und sie hatten sich vorgenommen, in der nächsten Zeit gut auf sie aufzupassen.

Susanne packte ebenfalls, plauderte und fragte plötzlich unvermittelt, ob Maggan und Paul auf Mallorca Sex gehabt hätten. Typisch Susanne, immer mit der Tür ins Haus. Maggan hatte wahrlich nicht vor, darzulegen, was Paul und sie getrieben hatten.

Doch natürlich hatten sie Sex gehabt. Sie liebte es, mit Paul zu schlafen, wenn es ihm besser ging, so wie jetzt anscheinend. Quengelsex dagegen fand sie furchtbar. Wenn er deprimiert war und nichts ihn aufmuntern konnte, außer dass sie miteinander schliefen. Das war kein bisschen antörnend, und Maggan versuchte, Hausfriedensex zu vermeiden, so gut es ging.

Dagegen erregte es sie sehr, wenn er fand, dass sie das Aufregendste war, das Gott je geschaffen hatte. Er sah weder ihre Rettungsringe, die Narben an ihren Beinen noch den grauen Haaransatz. Er fand sie einfach nur schön.

Sie schnaubte, als Susanne fragte, doch dann lächelte sie. »Ich verrate dir nur eins«, flüsterte sie. »Mich erregt es, dass ich ihn errege.«

»Wenn die Männer das endlich begreifen würden, hätten wir Frauen deutlich mehr Lust auf Sex«, sagte Susanne und klappte ihren Koffer zu. »Seid ihr fertig, Rebecka und du?«

Bei der Landung in Casablanca empfing sie eine leichte Brise, und natürlich ein Chauffeur mit einem Schild, auf dem *Sonja* stand.

»Ich vermisse sie so sehr«, sagte Susanne auf dem Weg zum Hotel. »Es ist schon seltsam, durch die Briefe wieder ihre Stimme zu hören. Findet ihr nicht?«

Maggan nickte. »Und dass sie diesen Luke all die Jahre geliebt hat. Dabei hat sie ihn nicht einmal in ihrem Testament erwähnt. Ist das nicht irgendwie merkwürdig? Vielleicht aus Respekt vor der Ehefrau?«

»Wer weiß? Ich überlege vor allem, ob ich je so starke Gefühle empfunden habe, wie sie sie beschreibt«, sagte Susanne nachdenklich. »Luke und sie schienen ja wie zusammengewachsen zu sein.«

Es blieb still. Dann sagte Rebecka: »Schade, dass sie uns nicht vollkommen vertraut hat.«

»Also, das ist ja wohl das Dümmste, was ich je gehört habe!«, sagte Susanne. »Natürlich hat sie uns vertraut.«

»Nein. Wir wussten weder, dass sie eine Tochter hatte, noch, dass sie reich war, und auch nicht von Luke. Sie hat sich anscheinend nie getraut, uns davon zu erzählen.«

»Nein, aber sie wusste, dass sie jede von uns zu jeder Tages- und Nachtzeit anrufen konnte und dass wir sofort zu ihr gekommen wären. Sag nicht, dass es nicht so war. Und das ist ja wohl vollstes Vertrauen?«

Rebecka zuckte die Achseln. »Schon. Aber findet ihr es nicht seltsam, dass wir es ihr nicht übelnehmen, dass sie so viel vor uns verborgen hat?«

»Nein, schließlich können wir nachvollziehen, warum sie es tat.« Susanne runzelte die Stirn. »Hast du nichts, was du lieber für dich behalten möchtest? Das hat doch jeder. Wenn ich das Gefühl hätte, euch ständig Rechenschaft schuldig zu sein, wäre ich nicht mit euch befreundet.«

»Also, ich habe keine Geheimnisse«, sagte Maggan.

»Bullshit. Du hast dreißig Jahre lang geheim gehalten, wer Annelis Vater ist.« Susanne sah sie verwundert an. Wie hatte Maggan das vergessen können?

»War das nicht nur allzu verständlich?«, fragte Rebecka.

»Verständlicher, als dass Sonja vor uns verbarg, dass sie Julie zur Adoption freigegeben hatte?« Susanne sah Rebecka skeptisch an. »Und du hast uns auch nicht immer alles erzählt. Als Robert dich verlassen hat, hast du uns nicht gezeigt, wie schlecht es dir wirklich ging. Und nach Adams Tod wolltest du auch nicht mit uns reden. Du hast ebenfalls Geheimnisse, weil es menschlich ist, welche zu haben.«

Rebecka war die Introvertierteste von ihnen, und dass ausgerechnet sie Sonja vorhielt, ihnen nicht vertraut zu haben, kam Susanne ziemlich absurd vor.

Als das Auto schließlich vor dem *Four Seasons* Hotel anhielt, stiegen zwei beleidigte Frauen aus. Zwischen ihnen Maggan. Sie hatte gedacht, die Streitereien zwischen den Freundinnen wären endlich vorbei, aber dem war nicht so. Das fühlte sich gar nicht gut an. Sie selbst beteiligte sich nie an solchen Disputen. Sonja irgendetwas vorzuwerfen, wäre ihr nie eingefallen, ebenso wenig, zu verteidigen, dass sie Dinge für sich behalten hatte. Denn als Maggan schließlich die Wahrheit über Paul und Anneli zugegeben hatte, hatte sie es zutiefst bereut, es nicht schon früher getan zu haben. Rebecka und Susanne waren wunderbar gewesen und hatten vollstes Verständnis gezeigt, und nichts von dem, wovor Maggan sich gefürchtet hatte, war passiert. Niemand verurteilte sie, wie sie immer gedacht hatte.

In einem der Briefe, die sie nach ihrem Tod erhalten hatten, hatte Sonja geschrieben, sie hätte ihnen nichts von ihrem Reichtum erzählt, weil sie sich selbst nichts daraus gemacht hätte. Das Geld war immer da gewesen, aber sie hatte es nicht angerührt. Stattdessen hatte sie ein relativ bescheidenes Leben geführt. Das Einzige, wofür sie Geld ausgab, waren ihre Reisen, und wohin diese sie führten, davon hatten die anderen nicht die leiseste Ahnung gehabt. Doch weshalb sie ihnen auch von Luke nichts erzählt hatte, war schwieriger nachzuvollziehen.

Maggan sah von einer Freundin zur anderen. »Jetzt sind wir alle mal wieder ein bisschen entspannter«, sagte sie versuchsweise und übergab ihren Koffer dem Hotelpersonal.

»Hör doch auf«, sagten Rebecka und Susanne wie aus einem Mund und drängelten sich, weil jede von ihnen zuerst durch die Tür wollte.

23

Das Hotel lag direkt am Strand.

Es war warm, und von ihrem Panoramafenster aus hatte Maggan gesehen, dass schon viele Gäste im Wasser waren, obwohl es noch früh am Tag war. Doch sie wollte sich zunächst Casablanca ansehen und lieber nach dem Spaziergang baden. Sie wollte shoppen, Kaffee trinken und herumbummeln.

Solange sie nicht die Moschee betrat, konnte sie anziehen, was sie wollte, wurde ihr an der Rezeption gesagt, als sie fragte, was hier die passende Kleidung wäre. Dort jedoch müsse sie etwas langärmliges und ein Tuch um den Kopf tragen. Die Frau riet ihr auch, sich vor Männern in Acht zu nehmen, die ihr anboten, ihr den Weg zu zeigen. Sie täten es oft nicht aus Freundlichkeit, sondern um verwirrten Touristen Geld aus der Tasche zu ziehen.

»Wir können doch zusammen gehen«, schlug Rebecka vor, als sie ins Foyer herunterkam. »Ich würde auch gern erst mal in die Stadt gehen. Vielleicht können wir aus unserem Besuch hier ja einfach ein relativ unspektakuläres Erlebnis machen?«

»Also keine Wüstentrips auf Kamelen oder Übernachtungen im Zelt«, sagte Susanne, die ebenfalls dazustieß. »Wie in Teil zwei von *Sex and the City* ... Haben wir uns den nicht zusammen in London angeschaut?«

»Ein schlechter Film«, sagte Rebecka, und Maggan seufzte innerlich. Wenn sie vorhatten, sich erneut zu streiten, wollte sie lieber alleine gehen.

»Das fandest du vielleicht«, sagte Susanne. »Ich fand ihn toll. Sie waren in einer marokkanischen Wüste und ritten auf Kamelen – darauf können wir uns vielleicht immerhin einigen?«

»War es nicht Abu Dhabi?«

»Doch, aber gedreht wurde der Film in Marokko.«

»Ah, okay. Trotzdem. Nein danke, keine Kamele. Hattet ihr das ernsthaft vor?«

»Nein, auf gar keinen Fall.« Susanne lächelte. »Aber vielleicht gibt es in der Stadt ein paar schneidige Dänen.«

Maggan blickte sie fragend an. »Wollten du und Michael es nicht noch mal miteinander versuchen?«

Susanne seufzte. »Wenn ihr alles ernst nehmen würdet, was ich sage, hätte ich auf dieser Reise bisher nichts anderes getan, als mit fremden Männern ins Bett zu gehen. Ich fantasiere doch nur, ohne die Absicht, diese Träume auch in die Tat umzusetzen. Da ich nicht einmal diesen wahnsinnig attraktiven Kapitän abgeschleppt habe, müsstest du eigentlich wissen, wie fern mir das gerade liegt.« Sie warf sich ein Tuch um die Schultern. »Und Michael und ich haben lediglich vereinbart, dass wir uns treffen und dann weitersehen wollen. Sonst nichts. Ich bin frei wie der Vogel da draußen«, sagte sie und zeigte auf das Meer. »Und so muss es auch bleiben, damit ich mich wohlfühle.« Sie rückte ihre Handtasche zurecht. »Können wir los?«

»Apropos Kapitän: Er hat mich gestern angerufen«, sagte Rebecka beim Hinausgehen. »Er ist gerade nicht auf dem Schiff, arbeitet aber eng mit der Polizei zusammen. Anscheinend gab es mehrere Anzeigen wegen Belästigung, und die Aufklärung rückt näher, meint er. Mit ein paar weiteren Zeugenaussagen könnte es gelingen, ihn zu finden. Das karierte Jackett und die Cowboystiefel hat er allerdings wahrscheinlich längst entsorgt, sonst hätten sie ihn unmittelbar gefasst.«

»Wie fühlst du dich inzwischen damit?«, fragte Maggan.

»Ach, ich weiß nicht so genau. Ich versuche zu verdrängen, was hätte passieren können, und konzentriere mich darauf, dass ich es geschafft habe, zu entkommen. Aber natürlich ist es sehr unangenehm. Dieser Geruch nach Alkohol und seine widerlichen Hände.« Sie schauderte. »Ich bin froh, wenn sie ihn einsperren, das jedenfalls ist klar.«

»Ein Taxi bitte«, sagte Maggan zu dem Pagen vor dem Hoteleingang. Als das Auto kam, setzte Maggan sich auf den Beifahrersitz. Seit ihrem Abenteuer in der Grube waren ihre Beine wieder schlechter geworden und sie brauchte wieder ihre Krücke.

»Ich hatte ganz vergessen, dass du Französisch kannst«, sagte Susanne beeindruckt. »Mit Sprachgenies wie dir und Rebecka kommen wir überall klar, egal, wo wir hingeschickt werden. Ist es da nicht lustig, dass Sonja uns ausgerechnet nach Norwegen schicken musste, wo keiner von uns ein Wort verstanden hat?« Sie lachte laut.

Maggan drehte sich um. »Hast du sie in der Handtasche?«, fragte sie.

Susanne klopfte auf ihre Tasche. »Ja. Aber der Strand liegt ja direkt vor dem Hotel, deshalb war es vielleicht überflüssig, sie mitzunehmen. Außerdem haben wir ja noch ein paar Tage Zeit. Was soll's, so kann sie noch ein bisschen Casablanca genießen, und wir haben sie immer bei uns.«

Maggan bat den Fahrer, sie zu der alten Medina zu fahren.

»Dort mit Karte zu bezahlen, ist anscheinend nicht so schlau«, sagte Maggan, die sich ein wenig kundig gemacht hatte. »Aber ich habe die Tasche voller Dirham, falls wir shoppen wollen. Ich habe im Hotel gewechselt.«

»Du hast wirklich an alles gedacht«, sagte Rebecka. »Danke, ich habe überhaupt nicht darüber nachgedacht.«

»Ich auch nicht«, sagte Susanne. »Noch etwas, woran wir denken müssten?«

»Wir werden wahrscheinlich viele Kinder sehen, die in Armut leben. Ich glaube, davor habe ich am meisten Angst. Wie kann man an ihnen vorbeigehen, ohne sie aus ihrem Elend herausholen zu wollen?«

Sie waren erst wenige Minuten gegangen, da begegnete Maggan dem ersten Paar Augen, dem sie nicht widerstehen konnte. Diese verlassenen Kinder zu sehen, schmerzte sie mehr, als sie mit Worten ausdrücken konnte. War dieser Junge acht? Sein Blick drückte nichts aus als Leid. Wie war er hier gelandet? Wo war seine Familie? Hatte er überhaupt jemanden? Sie zog ein paar Scheine aus der Tasche, steckte sie ihm zu und versuchte zu fragen, wie es ihm ging, doch er schien kein Französisch zu verstehen.

Bald kamen weitere Kinder hinzu, und schließlich waren die Frauen von ausgestreckten Händen umringt. Maggan war verzweifelt. Das Einzige, was sie tun konnte, war, ihre Tasche zu öffnen und alles Bargeld zu verteilen.

»Hör auf, Maggan«, sagte Rebecka. »Du kannst sie nicht retten, indem du dein Portemonnaie ausleerst.« Sie zog die Freundin am Arm. »Das geht so nicht. Lass uns irgendwohin fahren, wo wir uns in Ruhe hinsetzen und überlegen können, wie wir ihnen am besten helfen, statt völlig unkontrolliert den Bankautomaten zu spielen.«

»Rebecka hat recht«, sagte auch Susanne. »Wir müssen hier weg, das macht dich sonst fertig.«

Sie ließen Maggan die letzten Scheine verteilen, die sie noch in der Hand hatte, dann hakten sie sie unter und führten sie zur Straße zurück. Hinter ihnen ein ganzer Schwarm von Kindern.

Als endlich ein Taxi neben ihnen hielt, bat Maggan den Fahrer, sie in den moderneren Stadtteil und in eines der Einkaufszentren zu fahren, die ihr empfohlen worden waren. Sie brauchte jetzt diesen Kontrast. Was sie erlebt hatte, hatte sie tief berührt, und sie musste mit ihren Freundinnen reden, um sich wieder zu beruhigen.

»Sollen wir gleich Mittagessen gehen? Oder bin nur ich

schon wieder hungrig?«, fragte Rebecka und zeigte auf ein Restaurant gleich am Haupteingang des Shoppingcenters, wo das Taxi sie abgesetzt hatte. »Für mich wäre es dort okay.«

Maggan verspürte keinen großen Appetit, doch als sie mit einem Teller mit dampfendem Couscous vor sich dasaß, war es doch ganz gut.

»Es gibt bestimmt Hilfsorganisationen, die Straßenkinder unterstützen«, sagte Maggan. »Sie haben schließlich überhaupt keine Chance, wenn sich niemand um sie kümmert. Habt ihr den Kleinen mit den großen Augen gesehen?«

Sie hatte keine Ahnung, wie es war, Waise zu sein und kein Zuhause zu haben, doch sie hatte selbst ein Kind, und allein der Gedanke … Sich vorzustellen, dass Anneli niemanden gehabt hätte, dass ältere Kinder anstelle von Eltern auf sie hätten achtgeben müssen, war schrecklich. Auch in Schweden wuchs das Problem der Straßenkinder. Wie kann das sein, dachte sie. Minderjährige, die von Orten wie diesem flohen, weil sie glaubten, woanders ein besseres Leben zu finden. Doch so war es ja nicht.

»Ich denke an die, die in dein Haus auf Mallorca kommen … die haben wenigstens einen Elternteil, der sich um sie kümmert«, sagte Maggan und stocherte in ihrem Essen. Ein intensiver Duft stieg auf.

»Habt ihr gemerkt, dass es nur Jungen waren? Ich habe darüber gelesen«, sagte sie. »Alles, was alleinstehende Mütter betrifft, beschäftigt mich immer sofort.« Sie lächelte schief. »Unverheiratete Frauen haben es schwer, wenn sie ihre Kinder registrieren lassen wollen, deshalb sind sie hier papierlos, und wenn sie nach Schweden kommen ebenso.« Sie brach ein Stück Brot ab und tunkte es in den Joghurt. Doch dann legte sie es wieder auf den Teller. Ihr Hunger war mit einem Schlag verschwunden. »Es gibt Mütter, die ihre Kinder aus Verzweiflung töten. Ist das nicht schrecklich? Sex vor der Ehe ist illegal, Abtreibungen sind es ebenfalls, und wenn du vergewaltigt und schwanger wirst, ist es deine eigene Schuld. Ich hatte ganz verdrängt, was ich darüber gelesen habe, habe mich einfach nur gefreut, nach Marokko und Casablanca zu kommen. Aber jetzt kommt es mir total absurd vor.«

»Mir nicht«, sagte Susanne. »Denn genau hier können wir etwas tun. Ich finde, wir sollten versuchen, ein paar Termine zu machen. Wir haben mehrere Tage vor uns, um einen Haufen Geld in etwas zu investieren, was uns allen wichtig ist. Vielleicht wird diese Station damit sogar eine der wichtigsten auf unserer Reise.« Sie nahm einen Bissen. »Esst jetzt. Wir brauchen jede Menge Energie, wenn wir das schaffen wollen.«

»Aber wie finden wir jemanden, der uns helfen kann, die richtigen Ansprechpartner zu finden?«

»Vielleicht über Sonjas Galerie-Freundin«, sagte Susanne. »Das wäre doch schon mal ein Anfang.«

Mariana stellte sich als fröhliche und überschäumende Frau um die siebzig heraus. Sie hatte eine philantropische Ader und neben der Zeit, die sie mit ihrer Galerie verbrachte, unterstützte sie verschiedene Organisationen mit allem, was sie konnte, und das war anscheinend recht viel. Sie trafen sich zum Abendessen im *Four Seasons*, und am Ende des Abends hatten sie die Kontakte, die sie benötigten. Und nicht nur das. Sie erfuhren auch einiges über Sonjas Künstlerjahre in Paris. Mariana beschrieb sie als wilde Zeit, in der Sonja stets der Mittelpunkt aller Partys gewesen war. Die Männer hatten Schlange gestanden.

»Doch sie hat sich im Grunde nicht weiter für sie interessiert«, sagte Mariana und lachte. »Sie benutzte sie, um sich mit ihnen zu vergnügen, aber tiefere Gefühle spielten dabei nie eine Rolle. Zumindest nicht, soweit ich weiß.«

Über Sonjas Hintergrund hatte Mariana nie etwas gewusst, doch diese Spur von Kummer hatte sie durchaus wahrgenommen. »Nur jemand, der nichts zu verlieren hat, kann sich solchen Risiken aussetzen, wie Sonja es mit ihrem freizügigen Leben getan hat. Es war beinahe zu viel Feierei, wenn ihr versteht, was ich damit meine.«

Für die darauffolgenden Tage hatten sie drei Termine vereinbart. Einer davon würde via Skype erfolgen, da die Frau, mit der sie reden wollten, sich in Algier befand.

Maggan war zufrieden. Das Elend, dem sie begegnet war, hatte sie tiefer berührt, als sie beim Lesen darüber gedacht hatte. Und sie wollte sich unbedingt in dieser Sache engagieren. Endlich einmal fühlte es sich gut und richtig an, über so viel Geld zu verfügen.

Als sie sich zum Schlafen in das weiche Hotelbett legte, war sie müde, wollte aber dennoch mit Paul telefonieren und ihm erzählen, was sie erlebt hatte. Sie streckte die Hand nach dem Telefon auf ihrem Nachttisch aus, hielt dann jedoch inne. Draußen rollten die Wellen in gleichmäßigem Takt gegen den Strand. Dieses Geräusch war wunderbar einschläfernd. Sie gähnte, streckte die Arme durch und legte den Hörer dann neben sich. Dann vergrub sie den Kopf in dem großen Kissen. Morgen. Sie würde ihn morgen anrufen.

24

In Farsta ging Paul spazieren, um den Kopf freizubekommen. Tags zuvor hatte er Anneli und die Kinder zum Essen eingeladen, und es war so nett gewesen, dass er das, was ihn seit Maggans Abreise wieder vollauf beschäftigt hatte, verdrängt hatte: das Restaurant in Paris.

Doch jetzt war es wieder präsent.

Wie konnte er Maggan dazu bringen, nach Frankreich zurückzuziehen? An Farsta war ja nichts auszusetzen. Das Reihenhaus war schön. Sie konnten eine Wand herausreißen und eine große Küche einrichten, in der er schalten und walten konnte. Er konnte eine Kneipe irgendwo in den Vororten oder in der Stockholmer Innenstadt kaufen – es war ja nicht gerade so, dass sie kein Geld hatten. Maggan würde ihn bestimmt auch hier unterstützen, so, wie sie es in Paris getan hatte.

Aber es war eben nicht Paris.

Genau das war das Problem. Sein Heimweh war so gewaltig, dass es ihn beinahe erdrückte, das wurde ihm bewusst, als er den Schlüssel ins Schloss steckte. Außerhalb Frankreichs wurde er zu einem hilflosen Kind, und dieser Gedanke war vernichtend. Es hatte genügt, das *Sonjas* wiederzusehen, und er hatte gewusst, wo er hingehörte. Doch wie sollte er Maggan dazu überreden, mitzukommen? Schließlich gehörte er auch zu ihr.

Paul hatte den Termin mit JP verpasst, weil er so unvermittelt nach Norwegen hatte reisen müssen. Stattdessen hatte er später mit ihm telefoniert und herausgefunden, dass es vielleicht tatsächlich eine Möglichkeit gab, das Restaurant zurückzukaufen.

»Mir gehört inzwischen das ganze Gebäude«, hatte

JP gesagt. »In meinem Leichtsinn dachte ich, ich könnte etwas damit anfangen, aber du weißt ja, wie das ist. Ich habe weitere Restaurants in Stockholm und auf Rhodos, daher reichte die Zeit nie für ein größeres Umbauprojekt. Ich bin viel zu selten hier, um mich wirklich darum zu kümmern. Jessica und ich verbringen immer mehr Zeit in Griechenland. Sie schreibt dort am besten, und unser Häuschen dort ist einfach ein Paradies.«

Paul wollte am darauffolgenden Tag nach Paris fahren und beschloss, erst mit Maggan über das Restaurant zu sprechen, wenn er sicher wusste, dass JP bereit war, es zu verkaufen. Immerhin war es ihr gemeinsames Geld, das sie gespart hatten, seit sie die Kneipe vor mehreren Jahren verkauft hatten. Es würde nicht ganz ausreichen, aber Paul hatte noch weitere Ersparnisse und würde sich den Rest zusammenleihen.

Nachdem er JP nach ihrem Treffen die Hand geschüttelt hatte, rief er Maggan an und wollte eigentlich sofort berichten, dass er gerade das *Sonjas* zurückgekauft hatte. Doch dann fing sie von den Straßenkindern an, denen es so schlecht ging, und plötzlich kam er sich vor wie ein Idiot.

Wie hätte er zugeben können, mehrere Millionen für eine Kneipe ausgegeben zu haben, weil er Heimweh hatte, wenn die Kinder, von denen sie ihm erzählte, nicht einmal ein Zuhause hatten, nach dem sie sich sehnen konnten?

In London überlegte Michael, ob es nicht Zeit wäre, die Karriereleiter wieder eine Stufe hinabzusteigen. Ihm fehlte die Hotelarbeit. Das Handfeste. In seiner jetzigen Position traf er keinen einzigen Gast, sondern saß nur hinter seinem Schreibtisch oder nahm an irgendwelchen Konferenzen teil, während seine Kollegen sich darum kümmerten, dass alles lief. Natürlich hatte es Vorteile, Chef zu sein, doch eigentlich hatte ihm immer der Kontakt zu den Gästen am meisten Spaß gemacht.

Vor nicht allzu langer Zeit hatte er davon geträumt, das *Sonjas London* gemeinsam mit Susanne zu betreiben, doch in Anbetracht dessen, wie sich ihre Beziehung entwickelt hatte, schien das nun nicht mehr möglich. Es gab jedoch andere kleinere Hotels, die ihn mit Handkuss nehmen würden. Darüber würde er zumindest nachdenken, beschloss Michael, und rückte vor dem Spiegel seine Krawatte zurecht. Er schloss den obersten Knopf seines Jacketts, fuhr sich mit den Fingern durchs Haar und entdeckte dann einen Fleck auf seinem Schuh. Er zog ein Taschentuch heraus und bückte sich, um ihn zu entfernen. Als er sich wieder aufrichten wollte, knackte es in seinem Rücken. Ich werde langsam alt, dachte er. Sein Haar wurde immer grauer und die Falten in seinem Gesicht tiefer. Er fand selbst, dass er kleiner aussah als die eins dreiundneunzig, die er einst gemessen hatte. Will ich das wirklich?, dachte er. Hier sitzen, bis ich in ein paar Jahren in Rente gehe, ohne irgendetwas, das ich hinterlassen könnte? Ein Mann, der kommt und wieder geht. Keinen Abdruck hinterlässt. Nichts, was seinen Namen trägt.

Nicht einmal seine Freundin wollte ihn annehmen.

Als das Telefon klingelte, freute Michael sich. Das war bestimmt Susanne. Oder Paul. In letzter Zeit telefonierten sie häufig, und er war froh, seinen besten Freund endlich wiederzuerkennen.

Er setzte sich aufs Bett und hob ab, obwohl auf dem Display keine Nummer angezeigt wurde. Das war schließlich häufig so, wenn jemand aus dem Ausland anrief.

»Michael? Hallo, hier ist Camille.«

Er stutzte. Was wollte sie? Sie hatten nicht gesagt, dass sie in Kontakt bleiben wollten, nachdem sie zwei Nächte zusammen verbracht hatten, doch andererseits hatten sie auch nichts Gegenteiliges vereinbart. In den verbleibenden Konferenztagen damals hatten sie nur noch geschäftlich miteinander zu tun gehabt, alles andere hatte er abgeblockt, und schließlich hatte sie zum Glück aufgegeben. Seitdem waren drei Wochen vergangen, und er hatte nichts mehr von ihr gehört.

»Camille. Warum rufst du an?« Er wand sich peinlich berührt, hatte keinerlei Lust, mit ihr zu sprechen.

»Ich störe doch nicht?«

»Na ja, ich war gerade auf dem Weg zur Arbeit. Ist es wichtig? Ich bin ein bisschen im Stress.«

»Worüber ich mit dir reden will, ist privat, deshalb passt es ganz gut, dass du noch zu Hause bist.« Sie senkte die Stimme. »Zunächst einmal möchte ich mich bedanken für neulich. Du warst ein großartiger … Gastgeber. Doch es hat Konsequenzen gehabt.«

»Konsequenzen?«

»Ich bin schwanger.«

Michael traute seinen Ohren nicht. »Das kann doch nicht sein!«

»Ich brauche dir wohl nicht zu erklären, wie ein Kind entsteht.« Sie lachte, als wäre das auch nur irgendwie witzig.

»Wir haben ein Kondom benutzt«, sagte er. Seit er Susanne kennengelernt hatte, trug er immer welche bei sich. Sie hatten ein intensives Sexleben gehabt, und es kam vor, dass sie für einen Quickie zu ihm ins Büro gekommen war. Inzwischen konnte sie nicht mehr schwanger werden, doch die Kondome hatte er immer noch.

»Nicht in der ersten Nacht.«

An die konnte er sich am schlechtesten erinnern. Hatten sie wirklich keins benutzt?

»Und du bist sicher, dass es von mir ist?«

»Wie bitte?«

»Ja, ich weiß ja nicht, wie dein Leben sonst so aussieht«, sagte er.

»Glaubst du, ich würde dir erzählen, dass ich schwanger bin, wenn du nichts damit zu tun hättest?« Sie schien ernsthaft sauer zu sein, und er verstand sie, er benahm sich schließlich wie ein Arschloch.

»Entschuldige«, sagte er. »Ich bin nur völlig überrumpelt. Also, was hast du vor?«

Er kannte die Antwort. Denn sonst hätte sie ihn wohl kaum angerufen.

»Ich weiß nicht, aber es könnte meine letzte Chance sein, ein Kind zu bekommen, deshalb …«

Was sollte er dazu sagen? Er wollte definitiv kein Kind. Dass er sich danach gesehnt hatte, war eine halbe Ewigkeit her.

»Du weißt, dass ich keine Gefühle für dich habe«, sagte er. »Susanne …«

»Okay«, unterbrach sie ihn. »Ich fand dennoch, dass du wissen solltest, dass du Vater wirst. Und ich finde, wir sollten uns treffen und darüber reden.«

Michaels Vater hatte ihn stets gewarnt, dass es meist so kam, wie man dachte, und dass man deshalb vorsichtig mit seinen Gedanken sein sollte. Das habe ich nun davon, dass ich bedauert habe, nichts zu hinterlassen, dachte Michael, als er aufgelegt hatte. Er schlug mit der Faust ins Kissen und spürte, wie die Verzweiflung in ihm wuchs.

Er wollte kein Kind. Nicht mit Camille und auch mit sonst niemandem. Die Zeit war lange vorbei.

25

Maggan machte große Augen, als sie das Zimmer betrat. Es leuchtete in allen Farben. Terracotta, azurblau, gestreifte Vorhänge in weinroten Nuancen. An den Wänden hingen Fotos von Mädchen, an der Decke surrte ein Ventilator. Auf dem Boden verteilt lagen Kelim-Kissen in verschiedenen Farben bunt durcheinander. Es sah unglaublich einladend aus.

»Damit die Kinder es sich gemütlich machen können, wenn sie zu uns kommen«, erklärte Fatima, die Leiterin, mit der sie den Termin vereinbart hatten. Dann zeigte sie auf die kleine Sitzgruppe in der Ecke. »Bitte setzen Sie sich, ich hole uns Tee.«

Ein junges Mädchen schaute zur Tür herein und lächelte vorsichtig, die Hände an den großen Bauch gelegt. Maggan winkte ihr zu, und da wurde ihr Lächeln breiter. Fatima kehrte aus der Küche zurück und sagte etwas, reichte ihr ein Gebäckstück, dann verschwand das Mädchen so schnell, wie es gekommen war.

»Die Mädchen sind völlig am Ende, wenn sie zu uns kommen, sowohl innerlich als auch äußerlich. Oft haben sie unter sklavischen Verhältnissen in irgendwelchen Heimen gearbeitet, und viele von ihnen wurden vergewaltigt und anschließend schwanger. Dieses Mädchen haben wir auf einer unserer Suchaktionen in der Stadt gefunden. Sie ist ein typisches Beispiel für alle, die hier wohnen. Die meisten sind noch sehr jung«, sagte Fatima, und der Kummer war aus ihrer Stimme herauszuhören. Sie stellte das Tablett mitten auf den Tisch und platzierte je ein Glas vor den drei Freundinnen, die zusammen auf dem Sofa saßen. Dann setzte sie sich in einen Sessel und schenkte ein.

»Minze?« Maggan beugte sich vor und sog den Duft ein. Noch war der Tee viel zu heiß, um ihn zu trinken.

»Ja«, sagte Fatima und hielt ihnen den Teller mit dem Gebäck hin. »Das sind Harcha, marokkanisches Grießgebäck. Schmecken am besten mit Butter und Marmelade.«

»Wie alt ist das Mädchen?«, fragte Rebecka.

»Vierzehn, schätzen wir. Sie hat keine Papiere. Ihre Mutter war ebenfalls sehr jung und unverheiratet, als sie sie bekam. Heute können auch Kinder alleinstehender Mütter registriert werden, doch es ist ein langer juristischer Prozess, und unsere Organisation bemüht sich, die Mädchen dabei zu unterstützen.« Sie nippte an ihrem Tee, schien zu überlegen, wie sie fortfahren sollte. »Das Misstrauen gegenüber den Behörden ist groß. Diese werdenden jungen Mütter sind weder von der Erwachsenenwelt noch von der Gesellschaft je freundlich behandelt worden. Wir glauben, dass das Leben ihrer Kinder deutlich einfacher werden kann als das ihre, wenn sie Papiere haben, die ihre Identität bestätigen. Wenn wir an sie herankommen, können wir helfen, doch das gelingt natürlich nicht immer. Häufig verstecken sie sich aus Scham, und wir haben nicht genügend Mittel, um uns angemessen um sie zu kümmern. Wir müssten so viel mehr tun, damit diese jungen Mütter ihre Kinder nicht aufgeben und einfach so tun, als gäbe es sie nicht.«

»Man kann sich gar nicht vorstellen, dass einer Mutter das Schicksal ihres Kindes egal ist«, sagte Susanne.

»Das ist es natürlich auch eigentlich nicht, doch sie haben keine Chance«, sagte Fatima. »Deshalb sind wir hier, um ihnen neue Möglichkeiten zu eröffnen.« Sie deutete auf den Teller. »Nehmen Sie sich doch etwas, es ist eine echte Spezialität.«

Nach dem Tee und nachdem sie sich noch eine Weile mit Fatima unterhalten hatten, durften sie sich umsehen und mit den Kindern und Jugendlichen sprechen, die keine Angst vor ihnen hatten. Viele versteckten sich lieber, doch einige hatten auf der Straße ein wenig Englisch gelernt und konnten sich halbwegs verständlich machen. Ein paar sprachen auch Französisch und unterhielten sich scheu mit Maggan. Für alle anderen übersetzte Fatima.

Die Schwedinnen waren erstaunt, dass keines der Kinder seine Eltern anklagte, doch Fatima lächelte und meinte, es sei ein westlicher Luxus, Zeit auf das Nachdenken darüber zu verschwenden, wer schuld an der eigenen verkorksten Kindheit war. Diesen Jugendlichen ging es einzig und allein ums Überleben. Sie erzählten von der Armut, in der sie gelebt hatten. Eine hatte eine Mutter, die psychisch krank war, eine andere einen Vater, der trank und prügelte. Alle waren Analphabeten gewesen, bevor sie hierhergekommen waren, doch jetzt lernten sie Lesen und Schreiben. Im Zentrum gab es Ärzte und Hebammen, und sie bekamen drei Mahlzeiten am Tag sowie Kekse oder Kuchen am Nachmittag.

Wenn sie ihre Kinder zur Welt gebracht hatten, zogen die Mädchen in ein anderes Zentrum, wo sie lernten, sich um die Kleinen zu kümmern. Sie durften Praktika in verschiedenen Arbeitsbereichen machen und gleichzeitig weiter die Schule besuchen, während die Kinder in einem schwedischen Kindergarten versorgt wurden.

»Wir können nicht alle aufnehmen, das schaffen wir nicht«, sagte Fatima, »deshalb konzentrieren wir uns hier auf die Mädchen. Wenn sie Hilfe bekommen, werden künftig auch weniger Jungen auf der Straße landen.«

»Gibt es ähnliche Einrichtungen für Jungen?«, fragte

Maggan, die ihre Begegnung mit dem Straßenjungen einfach nicht vergessen konnte.

Fatima nickte. »Ja, die gibt es.«

»Es kommen viele Jungen allein nach Stockholm. Auch in einem Land wie Schweden leben sie dann auf der Straße«, sagte Maggan. »Und dann wird ihnen alles Mögliche unterstellt. Sexuelle Übergriffe, Raubüberfälle, Einbrüche.«

»Oftmals wahrscheinlich sogar zu Recht«, sagte Fatima. »Sie kennen keine andere Art zu überleben. Hier gibt es für Papierlose weder Arbeit noch Schulen. Ich weiß ja nicht, wie das in Schweden ist, aber wenn sie auf der Straße leben, heißt das, dass sie nichts gefunden haben, womit sie ihren Lebensunterhalt verdienen können. Wie alt sind denn die Jungen bei Ihnen?«

»Keine Ahnung. Vierzehn, fünfzehn und älter.«

Fatima schüttelte den Kopf. »Dann sind es wahrscheinlich Kinder, die als Achtjährige hier Klebstoff geschnüffelt haben, um ihr Elend zu vergessen. Gibt es auch schwedische Straßenkinder?«

»Vielleicht«, sagte Maggan. »Aber es ist eher ungewöhnlich. Die schwedischen Behörden sind verpflichtet, sich um alle Kinder zu kümmern. Zumindest alle, die die schwedische Staatsbürgerschaft haben.«

»Hier fliehen die Kinder vor den Behörden. Sie glauben nicht, dass sie ihnen wohlgesonnen sind.«

»Aber wie kann man ihnen dann helfen?«, fragte Susanne.

»Darauf gibt es wahrscheinlich keine einfache Antwort«, sagte Fatima. »Der Aufenthalt bei uns ist vollkommen freiwillig. Sie können jederzeit gehen. Aber meist wollen sie zusammenbleiben, deshalb lockt sie ein Zentrum wie unseres. Sie brauchen die Geborgenheit anderer Kinder und Jugendlicher, die dieselben Erfahrungen gemacht haben wie sie. Es dauert lange, bis wir ihr Vertrauen gewinnen, doch mit Essen und einem Dach über dem Kopf kommt man schon ziemlich weit.«

Völlig erschöpft kehrten die drei Freundinnen zum Hotel zurück und aßen schweigend zu Abend. Erst beim Nachtisch vermochten sie über ihre Erlebnisse zu sprechen. Natürlich wollten sie Fatima und ihr Zentrum unterstützen, doch sie brauchten einen Plan.

»Die Anwaltskanzlei würde uns sicher auch hier helfen, wie bei allen anderen Projekten, die wir unterstützen, doch der Unterschied ist, dass wir diesmal keine Zwischenorganisationen wollen. Das Geld muss direkt an das Heim gehen.« Rebecka zerteilte ein Stück Schokoladentrüffel mit der Gabel.

»Mein Gott, wie privilegiert wir sind!«, sagte Susanne. »Ist uns das eigentlich klar genug? Oder wird es zur Gewohnheit, dass wir es uns so gut gehen lassen können? Vielleicht verlangen wir sogar immer noch mehr, statt dankbar zu sein für das, was wir haben. Aber so funktioniert der Mensch vielleicht einfach?«

»Ich weiß nicht«, sagte Rebecka. »Ich habe nach Adams Tod so sehr getrauert, dass ich wirklich nicht das Gefühl hatte, das große Los gezogen zu haben. Doch in Norwegen ist irgendetwas mit mir passiert, das ich nur schwer erklären kann. Es war, als hätte ich ein Stück meines alten Selbst wiedergefunden. Mir wurde klar, dass ich den Rest meines Lebens darauf verwenden will, anderen zu helfen, und zwar auf eine direktere Weise, als nur Geld zu spenden. Ich glaube, ich brauche etwas zu tun.«

»Was könnte das zum Beispiel sein?«, fragte Maggan gespannt.

»Keine Ahnung. Aber ich glaube, ich merke es, wenn sich die Gelegenheit auftut.«

»Du hast ja auch schon dein Projekt auf Mallorca.«

»Stimmt, aber das läuft inzwischen auch ohne mich. Ich spiele und bade zwar mit den Kindern, aber sie sind eigentlich mit ihren Eltern da. Ob ich dabei bin oder irgendwo anders, um Suppe auszuteilen, spielt für sie im Grunde keine Rolle. In der Suppenküche werde ich sogar dringender gebraucht als bei ihnen.« Sie ließ sich das Stück Schokolade auf der Zunge zergehen und sah gleichzeitig vor sich, wie sie Essen an Bedürftige verteilte. Das wäre doch keine schlechte Idee, dachte sie.

»Stimmt«, sagte Susanne. »Und ich sollte ebenfalls mehr tun, als es zurzeit der Fall ist. Wir haben ein Wohltätigkeitsevent im Hotel, doch das könnte noch ausgebaut werden. Manchmal überlege ich, das Hotel jeden Sonntag zu schließen und stattdessen Obdachlose einzuladen, damit sie bei uns essen und duschen können. Glaubt ihr, das würde funktionieren?«

Maggan überlegte. »Hm. Vielleicht … Ich rühre ja auch keinen Finger. Statt zu backen und hinterher alles selbst aufzuessen, könnte ich es ja zumindest an die marokkanischen Straßenkinder in Schweden verteilen. Wahrscheinlich hat ihnen noch nie jemand eine schwedische Zimtschnecke angeboten.«

Es war ihr letzter Abend in Casablanca, und der Nachthimmel war magisch und sternklar.

»Es ist so schön, dass einem die Augen wehtun«, sagte Susanne. Barfuß und mit flatternden Röcken standen sie auf dem Sand, mit Sonja in der Puderdose.

Maggan musste an *Tausend und eine Nacht* denken. Der ganze Strand war von Fackeln erleuchtet, und hier und da standen Gäste, die Arme umeinandergelegt. Es war wirklich eine Stadt der Kontraste. Maggan spürte, dass diese Reise ungeheuer wichtig für sie war, auch wenn sie nicht genau hätte sagen können, warum.

Sie hob ihren Rock und watete ein Stück in das lauwarme Wasser hinein. Dann ließ sie die Asche durch ihre Finger rieseln.

»Danke, Sonja. Ich werde deine Freundlichkeit, Fürsorge und Loyalität niemals vergessen. Du hast meinem Leben so oft eine neue Wendung gegeben. Ich erinnere mich noch genau an unsere Interrail-Tour und wie du mich ermutigt hast, Paul anzusprechen. Und dann, als Anneli klein war und ich Kindergärtnerin werden wollte, aber nicht wusste, ob ich den Mut und die Kraft dazu aufbringen würde. Weißt du noch, wie du mich überredet hast? Du hast gesagt, wenn ich das nicht schaffen würde, würdest du nie wieder deinen knallroten Lippenstift auflegen, was mir ein so großes Opfer erschien, dass ich sofort loslegte mit Lernen. Du warst eine von Annelis drei Patinnen, und du nahmst diese Aufgabe sehr ernst. Meine Tochter ist das Wichtigste, was ich habe. Das hast du begriffen und mir geholfen, ohne dass ich dich je darum bitten musste. Ich vermisse dich unendlich.«

Rebecka riss das Kuvert auf. Ein freundlicher Angestellter vom Zimmerservice stellte ihnen Snacks hin, und sie legte den Film ein. Susanne, die den Wein einschenkte, stieß einen Freudenschrei aus, als sie die Überschrift sah.

»Ich liebe diesen Film«, rief sie aus. »*Frauen am Rande des Nervenzusammenbruchs* ist einer der besten Filmtitel, die je vergeben wurden. Haben wir den nicht mit Sonja im Kino gesehen?«

»Ja, ich erinnere mich noch genau an den Abend«, sagte Rebecka.

»Ich auch. Anneli übernachtete bei einer Freundin, und wir waren nach dem Film so aufgedreht, dass keine von uns nach Hause gehen wollte.«

»Waren wir dann nicht noch im *Riche*?«, fragte Rebecka.

»Ja, oder im *Café Opera*. Wann war das noch mal, 1989?«

Maggan hob die Hand. »Psst, es geht los!«

Fünfter Brief
Madrid

Madrid. Ich hasse und liebe diese Stadt. »Nervenzusammenbruch« ist das beste Wort, um meine Erinnerungen daran zu beschreiben. Ich hatte viele Geheimnisse, die ich allein mit mir herumtrug, und ich dachte auch, ich würde es schaffen. Doch als ich von Luke schwanger wurde, änderte sich auf einmal alles. Damit kam ich allein einfach nicht zurecht.

Es war mein Vorschlag, dass wir uns in Madrid treffen, denn das war für mich ein neutraler Ort. Ich war noch nie dort gewesen und würde wahrscheinlich auch niemals dorthin zurückkehren müssen.

Ich wollte ihn überraschen mit der Nachricht, dass wir ein Kind der Liebe bekommen würden, und ich dachte, er würde sich genauso darüber freuen wie ich.

Fragt Ihr Euch, warum ich Euch das nie erzählt habe? Ich mich in gewisser Weise auch, aber es war einfach eine lange und komplizierte Geschichte, und dann hätte ich Euch auch von Julie erzählen müssen, denn der Schmerz, sie weggegeben zu haben, kam mit der erneuten Schwangerschaft wieder hoch.

Ich war gerade vierzig geworden, und außer Luke konnte niemand der Vater sein, doch ich war aus verständlichen Gründen unsicher, wie er die Nachricht aufnehmen würde. Wenn wir uns sahen, lebten wir nur füreinander und dachten an niemanden außer an uns. Dann verließ er mich wieder und fuhr zu seiner Familie nach New York zurück. Was würde er jetzt tun? Ich jedenfalls hatte mich bereits entschieden. Ich wollte dieses Kind, mit oder ohne Luke.

Schließlich hatte ich gesehen, Maggan, wie Du das Leben als alleinstehende Mutter meistertest, und ich wusste, dass Ihr drei mir notfalls helfen würdet.

Ich hatte mir schon alles überlegt. Wie ich das Atelier zum Kinderzimmer umbauen würde, dass ich das Badezimmer erweitern müsste, um Waschmaschine und Trockner unterbringen zu können, und dass ich mir ein Sommerhaus kaufen müsste, damit das Kind auf einer grünen Wiese spielen könnte, statt immer nur auf Asphalt.

Ich hatte mit meinem Arzt in Stockholm gesprochen, und er meinte, dass es gut aussähe und ich die Schwangerschaft gut bewältigen würde, er sie aber genau beobachten wolle. Meine einzige Sorge war, dass ich nicht wusste, wie lange ich mit meinem Herzfehler noch zu leben hatte. Doch wir sprachen auch darüber, und zum ersten Mal war ich bereit, aktiv etwas für meine Gesundheit zu tun. Gesund zu essen, Sport zu treiben und auf Tabak und Alkohol zu verzichten – alles Dinge, die mir bis dahin vollkommen egal gewesen waren. Es würde mir vielleicht, aber auch nur vielleicht, ein paar Jahre mehr bescheren.

Noch bevor Luke ankam, hatte ich eine Fehlgeburt. Das Blut strömte aus mir heraus, und ich brach auf dem

Bürgersteig vor der Wohnung, die ich von einem meiner Freunde auf Mallorca gemietet hatte, zusammen. Natürlich begriff ich sofort, was los war, und mein Herz zersprang in tausend Stücke, die sich mit der Trauer um Julie vermischten. Die ganze Welt brach für mich zusammen. An die darauffolgenden Tage im Krankenhaus habe ich so gut wie keine Erinnerung. Ich weiß, dass Luke da war, dass ich gefüttert wurde und Medikamente bekam und eine Ausschabung. Wie lange ich dort lag, weiß ich nicht, aber ich glaube, es waren ein paar Wochen. Es ging mir psychisch ziemlich schlecht. Wie Luke es anstellte, so lange bei mir zu bleiben, weiß ich nicht, doch er wich mir nicht von der Seite, und als ich entlassen wurde, traf ich einen Entschluss. Er hatte das Recht, es zu erfahren. Und so erzählte ich ihm alles über den Tod meiner Eltern und darüber, dass ich ein Kind geboren und weggeben hatte, über meine Einsamkeit, über das viele Geld und die Partys in Paris. Ich erzählte von Euch dreien und dass Ihr meine Herzensschwestern wärt. Ich erzählte ihm wirklich alles, außer von meiner Krankheit. Ich wollte nicht, dass er darauf Rücksicht nahm, denn noch war von ihr nicht viel zu spüren. Eines Tages würde es sich nicht mehr vermeiden lassen, doch bis dahin war ich gesund, wenn auch psychisch sehr geschwächt.

Nie hatte ich zugelassen, dass sich jemand so um mich kümmerte, nie hatte ich mich in solcher Weise ausgeliefert. Doch in Madrid hatte ich keine andere Wahl. Ich, die normalerweise ein so starkes Bedürfnis nach Unabhängigkeit hatte, befand mich plötzlich in einer Situation, in der ich meine Hand nicht mehr aus seiner nehmen wollte. Ich war so wahnsinnig dankbar, dass er an meiner Seite war, mitfühlend und den Verlust unse-

res Kindes genauso betrauernd wie ich, und so besorgt um mich und mein Wohlergehen.
Hatte ich jemals an seiner Liebe gezweifelt, so begriff ich in dieser Zeit, dass es dazu niemals einen Anlass gegeben hätte.
Liebe war so einfach.
Und doch auch wieder so schwer.
Ich hatte wahnsinnige Schuldgefühle. Nicht so sehr wegen seiner Frau, denn für sie hatte ich nicht sonderlich viel übrig. Nein, ich dachte eher an seine Kinder. Und ich glaube, dass tat er ebenfalls, auch wenn er nichts sagte, aus Angst, mich zu verletzen.
Jeder beliebige Wind in Madrid darf mich verwehen, denn es gibt dort eine kleine Seele, mit der ich schon lange wiedervereint sein möchte.

26

Keine von ihnen war je zuvor in Madrid gewesen, und nachdem sie ihre Koffer im Hotel abgestellt hatten, zogen die drei Freundinnen sich bequeme Schuhe an und machten einen Stadtrundgang, auf dem sie sich über Sonjas letzten Brief unterhielten.

»Vielleicht half ihr das Zusammensein mit uns, um sich abzulenken«, sagte Maggan, die beim Lesen des Briefes nicht hatte aufhören können zu weinen. »Ihre Lebensfreude war doch nicht nur Fassade, oder?«

»Nein, ich glaube, sie war einfach nur unheimlich gut darin, ihre zwei Welten auseinanderzuhalten«, meinte Rebecka. »Mir erschien sie immer sehr kompromisslos. Sie lebte ihr Leben, wie sie es wollte. Sie malte, aß und trank gut, und zwischenzeitlich rauchte sie wie ein Schlot. Die Sonja, die wir kannten, konnte gut Nein sagen. Sie nahm sich, was sie wollte, ganz anders als wir. Ich erinnere mich, dass sie mir manchmal fast zu sorglos vorkam. Sie lebte oft, als gäbe es kein Morgen.«

»Allerdings hast gerade du auch immer Angst vor genau dem gehabt, was sie genossen hat, daher ist es vielleicht nicht ungewöhnlich, dass du es so siehst«, wandte Susanne ein.

Rebecka nickte. »Stimmt. Aber inzwischen denke ich, dass es mit ihrem geheimen Leben mit Luke zusammenhing, und damit, dass sie wusste, dass sie krank war.«

Susanne setzte sich, wie immer, an die Spitze. Sie wollte eine gute Bar ausfindig machen, wo sie sich mit Cava betrinken konnten, von dem sie behauptete, er sei fast so gut wie Champagner.

»Meine Beziehung mit Michael war immer leidenschaftlich, und wenn wir uns sehen, ist sie es noch, aber nicht so, dass ich beinahe vergehen müsste. Wie war das bei dir, Rebecka?«, fragte Susanne. »Deine und Adams Liebe hatte wahrscheinlich doch eine ganz andere Tiefe.«

»Ja. Wir waren wahnsinnig verliebt, aber wir mussten nicht kämpfen, außer darum, meinen Widerstand zu besiegen. Das war ja etwas vollkommen anderes als bei Sonja. Was muss sie mit diesem Mann für Gefühlsstürme durchlebt haben! Und das, ohne uns je etwas davon zu erzählen.«

»Meinst du, sie hatte Angst, was wir dazu sagen würden? Vielleicht hätten wir ihr geraten, ihn zu verlassen«, sagte Maggan.

»Ich glaube, ich zumindest hätte das getan«, sagte Rebecka.

Die Sehnsucht nach Adam war so stark, dass sie sich kaum auf den Beinen halten konnte. Doch ihre Liebe zum Leben im Hier und Jetzt half ihr, sich dennoch aufrecht zu halten. So fühlt sich Überleben also an, dachte Rebecka, während sie durch die Gassen von La Latina gingen. Hatte Sonja es ebenso empfunden? Sie hatten immer gewusst, dass sie ihre Eltern verloren hatte, doch Sonja war nie näher darauf eingegangen. Sie war auf eine Pariser Kunstschule gegangen, anschließend in ihre Wohnung nach Vasastan gezogen und hatte Bilder gemalt, und niemand hatte dies jemals in Frage gestellt oder sich erkundigt, wie sie ohne ihre Eltern zurechtkam. Und die Liebe zu Luke … Sie musste streckenweise unerträglich schmerzhaft gewesen sein. Allein das Wissen darum, dass Luke verheiratet war, machte ihre Beziehung ja schon unmöglich. Rebecka versuchte sich Sonja vorzustellen, wie sie mit vierzig gewesen war, konnte sich jedoch nicht erinnern, dass sie anders gewesen wäre als zuvor. Dass sie ein Kind verloren hatte, war ihr nicht anzumerken gewesen, und das kam ihr im Nachhinein richtig unheimlich vor. Zwar war sie selbst ziemlich gut darin, ihre Gefühle zu verbergen, aber irgendwie war ihr meist doch etwas anzumerken, weil sie den Appetit verlor oder sich in ihr Schneckenhaus zurückzog. Nichts davon war bei Sonja der Fall gewesen. Sie wollte verbergen, was in ihr vorging, und das gelang ihr bestens.

Als sie um die Ecke bogen, blieb Susanne abrupt stehen und drehte sich zu Maggan und Rebecka um. »Hier bleiben wir«, sagte sie.

Auf dem Marktplatz saßen unzählige Menschen an kleinen Tischen. Es war laut und man hörte Gelächter und das Klirren von Gläsern.

»Perfekt«, sagte Susanne begeistert und suchte, bis sie

einen freien Tisch entdeckte. »Setzt euch doch.« Sie zog sich einen Stuhl heraus.

Es war wirklich eine Freude, Rebecka jetzt so verändert zu sehen, wenn man bedachte, wie sie noch vor wenigen Wochen gewesen war.

Sie wirkt so ruhig, dachte Susanne, während sie die Freundin betrachtete. Ihre Wangen waren wieder etwas voller und die Farbe kam nicht vom Rouge, sondern vom Cava, den sie getrunken hatte. Bei der Bestellung hatte Susanne dem Kellner zugeflüstert, er solle sofort nachschenken, wenn die Gläser leer wären.

»Mensch, geht es uns gut«, brach es aus Rebecka hervor. »Ich bin so froh, dass ihr mich mit auf diese Reise genommen habt, gut möglich, dass sie mein Leben verändern wird.« Sie beugte sich ein wenig vor. »Ich war nämlich schon nahe daran, ihm ein Ende zu setzen«, flüsterte sie.

»Hör auf«, sagte Maggan, »das hättest du nicht getan, oder?« Sie blickte sie beunruhigt an.

»Doch«, sagte Rebecka ernst. »Ich hatte immer eine Packung Schlaftabletten neben dem Bett stehen. Ich hatte mich nur noch nicht entschieden, wann ich sie nehmen würde.«

Susanne legte ihre Hand auf Rebeckas. »Ich bin so froh, dass du mitgekommen bist«, sagte sie. »Nicht nur, weil wir dadurch offenbar dein Leben gerettet haben, sondern auch, weil du unseres gerettet hast, als wir in Norwegen in dieser Grube saßen. Maggan und ich wären nie allein dort herausgekommen.«

»Ohne euch wäre ich aber auch nicht rausgekommen, daher können wir ruhig ein für alle Mal feststellen, dass wir uns brauchen.«

»Jetzt hört aber auf!«, sagte Maggan, nahm eine Serviette vom Tisch und tupfte sich die Augen. »Ihr seid so lieb, dass ich es kaum aushalte.«

»Wie sollen wir denn sein«, grinste Susanne.

»So wie immer. Ein bisschen bissig und gemein zueinander. Nicht so Süßholz raspelnd wie jetzt. Wobei, ich weiß nicht genau, ich glaube, ich bin ein bisschen betrunken«, sagte sie und lächelte mit Tränen in den Augen den Kellner an, der ihr erneut Wein nachschenkte.

Rebecka zeigte auf ihr eigenes Glas und bat ihn, ihr ebenfalls nachzuschenken. Dann hielt sie es hoch und die Freundinnen folgten ihrem Beispiel.

»Worauf trinken wir?«, fragte sie.

»Auf uns? Auf Sonja? Auf das Leben? Wir haben eine ganze Menge, wofür wir dankbar sein können«, sagte Susanne.

In der Bar wurde es lauter und rund um sie erhoben sich die Leute.

»Was ist denn jetzt los?«, fragte Susanne. »Wir haben noch nicht mal bezahlt.«

Ihr Nebenmann lächelte, streckte die Hand aus und wiegte sich in den Hüften. Susanne schnitt eine Grimasse, dann stand sie auf und begann ebenfalls, sich zur Musik zu bewegen. »Bestellt schon mal die Rechnung«, rief sie den beiden anderen zu. »Sieht aus, als wäre hier jetzt Disco.«

Schließlich tanzte der gesamte Platz. Tische und Stühle wurden zur Seite gerückt, Gläser fielen zu Boden und Jacketts wurden abgelegt. Susanne, Maggan und Rebecka streckten die Arme in die Luft, genau wie alle anderen. Als die *Bee Gees* aus den Lautsprechern dröhnten, schrien sie auf, und die Bewegungen saßen noch genauso, wie sie es in den Achtzigerjahren getan hatten, wenn sie ins *Café Opera* in Stockholm gegangen waren. Der Schweiß lief ihnen vom ganzen Körper, Maggan lachte und zeigte auf ihr schlimmes Bein, setzte sich jedoch nicht wieder hin, und Rebecka lächelte strahlend und tanzte weiter.

Was würde ich nur ohne sie tun, dachte Susanne, die sich nicht mehr ganz sicher auf den Beinen fühlte. Rebecka, Maggan und Sonja. Was für ein Glück, dass wir uns kennengelernt haben und immer noch beste Freundinnen sind.

Maggan drehte vorsichtig den Kopf, um zu prüfen, ob er noch da war. Das war er. Und zwar spürbar. Die geringste Bewegung tat so weh, dass sie laut jammerte. Wann hatte sie zuletzt so einen Kater gehabt? Dass es in derselben Gesellschaft gewesen war, davon war sie überzeugt. Manchmal hatten sie einfach so viel Spaß, dass sie gar nicht merkten, wie viel sie tranken. Das zeigte sich dann erst am nächsten Tag.

Und ihr rechtes Bein pochte beunruhigend. Wahrscheinlich, weil sie auf diesem Marktplatz herumgehüpft war. Etwas gemäßigtere Bewegungen wären ihrem Körper besser bekommen.

Gott, wie peinlich! Drei Mittfünfzigerinnen, die sich mit Cava betranken. Das war das letzte Mal, dass sie Sekt getrunken hatte. Von nun an würde es nur noch Wasser geben. Nie mehr Alkohol! Es war doch offensichtlich, dass der dem Körper nicht guttat.

Sie nahm ihr Handy, das zum Aufladen auf dem Nachttisch lag. Halb elf. So lange hatte sie schon seit Jahren nicht mehr geschlafen. Sie sah, dass Anneli gegen neun versucht hatte, sie zu erreichen, und beschloss zurückzurufen, sobald sie eine Tasse Kaffee getrunken hatte.

Vorsichtig setzte sie sich auf, doch das nutzte nicht viel. Ihr Kopf würde erst morgen wieder zu gebrauchen sein, das wusste sie noch vom letzten Mal. Neben dem Schrank stand ein Wasserkocher, das hatte sie gestern gesehen. Vorsichtig humpelte sie dorthin. Tüten mit Instantkaffee lagen in einer Schachtel daneben, und mit einer dampfenden Tasse in der Hand setzte sie sich auf das Sofa am Fenster, das Telefon in der Hand. Draußen waren nur Dachfirste zu sehen.

Erstaunlich, dass sie von Land zu Land so unterschiedlich aussehen, dachte sie und wählte Annelis Nummer.

»Hallo, mein Schatz, diese heisere alte Frau ist deine Mutter. Was hast du auf dem Herzen?«

»Hallo, Mama, wie geht es euch? Hast du mit Papa gesprochen?«

»Nur gestern kurz. Uns geht es gut. Wir sind in Madrid und wissen noch nicht, wo es als Nächstes hingeht. Wie geht es meinen Enkelkindern? Haben sie Sehnsucht nach ihrer Oma?«

»Immer. Weshalb ich nach Papa frage: Ich glaube, er hat das *Sonjas* in Paris zurückgekauft und mir gegenüber kein Wort davon gesagt. Ich habe neulich bei euch zu Hause Blumen gegossen, und da rief JP an und meinte, die Sache sei gebongt. Er wusste anscheinend nicht, dass Papa es mir nicht …«

»Stopp! Warte mal einen Moment«, sagte Maggan. Sie verzog das Gesicht und legte sich die Hand auf die Stirn. Ein kräftig pulsierender Schmerz. »Ich bin heute nicht ganz klar im Kopf, also sag es noch mal langsam. Paul soll das *Sonjas* zurückgekauft haben? Aber er wohnt doch jetzt in Farsta!«

»Ja, ich weiß«, sagte Anneli. »Das ist ja das Komische. Ihr dürft natürlich gerne zurückziehen«, fügte sie schnell hinzu, »aber man möchte es doch gerne wissen, wenn die Eltern vorhaben, das Land zu verlassen.«

»Dein einer Elternteil wusste gar nichts von den Plänen des anderen«, sagte Maggan verärgert, »aber ich versichere dir, ich werde mich schlaumachen!«

27

Michael hatte die letzten Nächte nicht gut geschlafen. Seine Gedanken drehten sich immer im Kreis: Er hätte es wissen müssen! Wie hatte er so dumm sein können? Eine Kollegin zu verführen, oder, wie in diesem Fall, sich von ihr verführen zu lassen, war immer schlecht – erst recht, wenn sie eine weniger hohe Position hatte als man selbst.

Er hatte so etwas noch nie getan und war nun gezwungen sich zu überlegen, wie er sich verhalten sollte. Es war in vielerlei Hinsicht eine Katastrophe, und am liebsten hätte er sich die Decke über den Kopf gezogen und wäre nie mehr herausgekommen. Doch das ging nicht. Er musste diese Angelegenheit in die Hand nehmen. Und er musste es Susanne erzählen.

Mitten in der Nacht hatte er Paul angerufen, ihn aber gebeten, Maggan nichts zu erzählen. Paul hatte erwidert, dass er im Moment so viele Geheimnisse vor ihr habe, dass eins mehr oder weniger keine Rolle mehr spiele. Dann hatte er Michael sein Mitleid ausgesprochen und ihm gesagt, er könne sich jederzeit melden, wenn er mit jemandem reden wolle.

Ohne die geringste Lust auf den bevorstehenden Arbeitstag wählte Michael eins der weißen Hemden, die in seinem Schrank hingen. Ein grauer Schlips stand für die Stimmung des Tages.

Er zog sich an, ohne in den Spiegel zu schauen, weigerte sich, sich selbst in die Augen zu sehen. Der Bart, den er sich hatte wachsen lassen, saß, wo er saß, und brauchte nicht getrimmt zu werden.

Es war schlimm, dass er mit einer Kollegin geschlafen hatte, und noch schlimmer, dass Susanne ihm das nicht verzeihen würde, doch am allerschlimmsten war, dass er nicht Vater werden wollte.

Wie aber sollte er mit dem Wissen weiterleben, dass es irgendwo ein vaterloses Kind gab, an dessen Zeugung er beteiligt gewesen war? Wie konnte ihm dieser Anfängerfehler passieren, sich nicht rechtzeitig zurückzuziehen? Das hatte er schließlich schon als Teenager gelernt! Dem Alkohol konnte er nicht die Schuld geben. Ein Kondom zu benutzen – und wenn das nicht zur Hand war, rechtzeitig rauszuziehen – das war ihm ins Mark übergegangen, auch wenn er sich in den letzten Jahren nie Gedanken darüber hatte machen müssen.

»Über eine Abtreibung hast du nicht nachgedacht?«, hatte er Camille gefragt.

»Doch, natürlich«, hatte sie gesagt. »Aber das werde ich nicht tun. Ich will unser Kind, und wenn du es nicht willst, ist das dein Problem. Du hättest nicht mit einer dir untergeordneten Kollegin schlafen dürfen, stimmt's, Michael?«

Als Susanne anrief, ging er nicht dran. Zum ersten Mal war er nicht darauf erpicht, mit ihr zu sprechen. Er ließ den Anrufbeantworter anspringen und hörte nicht einmal ab, was sie von ihm wollte. Es war zu schwer, ihre Stimme zu hören.

Niemals würde sie ihm das verzeihen. Und selbst wenn sie es täte, wenn sie verstehen würde, dass er Sex mit einer anderen gehabt hatte, war nun ein Kind unterwegs, dem er es schuldig war, sich auf die eine oder andere Weise darum zu kümmern. Camille hatte sich bereit erklärt, nach London zu ziehen, doch beim bloßen Gedanken daran wurde ihm schlecht.

Nach der Hälfte des Arbeitstages sagte er dem Personal, er fühle sich nicht wohl, fuhr nach Hause nach Hampstead und legte den Anzug ab. Er schlüpfte in ein T-Shirt und zerschlissene Jeans, legte sich aufs Sofa und zappte durchs Fernsehprogramm.

So eine existenzielle Angst hatte er noch nie verspürt. Sie bohrte sich wie eine Faust in seinen Brustkorb, sodass er sich zusammenkrümmte. Es gab einfach keine Lösung. Es war ein Ding der Unmöglichkeit.

Und das war er nicht gewohnt. Normalerweise nahm er jedes Problem sofort in Angriff. Diesmal aber lag sein Schicksal offenbar in anderen Händen.

In Paris machte Paul einen Spaziergang, um besser nachdenken zu können. Er hatte eine Idee, doch ob diese sich durchführen ließ, darüber war er sich noch nicht im Klaren. Etwas später am Tag hatte er einen Termin mit einem Architekten ausgemacht, der beurteilen sollte, ob das Gebäude sich für das eignete, was ihm vorschwebte.

Er versuchte nicht daran zu denken, dass er noch nicht mit Maggan gesprochen hatte. Sie war ja auch vollauf mit ihrer Reise beschäftigt und hatte wichtigere Projekte, an die sie denken musste – das zumindest war seine Ausrede, um nicht mit ihr reden zu müssen. Er nahm sich vor, es ihr zu erzählen, sobald er mit dem Architekten gesprochen hatte.

Ihm fehlte Adam, der beste Architekt von allen. Er war derjenige gewesen, der die Wohnungen umgebaut hatte, die Maggan in Paris von Sonja geerbt hatte, sowie das Hotel in London und Susannes Reihenhäuschen in Notting Hill. Ganz zu schweigen von dem Haus auf Mallorca, in dem Adam und Rebecka sich ineinander verliebt hatten. Er war ein Freund von ihnen allen gewesen, und Paul hätte zu gerne seine Pläne mit ihm diskutiert. Ein Projekt wie dieses hätte Adam großen Spaß gemacht.

Paul überlegte, was Sonja wohl von seiner Idee gehalten hätte. Als sie zusammen das Restaurant betrieben hatten, war er Küchenchef gewesen und sie hatte sich nie eingemischt. Dagegen war sie für die Atmosphäre im Restaurant zuständig gewesen, und diese Aufgabe hatte er ihr gerne überlassen. Drei- bis viermal pro Jahr war sie nach Paris gekommen, und jedes Mal hatte sie gesagt, sie liebe dieses Restaurant.

Doch, seine Pläne hätten ihr bestimmt gefallen, dessen war er sich ganz sicher.

Erst nach dem Treffen mit dem durch und durch begeisterten Architekten kam Paul darauf, Michael einzubeziehen. Warum war er bloß nicht eher darauf gekommen?

»Komm doch nach Paris«, sagte er fröhlich. »Dann können wir zusammenarbeiten.«

Michael lachte. »In deiner Kneipe?«

»In meinem Hotel.«

»Jetzt begreife ich nicht ganz, was du meinst.«

»Ich habe doch jetzt das ganze Gebäude gekauft und werde den Rest des Hauses zu einem Hotel umbauen.«

»Machst du Witze? Das ist ein Wahnsinnsprojekt! Weißt du überhaupt, worauf du dich da einlässt?«

»Nein, ich habe überhaupt keine Ahnung. Aber die hast du. Also kündige und komm her. Kannst du nicht wenigstens darüber nachdenken?«

Als Maggan anrief, war Paul glänzender Laune. Der Architekt hatte viele gute Ideen gehabt, und Michael hatte ihn noch einmal zurückgerufen und sich richtig begeistert davon gezeigt, ein gemeinsames Projekt aufzuziehen.

»Hallo, Schatz, wie geht es dir?«, er hörte selbst, dass seine Stimme ein wenig angestrengt klang.

»Die Frage ist wohl eher, wie es dir geht«, sagte Maggan kühl.

Seine Maggan war niemals kühl! Paul spürte, wie Panik in ihm aufstieg. Ihm wurde sofort klar, dass sie Bescheid wusste. Er räusperte sich. »Wie meinst du das?«

»Es gibt Gerüchte, du bleibst in Paris? Du hättest das *Sonjas* zurückgekauft? Deine Tochter hat angerufen und es mir erzählt.«

Das war die Ohrfeige, die er gebraucht hatte, um wieder auf den Boden der Tatsachen zurückzukehren. Was hatte er getan? War er völlig verrückt geworden? Nicht eine Sekunde hatte er an seine Familie in Farsta gedacht. War einfach nur berauscht gewesen von der Idee, wieder ein Restaurant zu betreiben.

»Maggan, ich …«

Sie unterbrach ihn. »Dann stimmt es also?«

Er hörte, dass sie vor Wut schäumte. Maggan erhob niemals die Stimme, so wie sie es jetzt tat. Er wusste nicht, was er sagen sollte.

»Antworte!«, brüllte sie.

Da legte er auf. Ein Mann weiß, wann er nichts zu seiner Verteidigung zu sagen hat, und plötzlich begriff Paul, was Michael damit meinte, sich die Decke über den Kopf ziehen zu wollen.

28

»Willst du nach Hause und das mit Paul erst mal klären?«, fragte Rebecka. Sie saßen zu dritt in Maggans Zimmer, um zu beratschlagen.

»Auf keinen Fall! Ich will ihn nicht sehen, sonst schlag ich ihn tot!«, sagte Maggan.

»Gut, wir müssen nämlich noch einen schönen Platz für Sonjas Asche finden«, sagte Rebecka. »Das hier war für sie wichtiger als alles zuvor, also macht Vorschläge, damit wir einen würdigen Ort finden.«

Susanne startete ihren Laptop.

»Wir googeln einfach mal. Was glaubt ihr, würde passen? Ein Park?«

Die anderen beiden setzten sich neben sie auf das Sofa, während sie »Madrid« und »Park« eingab. »Das hier zum Beispiel? *Teleférico de Madrid*?«

Maggan lehnte sich zurück. »Mein Kopf ist noch nicht wieder ganz klar, entscheidet ihr lieber. Ich bin bei allem dabei, solange wir sie in Madrid verstreuen.«

»Gut. Das ist nämlich eine Seilbahn. Guckt mal die Fotos an, es gibt Fenster, die man öffnen kann. Wir könnten sie über die ganze Stadt verteilen. Wäre das nicht perfekt?«

Hastig setzte Maggan sich wieder auf.

»Nie im Leben!«, rief sie entsetzt. »In so etwas kriegt ihr mich nicht rein. Sorry, keine Chance!«

Rebecka sagte nichts. Sie selbst hatte keine Angst und konnte sich eine Seilbahn durchaus vorstellen. Doch wenn Maggan Angst hatte, mussten sie sich etwas anderes überlegen.

»Sonja zuliebe. Sie wollte doch vom Wind davongetragen werden«, bettelte Susanne.

»Nein«, sagte Maggan. »Dabei mache ich ausnahmsweise nicht mit, und das musst du auch akzeptieren. Nein.«

»Feigling«, murrte Susanne.

»Hör auf«, sagte Rebecka. »Wenn Maggan nicht will, suchen wir etwas anderes. Es gibt doch bestimmt einen schönen Park, in den wir gehen können?«

Susanne zuckte die Schultern. »Okay. Dieser hier?« Sie zeigte ihnen Bilder eines zentral gelegenen Parks, und als die anderen sich einverstanden erklärten, schloss sie ihren Rechner. »Aber erst essen wir Tapas, sonst wird nichts aus der Zeremonie.«

»Gerne«, sagte Rebecka. »Dieses Abschiednehmen zehrt immer an uns allen, da esse ich auch lieber vorher.«

Die Düfte im Restaurant versetzten Susanne schlagartig auf die Kanarischen Inseln zurück, wo sie in ihrer Zeit als Flugbegleiterin unzählige Male gewesen war. »Ich hätte gern ein Glas Rotwein dazu. Noch jemand?«, fragte sie, als die kleinen Gerichte eines nach dem anderen vor sie hingestellt wurden.

Sie hatte gerne in diesem Job gearbeitet und gewöhnte sich irgendwann daran, an einem Tag um vier Uhr morgens aufzustehen und am nächsten um dieselbe Zeit zu Bett zu gehen. In den ersten Jahren hatten sie und ihre Kolleginnen jeden Abend, den sie im Ausland verbrachten, Rotwein getrunken und auf den Tischen getanzt, doch mit dreißig beruhigten sie sich dann langsam. Viele gründeten Familien, und auch wenn Susanne selbst nie derlei Ambitionen gehabt hatte, änderte sich doch auch ihr Leben. Die letzten Jahre waren dann sehr anstrengend gewesen. Es war nicht mehr dieselbe entspannte Arbeit wie Mitte der Achtzigerjahre, als sie damit angefangen hatte. Und so war die Herausforderung durch Sonja, ein

Hotel in London zu eröffnen, für sie genau zum richtigen Zeitpunkt gekommen.

Genüsslich steckte sie sich eine nach Knoblauch duftende Garnele in den Mund.

»Wir müssen mehr bestellen«, sagte sie. »Das hier reicht gerade einmal für mich.«

»Ich bin nicht hungrig«, sagte Maggan. »Ich begreife nicht, wie Paul einfach das *Sonjas* zurückkaufen konnte, ohne es vorher mit mir zu besprechen.«

»Was hast du jetzt vor?«, fragte Susanne.

»Keine Ahnung. Ich werde es sehen, wenn ich nach Hause komme.«

»Vielleicht ist es ganz gut, dass es bis dahin noch ein bisschen dauert? So bekommst du einen besseren Blick darauf.«

»Ja, vielleicht.«

»Hier. *Papas con mojo.* Du musst wenigstens eine probieren«, sagte Susanne und hielt ihr das Schälchen mit Kartoffeln hin. »Auf den Kanarischen Inseln habe ich mich nur davon ernährt.«

»Sie sind unglaublich gut«, sagte Rebecka und lud sich ein paar auf den Teller.

»Wie oft isst du auf Mallorca eigentlich Tapas?«, fragte Susanne und blies auf die heiße Salzkartoffel auf ihrer Gabel.

»Viel zu selten. Ich gehe ja beinahe niemals aus. Adam und ich haben gerne zusammen gekocht, und nach seinem Tod hat Rafaela versucht, mich zum Essen zu bringen. Ich werde sie fragen, ob sie mir beibringen kann, so etwas zu kochen.«

Maggan legte ihre Gabel hin, ohne das Essen angerührt zu haben.

»Ich esse morgen«, sagte sie.

Der Park sei einer der größten der Stadt, meinte der Kellner, als Susanne sich erkundigte. Doch an einem normalen Arbeitstag wie heute müsste es trotzdem relativ ruhig sein. Nachdem sie bezahlt hatten, begleitete er sie bis zur Tür und zeigte ihnen die Richtung.

»Der Eingang liegt dort, Sie können ihn von hier aus sehen.«

Sie brauchten nicht lange zu gehen, um in den Rosengarten zu gelangen. Andächtig flanierten sie unter den Blumengewölben hindurch und um prunkende Sträucher Englischer Rosen herum, bis sie schließlich einen angemessenen Ort unter den hohen Zypressen daneben fanden.

Als es darum ging, ein paar Worte zu finden, brach Maggan zusammen. Dass Sonja ihr Kind verloren hatte, tat ihr unendlich leid. Es war unvorstellbar, wie sie gelitten haben musste. Sie wäre eine so wunderbare Mutter gewesen.

Wenn es nach Anneli gegangen wäre, hätte sie ebenso oft bei Sonja gewohnt wie bei ihr, und das war ja wohl das Schönste, was man von einer Fünfjährigen zu hören bekommen konnte. Manchmal war Sonja nach Farsta gekommen und hatte Anneli mitgenommen, um »Frauensachen« zu machen, bei denen Maggan nicht dabei sein durfte. Anneli übernachtete in Sonjas Atelier und kam mit Ölfarbe nach Hause, die bestimmt sündhaft teuer gewesen war. Zu dem Zeitpunkt hatte ja noch keine von ihnen gewusst, dass Sonja es sich leisten konnte, sie literweise zu kaufen.

Maggan sah Klein-Anneli vor sich, wie sie auf Sonjas Schoß saß, den Kopf vertrauensvoll an ihre Schulter gelegt, sich geliebt und geborgen fühlte, und da schluchzte sie so heftig, dass Susanne übernehmen musste. Diesmal konnte Maggan einfach nichts sagen. Wie viel Trauer konnte ein Mensch ertragen? Arme, arme Sonja!

Ehe sie den Ort verließen, küsste Maggan den knorrigen Stamm der Zypresse, legte ihre Hand darauf und drehte sich dann zu den Freundinnen um. Noch während sie Arm in Arm den Park verließen, beschlossen sie, irgendwann zu diesem Baum zurückzukehren.

Im Hotel lag schon das übliche Päckchen für sie bereit. Rebecka öffnete es und zog den Film heraus. Es gab keinen DVD-Player im Hotel, deshalb mussten sie eng zusammenrücken und ihn sich auf Susannes Laptop ansehen.

Rebecka blickte die anderen fragend an. »Habt ihr eine Idee, wo es als Nächstes hingeht? Ich habe diesen Film noch nie gesehen.«

»Oh, das ist *Verliebt in die Braut*, eine romantische Komödie. Ich habe ihn gesehen, netter Film«, sagte Maggan. »Ich würde tippen, es geht nach New York. Genau, was ich jetzt brauche!«

Sechster Brief
Isle of Skye

Könnt Ihr Euch an den Schlossberg und die Wette im Film erinnern? Diese Szenen sind auf dem alten Gut meiner Familie gedreht worden, Dunvegan Castle. Die Familie meiner Mutter gehört zu einem Clan von der Insel Isle of Skye in Schottland, und das Schloss war die Krönung und der Sitz des jeweiligen Oberhauptes.

Meines Wissens sind inzwischen die Urenkel des Großvaters meines Großvaters dort die Gutsherren. Ich habe eigentlich gar keinen Kontakt zu ihnen, aber ich war im

Laufe der Jahre zu ein paar Familientreffen dort. Rund um die Welt verteilt gibt es Hunderte von McLeods. Ein feiner alter Clan, zu dem ich keine engere Verbindung habe. Meine Mutter hatte keine Geschwister, sie war Einzelkind, genau wie ich.

Als ich klein war, kamen meine Großeltern uns immer dort besuchen, wo wir gerade lebten. Meine Großmutter kam aus gutem Hause, und mein Großvater stammte von dem Clan ab, dessen Schloss Ihr im Film gesehen habt, dennoch gab es keine bodenständigeren und sympathischeren Leute. Es war immer ein Fest für die Gustavssons, wenn die McLeods zu Besuch kamen. Ich vermute, meine Mutter hat ihr frohes Gemüt von ihnen geerbt, denn sie hatten niemals etwas Schlechtes zu sagen. Sie hatten lange auf meine Mutter gewartet, und als sie zur Welt kam, war meine Großmutter bereits über vierzig, was Anfang der Dreißigerjahre schon fast ein Skandal war. Doch meine Großeltern kümmerten sich nicht darum. Sie liebten meine Mutter abgöttisch, und als sie heiratete und mich bekam, war ihr Glück vollkommen. Sie starben im Abstand von nur wenigen Jahren – ich war damals zehn oder so – und meine Mutter erbte alles, verkaufte jedoch die meisten Immobilien auf der Isle of Skye, weil wir damals gerade in Stockholm lebten. Die übrigen veräußerte ich selbst irgendwann Ende der Achtzigerjahre.

Dass ich allein war, wurde mir erst in Schottland bewusst, nach dem Tod meiner Mutter. Mich begleitete der alte Andreasson, doch eine richtige Familie gab es nicht mehr, und so fuhr ich gleich nach der Beerdigung nach Paris zurück.

Ihr wisst ja, dass meine Eltern das Penthouse oben in dem Haus in Vasastan hatten. Als ich schließlich nach

Stockholm zurückzog, schlug Andreasson mir vor, stattdessen die Wohnung im Erdgeschoss zu beziehen. Sie war kleiner und passte besser zu einer alleinstehenden jungen Frau als die riesige Wohnung meiner Eltern. Gott hab den alten Anwalt selig! Er kümmerte sich um mich und wusste, was gut für mich war. Ich wollte sein wie alle anderen auch. Keine reiche junge Frau in einer schicken Wohnung, die meine Freundinnen nur erschreckt hätte.
Von dem Tag an, als ich Euch kennengelernt habe, habe ich mich nie wieder einsam gefühlt. Ich möchte, dass Ihr das wisst.

Es dauerte, bis Luke und ich uns von dem, was in Madrid geschehen war, erholten. Unsere Gespräche veränderten sich. Früher waren wir voller Hoffnung gewesen. Jetzt hatten wir beide Angst vor der Zukunft. Nichts hatte sich zu unseren Gunsten gewendet. Was uns weitertrieb, war, dass keiner den anderen loslassen wollte. Wir konnten einander einfach nicht aufgeben. Das sagten wir zwar nie mit diesen Worten, denn das traute sich keiner von uns, doch wir fürchteten beide, dass wir für unsere Liebe eines Tages bestraft werden würden. Sein Blick sagte das, und meiner tat es wahrscheinlich auch.
Doch die Jahre vergingen. Wir trafen uns weiterhin, wann immer es ging, und als er mir die Reisetickets zuschickte, musste ich laut lachen. Endlich würde ich die Schönheit der Isle of Skye erleben – von der meine Mutter so oft geschwärmt hatte – und diesmal würde ich den Mann meines Lebens an meiner Seite haben.
Luke mietete ein Auto. Seine Erfahrungen im Linksverkehr waren ein wenig eingerostet, doch er gewöhnte

sich schnell wieder daran, und wir fuhren liebend und lachend die Westküste Schottlands entlang.
Er lud mich in Bed and Breakfasts ein, und besser hätten wir es nicht haben können. Sie nannten uns Mr und Mrs. Und ich genoss es, so zu tun, als wären wir es. Wenn wir zusammen waren, waren wir verheiratet, und ich schloss die Augen, steckte mir den Ring an den richtigen Finger und brauste als fünfundvierzigjährige Mrs Danes durch Schottland. Ich nutzte es schamlos aus. Wir besuchten all die Orte, von denen meine Mutter mir erzählt hatte, und ich legte Blumen auf das Grab meiner Großeltern. Wir besuchten Dunvegan, und ich wurde empfangen wie eine verlorene Tochter.

Luke war meine Droge, mein Atem, mein Körper. In seiner Gegenwart war alles in mir hellwach, und das war ein so enormer Antrieb, dass ich ihm nicht widerstehen konnte.
Ich weiß nicht, ob Euch je die Lippen eines Mannes erschaudern lassen haben, ob Ihr von seinen Berührungen vibriert habt, unter seinem Gewicht lebendig geworden seid. Gespürt habt, dass nichts sonst wichtig ist, dass alles andere aufhört zu existieren. Dass, wenn Ihr explodiert, es gemeinsam geschieht und Ihr nicht mehr wisst, wo der eine aufhört und der andere beginnt.
Um diesen Zustand zu erreichen, muss man Schmerz erdulden, und genau das taten wir.
Wir liebten uns bis aufs Blut. Es gab keinen Maßstab, der uns sagte, nun reicht es aber. Jedes Mal, wenn wir uns trennten, riss es uns mitten entzwei, und wir fuhren mit blauen Flecken und Kratz- und Bisswunden wieder jeder in seine Richtung. Wir vernichteten und heilten einander.

Zu Beginn dachte ich, es wäre nur Leidenschaft, doch ich glaube, am Ende unserer Schottland-Reise, als wir auf dem Rückweg in die Wirklichkeit waren, wurde mir bewusst, dass es auch Verzweiflung war. Wir waren für alle Ewigkeit verbunden und konnten doch niemals zusammenkommen, weil Luke mit einer anderen verheiratet und dies das wahre Leben war. Obwohl wir gerne ein normales Paar gewesen wären, waren wir es nicht.
Luke wollte sich von seiner Frau trennen, doch ich sagte Nein. Ich wollte nicht diejenige sein, die seine Kinder für den Rest ihres Lebens hassten.
Und zum ersten Mal stritten wir uns richtig.

Dennoch glaubte ich zu keinem Zeitpunkt, dass sich das, was zwischen uns war, je verändern würde. Wir würden weiterhin unsere Glücksblasen haben, verteilt über das, was Alltag war. Sein Leben in New York, meins in Stockholm.

Verstreut meine Asche in der Nähe meiner Eltern, die zusammen mit meinen Großeltern auf dem Kilmuir Cemetery *liegen. Es ist der schönste Friedhof, den ich kenne.*

29

»Ich werde den Schnellzug zum *Hyatt* nehmen und für eine schnelle Nummer zu Michael fahren«, sagte Susanne, nachdem sie auf dem Flug von Madrid über nichts anderes nachgedacht hatte. Bis zum nächsten Flug nach Schottland hatte sie fünf Stunden Zeit, und nach ihren Berechnungen würde es kein Problem sein, in dieser Zeit zum *Hyatt* zu fahren, mit Michael ins Bett zu gehen und rechtzeitig wieder zurück zu sein.

»Schaffst du das wirklich?«, fragte Maggan ängstlich.

»Auf jeden Fall, kein Problem.« Susanne lächelte breit. »Ich simse, wenn ich wieder im *Heathrow Express* sitze.« Sie winkte ihnen zu und lief zum Ausgang.

Vielleicht lag es an Sonjas letztem Brief, dass er ihr so fehlte, sie war es eigentlich nicht gewohnt, Sehnsucht nach ihm zu haben. Doch sie hatten ja gesagt, dass sie sich wieder treffen wollten, und nun konnte sie es plötzlich kaum erwarten.

»Hallo, ist er da?«, rief sie der Rezeptionistin zu, als sie an ihr vorbei zu den Aufzügen eilte.

»Ja, natürlich. Soll ich ihm sagen, dass Sie auf dem Weg sind?«

»Nein, nein, ich habe eine Schlüsselkarte und will ihn überraschen.« Die Aufzugtüren schlossen sich hinter ihr.

Vor seinem Büro wurde sie plötzlich nervös. So etwas Blödes. Sie wusste doch, dass er sich freuen würde. Und so riss sie die Tür auf und schaute hinein. Drinnen saß sein Assistent, von Michael dagegen keine Spur.

»Ist er in der Wohnung?«, fragte sie schnell.

Der Assistent nickte.

Susanne schloss die Tür wieder und ging mit schnellen Schritten den Flur entlang zu Michaels Privat-Suite. Kurz bevor sie anlangte, trat eine Frau heraus.

Susanne stutzte. Wer war das? Was hatte sie in Michaels Zimmer zu suchen?

»Wo ist Michael?«, fragte sie brüsk.

Die Frau wies mit dem Kopf zur Tür. »Da drinnen.« Sie streckte ihr die Hand entgegen. »Hallo, ich bin übrigens Camille«, sagte sie, als müsste Susanne sie kennen.

Susanne nickte kurz, ignorierte jedoch die Hand. »Und ich bin übrigens Susanne.« Sie betrachtete sie mit hochgezogener Augenbraue. »Darf ich mal vorbei?« Die andere machte keine Anstalten, sich zu rühren.

Endlich trat diese Camille doch zur Seite. Susanne öffnete die Tür mit ihrer Karte und schloss sie sorgfältig hinter sich.

Aus dem Badezimmer hörte sie Wasser rauschen. Sie ging hinein ohne anzuklopfen, zog sich aus und schob die beschlagenen Glastüren auf.

»Lust auf einen Quickie«, fragte sie und lächelte. Michael schien seinen Augen nicht zu trauen. Als er nichts sagte, stellte sie sich neben ihn, nahm die Duschgelflasche und füllte ihre Hände mit Creme, die sie dann zärtlich auf seinem Körper verteilte.

Er fasste sie bei den Handgelenken. »Gott, ist das schön, dich zu sehen! Aber wie … Wann … Ich dachte …« Er schüttelte ungläubig den Kopf.

Susanne legte den Kopf schief. »Psst«, sagte sie. »Ich habe genau eine Stunde, dann muss ich wieder nach Heathrow fahren.« Sie drückte die Lippen auf sein Kinn und schnappte spielerisch nach ihm. »Eine Stunde, Liebster. Schlaf mit mir.« Sie stellte sich auf die Zehenspitzen, um seinen Mund zu erreichen.

Jetzt musste sie sich beeilen, sie hatte keine Zeit für Small Talk. Susanne zog die Strickjacke im Leopardenmuster über ihr weißes T-Shirt und begegnete seinem zufriedenen Blick. Dann bückte sie sich.

»Camille«, sagte sie und band sich den Knöchelriemen

ihrer hochhackigen Schuhe zu. »Müssen wir über sie reden?«

»Was meinst du damit?«

»Die Frau, der ich im Flur begegnet bin. Sie schien zu glauben, ich wüsste, wer sie ist, und spielte sich ein bisschen auf«, sagte Susanne. Sie richtete sich auf, ging auf ihn zu und band sich dabei das nasse Haar zu einem Pferdeschwanz zusammen. »Ich muss rennen«, sagte sie und küsste ihn auf die Wange. »Wir reden später, okay?«

»Okay.«

Im Taxi lehnte sie sich zurück. Michael war wirklich ein begnadeter Liebhaber. Sie spielte mit den Fingern am Verschluss ihrer Handtasche. Er wusste genau, was ihr gefiel. Wie zärtlich er sie streicheln und wie hart er sie nehmen musste. Wenn es um Sex ging, hatte er ein gesundes Selbstvertrauen, genau wie sie selbst. Vielleicht hatten sie es auch miteinander bekommen.

Erst als sie am Flughafen ankam und in Gedanken noch einmal jede Einzelheit dessen durchging, was im Badezimmer geschehen war, fiel ihr diese Frau wieder ein.

Ich bin übrigens Camille.

Michael hatte nicht geantwortet, als sie gefragt hatte, ob sie über sie reden müssten, und plötzlich durchfuhr sie ein unbehagliches Gefühl. Wahrscheinlich bildete sie sich das nur ein. Michael war ehrlich, das war er immer gewesen. Wenn es irgendetwas über diese Frau zu sagen gäbe, hätte er es getan.

Oder nicht?

»Wollt ihr wissen, wie es war?«, fragte Susanne Maggan, als sie das richtige Gate gefunden hatte. Sie ließ sich auf einen der Plastikstühle fallen.

»Lieber nicht«, sagte Maggan, die Nase in einem Buch versteckt.

Neben ihr saß Rebecka mit Kopfhörern auf den Ohren, sie schien kaum zu registrieren, dass Susanne wieder da war.

Susanne las selten Bücher. Wenn es unterhaltsam genug war, hörte sie sich ein Hörbuch an, aber was der Reiz daran war, ein Papierbuch mit schwierigem und traurigem Inhalt mit sich herumzuschleppen, würde sie wohl nie begreifen. Das war wirklich nicht ihr Ding. Und wann hätte sie auch Zeit gehabt zu lesen? Im Gegensatz zu diesen beiden arbeitete Susanne hart. Auf dem Weg zum Hotel hörte sie sich manchmal etwas an, doch das war auch schon alles.

Als es ans Einchecken ging, erhob sie sich sofort. Die nagende Unruhe machte sie ganz zappelig.

Ich bin übrigens Camille.

Sie wünschte, sie müsste nicht ständig daran denken.

Maggan konnte sich einfach nicht auf ihr Buch konzentrieren. Sie war so wütend und zog seltsamerweise große Kraft daraus. Jetzt verstand sie, was Rebecka gemeint hatte, als sie ihre Gefühle beschrieben hatte, nachdem sie dem Mann auf dem Kreuzfahrtschiff in Hawaii das Knie zwischen die Beine gerammt hatte. Rebecka war gestärkt daraus hervorgegangen, und auch Maggan fühlte sich nicht mehr so waschlappenweich wie sonst.

Ihr war immer alles recht gewesen, sie hatte nie versucht, ihren eigenen Willen durchzusetzen, sondern immer alles geschehen lassen. Um des Hausfriedens willen, hatte sie immer gedacht. Und weil Streit ihr Angst machte, denn man wusste nie, wohin er führte. Wenn Paul und sie stritten, endete es häufig damit, dass es ihnen beiden so leidtat, dass sie sich gegenseitig die Tränen trocknen mussten.

Ein einziges Mal war Paul wirklich ausgeflippt. Und zwar als Maggan ihm von Anneli erzählt hatte, also davon, dass er eine Tochter hatte, die er nicht hatte kennenlernen dürfen. Da war er über mehrere Wochen nicht ans Telefon gegangen, wenn sie anrief. Es war ihr bislang heftigster Streit gewesen, denn sein Schweigen war ebenso effektiv gewesen, wie wenn er ihr ins Ohr geschrien hätte.

Während der langen Wartezeit auf den nächsten Flug hatte sie sich zurückgezogen, um in Ruhe mit ihm zu telefonieren, doch als sie ihn noch einmal gefragt hatte, wie er sich das denn vorstellen würde, hatte er erneut einfach aufgelegt. Das machte sie rasend! Wie konnte er es wagen? Sie verstaute das Buch in ihrer Handtasche.

»Ich will nicht wütend sein, wenn wir uns von Sonja verabschieden«, sagte Maggan, als sie sich auf ihre Plätze setzten. »Also lasst mich das jetzt mal loswerden, dann kann ich es gut sein lassen, bis ich meinen elenden Gatten wiedersehe.«

Nachdem sie ihnen ihr kurzes Gespräch geschildert hatte, sah sie die Freundinnen erwartungsvoll an.

»Wie unfair von ihm!«, sagte Susanne nachdrücklich.

»Ich begreife wirklich nicht, was in ihm vorgeht«, fiel Rebecka ein.

»Ihr seid super«, sagte Maggan zufrieden und atmete tief durch. Dann schnallte sie den Sicherheitsgurt fest. Dass sie ihre Gefühle bestätigt hatten, half ihr, Paul und ihre Wut loszulassen. Zumindest für den Moment.

30

»Ich fahre«, sagte Susanne, als sie zur Leihwagenstation gingen. Den Anweisungen der Anwaltskanzlei zufolge sollten sie sich diesmal selbst eine Unterkunft an der Küste der Isle of Skye suchen.

»Kennst du dich aus mit Linksverkehr? Fährst du in London? Du hast doch gar kein Auto? Oh Gott, wie soll das gut gehen?«, plapperte Maggan nervös.

»Ich bin genug gefahren, um das mit dem Linksverkehr hinzukriegen«, sagte Susanne. »Aber ihr dürft während der Fahrt nicht lesen, ich will mich mit euch unterhalten.«

Sie verstauten ihr Gepäck im Kofferraum eines Mini, der sich trotz seiner geringen Größe als sehr bequem herausstellte. Maggan musste einen Koffer neben sich auf die Rückbank legen, doch das machte ihr nichts aus.

»Seid ihr angeschnallt? Bereit für ein Abenteuer?« Susanne trat ein paarmal aufs Gas, um zu signalisieren, dass es jetzt losgehen würde.

Rebecka, die neben ihr saß, wendete sich ihr zu. »Ich sehe dir an, dass du uns etwas erzählen willst, also schieß los!«

Und während sie vom Flughafen in Glasgow wegfuhren, berichtete Susanne von der Frau, die sie vor Michaels Suite getroffen hatte.

»Lädt er üblicherweise keine Leute dorthin ein?«, fragte Rebecka.

»Doch, ab und zu. Aber diese Frau war irgendwie anders. Ihr wisst schon, so hochnäsig, ein bisschen dreist. Als müsste sie demonstrieren, dass sie ein Recht hatte, dort zu sein. Ich rege mich schon auf, wenn ich nur daran denke! Es fühlte sich an, als wollte sie mir mein Revier streitig machen, wenn ihr wisst, was ich meine.« Susanne warf einen Blick über die Schulter und fuhr auf die Autobahn Richtung Fort William. Sie zwinkerte Maggan im Rückspiegel zu, dann trat sie aufs Gas.

»Verstehe«, sagte Rebecka. »Eine junge, hübsche Frau. Und du bist eifersüchtig.«

»Ach was«, sagte Susanne. »Wirklich nicht. Aber sie regt mich auf.«

»Warum hast du ihn nicht nach ihr gefragt?«

»Weil ich es nicht mehr geschafft habe. Weil ich mit meinen Freundinnen, die mich nicht verstehen, auf die Isle of Skye fahren musste.«

»Ich verstehe dich«, rief Maggan vom Rücksitz aus. »Ich fühle mich ebenfalls enttäuscht und betrogen. Kannst du bitte ein bisschen langsamer fahren? Danke.«

»Jetzt hör aber auf«, sagte Susanne. »Ich fühle mich weder enttäuscht noch betrogen. Warum sagst du so etwas?«

»War nur Spaß. Ich weiß, dass Michael dich vergöttert. Er würde niemals fremdgehen. Hast du das wirklich geglaubt?«, fragte Maggan.

»Nein, aber das macht es noch komplizierter«, sagte Susanne. »Denn irgendetwas stimmte da nicht, und ich will wissen, was.«

In Fort William hatte die Suche nach einer Unterkunft zunächst Priorität. Susanne sprach sich für ein Hotel aus, wurde jedoch von Maggan und Rebecka überstimmt, die ein Bed and Breakfast ausprobieren wollten, weil auch Sonja und Luke dies getan hatten.

»Ich glaube, das wäre was für mich«, sagte Maggan. »Ein eigenes Hotel könnte ich mir im Leben nicht vorstellen, aber in einer kleineren, gemütlichen Pension Brötchen zu backen und Bettwäsche zu wechseln, das könnte ich mir gut vorstellen.«

Nun war Farsta wahrscheinlich nicht der geeignete Ort dafür, und mehr als ein Traum war es nie für sie gewesen, doch es schien ihr wirklich eine nette Sache zu sein.

»Habe ich euch erzählt, wie ich mit Anneli in Dalarna war und wir uns *Carmen* angesehen haben?«, fragte sie.

Sie hatten in einem Bed and Breakfast in der Nähe gewohnt, wo es alles gab. Einen Vorratsschuppen, eine Scheune zum Frühstücken, weidende Schafe und Wachhunde. Fünf Paare waren dort gleichzeitig zu Gast, und der Besitzer hatte gemeint, solange die Vorstellungen in dem alten Kalksteinbruch laufen würden, wären sie vollkommen ausgebucht.

»Ich wusste gar nicht, dass du Opern magst«, sagte Susanne überrascht. »Das ist doch eher Rebeckas Ding.«

»Es war Anneli, die gerne hinwollte«, sagte Maggan. »Sie ist schon immer mehr an Hochkultur interessiert gewesen als ihre Mutter.« Sie lächelte. »Aber es war schön. Die meisten Lieder kann man ja mitsingen.«

Rebecka lachte. »Das merke ich mir und nehme dich mit, wenn ich das nächste Mal in die Oper gehe. Dann kannst du ein bisschen mitträllern.«

»Wann warst du dort zuletzt?«, fragte Maggan.

»In der Stockholmer Oper? Irgendwann vor Sonjas Tod, also vor mehr als sieben Jahren. Ich habe mir ebenfalls *Carmen* angesehen, mit Gloria Moreno in der Hauptrolle. Sie war damals schon fantastisch, aber ich habe gehört, dass sie in der neuesten Inszenierung zusammen mit Dominic Evans umwerfend gewesen sein soll. Das hätte ich mir gerne angesehen. Zwischen den beiden soll es ja ordentlich knistern.«

»Darüber habe ich, glaube ich, in der Klatschpresse gelesen«, sagte Maggan. »Hast du eigentlich niemals Heimweh nach Schweden, Rebecka? Du hast nie etwas erwähnt.«

Rebecka drehte sich zu ihr um. »Doch. Du fehlst mir, und Susanne. Die gemütlichen Abende bei dir im Hobbykeller. Wie Anneli auf der Treppe herumgeschlichen ist, um uns zu belauschen, und wie Sonja sie in ihr Zimmer gescheucht hat, wenn sie sie entdeckte. Erinnert ihr euch, wie die beiden immer zusammen gelacht haben?«

Susanne bog auf einen Parkplatz vor einer Art Touristeninformation ein.

»Ich kann nicht weiterreden, wenn ich nicht sofort etwas zu essen bekomme«, sagte sie und öffnete die Autotür. »Hier können sie uns bestimmt sowohl ein Restaurant als auch eine Unterkunft empfehlen.«

Rebecka stand einsam vor dem *Glinchlosh Hill*, wie ihr Bed and Breakfast hieß. Maggan und Susanne schliefen noch, sie dagegen war früh aufgewacht, wie immer.

Die Aussicht war grandios. Zur einen Seite des Hauses lag Loch Linnhe ganz still da, ohne die geringsten Wellen. Segelboote lagen vor Anker. Die Besitzerin, die in einem etwas größeren Haus nebenan wohnte, hatte gesagt, sie besäße ebenfalls ein Boot, wage sich jedoch niemals weit hinaus, es genüge ihr, in der Bucht herumzufahren.

Rebecka dachte an die letzte E-Mail, die sie von der Reederei erhalten hatte. Sie hatten den Kerl immer noch nicht erwischt und wollten Rebecka für das entschädigen, was sie an Bord hatte erleben müssen. Rebecka hatte sie an die Kanzlei Andreasson weitergeleitet. Sie war nicht an Geld interessiert, wollte aber dennoch, dass die Kanzlei es sich ansah und die Höhe des Schmerzensgeldes festsetzte. Das Geld würde sie dann einer Organisation spenden, vielleicht einem Frauenhaus. Es war ein schreckliches Erlebnis gewesen, doch dem Arschloch das Knie zwischen die Beine zu rammen, hatte sich großartig angefühlt.

Rebecka streckte die Arme in die Luft, faltete die

Hände und beugte den Körper erst nach rechts, dann nach links. Wippte auf den Zehen hin und wieder zurück. Dass sie so steif war, lag nicht daran, dass sie schlecht geschlafen hatte, sondern dass sie lange keinen Sport mehr gemacht hatte. Früher hatte sie sich viel bewegt. War geschwommen. Doch nach Adams Tod hatte sie damit aufgehört, wie mit allem anderen auch. Der Pool und das Schwimmengehen waren ihr gemeinsames Ding gewesen. Jeden Morgen und jeden Abend. Ihr Adam. Ihm hätte dieses alte Häuschen mit dem Strohdach gefallen, und er hätte sich bücken müssen, um zur Tür hereinzukommen, denn hier war alles so klein. Und sehr britisch. Ein winziges Wohnzimmer mit einem gewaltigen, hässlichen, aber charmanten Kamin. Eine Küche, in der man sich kaum bewegen konnte, sowie zwei Schlafzimmer. Rebecka hatte darum gebeten, allein schlafen zu dürfen, weil sie immer als Erste aufwachte.

Der Gedanke, das Haus in Mallorca zu verlassen, kam ihr immer häufiger, sie wusste nur noch nicht, wohin sie ziehen sollte. Sie hatte ja auch noch die Wohnung in Palma, in der sie gelebt hatte, während das Haus renoviert wurde. Aber wollte sie überhaupt auf der Insel bleiben? Vielleicht war es Zeit für einen Wechsel? Sie versuchte mit Adam darüber zu reden, doch er schien meistens nur zu lächeln, woraus sie schloss, dass sie es selbst entscheiden sollte. Immerhin wusste sie inzwischen, dass sie eine sinnvolle Beschäftigung brauchte. Etwas, das sowohl ihr als auch anderen etwas bedeutete, doch sie wusste noch nicht, was.

»Hallo« hörte sie jemanden rufen, und drehte sich zu dem größeren Haus um. Im Fenster stand ihre Gastgeberin und winkte. »Kommen Sie rein, das Frühstück ist fertig.«

Rebecka winkte zurück. Sie wollte nur erst nachschauen, ob die beiden anderen schon wach waren.

»Das sieht lecker aus«, sagte Maggan und legte sich vier Scheiben Speck auf den Teller, dann fügte sie Rührei, Schinken und Käse hinzu, bis er voll war. Noch immer war sie wütend auf Paul und strotzte nur so vor Energie. Er hatte mehrfach angerufen, weil er wahrscheinlich bereute, einfach aufgelegt zu haben, und das nicht nur ein, sondern zwei Mal. Doch sie hatte nicht die geringste Lust, mit ihm zu reden. Wenn er in Paris leben wollte, sollte er das doch tun. In ihren Augen war es genauso, als wenn er sich von ihr trennen wollte. Bitte, dachte sie. Sie würde sich nicht querstellen. Wenn Anneli und sie ihm so wenig bedeuteten, dann konnte er ihr gestohlen bleiben. Sie war fünfzig Jahre ohne ihn zurechtgekommen und würde es ohne Weiteres auch die nächsten fünfzig schaffen.

Sie setzte sich an den Tisch, wo Rebecka bereits Kaffee eingeschenkt hatte.

»So. Dann geht es heute also auf die Isle of Skye. Wie lange fahren wir?«

»Zweieinhalb Stunden ungefähr«, meinte Susanne.

»Und dann? Suchen wir den Friedhof, auf dem Sonjas Eltern liegen?«

Susanne nickte.

»Ja, so hatten wir es ausgemacht.« Sie zog ihr Handy heraus, das in der Tasche klingelte. »Unbekannte Nummer«, sagte sie und drückte das Gespräch weg. »Auf so etwas antworte ich nie. Macht ihr das?«

Rebecka lachte. »Ich habe Rafaela, die meine Anrufe filtert.«

»Ich gehe immer dran, es sei denn, es ist Paul«, sagte

Maggan mit vollem Mund. »Es könnte ja etwas Wichtiges sein.«

Susanne wollte ihr Handy gerade wieder wegstecken, als das Signal einer eingehenden Mitteilung ertönte.

»Willst du sie nicht abhören?«, fragte Maggan neugierig.

»Auf gar keinen Fall. Ich habe keine Zeit. Ich bin mit meinen besten Freundinnen in Schottland. Seit wir auf Reisen sind, bin ich nicht einmal mehr auf Facebook gewesen. Ich habe kein einziges Foto auf Instagram gepostet. Ich bin frei von allem, außer von euch.«

»Aber bist du nicht neugierig?«

»Nein, aber wenn du möchtest, kann ich meine Mailbox gerne abhören, dann brauchst du nicht ständig darüber nachzudenken.« Sie nahm das Telefon wieder hoch.

»Okay, ich stelle den Lautsprecher an. Seid ihr bereit?«

Maggan sah, wie Susanne zusammenzuckte, als sie die Stimme hörte.

»Hallo, hier ist Camille. Wir haben anscheinend gemeinsame Interessen, von denen Michael dir nichts erzählt hat. Ich kann mir nicht vorstellen, dass du so einfach in seine Suite gegangen wärst, wenn du es gewusst hättest. Frag ihn …«

Hier brach der Anruf ab.

Susanne starrte ihre Freundinnen an.

»Was war das denn?«

»Ruf sofort Michael an«, sagte Rebecka.

Susanne holte tief Luft, dann wählte sie seine Nummer. Es klingelte und klingelte, dann meldete sich der Anrufbeantworter. Enttäuscht legte sie auf. Er würde sehen, dass sie angerufen hatte. Bis dahin musste sie sich wohl gedulden.

31

Michael holte tief Luft und schaute noch einmal auf die Uhr. Die Hauptgeschäftsstelle in New York hatte gerade geöffnet. Er musste es hinter sich bringen. Camille hatte zwar nicht damit gedroht, an die große Glocke zu hängen, was passiert war, doch er hatte so eine Ahnung, dass sie ihm nicht mehr allzu lang freundlich gesinnt sein würde.

Er sah sich in der Suite um, die er dauerhaft nutzen durfte, seit er vor zehn Jahren Hotelchef geworden war. Wie viele Nächte hatte er wohl hier verbracht, statt nach Hause zu fahren?

Er würde nicht lange brauchen, um seine Sachen zu packen, doch das *Hyatt* wirklich hinter sich zu lassen, für das er so lange gearbeitet hatte, würde wahrscheinlich mehr Zeit in Anspruch nehmen.

»Wie konnten wir es innerhalb weniger Wochen so gründlich vermasseln?«, fragte Paul.

Dasselbe fragte Michael sich auch. Zudem fand er, dass er sich zu einem richtigen Arschloch entwickelt hatte, und das war eigentlich nicht das Bild, das er von sich hatte.

Sie machten einen Spaziergang durch Hampstead. Das strahlende Wetter entsprach ganz und gar nicht der Verfassung, in der sie sich befanden.

»Ich bin gemein zu der Frau, die ich geschwängert habe, und ich belüge die Frau, die ich liebe. Einen tollen Freund hast du!«, sagte Michael.

»Wie wäre es mit einem Bier?«, fragte Paul, als der Pub in Sicht kam, in dem sie viele Abende miteinander verbracht hatten.

»Lieber nicht, der Alkohol ist schuld, dass ich in dieser

Situation gelandet bin, und ich glaube, ich sollte lieber nüchtern bleiben, bis ich mich da wieder herausgeholt habe. Aber wenn du Lust auf ein Bier hast, nehme ich eine Cola.« Michael sah Paul fragend an.

»Hast du welches im Kühlschrank?«

»So viel du willst.«

»Na, dann.«

Sie gingen weiter, ohne viele Worte zu wechseln. Für den Moment waren sie zu sehr mit ihren Problemen beschäftigt, und statt über ihren Plan zu sprechen, zusammen ein Hotel in Paris zu eröffnen, redeten sie über Frauen.

Camilles Besuch hatte Michael vollkommen überrascht. Wäre es nach ihm gegangen, hätten sie alles Nötige am Telefon besprochen. Wenn – und falls – das Kind kam, konnten sie immer noch sehen, wie es weiterging.

Es nutzte ihm nichts, dass er persönlich nicht hundertprozentig an die Schwangerschaft glaubte. Ein Teil von ihm war immer noch überzeugt, dass sie log oder dass sie jeden Moment anrufen würde, um mitzuteilen, dass sie eine Fehlgeburt erlitten hätte. Als sie ihn besuchte, hatte sie gleich erneut versucht, ihn zu verführen, doch diesmal hatte es ihn völlig kaltgelassen. Er war nur peinlich berührt, als sie sich an ihn drückte, und wies sie harsch zurück. Da war sie aus dem Zimmer gerannt und auf dem Flur Susanne begegnet.

Ich bin so ein Idiot, dachte er. Ich habe keinen Job und keine Freundin mehr und bin dabei, im Alter von achtundfünfzig noch Vater zu werden. Toll gemacht, Michael, wirklich toll.

Die Geschäftsführung in New York hatte versucht, ihn von seinem Entschluss abzubringen, und noch einmal persönlich mit ihm sprechen wollen, doch Michael hatte gesagt, es sei Zeit für ihn, etwas Neues zu beginnen. Er hatte nicht genau gesagt, was er vorhatte, nur dass er für einen Freund in Paris arbeiten würde. Die Einzelheiten sparte er sich. Er zog einfach nur die Konsequenzen aus dem, was er getan hatte.

Er schloss die Haustür auf und ließ Paul eintreten.

»Was hast du jetzt vor?«, fragte dieser und hängte seine Lederjacke auf einen Bügel.

»Was den Job angeht, hoffe ich weiterhin, dass ich mit dir zusammenarbeiten kann. Was dagegen Susanne und Camille angeht, habe ich nicht die geringste Idee.« Michael warf seine eigene Jacke auf den Hocker neben der Tür. »Komm mit in die Küche, ich muss noch was vorbereiten.«

»Genau das wollte ich hören. Könntest du dir vorstellen, als Teilhaber einzusteigen, statt als Angestellter zu arbeiten? Ich kann kaum davon ausgehen, dass Maggan mitmachen will, und brauche wirklich einen Partner«, sagte Paul hoffnungsvoll und nahm an der Kücheninsel Platz.

»Das ist natürlich eine Frage des Preises«, sagte Michael. »Aber ja, das könnte ich mir gut vorstellen.«

»Richtige Partner.«

»Jawohl. Tatsächlich hatte ich selbst schon daran gedacht, dir das vorzuschlagen.«

Paul strahlte. »Dann kann ich es einfach auf dich schieben, wenn Maggan mich köpfen will. Sie weiß schließlich, was Freundschaft bedeutet. Wenn ich behaupten kann, es sei deine Idee gewesen, schluckt sie es vielleicht leichter.«

»Ha, wage es bloß nicht!«, sagte Michael.

Er nahm die Steaks aus dem Kühlschrank und legte sie auf die Arbeitsplatte. »Die müssen jetzt erst mal eine Weile liegen.« Er stützte sich auf die Ellbogen und sah Paul an. »Partner, hast du gesagt?« Er streckte die Hand aus. »Genügt es, wenn wir das per Handschlag besiegeln?«

Langsam löste sich der Knoten in seiner Brust. Konnte das etwas sein? Es fühlte sich jedenfalls so an. Er würde immer noch Vater werden, und das war ein Elend, aber er hätte auch noch etwas anderes. Etwas, das er hinterlassen konnte, auch wenn er keinen Erben haben wollte.

Er hätte Susanne anrufen sollen, doch es war spät geworden, und als er sich hinlegte und sah, wie viel Uhr es war, beschloss er, es auf morgen zu verschieben. Vielleicht schlief sie schon und er hätte sie dann geweckt.

Stattdessen dachte er an das Hotelprojekt. Ein richtiger Neustart. Er würde das Haus behalten und sich eine kleine Wohnung zum Übernachten in Paris suchen. Paul hatte ihm versprochen, er könne eine in Maggans Haus bekommen, denn er glaubte nicht, dass sie etwas dagegen haben würde, wenn er dort ab und zu wohnte. Vier Wohnungen standen permanent leer, eine davon hatte sie selbst damals bewohnt, sodass im fünften und sechsten Stock kein Licht mehr brannte, was sie mehrfach bedauert hatte.

Der Plan war, dass Michael für das Hotel verantwortlich sein sollte und Paul für das Restaurant, und dass jeder von ihnen fünfzig Prozent halten sollte. Gleich morgen wollte Michael Kontakt mit seiner Bank aufnehmen, doch er glaubte nicht, dass es Probleme geben würde. Er konnte einen Großteil der Finanzierung aus eigenen Mitteln bestreiten. Er stimmte mit Paul überein, dass sie sich am *Sonjas London* orientieren wollten, was die Einrichtung des Hotels betraf. Keine Stahlrohre, eher ein Touch vergangener Zeiten. In London war der Umbau vergleichsweise leicht gewesen, weil das *Sonjas* bereits ein Hotel gewesen war. In Paris dagegen gab es zwar eine schöne

Fassade, doch den Rest mussten sie mit einem großen Umbau bewerkstelligen, der mehrere Millionen kosten würde. Doch Michael war das Geld egal. *So what*, wenn er seine Schatztruhe leerte. Schlimmstenfalls musste er seine Londoner Wohnung vermieten. Sie war ein kleines Vermögen wert und seit Langem abbezahlt.

Insgeheim war er immer eifersüchtig auf Susanne gewesen, die ihr eigenes Hotel betreiben durfte, während er stets für eine große Kette gearbeitet hatte. Sie war überall involviert, liebte jedes Zimmer wie ihr eigenes Zuhause und putzte die Toiletten, wenn sie damit an der Reihe war. Ihr rotierender Arbeitsplan, nach dem alle alles machten, war wirklich eine Idee, die man klauen musste. Bei Susanne wurde niemand eingestellt, der sich davor scheute, sich die Hände schmutzig zu machen, und so würde er es in seinem Hotel auch halten. Als Susanne neu in der Branche gewesen war, hatte sie ein Praktikum bei ihm im *Hyatt* gemacht, so hatten sie sich kennengelernt, und jetzt würde er eben ein Praktikum bei ihr machen. Wie auch immer das funktionieren sollte, wenn sie nicht einmal seine SMS beantwortete.

Er blickte erneut auf die Uhr. Halb zwölf. Er zögerte einen Moment, dann wählte er ihre Nummer.

»Hallo, Schatz.«

»Endlich! Was hast du gemacht?«

»Paul ist hier, wir haben zusammen gegessen und geredet. Wie geht es euch, ist alles gut?«

»Wer ist sie?«

»Wer?«, fragte er, um Zeit zu gewinnen. Er wollte sie nicht belügen, aber jetzt auch noch nicht mit der Wahrheit herausrücken.

»Hör auf damit.«

»Camille? Sie arbeitet für das *Hyatt* in Sydney.«

»Sie hat mich angerufen. Wusstest du das?«

»Machst du Witze? Natürlich nicht!« Hatte sie es ihr verraten? Verdammt, er hätte es ihr selbst sagen müssen!

»Dann läuft da also nichts zwischen euch?«

»Auf keinen Fall«, sagte er schnell und verfluchte zugleich seine Feigheit.

Sie schwieg. Jetzt hätte er etwas sagen können. Doch sie redete schon weiter:

»Aber sie hätte es gerne, oder? Sie meinte, wir hätten gemeinsame Interessen. Damit wird sie wohl dich gemeint haben?«

»Ja, wahrscheinlich.«

»Ich will nicht, dass sie dich in deiner Privat-Suite besucht«, sagte Susanne.

»Okay. Es war das letzte Mal.«

»Dann ist sie also schon mal da gewesen?«

»Ja, ein Mal, als wir vor ein paar Wochen eine Konferenz im Hotel hatten.«

»Okay. Aber ab jetzt nie wieder.«

»Versprochen.«

»Ich liebe dich.«

»Ich liebe dich auch.«

»Grüß Paul von mir.«

»Und du grüß Rebecka und Maggan.«

»Ciao.«

»Ciao.«

Als er auflegte, fragte er sich, ob er jetzt gelogen hatte. Doch nicht richtig, oder? Er hatte nur vermieden, die ganze Wahrheit zu sagen. Sie hatte nicht direkt gefragt, daher musste er auch nicht antworten.

Natürlich würde er es ihr noch sagen. Aber nicht ausgerechnet heute.

32

Die letzten Tage war Rebecka so glücklich gewesen. Wie war das möglich, wenn doch Adam nicht mehr bei ihr war? Es war ihr beinahe unheimlich, dass sie zwar weinen musste, wenn sie abends allein zu Bett ging, tagsüber jedoch aus vollem Halse lachen konnte.

Noch immer hatte sie Angst, Adam könne denken, sie hätte ihn vergessen, wenn sie nicht permanent traurig war. Gleichzeitig wusste sie, dass es Unsinn war. Er wollte doch auch, dass sie ein so gutes Leben führte wie möglich.

Führte sie jetzt ein gutes Leben? Ja, so fühlte es sich zumindest an. Die Landschaft, die vor dem Fenster vorüberzog, war anders als alles, was sie bisher gesehen hatte. Es war einsam hier, eine karge und doch grüne Landschaft und ein dunkelblaues Meer. Die Schotten waren freundlich, aber unmöglich zu verstehen, wenn sie untereinander redeten, dabei war Rebeckas Englisch ausgezeichnet. Doch sie waren so freundlich, langsam zu sprechen, wenn sie sie irgendetwas fragte, wie den Mann an der Tankstelle, als sie anhielten, um zu tanken.

»*Kinloch Lodge Hotel*? Fahren Sie einfach weiter bis zur Fähre von Mallaig nach Armdale. Wenn Sie drüben sind, sind Sie so gut wie da. Sind Sie auf Urlaubsreise? Hier sind zurzeit viele Touristen unterwegs.« Er lächelte freundlich.

»Wir sind auf der Suche nach einem Grab«, sagte sie. »Die Eltern einer Freundin sind hier beerdigt.«

»Verstehe. Willkommen in Schottland. Ich hoffe, Sie haben viel Zeit mitgebracht, denn hier gibt es wirklich viel zu sehen. Gute Fahrt!«

»Danke.«

Er winkte ihnen, dann stieg er in seinen Lieferwagen und fuhr davon.

»So, so, hier stehst du also herum und flirtest mit den Einheimischen«, sagte Susanne und warf Maggan einen Apfel zu. »Reiseproviant«, sagte sie und steckte eine Schokoladentafel in ihre eigene Handtasche. Dann sah sie Rebeckas Blick. »Hätte ich dir eine mitbringen sollen?«

»Weißt du was?«, sagte Rebecka und lächelte. »Ich will eine Riesentafel, wenn sie so was haben.«

Susanne nickt. »Ja, haben sie. An der Theke.«

»Für mich auch bitte. Mit Nüssen«, sagte Maggan und stopfte den Apfel ins Seitenfach der Beifahrertür.

Der Weg führte sie durch eine dramatische, geradezu filmreife Landschaft. Maggan bat Susanne, langsam zu fahren, damit sie nichts verpassten. Sie fuhren vorbei an pittoresken Wegen mit steinernen Brücken, die aussahen, als hätten sie schon vor langer Zeit ausgedient. An alten Burgen, oder waren es Schlösser? Hohen Bergen und einem Meer, das wild und stürmisch war. Das nahm Maggan jedenfalls an, denn für den Moment sahen sie gar kein Wasser, und statt Wikinger am Strand stellte sie sich Clan-Schlachten vor, die sich auf den grünen Hügeln vor den Bergen abspielten. Männer in grün karierten Röcken, die auf andere, rot und blau karierte, losstürmten.

»Also, hier gibt es ja überhaupt keine Menschen«, sagte Susanne, als sie das Meer wieder sehen konnten und den Ausblick genossen. Dicht nebeneinander setzten sie sich auf den Boden und schauten über das wilde Meer weit unter ihnen. »Wie halten das die armen Menschen aus, die hier wohnen müssen? Nur Aussicht, kein Leben. Ich würde sterben vor Langeweile.«

»Ich auch«, sagte Maggan. »Aber romantisch ist es

schon. Ein bisschen wie bei Jane Austen. Hier und da ein Haus, ein Schloss und uralte Familienfehden.«

Plötzlich merkte Maggan, wie sehr ihr das Schreiben fehlte. Ihr ganzes Leben lang hatte sie geschrieben, hatte unzählige angefangene Projekte in einem Karton liegen, den sie in einem vergessenen Schrank im Keller ihres Reihenhauses verstaut hatte. Eine Biografie zu schreiben, wie die über Sonja, war eine Sache; etwas ganz anderes war ein Roman. Ihr Selbstvertrauen war nicht sonderlich groß, was das betraf, doch in ihrem Schreibkurs hatte sie erfahren, dass es allen so ging, und man bestätigte ihr, dass sie Talent hatte. Letzteres hatte sie allerdings darauf geschoben, dass die Kursleiterin sie nur dazu bringen wollte, einen weiteren Kurs zu belegen.

Würde sie es wagen, den Karton herauszuholen? Oder etwas ganz Neues zu beginnen? Wenn Paul und sie sich trennten, wonach es gerade aussah, da er doch nach Paris zurückwollte, könnte sie genau darüber ein Buch schreiben. Über die Liebe, die nach dreißig Jahren zurückkehrte und dann auf dem Absatz kehrtmachte und wieder ging. Sie konnte über einen Mann schreiben, der Frau, Kind und Enkelkinder zurückließ, um die letzten Jahre seines Lebens in einem Restaurant zu arbeiten.

Sie schüttelte den Kopf und seufzte. Es war reiner Egoismus, und das zu beschreiben, war leicht. Viel schwieriger war die Frage, wie sie von ihrer Eifersucht berichten sollte. Eifersucht darauf, alles links liegen zu lassen und nur das tun zu können, was man selbst gerne wollte, so wie Paul es tat, indem er das *Sonjas* in Paris zurückkaufte. Solch eine Freiheit hatte Maggan nie gehabt. Da war immer etwas gewesen, worauf sie Rücksicht nehmen musste. Wenn nicht auf ihre Tochter, so auf die Enkelkinder. Der einzige Grund, weshalb Maggan wieder in Farsta wohnte, war, dass Anneli und die Kinder dorthin zurückgezogen waren.

Nicht dass Anneli Maggan darum gebeten hätte, im Gegenteil. Sie hatte gesagt, es wäre kein Problem, wenn Maggan in Paris bleiben wollte, die Kinder könnten sie in den Ferien besuchen und Maggan sei jederzeit herzlich willkommen. Doch so sah Maggan ihre Rolle nicht. Sie wollte in der Nähe sein, wenn ihre Tochter eine schwierige Zeit durchmachte. Dass Anneli und Peter nach wie vor gute Freunde waren und ihre Trennung ohne größere Auseinandersetzungen bewältigten, kümmerte sie nicht. Was, wenn die Kinder während Annelis Woche krank wurden? Dann gab es niemanden, der sich um sie kümmern konnte.

»Dann lasse ich mich eben wegen der Kinder krankschreiben, Mama«, hatte Anneli gesagt. »Du brauchst dir deswegen keine Sorgen zu machen.«

»Aber wenn Alex krank wird, geht das nicht mehr, er ist schon zu groß dafür«, hatte Maggan gesagt.

»Er ist schon mit zehn allein zu Hause geblieben, wenn er krank war. Und wenn es ihm richtig elend gehen würde, würde ich natürlich nicht zur Arbeit gehen.«

Doch genau solche Kommentare waren es, die Maggans Gefühl verstärkten, dass sie zu Hause *dringendst* gebraucht wurde und ihre eigenen Interessen zurückstehen mussten.

Von Annelis Vorschlag, die Kinder könnten allein zu ihr nach Paris reisen, wollte Maggan erst recht nichts hören. In Zeiten wie diesen, in denen ständig Flugzeuge entführt wurden, wollte ihre Tochter ihre eigenen Kinder so einem Risiko aussetzen? Nein. Darüber gab es keine Diskussion. Maggan würde nach Farsta kommen und Paul auch. Doch das bedeutete ja nicht, dass sie sich nicht auch wünschte, tun und lassen zu können, was sie wollte. Was auch immer das sein mochte. Sie würde weiterhin überlegen, ob sie nicht wieder anfangen sollte zu schreiben. Es erschien ihr durchaus verlockend, und ihre eigene Ehe als Modell zu nehmen, schien ihr gar keine schlechte Idee.

Da Maggan Pauls Nachrichten nicht mehr abhörte, hatte er stattdessen Susanne angerufen. Aber da biss er natürlich auf Granit. Sie würde ihm nie etwas erzählen, das Maggan nicht vorher abgesegnet hatte. Sie waren schließlich beste Freundinnen. Paul musste sich schon mit Michael begnügen, wenn er reden wollte. Der war sein Freund. Ihre Freunde sollte er lieber in Ruhe lassen.

Vielleicht sollte sie doch lieber ein Buch über Freundschaft schreiben. Es würde jedenfalls ein deutlich heitereres Buch.

»Mir wird der Hintern kalt«, sagte sie schließlich, stand auf und klopfte sich den Schmutz ab. »Wollen wir weiter?«

Nach einem guten Abendessen im Hotel, gefolgt von einer ruhigen Nacht, war das Trio bereit für die letzte Etappe zu dem Friedhof in der Nähe von Dunvegan Castle.

Susanne genoss es, am Steuer zu sitzen. Zu Hause fuhr sie manchmal Michaels Auto, doch das war nicht dasselbe wie mit einem eigenen. Dieses hier war schön klein und hätte sich bestens für den Londoner Stadtverkehr geeignet. Wenn sie ein Auto hätte, könnte sie Ausflüge außerhalb der Stadt machen. Es gab Hotels, die sie sich gerne ansehen wollte, doch bisher hatte dafür die Zeit nie gereicht. Jetzt war sie seit sechs Wochen unterwegs, ohne dass es Probleme gab, so dass es sicherlich auch möglich sein würde, von jetzt an mal einen Tag freizumachen. Sie schlief auf dieser Reise tiefer und länger als die anderen beiden. Vielleicht ein Zeichen, dass sie künftig öfter mal Urlaub machen sollte.

Ihr Blick glitt über die grünen Hügel. Wie überlebte man, wenn man so wohnen musste? Es musste schrecklich sein. Natürlich war es hübsch, doch das war auch der Hyde Park. Es musste ja nicht ländlich sein, um grün zu sein. Susanne ging oft durch den Park, wenn sie zu *Harrods* wollte, wo sie gern einkaufte. Als wäre sie ein Tourist, fand Michael. Und vielleicht hatte er sogar recht. Guter Service und ein großes Angebot. Wenn sie ihre Einkäufe erledigt hatte, ging sie weiter ins *Harvey Nichols*, um im fünften Stock Mittag zu essen, Promis zu beobachten und ein Taxi nach Hause zu nehmen und anschließend zur Spätschicht im *Sonjas* zu sein.

Der Friedhof lag direkt über dem Meer. Pompöse Gräber mit großen Steinen und mit Zäunen versehen. Die Geschichte des Clans der McLeods ließ sich über Jahrhunderte zurückverfolgen, das hatte Andreasson Maggan erzählt, als sie für ihre Biografie über Sonja recherchierte. Sonja hieß eigentlich Gustavsson, nach ihrem Vater, der mit Immobilien reich geworden war. Teilweise durch eigene Käufe und Verkäufe, teils durch Erbschaften. Gemeinsam hatten Sonjas Eltern über schier endlosen Reichtum verfügt.

»Dann kennen Sie also die McLeods«, sagte der alte Pfarrer in der Kirche, als Rebecka ihn nach dem Grab fragte. »Eine große Familie. Welcher Zweig?«

»Das kann ich Ihnen leider nicht sagen, aber die Eltern und Großeltern unserer Freundin sollen hier begraben sein. Donald und Iris, sagt Ihnen das etwas?«

»Ah ja, an Donald und Iris kann ich mich sehr gut erinnern. Ich war noch ein kleiner Junge, als ich mit meiner Klasse zu ihnen nach Hause eingeladen wurde. Die Tochter war in meinem Alter. Sie sagen, sie liegt ebenfalls hier?« Als Rebecka zustimmend nickte, fuhr er fort: »Waren Sie schon auf dem Schloss? Es ist zauberhaft! Ich erinnere mich, dass die Tochter uns ein bisschen leidtat, weil sie in dem riesigen Haus niemanden zum Spielen hatte. Ihre Eltern bewohnten einen der Flügel, wenn ich mich recht erinnere.«

»Ist es weit von hier?«

»Nein, nur ein paar Kilometer. Absolut sehenswert. Aber warum interessiert Sie dieses Grab?«

»Unsere Freundin bat uns, danach zu schauen«, sagte Rebecka und erhob sich von der Kirchenbank. Von der Asche wollte sie lieber nichts erzählen, es war bestimmt illegal, sie hier zu verstreuen.

Sie gingen den geharkten Kiesweg entlang, und Rebecka trug in der gesunden Hand die Puderdose, als wäre etwas Lebendiges darin.

Es war in vielerlei Hinsicht absurd. Dennoch war es vollkommen selbstverständlich, dass Sonjas drei beste Freundinnen dafür sorgten, dass sie ihre letzte Ruhe genau dort fand, wo sie es wollte. Rebecka kümmerte es nicht, was andere dachten. Zumindest war es nicht das Wichtigste. Wirklich Bedeutung hatten für sie nur Maggan und Susanne, denn dank ihnen fühlte sie sich nie einsam und hatte immer jemanden, der sie unterstützte, egal, was sie tat. Sie nahmen kein Blatt vor den Mund, wenn sie fanden, dass sie sich zusammenreißen müsste, doch sie waren auch die Ersten, die sie für ihre Fortschritte lobten. So war es immer gewesen. Sie war um die zwanzig gewesen, als sie Maggan und Sonja kennengelernt hatte, und nur wenige Jahre später war Susanne zu ihnen gestoßen. Vierzig Jahre Freundschaft.

»Verdammt, seid ihr toll«, sagte Rebecka, bevor sie den Friedhof betraten. »Ich sag das jetzt, weil ich nicht auf dem Friedhof fluchen will.«

Die beiden anderen lächelten. Dann nahmen sie einander bei der Hand und begaben sich zu dem Grab.

»Willkommen zu Hause, Sonja«, flüsterte Rebecka und öffnete die Puderdose. Sie neigte sie so, dass die Asche herausrieseln konnte. »Danke, dass du deine Erinnerungen mit uns teilst. Die Reise, auf die du uns geschickt hast, bedeutet sehr viel für mich, und ich hoffe, du und Adam seid zusammen und seht uns zu. Grüß ihn von mir. Sag ihm, dass ich ihn vermisse. Erst habe ich dich verloren, dann ihn, und das tut sehr weh. Aber wenn ich wenigstens wüsste, dass ihr zusammen seid …« Die Worte blieben ihr im Hals stecken. Susanne legte ihr den Arm um die Schulter. »Liebe Sonja«, fuhr Rebecka fort. »Wir hätten diese Reise ja auch zusammen unternehmen können. Aber du hattest wohl deine Gründe, uns nicht von deiner Herkunft zu erzählen, und du sollst wissen, dass du jetzt trotzdem in jeder Hinsicht bei uns bist. Wir reden über dich und was du uns von Luke erzählt hast. Wir erinnern uns, lachen und weinen zusammen. Du bist immer bei uns.« Sie schloss den Deckel wieder.

Jetzt war nur noch eine Dose übrig.

Wie mit Andreassons vereinbart, verbrachten sie die letzte Nacht in Schottland in einem Hotel in Glasgow. Wie jedes Mal versammelten sie sich, um das Päckchen, das sie dort erwartete, gemeinsam zu öffnen.

Enttäuscht stellten sie fest, dass diesmal kein Film darin war – nur ein Brief und die Reiseunterlagen.

Siebter Brief
Haiti

Ich weiß nicht, ob es Euch aufgefallen ist, aber manchmal war ich länger als nur eine Woche verreist. Oft lag es daran, dass ich mich persönlich um Projekte kümmern wollte, die ich finanzierte. Es war mir wichtig, vor Ort zu sein und die richtigen Menschen dafür zu finden, was mir wirklich am Herzen lag, doch davon konnte ich Euch schlecht erzählen, weil dieser Teil meines Lebens geheim war.

Als ich nach Haiti flog, hatte mein Arzt mir kurz zuvor gesagt, dass mein Körper schwächer würde. Er wollte, dass ich das wüsste, auch wenn es noch Jahre dauern könnte, bis es wirklich vorbei wäre. Und er riet mir, mit meinen Nächsten darüber zu sprechen, was bevorstand … was ich natürlich nicht tat.

Wären Luke und ich ein richtiges Paar gewesen, hätte ich es ihm gesagt. Doch es war, wie es war. Die Loyalität zu seiner Familie riss ihn förmlich entzwei, denn zugleich hätte er sich wegen mir am liebsten scheiden lassen. Das wusste ich. Und wir unternahmen einige tapfere Versuche, miteinander zu brechen. Mal war er es, der aufgab und sagte, er halte es nicht länger aus, mal bat ich ihn, doch lieber bei seinen Kindern zu bleiben.

Ich wusste, dass ich ihm früher oder später von meiner Krankheit erzählen musste und dass ich nicht lange leben würde, doch ich wusste nicht, wie ich es ihm sagen sollte. Vielleicht war es besser, wenn ich eines Tages einfach nicht mehr da war.

Im Grunde jedoch war ich vor allem feige. Hatte Angst, er könnte traurig sein. Denn das würde er natür-

lich. Wäre es umgekehrt gewesen, ich wäre verzweifelt gewesen. Es war leichter, der zu sein, der gehen sollte, als der, der weiterleben musste, zumindest empfand ich es so.
Der ärztliche Befund führte ebenfalls dazu, dass ich begann, mich ernsthaft mit meinem Testament zu beschäftigen, was mir unglaublich Spaß gemacht hat und eine gute Ablenkung davon war, dass ich eigentlich mit Luke hätte reden müssen. So konnte ich mir einreden, dass ich viel zu viel zu tun hätte, um mich mit seinem Kummer auseinanderzusetzen.
Die Kaffeeplantage auf Haiti hatte ich von meinen Eltern geerbt, und nun beschloss ich, sie zu verkaufen. Ihr würdet nach meinem Tod genug mit dem Rest des Erbes zu tun haben. Das meiste war längst in Planung, die Wohnungen wurden eingerichtet, und Andreasson half mir, ein Testament aufzusetzen, das für Euch eine Herausforderung darstellen sollte. Doch was ich außerhalb von Europa besaß, wollte ich verkaufen.
Ich landete in Port-au-Prince und wurde vom Vorarbeiter der Plantage abgeholt, der mir alles zeigte und erklärte. Langsam zogen wir an ganzen Reihen von Kindern vorbei. Als ich fragte, ob sie auf dem Schulweg wären, blickte der Vorarbeiter mich erstaunt an und sagte, nein, sie seien auf dem Weg zur Arbeit.
Auf meiner Plantage.
Ihr begreift sicher, wie schockiert ich war. Bei mir fand Kinderarbeit statt, und ich hatte keine Ahnung davon! Diese Siebenjährigen versorgten ihre Familien. Es brauchte Monate, in denen ich hin und her reiste, um Ordnung in das Ganze zu bringen und die Plantage an die richtige Person zu verkaufen.
Meine Wiedergutmachung bestand darin, dass ich Schu-

len finanzierte. Zumindest glaube ich, dass sie irgendwann eröffnet wurden. Korruption war weit verbreitet, und ich bin mir nicht hundertprozentig sicher, ob mein Geld in den richtigen Händen landete. Aber ich hoffe es. Es hat mich viel Zeit und Energie gekostet, und nun, da ich dies schreibe, ist geplant, dass die Schulen zum Jahreswechsel 2009/2010 beginnen. Ich habe auch ein paar unbeholfene Versuche unternommen, mit den Beteiligten darüber zu sprechen, dass Schulkinder Liebe brauchen und keine Schläge, aber ich bin mir nicht sicher, ob diese Botschaft angekommen ist. Prügeln ist zumindest verboten an den Schulen, die die Namen meiner Eltern tragen: Mary and Robert's Schools in Haiti.

Ich möchte, dass Ihr hinfahrt und nachschaut, was aus ihnen geworden ist. Andreassons können Euch alles über die Stiftung sagen, die ich für dieses Projekt gegründet habe. Informationen über diese sowie die entsprechenden Kontaktpersonen sind dem Brief beigefügt, sodass Ihr bei der Landung bereits Bescheid wisst.

Verstreut meine Asche irgendwo in der Nähe einer der Schulen.

Das ist eine schöne Vorstellung für mich.

33

Maggan spürte Panik in sich aufsteigen. »Haiti. Da gibt es doch jede Menge Erdbeben und so etwas. Das ist viel zu gefährlich für uns.« Es kribbelte in ihrem Bein, und sie musste aufstehen. Sie starrte die anderen an, um ihnen den Ernst der Lage klarzumachen.

»Ha, überleg mal, wie es uns in Norwegen ergangen ist und wie hoch die Wahrscheinlichkeit dafür war«, sagte Susanne trocken. »Ich möchte über Sonja und Luke reden. Was glaubt ihr, wie es weiterging? Hat sie ihm doch noch von ihrer Krankheit erzählt? Das muss sie doch irgendwann getan haben?«

»Vielleicht hat sie auch die Beziehung beendet«, sagte Rebecka nachdenklich und nahm sich einen Apfel. »Vielleicht wurde es am Ende doch zu schwierig. Die Situation war ja wirklich sehr kompliziert.«

»Stimmt, denn wenn sie einander am Ende doch bekommen hätten, hätten wir es bestimmt gewusst.« Susanne seufzte und wendete sich an Maggan. »Was haben wir für Tickets bekommen?«

Das interessierte vor allem Susanne. Rebecka schienen Routen oder Sitzplätze völlig egal zu sein, und Maggan, die den Umschlag immer noch in der Hand hielt, war auch meist alles recht. Diesmal jedoch anscheinend nicht. Sie war die Ängstlichste von ihnen und war es immer schon gewesen. Doch das lag auch daran, dass sie eine Tochter hatte. Wenn man Kinder bekam, hatte man vor vielem plötzlich mehr Angst als vorher, doch das begriffen ihre Freundinnen natürlich nicht. Was, wenn ihnen auf Haiti etwas zustieß? Sie würde es sich niemals verzeihen.

»Wir fliegen um zehn Uhr früh vom Flughafen Glasgow über London und New York nach Port-au-Prince«, sagte sie verkniffen.

»Wir müssen da hin, da gibt es gar keine Diskussion«, sagte Rebecka.

»Das finde ich nicht«, sagte Maggan. »Ein Krisenland –

was können wir da schon bewirken? Geld, aber sonst? Wir werden uns lächerlich machen in unseren schicken Kleidern. Und erinnert euch, was 2010 passiert ist! Hat das Land sich seitdem überhaupt wieder erholt?«

»Ich weiß es nicht, aber sollten wir deshalb nicht erst recht hinfahren und nachsehen? Wir haben zwei Hände und können mit anpacken«, sagte Rebecka.

»Du nicht«, sagte Susanne und zeigte auf Rebeckas Gips. »Aber ich finde, du hast recht, wir sollten hinfahren. Selbstverständlich sollten wir das.«

»Wo wohnen wir?«, fragte Maggan nervös.

»Du weißt doch, dass wir uns darüber keine Sorgen zu machen brauchen, das hat die Anwaltskanzlei alles für uns geregelt«, sagte Susanne ruhig. »Ich glaube nicht, dass wir in einer Blechhütte hausen müssen.«

»Ich begreife nicht, dass ihr euch nicht mehr darüber aufregt«, sagte Maggan und wedelte mit den Tickets. »Habt ihr gar keine Angst?«

»Nein«, sagte Rebecka.

»Ich auch nicht«, sagte Susanne.

»Viele Familien haben ihr Leben seit dem Erdbeben immer noch nicht wieder aufgebaut, erst gestern habe ich etwas darüber gelesen. Und jetzt wollt ihr dort reinmarschieren und im Hotel wohnen, das ist doch geschmacklos«, sagte Maggan in einem letzten Versuch.

Rebecka hob die Augenbraue, und Susanne tat es ihr nach. Beide betrachteten Maggan schweigend.

»Sind wir dann endlich fertig?«, fragte Maggan bissig und ging zur Tür. »Ich muss packen.«

Sie hatten leichte Kleidung angezogen: Hosen, T-Shirts und offene Schuhe – und die Strohhüte, die sie bei der Zwischenlandung in New York erstanden hatten. Maggan fand, sie sähe aus wie ein Pilz. Ein Champignon. Susanne gab ihr recht, Maggan habe tatsächlich schon besser ausgesehen, aber das hätten sie alle. Jetzt trügen sie eben, was für diese Reise am angemessensten sei. Und wenn sie noch etwas bräuchten, würden sie es vor Ort kaufen.

»Falls es dort Geschäfte gibt«, murrte Maggan.

»Kopf hoch«, sagte Susanne. »Es geht hier um die Schulkinder, nicht um dich.«

Maggan zuckte zusammen, als hätte sie eine Ohrfeige bekommen. Beschämt wandte sie sich ab. Das stimmte. Ihr Ego war durch den Streit mit Paul so ins Zentrum gerückt, dass sie völlig vergessen hatte, warum sie nach Haiti reisten.

»Entschuldigt«, sagte sie, »an die Kinder habe ich gar nicht mehr gedacht.«

Wie hatte ihr das passieren können? War sie wirklich so sehr auf sich fixiert? Tags zuvor hatte sie noch mit ihren Enkeln gesprochen. Bei ihnen war alles in bester Ordnung, sie hatten nicht einmal gemerkt, dass sie seit sechs, bald sieben Wochen fort war. Heutzutage hatte ein schwedisches Kind einen vollen Terminkalender. Eine Aktivität jagte die nächste. Sie wurden hierhin und dahin gefahren, von Eltern, die immer müder wurden.

Als Anneli klein gewesen war, hatte sie meistens mit den Nachbarskindern gespielt. Man öffnete das Fenster und rief »Essen kommen!«, doch das war heute ganz anders. Die Zwillinge waren natürlich immer zusammen, sie waren ja auch erst sechs Jahre alt, aber Alex schien mit seinen Freunden hauptsächlich über das Netz zu kommunizieren. Dafür hatte er dreimal die Woche Training und natürlich noch die Schule, also kam er wahrscheinlich trotzdem oft genug unter Leute.

Maggan wollte sich nicht zu sehr einmischen. Es machte Anneli rasend, wenn sie es tat, und die wenigen Male, die sie es tatsächlich nicht lassen konnte, war es darum gegangen, dass die Kinder ihrer Meinung nach nicht warm genug angezogen waren.

»Sie werden es schon selber merken, wenn sie frieren«, sagte Anneli dann. Doch darin konnte Maggan ihr nicht zustimmen. Dass Sechsjährige selbst entscheiden durften, was sie anzogen – wo hatte man denn so etwas gehört!

»Und wenn sie im Winter ohne Handschuhe losgehen?«

»Das tun sie wahrscheinlich einmal und dann nie wieder«, hatte Anneli seelenruhig erwidert.

»Dass sie Paul und dein Kind sein soll, ist kaum zu glauben, ihr seid beide immer so furchtbar neurotisch«, hatte Susanne dazu gesagt, und da hatte Maggan den Mund gehalten.

Sie wusste genau, was Susanne meinte, und nahm sich vor, sich für den Rest der Reise wieder mehr auf anderes zu konzentrieren als auf sich selbst. Die Sache mit Paul würde sie klären, wenn sie wieder zu Hause war. Jetzt war sie in Haiti, um nachzuschauen, ob die Schulen funktionierten und sie vielleicht auch darüber hinaus noch etwas für die Kinder tun konnten. Zwar hatte sie immer noch Angst, doch es half, mehr an die Kinder zu denken als an sich selbst.

»Ihr erster Besuch?«, fragte der Taxifahrer, der sie in Porte-au-Prince zum Hotel fahren sollte. »Bleiben Sie länger hier?«

»Ein paar Tage«, antwortete Maggan. Sie antwortete fast automatisch auf Französisch, wenn jemand sie in dieser Sprache anredete. Dankbar dachte sie an die Sprachschule in Paris zurück. Was hatte sie auf dieser Reise nicht schon für einen Nutzen von ihren Sprachkenntnissen gehabt! Dann fuhr sie fort: »Wir wollen Schulen und Kinderheime besuchen.«

Er nickte. »Entwicklungshelfer? Verstehe. Davon gibt es hier viele. Das ist gut, wir brauchen dringend Hilfe. Viele arme Leute in Porte-au-Prince.«

Als sie vor dem Hotel hielten, gab Maggan ihm hundert Dollar, und ihm fielen beinahe die Augen aus dem Kopf. Eigentlich hatte sie ihm sogar noch mehr geben wollen, doch sie war sich unsicher, ob es klug wäre, wenn die Leute sofort merkten, dass sie Geld hatten.

»*Vielen* Dank«, sagte er und blieb am Auto stehen und winkte, bis sie im Hotel verschwunden waren.

In dem großen Foyer sah Maggan sich verblüfft um. An den Wänden hing Kunst und an der Rezeption stand Personal in gut sitzender Kleidung an modernen Computern. Pagen mit goldenen Troddeln an den Schulterbesätzen trugen ihnen die Koffer auf die Zimmer. Dieses Hotel war offensichtlich für reiche Westler wie sie gebaut worden, die Angst vor der Wirklichkeit hatten. Noch immer schämte sie sich für ihre Reaktion, als sie Sonjas Brief gelesen hatten.

»Wollen wir nicht die Frau von der Schulleitung bitten, hierherzukommen und mit uns zu Abend zu essen? Dann könnten wir gleich loslegen«, schlug Susanne vor, nachdem sie die Zimmerschlüssel bekommen hatten. »Ich würde gern bald essen, um früh ins Bett gehen zu können.«

Maggan schaute auf die Uhr. »Es ist gerade einmal sechs«, sagte sie. »Aber von mir aus … Ich habe auf dem Flug nicht viel geschlafen. Was sagst du, Rebecka?«

»Mir passt das auch gut. Ich bin ebenfalls müde. Lasst uns doch die Sachen hochbringen und kurz duschen, und dann treffen wir uns in einer halben Stunde hier wieder.

Wer ruft …«, sie las von einem Zettel, den sie von Andreassons bekommen hatten, den Namen ab, »… Amanda Johnson an?«

»Ich«, sagte Maggan und schnappte sich den Zettel.

Rebecka freute sich auf die Begegnung, ohne recht zu wissen, warum. Armut und Elend waren schließlich nichts Ermutigendes. Vielleicht, weil sie hier, genau wie in Casablanca, wirklich etwas Nützliches tun konnten. Zwar nur, indem sie wieder einmal Geld spendeten, aber wenn es das Einzige war, was sie tun konnten, so war es doch großartig, dass sie dazu in der Lage waren.

Sie warf einen sehnsüchtigen Blick auf die Badewanne und dann auf die Uhr. Das schaffe ich, dachte sie und drehte den Hahn voll auf. Während das Wasser einlief, packte sie ihre Sachen aus. Sie hatte sie in Schottland waschen lassen und jetzt war alles wieder schön sauber. »Alles« bezog sich dabei auf T-Shirts und Unterwäsche, denn viel mehr hatte sie bisher noch nicht benutzt. Ein paar Kleider, als sie an Bord des Kreuzfahrtschiffs gewesen waren, doch die hatte sie bereits in Madrid chemisch reinigen lassen, und jetzt lagen sie in Plastiksäcken ganz unten im Koffer; in Haiti würde sie sie bestimmt nicht anziehen.

Rebecka badete gerne heiß. Die zweiundzwanzig Reisestunden mussten weggeschmolzen werden. Sie nahm das Duschgel und gab etwas davon in das sprudelnde Wasser. Ein Duft nach Orangen füllte das Badezimmer.

Vorsichtig tauchte sie den großen Zeh durch den Schaum ins Wasser, dann ließ sie den Rest des Körpers hinterhergleiten. Es war sehr heiß und sie verbrühte sich beinahe, doch dann lag sie nur noch mit dem Gips und dem Kopf über Wasser in der Wanne. Es war wundervoll. Seit Adams Tod hatte sie nicht mehr gebadet. Hatte sich nichts gegönnt, das ihr in irgendeiner Form Genuss verschaffte. Und jetzt? Ja, etwas war anders, das spürte sie deutlich. Was, konnte sie nicht sagen, aber sie war sich ziemlich sicher, dass es mit der Reise und den damit verbundenen Strapazen zusammenhing. Sie war unendlich dankbar, dass Susanne sie aus ihrem Gefängnis befreit hatte und dass Sonja gewusst hatte, wie viel die Freundinnen einander bedeuteten. Es war, als hätte sie ein schlechtes Gewissen gehabt, weil sie gesund und lebendig war, während Adam krank wurde und starb. Als wäre es ein wenig gerechter, wenn auch sie litt. Jetzt fühlte sich das anders an. Sie würde nie aufhören, ihn zu vermissen, und sein Tod hatte sie ein für alle Mal verändert, doch wenn sie versuchte, etwas Bedeutungsvolles zu finden, das sie tun konnte, dann würde das Leben vielleicht doch wieder ganz okay werden.

Zwanzig Minuten später stellte sie fest, dass sie sich beeilen musste. Sie zog sich ein T-Shirt über und schlüpfte in eine weite Cargo-Hose, dann sah sie sich nach der Stofftasche um, die sie sich über die Schulter hängen wollte. Ihr Haar war noch immer feucht, und nachdem sie es sich mit der Sonnenbrille aus dem Gesicht geschoben und sich die Lippen geschminkt hatte, brauchte sie nur noch Sandalen anzuziehen und war fertig.

Die Lobby war voller Menschen, und weder Maggan noch Susanne waren zu sehen, daher beschloss sie, gleich in den Speisesaal zu gehen.

»Hier sind wir!«, hörte sie Susanne rufen.

Sie sah sich um, und da saßen sie, zusammen mit ein paar Leuten, die Rebecka nicht kannte. Rasch ging sie zu dem Tisch weiter drinnen in dem großen Lokal.

»Das ist Rebecka«, sagte Susanne auf Englisch.

Die Frau stand auf und streckte ihr die Hand entgegen. Rebecka lächelte.

»Hallo Rebecka, ich bin Amanda Johnson und verantwortlich für die Schulen. Schön, Sie kennenzulernen. Willkommen in Haiti!«

34

Am nächsten Morgen wachte Rebecka früh auf. Es war stickig in ihrem Zimmer. Am Abend hatte sie vor Müdigkeit gefroren und die Klimaanlage abgestellt. Während sie sie jetzt wieder aufdrehte, dachte sie an die vielen Geschichten, die sie beim Abendessen gehört hatte. Da das Hotel voll besetzt war, hatten sie den Tisch mit dem Arzt einer Hilfsorganisation geteilt.

Es waren schreckliche Geschichten gewesen. Von Kindern, die hungerten, Frauen, die misshandelt wurden, sexueller Gewalt und Müttern und Babys, die während der Geburt starben. Doch Amanda hatte auch von den Schulen berichtet, von Kindern, die endlich lesen lernten, und wie wichtig dies in einem Land war, in dem der Analphabetismus nach wie vor weit verbreitet war. Je mehr Kinder eine Ausbildung bekamen, desto besser für die Gesellschaft. Darin waren sich die Forschungsinstitute einig.

Rebecka empfand großen Respekt vor den Menschen, die sie kennengelernt hatte und die es ertrugen, unter so schwierigen Bedingungen zu arbeiten. Könnte sie selbst das auch?

Sie ging zum Fenster und öffnete die schweren Vorhänge. Draußen war nur Grün zu sehen. Das Hotel lag ein Stück entfernt vom Meer, das dort drüben liegen musste. Sie streckte sich und gähnte. Der Wecker auf ihrem Nachttisch zeigte 07:05 Uhr an.

Amanda hatte versprochen, ihnen zu zeigen, wie das Leben hier wirklich aussah und was man von dem großen, modernen Hotel aus nicht zu sehen bekam. In ihren Schulen gab es Kinder, die in Hütten wohnten, welche ein weiteres Erdbeben niemals überstehen würden. Arme Menschen hatten oftmals keine Wahl. Und es gab viele arme Menschen, sowohl hier in der Stadt als auch in den ländlichen Regionen.

Mit gemischten Gefühlen machte Rebecka sich fertig, um in den Frühstücksraum zu gehen. Sie wohnte hier mit Klimaanlage, warmem Wasser und Essen auf dem Tisch, und ein paar Kilometer weiter weg gab es Kinder, deren Eltern nicht wussten, wie sie sie ernähren sollten. Es war ein kaum auszuhaltender Kontrast, aber immerhin war sie hier, um zu helfen, das war wenigstens etwas. Sie würde es sich in den kommenden Tagen, die sicherlich anstrengend würden, immer wieder bewusst machen müssen.

Rebecka hatte darauf bestanden, dass sie sich mit eigenen Augen ein Bild von den Lebensbedingungen der Einheimischen machen müssten, nicht um herauszufinden, wo ihr Geld am dringendsten benötigt wurde, sondern weil sie es ihnen als reiche Schnösel aus Schweden schuldig waren.

»Wir müssen uns dem stellen und nicht nur darüber lesen und Geld spenden«, hatte sie gesagt.

»Es wird mich fertigmachen«, sagte Maggan.

»Kann gut sein«, sagte Susanne. »Aber zeig das bitte erst, wenn du wieder im Hotel bist, sonst ist es unangenehm für die, die wirklich Hilfe brauchen.«

Der alte Jeep, mit dem Amanda sie abholte, war staubig und hatte anscheinend schon einige Jahre auf dem Buckel.

»Steigt ein«, sagte sie, nachdem sie sich noch einmal für das Abendessen bedankt hatte.

»Danke.« Rebecka setzte sich vorne auf den Beifahrersitz. »Ich habe ein bisschen Angst davor, was wir heute zu sehen bekommen«, sagte sie ehrlich. »Gibt es hier nur Elend?«

»Nein, überhaupt nicht, im Gegenteil! Es gibt auch wahnsinnig viel Positives. Doch das ist für meine Augen vielleicht leichter erkennbar als für eure, die ihr an deutlich mehr Luxus gewöhnt seid. Nehmt es mir nicht übel, aber so ist es doch.«

»Kannst du beschreiben, wie eure Arbeit aussieht? Worum geht es euch vor allem?« Rebecka sah Amanda an. Ihr konnte man scheinbar vertrauen und man fühlte sich in ihrer Gegenwart geborgen. Es war viel leichter, mit jemandem zu reden, der es wagte, sich klar auszudrücken. Bei ihr waren die Schulen bestimmt in den besten Händen.

»Wir haben auf allen Ebenen zu tun«, erklärte Amanda. »Denn wir sind noch immer im Aufbau begriffen. Außerdem haben wir mit unserer Lehrtätigkeit mehr im Sinn, als den Kindern nur Lesen beizubringen. Wir müssen ihnen auch beibringen, sich um sich selbst zu kümmern. Am kritischsten war es, als es nach dem Erdbeben 2010 darum ging, Trinkwasser zu bekommen. Das mag relativ einfach erscheinen, wenn man aus einem entwickelten Teil der Welt kommt. Doch wenn Wasserdepots nicht mehr gereinigt werden können, kann das schlimme Konsequenzen haben. Wenn Magen- und Darmbakterien sich festsetzen … Ein Cholera-Ausbruch mitten in einer Katastrophe ist das Letzte, was man sich wünscht.«

Sie schlängelten sich durch die Stadt Richtung Hafen und folgten der Küstenstraße in südlicher Richtung.

»Wohin fahren wir als Erstes?«, fragte Maggan und beugte sich zwischen den Sitzen nach vorn.

»Nach Jacmel, eine Stadt an der Südküste. Auch dort ist die Armut groß, aber die meisten Kinder gehen bereits zur Schule. Vor allem dank Menschen wie Sonja.«

»Wenn so viele Kinder ihre Eltern verloren haben, ist es vielleicht am besten, wenn wir uns auf Kinderheime konzentrieren? Es ist so schwierig einzuschätzen, wo das Geld am meisten nützen würde«, sagte Rebecka. Sie hatte überlegt, ob es besser wäre, selbst etwas zu tun oder eine Hilfsorganisation finanziell zu unterstützen, war jedoch zu keinem Schluss gekommen.

»Ich glaube, eure Freundin hat es ganz richtig gemacht, vor allem auf die Bildung zu setzen. Meiner Meinung nach ist es wirklich das, was am nötigsten gebraucht wird, und man kann nicht überall mitmischen. Je mehr wir ausbilden, desto größere Verantwortung können die Einzelnen selbst übernehmen. Das zeigen vielerlei Untersuchungen. Die Kindersterblichkeit beispielsweise wird deutlich geringer, wenn man beschließt, weniger Kinder zu bekommen.«

Da hat sie natürlich recht, dachte Rebecka. Sie konnten von außen nicht einschätzen, was am dringendsten benötigt wurde, und mussten sich auf die verlassen, die es besser wussten, wie Amanda oder den Arzt, den sie am Abend zuvor kennengelernt hatten. Sie lehnte sich auf dem harten Sitz zurück und sah aus dem Fenster. Den Rest der Fahrt genoss sie lieber die Aussicht, statt zu reden.

Schließlich bog Amanda an einer Kreuzung rechts ab und fuhr auf einem schmalen Kiesweg weiter. Der Staub wirbelte auf. Rumpelnd bewegte der Jeep sich auf der holprigen Strecke. Weiter hinten türmten sich grüne Berge am Horizont auf.

Die Schulleiterin zeigte ihnen stolz das große steinerne Schulhaus, das blau und rostbraun angestrichen war. In den Fenstern hingen karierte Vorhänge. Schon bald schauten die ersten Kinder heraus. Amanda winkte ihnen, und ihre Gesichter leuchteten auf, als sie sahen, wer zu Besuch gekommen war. Ein Mann trat aus der Tür und begrüßte sie herzlich.

»Kommen Sie herein«, sagte er und schüttelte ihnen die Hand. »Wir machen gerade Französisch.«

Die Kinder, die dicht gedrängt auf den Bänken saßen und alle dieselben T-Shirts trugen, starrten die drei Frauen hinter Amanda mit großen Augen an, als sie erfuhren, dass sie aus Schweden kamen. Der Lehrer zog eine große Weltkarte hervor und alle Kinder meldeten sich eifrig, als er fragte, ob sie zeigen könnten, wo Schweden lag. Ein kleiner Junge durfte den Zeigestock nehmen und zeigte stolz das Land im Norden. »Sonja«, sagte er und blickte Rebecka schüchtern an. Sie hatten also gelernt, wer ihre Schule gegründet hatte. Ihr wurde ganz warm ums Herz, weil es anscheinend genau so gekommen war, wie Sonja es sich gewünscht hatte.

In der Pause kam ein kleines Mädchen und zeigte auf Rebeckas eingegipste Hand, und Amanda erklärte, dass es die jüngste Tochter einer Familie sei, die sie selbst seit dem Erdbeben betreute.

»Yelanda ist sechs. Sie wurde mitten in der Katastrophe geboren, und sie hat zwei ältere Brüder, die ebenfalls hier zur Schule gehen«, sagte sie lächelnd. »Ihre Mutter ist allein und noch sehr jung, doch sie hat einen Job in einer Bäckerei in der Stadt und hat sich mithilfe der Organisation ein neues Zuhause aufgebaut. Es ist eine der Familien, die inzwischen gut zurechtkommen. Sie scheint dich zu mögen«, fügte sie hinzu.

Rebecka lächelte das bezaubernde kleine Mädchen an, und als dieses daraufhin ihre gesunde Hand ergriff und sie mit sich zog, lachte Amanda.

»Sie wird dich nicht mehr loslassen, bis die Pause vorbei ist«, rief sie ihnen hinterher.

Sie blieben ein paar Stunden, und als sie die Schule wieder verließen, war Maggan fest entschlossen, jedes einzelne Kind zu unterstützen.

»Wie stelle ich das am besten an?«, fragte sie. »Können wir zu allen Eltern fahren und ihnen je ein Geldbündel in die Hand drücken?«

Amanda lachte laut auf. »Jeder, der hierherkommt, möchte so etwas tun«, sagte sie. »Und es ist auch wirklich schwer, sich nicht gleich persönlich angesprochen zu fühlen. Es gibt immer ein Paar Augen, das einen nach so einem Besuch nicht mehr loslässt. Ein Kind, das du adoptieren möchtest, eine Familie, die du versorgen willst. Du wirst sogar Haustiere entdecken, die du retten willst. Doch das Beste ist immer, sich an die Hilfsorganisationen vor Ort zu wenden, sie kennen die Verhältnisse am besten. Und wenn ihr dann etwas beitragen könnt und möchtet, gibt es zahlreiche Möglichkeiten dafür.«

Rebecka gefiel es, dass Amanda so direkt war. Natürlich konnten sie auch hier und da ihren Zauberstab schwingen, doch um wirklich etwas Sinnvolles zu bewirken, brauchten sie Hilfe. Rebecka freute sich auf die Termine mit den Hilfsorganisationen, die sie für die nächsten Tage vereinbart hatten. Sie würden ihnen hoffentlich erklären können, wie und wo ihr Geld am meisten nützen würde.

Als sie abends ins Hotel zurückkamen, fielen sie alle sofort ins Bett. Rebecka kroch unter ihre Decke, und ehe ihr die Augen zufielen, konnte sie gerade noch an Yelandas Familie denken, dann schlief sie ein.

35

Die Zweizimmerwohnung in Paris war für ihn im Moment genau das Richtige. Michael warf einen Blick in die kleine Küche mit den offenen Regalen und dem Esstisch für zwei Personen. Das Bad war ebenfalls nicht groß, verfügte jedoch über eine hohe Badewanne. Susanne liebte es und hatte ihn mehr als einmal in diese Wanne gezwungen. Verdammt, wie er sie vermisste! Wenn sie doch jetzt beide hier sein könnten. Er wusste genau, was sie dann tun würden. Dass sie vielleicht nie wieder mit ihm schlafen würde, darüber wollte er lieber nicht nachdenken.

Im Schlafzimmer warf Michael seinen Koffer auf das Doppelbett. Er brauchte ihn nicht sofort auszupacken. Die Anzüge hatte er erst einmal in London gelassen, denn die würde er ohnehin erst wieder brauchen, wenn das Hotel eröffnet war. Bis dahin genügten Jeans und T-Shirts. Paul war bereits unterwegs nach unten, und das Einzige, was Michael mitnehmen musste, waren Sonnenbrille, Kreditkarte und Handy.

»Ist er schon da?«, fragte er Alain, der sofort erschien, als Michael aus dem Aufzug trat. Der Concierge hielt ihm die Tür auf und schüttelte den Kopf. *»Non, Monsieur.«*

»Dann setze ich mich draußen hin und warte, es ist ja schönes Wetter heute«, sagte Michael.

Er setzte sich die Sonnenbrille auf und ließ sich auf der Treppe nieder. Sein Französisch war ziemlich schlecht, daran musste er dringend arbeiten, wenn er hier ein Hotel betreiben wollte. Es würde in vielerlei Hinsicht ein neues Leben werden, und je weniger er an die schwangere Camille in Sydney dachte, desto leichter fiel es ihm, Zukunftspläne zu schmieden. Manchmal dachte er den ganzen Tag nicht daran, bis er abends zu Bett ging. Dann überfiel ihn Panik und hielt ihn die halbe Nacht lang wach, doch das war immer noch besser als diese permanente Angst, die er an anderen Tagen verspürte.

Wie hatte er nur so blöd sein können? Er konnte es noch immer nicht begreifen.

Als Paul auf der Straße hupte, erhob Michael sich rasch, froh über die Unterbrechung seiner Gedanken. Er hatte schließlich ein Hotel zu planen.

»Hatten Sie die Gelegenheit, sich mal das *Sonjas London* anzusehen?«, fragte Michael, als er und Paul sich kurz darauf im Speiseraum des Restaurants mit dem Architekten trafen.

»Ja, ein tolles Hotel! Ich weiß genau, was Sie meinen.« Er zog ein paar Rollen aus seiner Tasche und breitete sie auf dem Tisch aus. »Ich habe mir das jetzt so vorgestellt.«

Zwei Stunden saßen sie über die Skizzen gebeugt und planten alles durch, von den Wänden bis zu den Badewannen. Schließlich fasste Michael sich an den Rücken und rekelte sich ächzend. »Ich muss mich mal hinstellen«, sagte er.

»Ich glaube, wir sind auch fürs Erste fertig«, sagte der Architekt und rollte die Pläne wieder zusammen. »Wenn Sie im Moment keine weiteren Fragen dazu haben, gehe ich jetzt nach Hause und zeichne noch ein bisschen weiter, und dann können wir uns Anfang nächster Woche noch einmal zusammensetzen. Wenn wir den Zeitplan einhalten wollen, Weihnachten zu eröffnen, müssen wir tatsächlich so schnell wie möglich beginnen. Es ist eine ganz schön große Truppe, die wir für die Arbeit zusammenstellen müssen.«

»Wollen Sie nicht noch etwas essen, bevor Sie gehen?«, fragte Paul. »Kaffee und Croissant oder so?«

»Nein, danke, nicht nötig. Wollen wir dann nächsten Montag ausmachen?«

Paul schwieg, bis der Architekt den Raum verlassen hatte.

»Und, was meinst du? Er ist natürlich nicht Adam, aber ich mag ihn.«

»Ich auch. Weißt du, was wir da gerade machen? Wir planen ein Hotel in Paris!«

»Ich freue mich riesig darüber, das kannst du mir glauben …«, sagte Paul.

Doch er schien nicht ganz so in Form zu sein wie noch vor Tagen, das merkte Michael jetzt, da das Treffen vorbei war. Paul sah müde aus, und Michael blickte ihn fragend an.

»… aber Maggan weigert sich, mit mir zu reden, und das stresst mich total. Ich kann nicht ohne sie leben.«

»Glaubst du wirklich, sie würde so weit gehen, dich vor die Wahl zu stellen?«

»Wenn du mich vor ein paar Wochen gefragt hättest, hätte ich Nein gesagt. Ich wäre mir sicher gewesen, dass sie mit mir zurück nach Paris geht. Doch es ist, als wäre während dieser Reise etwas mit ihr passiert. Maggan wird doch sonst nie wütend. Hast du sie jemals wütend gesehen?«

Michael dachte nach. »Nein, ich glaube nicht. Aber das bedeutet doch nicht, dass sie sich nicht vorstellen kann, wieder in Paris zu leben.«

»Ich fürchte, genau das tut es. Was soll ich dann machen? In Farsta gehe ich ein. Das Einzige, was ich in Schweden habe, ist die Familie. Und es ist furchtbar, das so zu sagen, aber das reicht mir nicht, ich brauche mehr. Ich brauche das hier«, sagte er und breitete die Arme aus.

»Hast du mit Anneli gesprochen?«

»Ja, und du weißt ja, wie flexibel sie ist. Sie sagt, das klappt schon alles, und das ist wirklich toll, denn wenn sie auch noch protestieren würde, wüsste ich nicht, was ich machen sollte. Ich mache mir vor allem Sorgen wegen Maggan.«

»Und wenn es auf das Schlimmste hinauslaufen würde? Ich weiß, dass ich dich das schon einmal gefragt habe, aber hast du einen Plan dafür?«

»So wie du einen Plan hast, welches Zimmer das Kinderzimmer werden soll?«

Michael stöhnte. »Hör auf.«

»Was ist das Schlimmste, was dir passieren könnte? Dass du Susanne verlierst?«

»Ich weiß es nicht. Ich wage nicht, so weit zu denken. Im Moment hoffe ich einfach, dass Camille auf ihrer Welthalbkugel bleibt. Das Kind ist für mich wie die Hotelskizzen, es ist noch vollkommen irreal. Ich schiebe es vor mir her, so lange es geht.«

»Du musst es Susanne erzählen.«

»Ich weiß. Aber wann? Kann ich warten, bis sie in ein paar Wochen zurückkommt? Sie weiß ja nicht einmal, dass ich im *Hyatt* aufgehört habe. Es ist alles so schnell gegangen. Und es kommt mir vor, als würde ich mich vor allen Wahrheiten wegducken. Ich sage das, wovon ich weiß, dass sie es aushält, und lasse den Rest einfach weg.«

»Wir sind ganz schön feige«, sagte Paul und legte seine

Hand auf Michaels. »Aber wir gründen ein Hotel zusammen. Das ist alles andere als feige.«

Michael ging vom *Sonjas* aus zu Fuß nach Hause. Paul wollte noch ein wenig bleiben, doch er selbst brauchte Bewegung, nachdem sie so lange gesessen hatten.

Als das Telefon in seiner Hosentasche klingelte und Michael sah, dass es sein ehemaliger Kollege, der Direktor des *Claridge's*, war, beschloss er, nicht dranzugehen. Es gab zwei mögliche Gründe für seinen Anruf: Entweder hatte er gehört, dass Michael im *Hyatt* aufgehört hatte. Oder er wusste, dass Michael eine Nacht in seinem Hotel verbracht hatte. Egal, was es war, Michael hatte keine Lust, mit ihm zu reden. Irgendwann würde er ihn natürlich zurückrufen, er war eigentlich ein guter Typ und es gab keinen Grund, nicht mit ihm zu reden. Es war nur einfach noch zu früh.

Er stellte sein Handy auf lautlos und verstaute es wieder in der Tasche. Wenn ein Hotelchef wusste, dass er gekündigt hatte, würden es bald auch alle anderen wissen. Inklusive Susanne, obwohl sie gerade nicht in London war. In der Branche wurde sie inzwischen als Vorreiterin des Trends kleinerer, persönlicher Hotels angesehen, wie sie in den letzten Jahren überall eröffnet wurden. Susanne war eindeutig die Erfolgreichste von ihnen. Es gab kein anderes Hotel, das von den Kunden besser bewertet wurde. Wenn sie nur einen ihrer Kontakte aktivierte, während sie unterwegs war, würde sie garantiert erfahren, dass Michael aufgehört hatte.

Also musste er es ihr möglichst bald sagen, denn wenn sie es von jemand anderem erfuhr, war es ein für alle Mal zwischen ihnen vorbei. Doch das war es vermutlich ohnehin bald. Stiefmutter zu werden, und sei die Entfernung zwischen ihr und dem Kind noch so groß, war sicherlich nichts, was Susanne sich wünschte. Und er selbst musste sich seiner Verantwortung stellen, er konnte einfach nicht anders.

Nur noch ein paar Telefonate, in denen sie ihm sagte, dass sie ihn vermisste. Dann würde er ihr die Wahrheit sagen.

36

Sie hatten auf dieser Reise schon so viel erlebt, und je mehr Elend Maggan zu sehen bekam, desto größer wurde ihre Sehnsucht, Annelis Stimme zu hören.

»Wie hältst du das nur aus?«, fragte Anneli, als sie anrief. »Du bist doch immer so empfindlich.«

»Ich halte es ja auch nicht aus«, sagte Maggan. »Und dass ich so empfindlich bin, ist gut. Von nun an werde ich so empfindlich sein, wie ich will.«

»Entschuldige, so war das doch gar nicht gemeint! Ich mag es, dass du immer gleich weinen musst«, lachte Anneli. »Kann ich Papa erwähnen, ohne dass du gleich ausflippst?«

»Bitte«, sagte Maggan.

»Er ist verzweifelt, weil du nicht mit ihm redest.«

»Ah ja. Ich werde mit ihm reden, wenn ich nach Hause komme. Sonst noch etwas?«

»Nein.«

»Keine Enkel, die sich nach ihrer Oma sehnen?«

»Äh … nein.«

»Habe ich dir beigebracht, so ehrlich zu sein?«

»Ja.«

Maggan verdrehte die Augen, musste aber gleichzeitig schmunzeln.

»Kannst du sie trotzdem mal von mir drücken und ihnen einen Kuss geben? Ihr fehlt mir so sehr, dass es mein Großmutterherz fast zerreißt.«

»Mach ich. Grüß meine Tanten.«

Auch Susanne hatte telefoniert. Erst kurz mit Michael, der so im Stress war, dass er keine Zeit für ein längeres Gespräch hatte. Sie sprachen eher selten miteinander auf dieser Reise, doch sie würden es nachholen, wenn sie wieder zu Hause war. Stattdessen rief sie Julie an, Sonjas Tochter, die ein paarmal versucht hatte, sie zu erreichen, seit sie London verlassen hatte.

Julie hatte große Neuigkeiten.

»Benny und ich bekommen noch ein Kind. Ich wollte nur, dass du, Rebecka und Maggan es erfahrt, bevor es alle wissen.«

»Noch eins?«, rief Susanne lachend aus.

»Jepp. Noch läuft es unter dem Arbeitstitel ›Nummer vier‹, aber ich glaube, es wird ein Mädchen. Und dann werden wir es Sonja nennen. Ich habe es mit meinen Eltern besprochen und für sie wäre es auch okay.«

»Und wenn es wieder ein Junge wird?«

»Unter uns gesagt: Dann krieg ich erst mal die Krise, bevor ich über Namen nachdenken kann. Es wäre so schön, auch eine Tochter zu haben! Ich liebe meine Söhne über alles, aber ein Mädchen wäre einfach fantastisch. Ich bin jetzt über vierzig, es ist also meine letzte Chance. Und wie geht es euch auf der Reise?«

»Ach, danke! Deine leibliche Mutter serviert uns immer wieder Überraschungen«, sagte Susanne. »Im Moment folgen wir ihr auf den Spuren von Luke. Eines Mannes, von dem wir nicht wussten, dass es ihn gab, der aber anscheinend ihre große Liebe war.«

Susanne hörte, wie Julie überrascht auflachte. Sie hatte nie ein böses Wort darüber verloren, dass Sonja ihre Mutterrolle nie ausgeübt hatte. Stattdessen war sie im Laufe der Jahre immer neugieriger darauf geworden, wer Sonja gewesen war, und hatte Susanne viele Fragen gestellt, wenn sie in den Wochen, in denen Julie in der Hotelküche buk, zusammengearbeitet hatten. Sie und Benny teilten sich die Verantwortung für die Kinder eins zu eins, und dank Sonja mussten sie sich um Geld keine Sorgen machen.

»Wir haben auch das Grab deiner Großeltern in Schottland besucht«, erzählte Susanne. »Eure Sippe verfügt offenbar sowohl über Schlösser als auch Ländereien.«

»Klingt spannend. Vielleicht fahre ich mal mit meiner Familie hin. Wir brauchen jetzt einen Bus, meint Benny.« Sie lachte erneut.

»Ich glaube, du hast deine gute Laune nicht nur von deiner Mutter, sondern auch von deiner Oma und Uroma geerbt«, sagte Sonja. »Sonjas Briefen zufolge sind auch sie fröhliche Menschen gewesen.«

»Darf ich sie später mal lesen?«

»Ja, natürlich!«

Die Zeit auf Haiti ging rasend schnell vorbei und sie verpassten fast alles Schöne, das es trotz allem neben dem vielen Elend gab. Die Berge sahen sie im Grunde nur durch die Fenster des Hotels, wo sie ihre Termine hatten. Doch an einem Tag bestand Amanda darauf, sie mit zur Playa zu nehmen. Es wurde nur ein kurzer Besuch. Zu schwer fiel es ihnen, den paradiesischen Strand zu genießen, in dem Wissen, dass nur Touristen aus dem Westen es sich leisten konnten, sich dort aufzuhalten. Nachdem sie das Wasser getestet hatten, fuhren sie wieder fort.

Im Zuge der Besprechungen trafen sie auf das Rote Kreuz, UNICEF, Ärzte ohne Grenzen, aber auch kleinere lokale Hilfsorganisationen, und es gab einen großen Glauben an die Zukunft bei allen, obwohl die Armut das Hauptgesprächsthema war. Alles entwickelte sich sehr langsam, doch es ging zumindest in die richtige Richtung.

Sonjas drei Schulen waren so gut in Schuss, wie es möglich war, und wenn die drei Freundinnen weiterreisten, würden sie eine zusätzliche Erfahrung im Gepäck haben. Eine ziemlich große sogar, dachte Rebecka, als sie sich nach dem Besuch in der dritten Schule hinter das Haus schlich und ein wenig von Sonjas Asche verstreute, wie diese es sich gewünscht hatte.

Rebecka hatte keine Erfahrung mit Reisen in arme Länder gehabt. Sie war naiv, kannte sich nicht aus und wäre vollkommen verloren gewesen, wenn sie nicht Amanda als Guide gehabt hätte. Sie versuchte sich vorzustellen, wie es gewesen war, hier zu arbeiten, als es am allerschlimmsten war. Konnte man sich selbst und seine eigenen Probleme hintanstellen, um anderen zu helfen? So musste es nach dem Erdbeben 2010 gewesen sein, als das Land ins Chaos gefallen war. Sie selbst wäre wahrscheinlich in ihrer schlimmsten Phase nach Adams Tod nicht in der Lage gewesen, zu helfen. Der Schmerz hatte sie vollkommen betäubt. An manchen Tagen hatte sie gar nichts mehr empfunden. Hätte ein Erdbeben sie auch nur irgendwie bekümmert? Was die Haitianer füreinander getan hatten, wozu Menschen in einer solchen Tragödie in der Lage gewesen waren, beeindruckte sie zutiefst.

Sie hatte sich selbst zur Reiseleiterin erklärt, und weder Susanne noch Maggan schienen etwas dagegen zu haben.

Im Gegensatz zu ihnen musste Rebecka normalerweise nur an sich selbst denken, und es tat ihr gut, sich um die Bedürfnisse anderer zu kümmern. Sie sah Yelandas Augen vor sich. Tags zuvor hatte Amanda Rebecka mit in die Bäckerei genommen, in der Yelandas Mutter arbeitete, und Rebecka hatte ihr ein Bündel Geldscheine zugesteckt. Geld, von dem sie eine Weile würde leben können. Amanda hatte es gesehen, aber nichts dazu gesagt. Sie konnte es bestimmt verstehen. Yelanda hatte Rebeckas Herz erobert, und sie hoffte, weiterhin von der Familie zu hören, auch wenn sie nicht mehr hier sein würde. Sie hatte ihre Adresse bekommen und sich vorgenommen, sie zu unterstützen, wo sie nur konnte.

Es war ein befriedigender Gedanke, jetzt, da sie nur noch einen Abend hatten sowie einen Film und einen Brief, bevor sie zu einem anderen Ort irgendwo auf dieser Welt reisen würden.

Achter Brief
New York

Dann verschwand er. Ihr könnt Euch meine Verzweiflung sicher vorstellen. Ich wusste nicht, was geschehen war. Normalerweise hatten wir mehrmals in der Woche Kontakt, und plötzlich herrschte Schweigen. Ich rief die wenigen Nummern an, die ich von ihm hatte, doch niemand antwortete, und zu Hause konnte ich ihn ja schlecht anrufen. Auch wenn Lukes Frau seit vielen Jahren von mir wusste, hatte ich doch kein Recht, in ihr Leben in New York einzudringen.
Ich wusste so gut wie nichts über den Teil seines Lebens, der sich um die Familie drehte, und das war seltsam, denn dieser machte doch den größten Anteil aus. Ich

wusste, in welchen Geschäften er einkaufte, welcher Friseur ihm die Haare schnitt und dass die Schneiderei an der Ecke Gold wert war. Ich wusste natürlich auch, dass er für seine Arbeit viel reiste, doch was er genau tat, wusste ich nicht, nur dass es um das Meer ging und um dessen Übersäuerung.

Hatte er Geld? Nicht einmal das wusste ich. Er lud mich immer ein, doch nie in die luxuriösen Restaurants. Manchmal kaufte er mir teure Geschenke, aber ob er dafür gespart hatte oder es sich einfach leisten konnte, wusste ich ebenfalls nicht. Seine Söhne studierten an Ivy-League-Universitäten, und das war natürlich auch nicht eben billig, oder hatten sie ein Stipendium? Er war jedenfalls unglaublich stolz auf sie, und dass sie studierten, war sehr wichtig für ihn, es war beinahe das Einzige, was er mir über seine Familie erzählte.

Und ich fragte ja auch nie danach. Über seine Frau zu sprechen wäre für uns beide schlimm gewesen. Es verletzte mich zutiefst, dass er in den Augen der Welt zu einer anderen Frau gehörte. Sie wollte sich nicht auf eine Scheidung einlassen, mehr brauchte ich von ihr nicht zu wissen.

In der Blase, die wir uns geschaffen hatten, gab es sie nicht. Unsere Welt war wie ein kochender Eintopf aus nur zwei Zutaten: ihm und mir.

Um die Kälte zu überwinden, die mich durchfuhr, wenn er wieder nach New York zurückmusste, brauchte ich jedes Mal mehrere Tage, und wenn wir telefonierten, war das zugleich schmerzhaft und schön. Er rief nie von zu Hause aus an. Ich glaube, aus Respekt vor seiner Frau. Stattdessen meldete er sich von seinem Handy aus, indem er anrief und SMS schickte oder E-Mails. Darin schrieb er von seiner Sehnsucht und wie diese ihn verzehre, und am anderen Ende saß ich, ebenfalls krank vor Verlangen.

Schließlich flog ich nach New York. Ich konnte nicht anders. Ich war verzweifelt, weil ich nicht wusste, was passiert war.

Ich suchte ihn überall. In den Kneipen, von denen er mir erzählt hatte, dass er dort Stammgast war, in dem Salon, wo er sich einmal in der Woche rasieren ließ, und ich klingelte an der Tür zu der Wohnung, von der ich glaubte, dass er dort wohnte. Mir war so schlecht, dass ich meinte, mich auf der Treppe übergeben zu müssen. Es war ein Übergriff, von dem ich nie im Leben gedacht hatte, dass ich ihn begehen würde. Was, wenn seine Frau ... Doch ich hätte mich nicht zu ängstigen brauchen. Niemand öffnete. Die Fenster im zweiten Stock, wo er behauptet hatte, zu wohnen, waren leer, als wäre jemand ausgezogen. Ein kleiner alter Mann kam die Treppe herunter, und ich musste ihn einfach fragen.

»Haben Sie nicht davon gehört?«, fragte er leise. »Sie sind ausgezogen. Luke und seine Familie wohnen seit dem Unfall nicht mehr dort.«

»Was für ein Unfall?«, fragte ich. »Hat er einen Autounfall gehabt?« Mir versagten fast die Beine.

»Sind Sie eine Freundin der Familie?« Er sah mich an, als müsste ich wissen, was passiert war.

»Ich bin eine alte Schulfreundin von Luke. Wir haben uns in Sydney kennengelernt, als seine Familie dort lebte.« Das war nicht gelogen, auch wenn es nicht die ganze Wahrheit war. Wo war er? War er schwer verletzt? Tausend Gedanken schossen mir durch den Kopf.

»Er saß am Steuer und kam heil davon, aber seine Frau

hat beide Beine verloren. Sie lag lange im Krankenhaus, und unterdessen zogen Luke und die Kinder nach Queens. Hier kann man mit Rollstuhl ja nicht wohnen«, sagte er und zeigte auf die Treppe.
Es war, als hätte mir jemand einen Knüppel über den Schädel gezogen. Ich erinnere mich, dass ich einen Schritt zurückwich. Als wäre ich irgendetwas zu nahe gekommen, das mich nichts anging. Dies hier war Lukes richtiges Leben. Ich war nur ein jahrelanges Beiwerk. So fühlte es sich in dem Moment an, obwohl ich wusste, dass seine Gefühle für mich echt gewesen waren.
Ich verließ New York sofort und kehrte nie wieder dorthin zurück.

Verstreut meine Asche in der Nähe des Empire State Building.
Vielleicht landet ein Körnchen in Lukes Nähe.

37

Sie saßen auf Susannes Hotelbett, es war ihr letzter Abend auf Haiti und sie waren ganz verheult, nachdem sie erst den Film *An Affair to Remember* gesehen und anschließend Sonjas Brief gelesen hatten.

»Lies noch mal das Letzte.«

»*Verstreut meine Asche in der Nähe des Empire State Building. Vielleicht landet ein Körnchen in Lukes Nähe.*«

Kein Wort weiter zu ihrer und Lukes Beziehung. Ob sie einander nie wiedergesehen hatten?

»Das kann doch nicht sein!« Die Tränen liefen Susanne

in Strömen die Wangen hinunter. Sie war fassungslos, dass diese Liebesgeschichte so enden sollte. »Arme, arme Sonja«, schluchzte sie und konnte sich gar nicht mehr richtig darüber freuen, dass die nächste Reise sie nach New York führen würde.

Susanne ging zu Fuß von der Fifth Avenue durch den Central Park und summte *Moon River* vor sich hin. Es rührte sie alles so sehr, und die wehmütige Melodie passte gut zu den Tränen, die sie nicht zurückhalten konnte. Sie kamen und versiegten wieder. Sie war traurig über Sonjas Schicksal, es rührte sie, dass es Rebecka ein bisschen besser ging, und zugleich war sie so froh, mit ihren besten Freundinnen in New York sein zu dürfen. Es kümmerte sie nicht besonders, dass ihre Stimmung so schwankte. Sie ließ es einfach geschehen.

Gerade an diesem Tag erschien der Park ihr unglaublich schön. Es gab nichts, das ihr heute entging: Die Blätter, die zu ihren Füßen hinabtaumelten, der Rasen, der sich endlos nach allen Seiten erstreckte, und im Hintergrund die riesigen Hochhäuser. Frauen, die paarweise joggten, ohne sich dabei zu unterhalten. Ein älteres Paar, das Hand in Hand spazieren ging. Eine lärmende Schulklasse, ein Vater mit Kinderwagen. Ein Eichhörnchen, und eine Frau mit einer Dänischen Dogge, die einander jagten. Susanne sprang lachend aus dem Weg, um sie vorbeizulassen.

An einem Imbisswagen kaufte sie sich eine Laugenbrezel – die perfekte Zwischenmahlzeit für ihren Spaziergang. Genüsslich biss sie ab. Dies war wirklich ein Tag, an den sie sich später erinnern wollte.

Sie lächelte und nickte den Menschen zu, denen sie begegnete. Wie freundlich in dieser Stadt alle sind, dachte sie. Sie war schon öfter hier gewesen, jedoch nicht so häufig, wie man angesichts ihres ehemaligen Jobs als Flugbegleiterin hätte annehmen können. Sie war lieber kurze Strecken geflogen. Statt ständig irgendwo anders zu übernachten, wollte sie nach Hause kommen können. Außerdem fand sie ab dem Alter von vierzig Jahren die ständigen Zeitumstellungen immer anstrengender, und die sparte sie sich, wenn sie nur innereuropäische Strecken flog.

Michael hatte oft geschäftlich hier zu tun, und ein paarmal hatte sie sich freigenommen, um ihn zu begleiten. Doch das war mehrere Jahre her. Damals waren sie frisch verliebt gewesen, und er hatte mit ihren Bedürfnissen besser umgehen können. Sie waren drei Nächte hier gewesen und hatten sich anschließend eine Woche lang nicht gesehen, und das war für ihn damals gar kein Problem gewesen.

Sie holte tief Luft, als sie merkte, wie die Panik sich erst als Bauchgefühl bemerkbar machte und ihr dann das Herz zusammenschnürte. Allein der Gedanke genügte, damit sie sich eingeengt fühlte, das war doch nicht normal! Doch sie war oft genug zu weit gegangen, hatte nicht auf sich selbst gehört, und genau das durfte ihr nie wieder passieren.

Nie wieder.

Wenn Michael aufhören könnte, sie so zu bedrängen, könnten sie es so wunderschön zusammen haben. Doch wie sollte ihm das gelingen? So wollte er es selbst ja nicht haben. Natürlich hatte er eine Art Offenbarung gehabt, als sie in den norwegischen Bergen verschollen gewesen war, doch das würde vorübergehen, und dann waren sie wieder am gleichen Punkt wie vorher.

Und doch … Konnte es nicht doch irgendwie funktionieren?

Wir müssen es wenigstens versuchen. Wenn es nicht gelingt, geht es eben nicht, und dann sollten wir ganz aufhören, uns zu treffen, dachte sie. Dieses »Freunde bleiben« wurde maßlos überschätzt. Sie würde es niemals ertragen, ihn mit einer anderen Frau zu sehen. Niemals. Es genügte ihr schon, dass sie diese Camille vor seiner Suite getroffen hatte. Das war zwar unlogisch, aber was war an Gefühlen schon logisch? Gar nichts – so jedenfalls ihre Erfahrung.

Susanne lachte, weil sie schon wieder alles vorwegnehmen musste. Wie es aussah, würden sie lediglich wieder anfangen, sich zu verabreden. Sie sollte sich darauf freuen, statt an andere Frauen zu denken.

Sie gelangte zu der Treppe. Hier hatte sie schon einmal gestanden. Man sah den See und etwas weiter entfernt *The Boat House*, wo sie Michael einmal im Frühling hingeschleppt hatte. Sie konnte sich nicht mehr erinnern, ob sie dort zu Mittag gegessen oder Kaffee getrunken hatten.

Vor dem See lag der Springbrunnen. Auf der einen Seite machte eine Yoga-Gruppe ihre Übungen, auf der anderen eine Gruppe von Tänzern. Als sie die Stufen hinunterging, hörte sie Musik aus dem Tunnel, und auf dem Wasser drängten sich die Boote mit mehr oder weniger seetauglichen Paaren an Bord.

Auf genau demselben Platz wie bei ihrem letzten Besuch stand wieder der Zither-Spieler. Ich muss ihm eine CD abkaufen, dachte sie und suchte nach ihrem Portemonnaie. Er sah furchtbar arm aus. »Drei Stück, bitte«, sagte sie und reichte ihm hundert Dollar. *»No, no, keep the change.«* Sie hob die Hand und lächelte. Die Geschenke für Rebecka und Maggan verstaute sie in der Tasche, dann setzte sie ihren Spaziergang fort.

Drei Stunden im Park vergingen schnell, und Susanne musste sich beeilen, um rechtzeitig zum Lunch zurück zu sein. Doch zuvor musste sie Michael anrufen und ihm erzählen, dass sie in ihrer gemeinsamen Lieblingsstadt war. Im Foyer begegneten ihr Maggan und Rebecka, und sie bat sie, schon mal vor zu gehen. Sie würde gleich nachkommen.

»Hallo, Schatz, ich bin's. Rate mal, wo wir sind?« Sie nahm ihr Halstuch ab und warf es auf den Schreibtischstuhl, dann wand sie sich aus der Jacke und warf sie hinterher.

Er lachte, und eine intensive Sehnsucht machte sich in ihr breit. Sie liebte dieses Lachen, seine tiefe Stimme.

»Keine Ahnung, ich weiß es nicht«, sagte er.

»Wir sind in New York.«

»Bevor du weiterredest, Susanne: Es gibt da etwas, das ich dir sagen muss.« Er klang ernst. Und als er tief Luft holte, spürte sie, wie ihr kalt wurde. Nicht auch noch Michael. Es reichte doch mit Sonjas und Adams Erkrankungen. Nicht Michael, alles andere, nur das nicht, er durfte nicht ernsthaft krank sein!

»Sag es bitte gerade heraus, ohne Beschönigungen«, sagte sie und setzte sich auf das Bett.

»Ich habe mit einer anderen geschlafen und sie ist jetzt schwanger.«

38

»Wo seid ihr?« Susanne schrie beinahe in ihr Telefon.

Rebecka und Maggan hatten gerade ihren gegrillten Lachs bekommen. Er sah köstlich aus und sie hatten gleich zu essen begonnen. »Keine Ahnung. Lass es dir von Rebecka erklären«, sagte Maggan und reichte das Handy weiter. »Susanne ist vollkommen außer sich und will wissen, wo wir sind. Wie heißt noch mal das Lokal?« Der Fisch roch so gut, und sie konnte es kaum erwarten, weiterzuessen. Sie hatte riesigen Hunger, und dieser Fisch war einfach spitzenmäßig! Dennoch war sie beunruhigt, weil Susanne ihr so aufgewühlt erschien.

»Kommt sie nach?«, fragte sie, als Rebecka ihr das Telefon zurückgab. »Sie klang ja beinahe hysterisch.«

»Ja, irgendetwas scheint sie furchtbar aufzuregen. Aber du weißt ja, wie sie sein kann«, sagte Rebecka gelassen. »Gott, ist das lecker!«

Als Susanne hereinkam, sah sie die Freundinnen mit starrem Blick an. Sie zog sich einen Stuhl heraus und rief dem Kellner zu, sie wolle einen Kaffee. Das machte Maggan noch besorgter. Susanne lehnte gutes Essen niemals ab, das gab es einfach nicht. Nicht einmal, wenn sie krank war. Es sei denn, sie war unglücklich.

»Was ist passiert?«, fragte Maggan ängstlich.

»Michael hat eine andere Frau geschwängert.« Sie ließ sich schwer auf den Stuhl fallen.

»Machst du Witze?« Maggan fiel die Kinnlade herunter. Michael sollte …?

»Sehe ich so aus?«, fragte Susanne leise.

»Oh Gott. Erzähl schon, was hat er gesagt?«

»Er hat nur das gesagt. Dann habe ich aufgelegt.«

Rebecka hatte nur wenig Erfolg bei Männern gehabt, und die beiden, mit denen sie verheiratet gewesen war, waren die einzigen, die sie mehr als eines Blickes gewürdigt hatten. Susanne dagegen suchte sich einen aus, warf unbemerkt eine Schlinge um seinen Hals, und dann folgte der Mann ihr wie ein Hündchen. So war es immer gewesen. Der Mann in der Hotelbar, um Viertel nach zwei am Nachmittag, hatte daher gar keine Chance. Rebecka und Susanne hatten eigentlich Kaffee trinken wollen, doch jetzt schüttete Susanne stattdessen ein paar Gläser Champagner in sich hinein, flüsterte Rebecka leise zu: »Bis gleich!«, und ging dann – als wäre es die natürlichste Sache der Welt – zu dem Mann und ließ sich neben ihm nieder. Nichts konnte sie aufhalten, und Rebecka dachte, Susanne würde sich wohl auf die Art trösten müssen, die ihr eben lag. Dass ihr selbst so etwas nie einfallen würde, stand auf einem anderen Blatt.

Als Michael anrief, hatte sie gerade ihr Zimmer betreten. Maggan war nach dem Essen direkt zu *Macy's* gegangen, und was Susanne gerade tat, wagte Rebecka sich nicht einmal vorzustellen. Sie selbst hatte beschlossen, sich ein bisschen auszuruhen.

»Michael, was hast du getan?«, fragte sie. Sie kannte Michael schon ewig, seit sie sich als Jugendliche beim Interrail getroffen hatten, und das hier sah ihm so gar nicht ähnlich. Zumal sie wusste, dass er Susanne vergötterte.

»Ich versuche die ganze Zeit, sie zu erreichen. Wo ist sie? Sie geht nicht ans Telefon!«

»Jetzt sag schon, was passiert ist!« Rebecka wollte Susanne nicht verraten, das ging nicht, doch zu lügen war auch keine gute Idee.

»Ich habe betrunken ungeschützten Verkehr mit einer Frau gehabt. Sie arbeitet im *Hyatt* in Sydney, wo ihr damals übernachtet habt.«

»Während du mit Susanne liiert warst?«

»Nein, natürlich nicht! Susanne hatte Schluss gemacht und ich war verzweifelt, was keine Entschuldigung ist, aber die Wahrheit.«

Rebecka konnte ihn kaum verstehen, seine Stimme klang belegt, als wäre er sehr bedrückt.

»Und die Frau lebt also in Sydney und will das Kind nicht abtreiben?«

»Genau. Und das ist noch nicht alles. Ich habe im *Hyatt* gekündigt. Du hattest selbst mal einen Chefposten und weißt, dass man sich da nichts zuschulden kommen lassen darf. Ich habe gekündigt und bin nach Paris gezogen, und werde mit Paul ein Hotel eröffnen.«

Rebecka setzte sich auf den Sessel am Fenster, von wo aus sie den Central Park am besten sehen konnte. Das würde ein längeres Gespräch werden.

»Davon weiß ja noch nicht einmal Maggan.«

»Sie würde es wissen, wenn sie mit Paul reden würde.«

»Das kann ich unmöglich für mich behalten«, sagte Rebecka. »Wenn Paul es ihr selbst sagen wollte, dann ist es dafür jetzt zu spät.«

»Verdammt! Es ist mir einfach so rausgerutscht. Wir sind viel zu eng miteinander verbunden, wir kennen uns alle viel zu gut. Gestern bin ich in dem zukünftigen Hotel herumgelaufen und habe Adam so vermisst! Wir haben unseren Architekten sogar ins *Sonjas London* geschickt, damit er sieht, wie Adam es gemacht hätte.«

»Dann wollt ihr in Paris so etwas Ähnliches aufmachen?«

»Ja, das ist die Idee.«

»Puh, da kommen mir ja gleich die Tränen … Das ist eine großartige Idee! Sonja wäre begeistert, auch wenn Susanne und Maggan es im Augenblick wahrscheinlich unmöglich finden. Aber wie passt ein Baby zu dem Ganzen?« Sie schnappte sich ein Papiertaschentuch und schnäuzte sich geräuschvoll.

»Rebecka, ich will nicht Vater werden. Ich bin zu alt.

Vor zwanzig Jahren hätte ich mich gefreut, aber jetzt stresst es mich einfach nur.«

Mit sieben Tüten beladen trat Maggan aus dem Aufzug. Obwohl Anneli protestierte, kaufte Maggan den Zwillingen immer die gleichen Anziehsachen. Vor allem, weil sie fürchtete, sie könnten sich sonst streiten. Anneli dagegen wollte die Mädchen sogar in verschiedene Klassen schicken, damit sie sich »als Individuen entwickeln« konnten. So etwas Dummes hatte Maggan noch nie gehört. Sicherlich gab es neue Erkenntnisse, seit sie selbst vor hundert Jahren ihre Erzieherausbildung gemacht hatte, aber Zwillinge zu trennen war doch vollkommen herzlos! Sie würden ihren eigenen Weg schon finden. Dazu brauchte man sie doch nicht jetzt schon zu zwingen.

Für Alex hatte sie ein Hockey-Shirt gekauft, drei Caps und eine coole Jacke. Fand sie selbst zumindest. Mal sehen, was er dazu sagen würde. Anneli sollte eine Tasche von *Michael Kors* bekommen und Paul nichts. Den leisen Anklang eines schlechten Gewissens unterdrückte sie rasch. Er hatte hinter ihrem Rücken gehandelt, deshalb bekam er jetzt kein Mitbringsel aus New York.

Nachdem sie ihre Einkäufe verstaut hatte, legte sie sich auf das Bett und faltete die Hände über dem Bauch. Die Reise war nun bald zu Ende, und sie würde sich mit Paul auseinandersetzen müssen. Innerhalb von sechs Wochen war so viel passiert. Michael hatte mit einer Frau ein Kind gezeugt, und sie und Paul würden sich aller Voraussicht nach scheiden lassen. Rebecka ging es etwas besser, und Susanne … Würde sie jemals darüber hinwegkommen, was Michael getan hatte, um sie zu vergessen?

Den Mann aus der Bar mit auf ihr Zimmer zu bekommen war leichter gewesen, als Susanne gedacht hatte. Dass er mit ihr schlafen wollte, war schon im Fahrstuhl unübersehbar, wo sie geknutscht hatten wie Teenager, und wenn es auch nur noch irgendeinen Zweifel gegeben hätte, verschwand dieser, als sie einander die Klamotten vom Leib rissen, sobald sie in ihrem Zimmer waren.

Doch dann geschah etwas Unerwartetes. Nackt, die Arme zu beiden Seiten ihres Körpers herabhängend, starrte sie ihren erwählten Liebhaber an, und ihre Augen füllten sich mit Tränen. Verwundert sah er sie an, doch statt ihren plötzlichen Stimmungswechsel in Frage zu stellen, zog er sich rasch wieder an, nahm den Bademantel vom Haken neben ihrem Schrank und hängte ihn ihr über die Schultern. Dann führte er sie vorsichtig zum Bett.

Sie warf sich hinein, und während der Mann sie zudeckte, schluchzte sie, dass Michael eine andere Frau geschwängert habe.

»Wer?«, fragte er. »Dein Mann?« Er setzte sich neben sie und streichelte ihren Arm.

»So etwas in der Art. Wir hatten uns gerade eine Auszeit genommen.« Sie streckte die Hand nach der Taschentuchbox und schnäuzte sich. »Er wird ein großartiger Vater werden. Ich habe ihn mit seinen Neffen und Nichten gesehen. Sie lieben ihn.«

Sie wusste, dass sie Michael verloren hatte. Es tat so viel mehr weh, als sie je gedacht hätte, und sie wand sich in ihrem Bett, um dem Krampf zu entkommen, der sie schüttelte. Wie ein Kind rollte sie sich zusammen, während der Mann nicht aufhörte, ihren Arm zu streicheln. Es war in jeder Hinsicht eine absurde Situation, doch er war offensichtlich ein netter Kerl, der ihre Lage zum

Glück nicht ausnutzte, sondern freundlich und verständnisvoll reagierte.

Er stellte keine weiteren Fragen, sondern ließ sie einfach weinen. Nach einer Weile waren nur noch Schluchzer zu hören. Das Gefühl tiefen Schmerzes wich immer mehr einer Leere.

»Soll ich jemanden anrufen?«, fragte er vorsichtig.

Sie schüttelte den Kopf.

»Danke, dass du so gut zu mir bist«, sagte sie aufrichtig. »Es war eine momentane Eingebung, und es tut mir leid, dass ich dich ausnutzen wollte, damit es mir besser geht. Ich hoffe, du weißt, dass es nicht an dir liegt. Ein andermal wäre es …«

Er legte einen Finger auf ihre Lippen.

»Ich habe es selbst auch schon so versucht, aber erfolglos«, sagte er lächelnd und erhob sich von ihrem Bett. »Ich hoffe, es wird alles gut. Und was mich betrifft, kann ich nur sagen, dass der Mann, von dem du mir erzählt hast, ein ziemlicher Idiot sein muss.«

39

Die Reise war zu Ende. Es gab keinen weiteren Brief mehr. Alles, was sie am letzten Abend erhielten, waren die Tickets für die Heimreise. Die Asche, die noch übrig war, würden sie vom Empire State Building aus verstreuen, genau wie Sonja es sich gewünscht hatte.

»Es fällt mir so schwer, nicht ständig an Sonja und Luke zu denken«, sagte Susanne im Aufzug nach oben. Ihre eigenen Probleme wirkten weniger erdrückend, wenn sie sich auf etwas anderes konzentrierte als auf sich selbst, und die Liebesgeschichte dieser beiden war tatsächlich noch viel tragischer als ihre eigene. Ein halbes Leben lang hatten sie sich geliebt, und Susanne konnte sich mit dem Ende nicht abfinden. Es musste da noch mehr gegeben haben. Alles andere wäre einfach ungerecht.

»Außerdem habe ich ein schlechtes Gewissen, weil wir sie so lange in deinem Regal haben stehen lassen«, fuhr sie fort. »Vielleicht lag es daran, dass es uns so schwerfiel, Sonja wirklich gehen zu lassen. Und jetzt ist es so weit. Wenn wir den letzten Rest ihrer Asche verstreut haben, werden wir nie wieder etwas von ihr hören. Das ist doch Wahnsinn! Es ist vorbei, wir werden nie wieder …«

Sie brauchte nicht weiterzureden. Maggan nickte und Susanne sah ihr an, dass sie den Tränen nahe war. Rebecka ebenfalls. Ihre überschäumende, lebensfrohe Freundin. Wie hatte sie so sein können, wenn doch gleichzeitig ständig diese düstere Wolke über ihr gehangen hatte?

»Sie war etwas ganz Besonderes, stimmt's?«, sagte Susanne.

An den Aussichtsfernrohren war viel zu viel los, daher gingen sie ein Stück beiseite, um sich nicht drängeln zu müssen. Angst, gesehen zu werden, hatten sie nicht. Niemand würde darauf kommen, was sie taten. Das Wenige, das noch übrig war, hatten sie bereits im Hotel aufgeteilt, und nun hatte jede ihr Taschentuch mit etwas Asche eingesteckt.

Sie konnten nur hoffen, dass ein Körnchen davon in der Nähe von Luke Danes landete – falls dieser überhaupt noch in New York lebte.

Auch wenn er und Sonja sich nie wiedergesehen haben, muss er sie unglaublich vermisst haben, dachte Susanne. Es war doch wirklich herzzerreißend.

»Wenn eure Liebe vergebens war, ist die Liebe überhaupt ein einziger schlechter Witz«, flüsterte sie. »Du wirst eine Form von Wiedergutmachung erhalten, Sonja, das verspreche ich dir!«

Sie streckte die Hand aus und überließ der leichten Brise die letzten Körnchen einer ihrer besten Freundinnen.

Nachdem sie Sonja auf diese Weise Lebewohl gesagt hatten, wanderte das Trio die Fifth Avenue entlang zum Hotel zurück, jede in ihre eigenen Gedanken versunken.

Rebecka brach schließlich das Schweigen und schlug vor, noch zusammen einen Kaffee zu trinken, bevor sie sich zum Flughafen JFK begaben.

»Hier zum Beispiel«, sagte sie und zeigte auf das Café-Schild in einer Seitengasse am Bryant Park.

Kurz darauf saßen sie mit einem trockenen Stück Gebäck und dünnem Kaffee vor sich am Tisch, die Kellnerin zeigte überhaupt kein Interesse an den Gästen. Umso mehr schien sie mit ihrem Freund beschäftigt, zumindest ließ sie das gesamte Lokal an ihrem Telefongespräch teilhaben.

»Ich liebe es«, sagte Susanne und breitete die Arme aus. »Wir drei in einem richtig schlechten Café mitten in New York. Ich werde euch furchtbar vermissen, wenn wir bald alle wieder zu Hause sind.«

Maggan empfand es genauso. Zum Glück würden sie sich schon nach kurzer Zeit bei Andreassons wiedersehen, denn sie hatten viel zu organisieren, um all das in die Wege zu leiten, was sie in ihren Gesprächen in Casablanca und auf Haiti vereinbart hatten.

Zudem musste sie sich mit ihrer Ehe auseinandersetzen und sich entscheiden, wie sie jetzt weitermachen wollte. Sie fühlte sich von Paul so hintergangen, dass es ihr schwerfallen würde, ihm zu verzeihen. Dennoch wollte sie sich anhören, was er zu sagen hatte. Irgendeine Veränderung jedenfalls würde es geben, denn sie hatte nicht vor, länger die Familiensklavin zu spielen. Wenn sie weiterhin verheiratet blieben, was ihr im Moment eher unwahrscheinlich erschien, musste Paul sich einen anderen Rettungsanker suchen, um sich daran festzuhalten. Damit war Maggan endgültig fertig. Sie hatte ihn genug getröstet. Nicht ein einziges Mal würde sie ihm versichern, wie gut und kompetent er war, wenn er sich nicht selbst endlich anstrengte, etwas zu erreichen.

Nach der ersten Tasse Kaffee ließ Rebecka die Bombe platzen: Michael und Paul planten ein *Sonja*-Hotel zu eröffnen, ein bisschen wie das *Sonjas London*, aber eben in Paris.

Susanne schlug sich mit der Hand vor den Mund. »Dann hat er aufgehört, im *Hyatt* zu arbeiten?«, fragte sie überrascht. »Werden die junge Mutter und das Baby auch nach Paris ziehen?«

»Mehr weiß ich leider auch nicht«, sagte Rebecka.

»Ich *wusste*, dass das nicht allein Pauls Schuld war! Michael muss ihm diese Idee eingeredet haben, und dann konnte er nicht Nein sagen.« Sie warf Susanne einen wütenden Blick zu, als könne sie etwas dafür.

»Guck mich nicht so an«, sagte Susanne. »Mach das mit den Kerlen aus.«

Wenn Paul und Michael das *Sonjas* zusammen gekauft hatten und obendrein ein Hotel eröffnen wollten, konnte Michael ja die Stellung halten. Von London aus wären es schließlich nur zwei Zugstunden, er wäre also im Nu vor Ort. Dann bräuchte Paul nur hin und wieder hinzufahren, das würde doch genügen? Er bräuchte nicht einmal dort zu wohnen. Doch im Grunde wusste Maggan genau, dass es sie am meisten verletzt hatte, dass er hinter ihrem Rücken gehandelt hatte. Und dafür konnte sie Michael nun wirklich nicht verantwortlich machen.

Rebecka sagte nicht viel. Sie ließ die Freundinnen erst einmal die Nachricht verdauen.

»Bist du okay?«, fragte sie Maggan.

»Ja, aber Susanne sieht ein bisschen geschockt aus.«

»Bin ich auch«, sagte Susanne. »Glaubt ihr, das alles wäre passiert, wenn wir nicht auf Reisen gegangen wären?«

»Das werden wir wohl nie herausfinden«, sagte Rebecka. »Willst du damit sagen, dass du es bereust?«

»Überhaupt nicht! Ich bin nur irgendwie erschrocken, dass sich das Leben so schnell ändern kann.«

»Und du, bereust du die Reise?«, fragte Rebecka Maggan.

Diese musste nachdenken, bevor sie antwortete. Im Grunde war sie es ja gewesen, die den Anstoß dazu gegeben hatte, denn sie hatte es nicht ausgehalten, mit einem depressiven Paul zu Hause zu sitzen.

Endlich schüttelte sie den Kopf. »Nein. Ich glaube, es erschreckt mich einfach nur, dass ich die Kontrolle über Paul verloren habe«, sagte sie ehrlich. »Er ist zurück in Paris und blüht auf in seiner alten Rolle, während ich Angst habe, dass ich in meinem Leben in Farsta stecken geblieben bin. Aber jetzt lass uns nicht weiter über ihn reden. Ich muss das klären, wenn ich zu Hause bin. Was ist mit dir, Rebecka, wie fühlt es sich für dich an?«

»Ich bin ein bisschen melancholisch. Wir haben es doch wirklich nett gehabt zusammen. Oder? Und was wir in den Wochen alles erlebt und gesehen haben! Ich habe mich verändert, seit ich aus Palma weg bin, und habe nun beinahe Angst, zurückzufahren. Ich will mich nicht wieder runterziehen lassen. Letzte Woche habe ich darüber nachgedacht, das Haus zu verkaufen. Aber dann würden die *Alleinstehenden Eltern* ihr Feriendomizil verlieren. Und ich das, was Adam und ich gemeinsam aufgebaut haben.«

»Kannst du nicht etwas Neues anfangen?«, schlug Susanne vor. »Du brauchst ja nicht ständig auf Mallorca zu sein.«

»Du weißt doch, wie es ist, denn dir geht es genauso«, sagte Rebecka. »Ein Zuhause genügt.«

»Als ich in Paris wohnte, hatte ich zwei«, warf Maggan ein.

»Ja, aber wie oft bist du in dieser Zeit in Farsta gewesen?«, fragte Rebecka. »Außer im Sommer warst du doch eigentlich nie dort.«

»Nein, aber du siehst ja, wie gut es ist, dass ich es nie verkauft habe. Jetzt kann ich dort wohnen bis zu meinem Tod.«

Susanne musste lachen. »Ja, ja, tu das! Oder du übernimmst vorübergehend Rebeckas Haus, wenn du mal Lust auf Veränderung hast. Vielleicht sollten wir unsere Wohnungen der Reihe nach tauschen?«

»Du würdest gerne in Farsta wohnen?«

»Äh, nein.« Sie lächelte und tätschelte Maggans Hand. »Aber wenn du nicht ausgerechnet Kiefernpaneele in deinem Hobbykeller hättest, würde ich eventuell darüber nachdenken.«

Rebecka empfand Wehmut, als sie an Bord des Flugzeugs stiegen. Es kam ihr vor, als fehle ihr etwas, als hätte sie etwas hinter sich gelassen, ohne zu wissen, was. Sie hatte Angst, nach Hause zu kommen, Angst, keinen neuen Sinn im Leben zu finden. Angst, Adam wieder so zu vermissen, dass sie sich selbst erneut verlor. Doch was sollte sie machen? Natürlich konnte sie umziehen, doch das Wichtigste war wahrscheinlich, dass sie etwas fand, womit sie sich beschäftigen konnte. Sie saß auf einem Fensterplatz hinter Maggan, und jetzt beugte sie sich vor und klopfte ihr auf die Schulter. »Meinst du, Paul könnte Hilfe beim Hotelausbau in Paris gebrauchen?«

»Inwiefern?«.

»Eigentlich egal. Ich werde verrückt, wenn ich nichts Vernünftiges zu tun habe.«

Maggan zuckte die Achseln. »Ich habe keine Ahnung. Schließlich hat er mich nicht einbezogen, wie du weißt. Ruf ihn an, wenn wir wieder da sind.«

Rebecka lehnte sich wieder zurück. Es war eine spontane Idee gewesen und eher ein Scherz, dennoch wäre es vielleicht gar nicht so dumm. Sie konnte sich um die Finanzen kümmern. In dem Haus wohnen, das Maggan gehörte. Dort gab es Wohnungen, klein, aber immerhin. Sie war allein und brauchte nicht viel Platz. Und sie könnte leicht zwischen Paris und Mallorca hin und her fliegen, falls es nötig war.

Noch einmal beugte sie sich zu Maggan vor.

»Kann ich in einer deiner Wohnungen wohnen?«

Maggan drehte sich um und begegnete ihrem Blick.

»Im Ernst?«

»Ich glaube ja«, sagte Rebecka, und merkte, wie sich ein verblüfftes Lächeln auf ihrem Gesicht ausbreitete. »Verdammt, ich glaube, ich meine es wirklich ernst.«

Susanne verließ Heathrow ebenso mit Tränen in den Augen wie die anderen beiden. Ihre Herzensschwestern würden weiterreisen, während sie nach Hause nach Notting Hill fuhr.

Der Klumpen in ihrem Hals wurde immer größer, je mehr sie sich der Stadt näherte. London ohne Michael war noch einmal anders, wenn er jetzt tatsächlich weggezogen war. Er hatte im *Hyatt* aufgehört. Michael *war* das *Hyatt.* Susanne konnte ihm keine Vorwürfe machen, weil er mit einer anderen Frau geschlafen hatte, schließlich hatte sie selber Schluss gemacht und beinahe dasselbe getan. Aber warum hatte er nicht verhütet? Wollte er, dass diese Frau schwanger wurde? Sehnte er sich nach einem Kind?

Susanne wusste nicht, was sie jetzt anfangen sollte. Sollte sie mit ihm reden oder jedes Gespräch verweigern? Womit würde es ihr am besten gehen? Wie es ihm ging, war ihr für den Moment egal. Er hatte sich im Laufe weniger Wochen ein neues Leben eingerichtet, während ihres dasselbe geblieben war.

Es war, als würde das Schicksal ihnen zeigen, was sie selbst nicht zu begreifen schienen.

Es war vorbei.

Es war wirklich vorbei.

40

Eine ganze Woche lang weigerte Maggan sich, Paul in ihr Haus in Farsta hineinzulassen. Nach einem Telefonat war klar gewesen, dass er künftig wieder in Paris wohnen würde, und das hatte für sie den Ausschlag gegeben.

Doch eines Tages war er plötzlich da. Ungebeten saß er auf den Stufen vor der Haustür, als sie vom Babysitten bei den Zwillingen nach Hause kam. Als sie durch das Gartentor trat, erhob er sich.

»Wenn du mich nicht reinlässt, mache ich hier eine Szene«, sagte er leise.

»Als ob mir das etwas ausmachen würde.« Sie öffnete mit den glänzenden neuen Schlüsseln. Es geschah ihm recht, dass er nicht hatte reinkommen können. Das war ihr Haus, nicht seines, ihr Ehevertrag bewies es eindeutig. Zum Glück, dachte sie, denn hier hatte er nichts mehr verloren.

Die Wut, die sie auf der Reise empfunden hatte, war beinahe noch stärker geworden, als sie wieder zu Hause war und alles sie daran erinnerte, wie sie hier herumgerannt war, um ihn bei Laune zu halten. Treppe rauf, Treppe runter, und das mit ihrem schlimmen Bein. Er jammerte, und sie rannte.

Jetzt sah er ganz und gar nicht mehr kläglich aus, das musste sie trotz allem zugeben. Erhobenen Hauptes bat sie ihn in die Küche. Aber war es nicht seltsam, dass er sofort den Hintern hochbekam, wenn sie das Haus verließ?

»Kaffee?«

Er nickte und setzte sich auf denselben Stuhl, auf dem er in den drei Jahren, die sie zusammen hier gewohnt hatten, immer gesessen hatte.

»Wie war eure Reise?«, fragte er.

»Gut, danke.« Sie öffnete den Gefrierschrank. »Eine Zimtschnecke dazu?«

»Gerne.«

Sie nahm zwei heraus und legte sie auf einen Teller, den sie anschließend in die Mikrowelle schob. Dann holte sie zwei Porzellantassen heraus. Die eine war am Rand leicht angeschlagen. Normalerweise hätte sie sie gleich entsorgt, doch jetzt stellte sie sie vor Paul hin.

»Milch?«

»Ja, das weißt du doch«, sagte er müde.

»Seit ich weggefahren bin, hat sich einiges verändert.

Da wäre Milch noch die geringste Neuerung.« Er zuckte die Schultern.

Er zuckte die Schultern.

Als fände diese Situation in ihrem Kopf statt und nicht in Wirklichkeit. Arschloch, dachte sie. Du egoistisches Arschloch.

Der Kaffee war fertig, und sie nahm die Kanne und schenkte ihm ein. Als er brühend heiß über den Rand lief und auf Pauls Schoß, zuckte sie die Schultern.

»Verdammt, Maggan, was soll das?« Er lief zur Spüle, riss sich die Hose herunter und tränkte Küchenpapier mit kaltem Wasser, das er sich anschließend an den Oberschenkel presste. »Das hast du absichtlich getan.«

Sie antwortete nicht. Stattdessen schenkte sie sich selbst ein und stellte die Kanne zurück in die Maschine. Dann nahm sie die Zimtschnecken aus der Mikrowelle und legte sie auf einen neuen Teller. Seelenruhig setzte sie sich an den Tisch, während Paul schimpfend seine Hose auswusch.

»Ich ziehe mir nur schnell was Trockenes an«, sagte er und ging zur Treppe, die ins Schlafzimmer führte.

»Deine Sachen liegen verpackt im Keller«, sagte sie und biss von der Zimtschnecke ab, die von Findus waren und gut schmeckten, wenn auch nicht so gut wie ihre eigenen, doch dazu hatte sie diese Woche keine Zeit gehabt. Es hatte Stunden gedauert, Pauls Sachen einzupacken. Jetzt war es erledigt. Gegen Ende war es schneller gegangen, als sie sich nicht mehr darum bemühte, die Kleider ordentlich zu falten.

Er blieb in der Türöffnung stehen.

»Was hast du gesagt?«

»Deine Sachen lagen überall bei mir im Haus herum. Ich habe sie eingepackt, damit du alles nach Paris mitnehmen kannst. Die Kartons stehen im Hobbykeller. Ich habe sie nicht beschriftet, du musst halt nachsehen, in welchen Klamotten sind.«

Es tat gut, es ihm heimzuzahlen. Wie war sie nur so tough geworden? Sie empfand überhaupt kein Mitleid mit ihm, im Gegenteil. Schließlich war sie noch ziemlich nett gewesen, sie hätte seine Sachen ja auch einfach draußen auf die Wiese werfen können.

Er trat einen Schritt zurück in die Küche, und es sah einfach zu komisch aus, wie er in Hemd, Socken und gepunkteter Unterhose dastand.

»Was lachst du?«, fragte er. »Ist an dem Ganzen irgendetwas komisch?«

»Nein, wahrscheinlich nicht«, sagte sie und musterte die Zimtschnecke, dann brach sie ein Stück ab und steckte es sich in den Mund.

»Maggan, können wir bitte darüber reden? Du hast mir überhaupt nicht zugehört. Sobald du ›Paris‹ hörst, machst du vollkommen dicht.«

»Was gibt es denn da zu reden? Du ziehst um, ich bleibe hier. Was *wir* gewesen sind, hast du verlassen.« Sie klang erstaunlich ruhig, obwohl sie innerlich schäumte. Das war gut. Herumzuschreien führte zu nichts.

»Ich gehe hier ein«, sagte er.

»Danke, das hört man gerne.«

»Aber es kann doch nicht richtig sein, dass du ständig versuchen musst, mich am Leben zu halten!«, sagte er und setzte sich ihr gegenüber. »Und so war es doch die ganze Zeit. Du hast gekämpft und dich aufgeopfert, damit es mir gut geht, und ich habe mich immer weniger als Mann gefühlt.«

»Dann bin ich also schuld? Weil ich dich nicht genügend Mann habe sein lassen?«

»Das habe ich nicht gesagt. Mir ging es schlecht, und du bist jemand, der einen nicht im Stich lässt. Aber du musst zugeben, dass du immer weniger Anerkennung bekommen hast, je mehr du für mich gekämpft hast. Ich hatte wahnsinnige Angst, dass du mich irgendwann verachten würdest … Das tust du jetzt wenigstens nicht. Du bist wütend, aber nicht, weil ich eine jämmerliche Figur abgebe, sondern weil ich nicht das tue, was du willst.«

»So etwas Egoistisches habe ich ja noch nie gehört!«, sagte sie. »Ich, ich – es geht immer nur um dich. Aber was ist mit mir? Oder mit Anneli und den Kindern? Wie passen wir ins Bild? Armer Paul, muss umziehen, um ein Mann zu werden. Aber was ist mit uns?« Jetzt brüllte sie doch. Ihre Wut war so groß, dass sie ihm am liebsten eine heruntergehauen hätte. An seinen grauen Locken gerissen hätte, bis er vor Schmerzen schrie.

Verdammt, sie hatte sich so für ihn kaputt gemacht! Alles versucht, nur damit es ihm gut ging. Und dann verhielt er sich ihr gegenüber so unfair. Verließ ihr gemeinsames Zuhause, nachdem sie ihm erst die nötige Energie eingeflößt hatte, sich endlich aus dem Bett zu erheben. Und dann war alles so einfach. Plötzlich konnte er sogar nach Paris fahren und ein Restaurant kaufen. *Und* ein Hotel.

»Aber natürlich, Paul, du musst hier nicht wohnen, wenn es dir dabei so schlecht geht. Ich befreie dich hier und heute von dieser Last. Am Montag treffe ich mich in einer ganz anderen Angelegenheit mit Andreassons, da werde ich dann auch die Scheidungspapiere ausfüllen.« Sie stand auf und sah auf die Uhr. »Du kannst dir jetzt noch eine Hose holen. Dazu hast du genau eine Viertelstunde Zeit. Dann möchte ich, dass du mein Haus verlässt. Den Rest schicke ich dir nach.«

»Okay«, sagte er und stand ebenfalls auf. »Wenn du

dich weigerst, mir zuzuhören, und längst weißt, wie alles ist, dann ist es wirklich besser, wir trennen uns. Ich glaube, wir könnten es sehr gut miteinander haben. Aber wenn du mir nicht zuhören willst …«

Sie sah zu, wie er in Unterhosen die Küche verließ, und als sie ihn die Kellertür öffnen hörte, ging sie ins Schlafzimmer hinauf und setzte sich hin. Erst als die Haustür zuschlug, ging sie wieder hinunter. Sie weinte ihm keine Träne nach. Stattdessen holte sie sich zwei weitere Findus-Schnecken aus dem Gefrierschrank.

Um halb fünf rief Anneli an. »Mama, du musst ihm zuhören«, sagte sie. »Dass ihr euch scheiden lasst, ist das Dümmste, was ich je gehört habe.«

»Und das sagst du.«

»Ja, denn Peter und ich haben uns nicht mehr geliebt«, sagte sie.

»Anscheinend ist Liebe aber auch nicht alles«, erwiderte Maggan.

»Dem, den man liebt, nicht zuzuhören, ist trotzdem gemein. Durfte er dir wenigstens erklären, wie er sich das vorgestellt hatte, damit es für euch beide funktioniert?«

»Mit ihm in Frankreich und mir in Schweden? Nein, denn das wäre keine Alternative für mich.«

»Das war es auch gar nicht, was er dir vorschlagen wollte. Er wollte, dass ihr eine Woche in Paris und eine Woche hier wohnt, immer wenn ich die Kinder habe.«

»Also ein totales Hin und Her. Findest du, das ist eine gute Alternative?«

»Mama, du bist echt unmöglich!«, sagte Anneli aufgebracht. »Du verrottest doch selbst hier zu Hause, versuch nicht, mir etwas anderes einzureden! Sieh nur mal an, wie gut dir die Reise getan hat: Du bist ohne Krücke zurückgekommen, hast wieder abgenommen, was du seit deinem Umzug nach Farsta zugenommen hattest, du hast eine Energie, wie ich es lange nicht mehr an dir gesehen habe, und überlegst, was du selbst eigentlich willst, statt immer nur an alle anderen zu denken. Du musst raus aus deinem geliebten Vorort. Genau das hat deine Reise mit den beiden anderen bestätigt.«

»Aber Papa hat mich hintergangen. Er hat das *Sonjas* zurückgekauft, ohne mich zu fragen, ob ich mir das auch vorstellen könnte. So etwas tut man doch nicht, wenn man verheiratet ist«, sagte Maggan wütend. Es kam ihr vor, als würde Anneli ihr sagen, sie solle einen Strich unter alles ziehen, und als wäre es ihre eigene Schuld, dass Paul sie verraten hatte.

»Wie, *wenn man verheiratet ist*, mit wem vergleichst du euch denn? Du weißt doch, dass es Papa hier schlecht ging, darüber hast du dich doch ständig bei mir beklagt. Ja, es war egoistisch von ihm, das Restaurant zurückzukaufen, ohne es vorher mit dir zu besprechen, aber darf man das nicht trotzdem? Muss es deshalb gleich bedeuten, dass man sich trennt? Ich begreife das, ehrlich gesagt, nicht.«

Maggan seufzte. »Nein, das ist offensichtlich. Und es ist offensichtlich, dass du dich auf eine Seite geschlagen hast. Ich habe noch zu tun, vielleicht telefonieren wir lieber ein andermal.«

Sie wollte vor Anneli nicht weinen, denn wenn sie jetzt Pauls Komplizin war, würde sie es ihm bestimmt erzählen. Maggan schluckte und schluckte, doch sie konnte die Tränen nicht zurückhalten. Und so setzte sie sich aufs Sofa, vergrub ihr Gesicht in den Händen, und eine Woge des Kummers nach der anderen schüttelte ihren Körper.

Tat es immer so weh, auf seine eigenen Bedürfnisse zu hören? Dann hatte sie es wahrscheinlich deshalb bisher nie getan. Tief in ihrem Innern hatte sie wahrscheinlich gewusst, dass es besser war, sich einfach einzugliedern und zu tun, was andere verlangten. Aber diesmal nicht. Ausnahmsweise einmal würde sie tun, was sie wollte, und alles andere egal sein lassen.

Wenn es wehtun musste, war das eben so.

41

In London hatte Susanne eine Woche lang im Hotel gearbeitet, wusste jedoch, genau wie ihre Angestellten, dass sie eigentlich mehr Deko war als alles andere. Das Hotel war inzwischen eine gut geölte Maschinerie, was natürlich auch ihr Verdienst war, doch auf dem Weg zum Erfolg hatte sie sich selbst mit der Zeit wegrationalisiert. Obwohl sie mehrere Wochen fort gewesen war, hatte es keinen einzigen Vorfall gegeben. Und so hatte sie sich in der vergangenen Woche Aufgaben geradezu suchen müssen, und erst als sie auf allen vieren ein Zimmer putzte und froh war, etwas zu tun zu haben, gab sie auf. Solange niemand krank wurde, kündigte oder aus anderen Gründen aus dem Hotelbetrieb verschwand, musste sie sich damit zufriedengeben, die Gäste zu begrüßen.

»Ich langweile mich«, sagte sie zu Vera. »Das macht mich ganz kribbelig. Hast du nichts für mich zu tun?«

Vera lachte. »Oh nein, und meinen Job kriegst du nicht!«

»Du kannst dir nicht vorstellen, bald in Rente zu gehen?«, fragte Susanne hoffnungsvoll.

»Du würdest es ohnehin schnell langweilig finden«, sagte Vera. »Dich um den Papierkram zu kümmern, ist nicht gerade deine starke Seite. Du würdest Probleme schaffen, wo keine sind.«

Susanne lehnte sich auf ihrem Bürostuhl zurück und betrachtete die Kollegin, die trotz ihres hohen Alters fit war und so elegant wie immer aussah. Bluse, Perlenkette und das Haar frisch gelegt und toupiert, bei *Johnson's*, ein Stück die Straße runter. Es lag wie ein Heiligenschein um ihren Kopf. Sie war zuckersüß und unglaublich tüchtig. Vera hatte recht. Wenn sie aufhören würde, wäre Susanne nicht die Richtige, um ihre Nachfolge anzutreten.

»Ich habe immer gedacht, es wird noch etwas mit dir und Otto«, sagte sie. Otto tanzte wie ein Gott, hatte Geld auf der Bank und war die Eleganz in Person, selbst in der Schürze, die er hinter dem Tresen trug.

Vera nahm die Brille ab und ließ sie an der Goldkette baumeln. »Ich weiß. Das sagst du mir ungefähr einmal im Monat.«

»Warum wird dann nichts draus?«

»Weil er zu alt für mich ist.«

»Zehn Jahre sind doch nicht viel.«

»Fünfzehn. Doch, in unserem Alter macht das wieder viel aus.«

»Aber er tanzt so gut.«

»Hat getanzt. Das schafft er inzwischen nicht mehr. Wenn der Arbeitstag herum ist, ist er zu müde dafür.«

»Aber kann er überhaupt noch arbeiten, wenn es so anstrengend für ihn ist?«, fragte Susanne besorgt.

»Versuch nicht, ihm seinen Job wegzunehmen«, sagte Vera. »Es ist alles, was er noch hat.«

»Muss ich mit ihm reden?«

»Nein, lass ihn in Ruhe. Er sagt schon Bescheid, wenn es ihm zu viel wird.«

»Kannst du bitte ein Auge auf ihn behalten?«

»Ja, versprochen.«

»Danke. Ich fliege morgen nach Schweden und werde ein paar Tage nicht da sein. Hatte ich das schon gesagt?«

»Mehrmals.« Vera setzte sich die Brille wieder auf, und Susanne begriff, dass das Gespräch beendet war.

Sie stand auf. »Dann gehe ich jetzt mal nach Hause«, sagte sie und hoffte auf wenigstens ein bisschen Protest.

»Tu das«, sagte Vera abwesend, ohne auch nur den Blick vom Bildschirm zu wenden.

42

Susanne war mit Michael zum Essen verabredet und hatte ein wenig Angst vor diesem Treffen. Sie hatten sich nicht zerstritten, und nachdem sie wieder nach Hause gekommen war, hatten sie lange telefoniert. Eigentlich konnten sie einfach weitermachen wie vereinbart, sich hin und wieder treffen, so wie er es vorgeschlagen hatte, doch Susanne wusste, dass sich das ändern würde, sobald er Vater wäre. Sie war frei wie ein Vogel, und er war gebunden. Das war eine Gleichung, die nicht aufging. Außerdem würde er jetzt mehr oder weniger in Paris leben, und es war nicht unwahrscheinlich, dass die werdende Mutter auch dort hinzog. Nein, es würde alles ein einziger Schlamassel, das konnte gar nicht gut gehen.

Doch noch waren das alles nur Spekulationen von ihrer Seite. Michael sollte erst einmal sagen, wie er sich sein Leben jetzt vorstellte, und dann konnte sie immer noch überlegen, ob sich etwas Gemeinsames ergeben konnte oder nicht. Gegen die Bauchschmerzen, die ihr das verursachte, konnte sie allerdings im Moment nicht viel tun.

Sie überlegte lange, welches Kleid sie anziehen sollte, und entschied sich dann doch für ihre weiße Leinenhose und ein weißes Seidenhemd. Das war bequem und schick, und wenn sie sich dann noch das Haar hochsteckte und ein wenig Goldschmuck anlegte, war sie bestens angezogen für ein Abendessen in der Stadt.

Er hatte einen Tisch im *Dinner by Heston* bestellt, und sie hatte nicht protestiert. Weshalb er ausgerechnet das Restaurant ausgesucht hatte, in das sie immer einkehrten, wenn sie etwas zu feiern hatten, erschloss sich ihr nicht ganz. Sie hatte ihn aber auch nicht gefragt. Vielleicht wollte er es, weil sie dort immer so glücklich gewesen waren und mit Champagner auf die kleinen und großen Dinge ihrer Beziehung angestoßen und viel gelacht hatten.

Zum ersten Mal waren sie dort gewesen, als sie nach Susannes Zählung hundert Mal miteinander geschlafen hatten. Michael hatte gefunden, das sei ein Meilenstein. Das zweite Mal hatten die Besucherzahlen des *Hyatt* eine neue Rekordmarke erreicht. Was beim dritten Mal der Anlass gewesen war, hatte sie vergessen, doch das zehnte Mal war ihr wieder lebhaft in Erinnerung, denn es war nach dem Ende ihrer Strahlenbehandlung wegen des Krebses gewesen.

Das war nur wenige Jahre, nachdem sie sich kennengelernt hatten, gewesen, und er hatte gemeint, die Krankheit würde sie verändern. Heute konnte sie selbst sehen, dass es damals begonnen hatte: Die Angst, er könne sie einschränken, sie in ihrer Freiheit behindern. Sie hatte gespürt, dass er ihr nur zu gerne alle Last abgenommen hätte. Das erste Mal hatte er zu Hause in ihrem Reihenhaus um ihre Hand angehalten, und das zählte nicht, denn er war betrunken gewesen. Doch das zweite Mal hatte er es im *Heston* getan, und da wurde es ernst.

Sie hatte sofort Nein gesagt und gedacht, das ist ein Warnsignal. Er wusste genau, dass sie nicht heiraten wollte und dass ihre Unabhängigkeit ihr wichtiger war als alles andere. Seinerseits dachte er, die Krankheit hätte sie dazu gebracht, anders darüber zu denken, und in diesem Moment begann das, was letztlich ihr Ende wurde. Das war so schade, denn ansonsten passten sie in fast jeder Hinsicht zusammen.

Als sie durch das Küchenfenster sein Taxi sah, warf sie sich eine Strickjacke um die Schultern und ging hinunter. Es wäre viel einfacher für ihn gewesen, wenn sie sich direkt im Restaurant getroffen hätten, doch er hatte darauf bestanden sie abzuholen, und ihr machte es nichts weiter aus.

Susanne glitt neben ihm auf die Rückbank, und wie immer durchfuhr es sie heiß, allein schon, weil sie in seiner Nähe war. Seine dunklen Augen wirkten auf sie wie Magneten.

»Du siehst wunderbar aus«, sagte er.

»Danke, du auch.« Sein Anzug saß wie angegossen, und Susanne hatte den Verdacht, dass er heimlich trainierte, sonst sah man doch mit achtundfünfzig nicht mehr so aus. Sie selbst unternahm tapfere Versuche mit Hanteln im Schlafzimmer, doch abgesehen von den täglichen raschen Fußmärschen zum und vom Hotel wurde bei ihr nicht viel aus dem Sport. Zwar war sie sehr zufrieden mit ihrem Aussehen, es wäre auch unverschämt gewesen, wenn nicht, es ging jedoch eher um die Fitness ihrer Organe, wenn sie über ihren Bewegungsmangel nachdachte. Herz, Lunge und Skelett zum Beispiel. Wenn sie zu schnell lief, schnaufte sie wie ein Walross und die Beine taten ihr danach weh, und das deutete ja nicht gerade auf eine gute Kondition hin. »Dann erzähl doch mal von Paris«, sagte sie. »Gefällt es dir dort?«

Sein intensiver Blick ließ sie noch immer nicht los. »Ja, natürlich. Du kennst ja das Haus und die Wohnungen. Ich wohne in der, wo wir schon so oft zusammen waren.« Er lächelte. »Sie liegt zentral und ich brauche nichts Größeres, ich habe ja auch immer noch mein Haus in Hampstead.«

»Ich habe immer noch nicht ganz kapiert, was passiert ist. Innerhalb weniger Wochen hat dein Leben sich komplett verändert.«

»Ja, ich weiß. Ich habe es selbst noch nicht richtig begriffen. Die schlimmsten Stunden waren für mich die in Norwegen, als ich dachte, ich hätte dich verloren.« Er nahm ihre Hand in seine. »Aber das war gar nicht der Moment, als das passiert ist, oder?«

Sie drückte seine Hand. »Nein, es war nicht dort«, sagte sie. »Ich glaube, du hast mich verloren, als du mir zum ersten Mal einen Heiratsantrag gemacht hast.«

»Was denkst du eigentlich, was ich tun würde, wenn wir verheiratet wären, was ich nicht jetzt schon täte?«

»Ich weiß es nicht«, sagte sie aufrichtig. »Es ist ein Gefühl, das gar nichts mit dir zu tun hat. Ich liebe dich, seit ich zum ersten Mal den Fuß in dein Büro gesetzt habe. Es geht wirklich nicht um fehlende Liebe, sondern irgendetwas anderes in mir, das einfach Platz braucht. Aber wir haben so oft darüber geredet, ohne irgendwie weiterzukommen.«

»Entschuldige. Ich weiß nur einfach nicht, wie ich ohne dich weiterleben soll. Ich bin nie mit etwas Schwierigerem konfrontiert gewesen, und es ist mit mehr Schmerz verbunden, als ich mir vorstellen konnte. Dieses Jahr ist für mich einfach nur schlimm gewesen, um es mal klar zu sagen, und nach Norwegen war ich so froh, dass du uns eine weitere Chance geben wolltest. Und ich verstehe es wirklich, wenn du beschreibst, wie wichtig dir deine Unabhängigkeit ist. Ich habe auch das Gefühl, dass das okay für mich ist. Nach Norwegen wusste ich plötzlich gar nicht mehr, worüber wir uns eigentlich die ganze Zeit gestritten haben. Das Einzige, was ich will, bist du, genau so, wie du bist. Ich will überhaupt nichts ändern.« Er holte tief Luft und wendete sein Gesicht nach vorn. »Doch dann passierte das, woran ich gar nicht denken mag.«

»Wie konntest du aber auch so dumm sein, nicht zu verhüten?«

Er schüttelte den Kopf. »Ignoranz. Gehirnschwund. Ich weiß es nicht, ich erinnere mich nur bruchstückhaft.«

Das Taxi hielt vor dem Restaurant, und nachdem Michael bezahlt hatte, sprang er hinaus, um ihr die Tür zu öffnen. Er streckte ihr die Hand hin und half ihr beim Aussteigen.

»Aber ich habe dich heute nicht eingeladen, um über dieses Elend zu reden«, sagte er, als sie kurz darauf die Treppe zum Eingang hinaufgingen. »Paul und ich würden dich gern als Consultant in Paris engagieren. Und bevor du etwas sagst: Es war Pauls Idee. Auch wenn ich nicht behaupten kann, dass ich dagegen protestiert hätte.« Er wandte sich dem Oberkellner zu und nannte seinen Namen, ehe er fortfuhr: »Natürlich wäre es ein Traum, dich irgendwie mit dabeizuhaben. Aus verschiedenen Gründen. Einer davon ist, dass du ein tolles Start-up hingelegt hast, damit haben weder Paul noch ich Erfahrung. Und der andere Grund ist deutlich egoistischer, das gebe ich gerne zu.«

Sie bekamen denselben Tisch wie immer. Er zog ihr den

Stuhl heraus und nachdem sie sich gesetzt hatte, nahm er ihr gegenüber Platz. Sein Blick war voller Begeisterung, und es fiel ihr schwer, sich nicht anstecken zu lassen, wenn seine Augen so leuchteten.

»Wann wollt ihr denn fertig sein?«

»Die ersten Gäste sollen nach Neujahr kommen«, sagte er.

»Bis dahin sind es ja nur noch drei Monate!«

»Ich weiß. Deshalb brauchen wir ja auch Hilfe. Die Bauarbeiter werden es wohl schaffen, aber es gibt darüber hinaus noch so viel zu tun. Und du bist einfach die Beste in der Branche.«

Er sah sie flehend an.

»Kannst du nicht wenigstens darüber nachdenken?«

Das hatte sie schon getan. Natürlich war das hier genau der richtige Job für sie, sie hatte ja ohnehin nichts anderes zu tun. Und ein *Sonja*-Hotel in Paris mit aufbauen zu dürfen, wäre einfach nur großartig. Doch mit Michael zusammenzuarbeiten war natürlich … völliger Wahnsinn.

»Lass mich überlegen«, sagte sie und fügte hinzu: »Ich habe gerade furchtbar viel mit meinem Hotel zu tun.«

43

Rebecka hatte ihren Garten vermisst. Mit einem Korb im Arm, einer Schere in der Hand und in Gartenhandschuhen betrachtete sie ihre Beete. Der Gärtner kam alle zwei Wochen, doch in der Zwischenzeit wachte sie selbst über ihre verschiedenen Arrangements.

Ihr ganzes Leben hatte sie in Wohnungen verbracht,

und so war es ein großes Glück für sie gewesen, als sie endlich einen Garten bekam. Mit Begeisterung hatte sie sich über Samen und Pflanzen hergemacht, und jetzt, wenige Jahre später, grünte und blühte es, dass es eine Freude war.

»Rafaela«, rief sie.

Sogleich erschien ihre Assistentin in der Terrassentür. »Hier bin ich.«

»Können wir gleich mal die Planung für den Sommer durchgehen? Ich habe ein paar Ideen, was wir machen könnten.«

»Ja, gerne. Ich muss nur noch einkaufen. Können wir es danach machen?«

»Ja, natürlich. Hast du die Liste auf dem Kühlschrank gesehen?«

»Ich habe sie hier«, sagte Rafaela und winkte mit dem Zettel.

»Super.« Rebecka bückte sich und riss ein Büschel Unkraut heraus. Seltsam, wie schnell das immer nachwuchs.

Als sie zufrieden war mit ihrer Arbeit, zog sie die erdigen Handschuhe aus und legte sie neben dem Korb auf die Wiese. Mit der Hand schirmte sie die Augen vor der Sonne ab und blickte über das Wasser. Am Nachmittag könnte es einen Schauer geben, dachte sie. Und der war auch dringend nötig.

Sie ging auf die andere Seite des Pools und setzte sich dort ins Gras, wo sich so viele wichtige Ereignisse in ihrem Leben abgespielt hatten. Zum ersten Mal am Silvesterabend vor sieben Jahren, als Adam sich neben sie gesetzt und ihr gesagt hatte, dass er sie liebe.

Jeder Quadratmeter, ob drinnen oder draußen, enthielt Erinnerungen an ihre Beziehung. Konnte sie das einfach zurücklassen und nach Paris gehen? Sie hatte mit Paul darüber gesprochen, ob sie sich nicht in das Hotelprojekt mit einbringen könnte, und der hatte ihr gleich die neuen Kalkulationen geschickt und gefragt, ob sie sie mal durchsehen könnte. Soweit Rebecka es nach den Zahlen beurteilen konnte, würde ihr Geld nicht reichen. Wenn sie nicht rasch ihre Kasse füllten, würden sie mit einem Hotel dastehen, das Wände hatte, aber keine Betten. Sie brauchten einen weiteren Kredit, hatte sie gesagt und vorgeschlagen, künftig die Finanzen zu betreuen, wenn Paul und Michael einverstanden waren.

Morgen würde sie nach Stockholm fliegen, und sie freute sich auf die Reise. Seit sie aus New York zurückgekehrt waren, hatten die Freundinnen fast jeden Tag miteinander telefoniert. Sie und Susanne würden bei Maggan wohnen, und Rebecka sah schon vor sich, wie sie bis spät in die Nacht aufblieben und über dieses und jenes plauderten.

Sie hatte Angst davor gehabt, nach Mallorca zurückzukehren, Angst davor, dass die tiefe Trauer sie wieder einholen würde. Und natürlich war sie traurig gewesen. Weinend war sie von Zimmer zu Zimmer gegangen und hatte mit Adam geredet. Doch sie hatte ihre Tabletten in der Apotheke abgeliefert und gesagt, sie brauche sie nicht mehr. Sie war im Pool geschwommen, was sie seit Adams Tod nicht mehr getan hatte. Sie hatte gekocht, und wenn sie einkaufen fuhr, schminkte sie sich dezent. Genau wie während der Reise rund um die Welt mit Sonja konnte sie die Trauer in sich tragen, ohne deshalb unterzugehen. Wenn sie den Schmerz akzeptierte und aufhörte, dagegen anzukämpfen, wurde es leichter. Das Dunkle durfte bleiben, doch es war in Ordnung, gleichzeitig Freude zu empfinden.

Langsam stand sie auf und klopfte sich den Dreck ab, dann warf sie einen letzten Blick aufs Mittelmeer. Sie würde erst duschen und anschließend packen.

»Wie lange bleibst du weg?«, fragte Rafaela in der Tür zum Schlafzimmer, wo Rebecka sich Sachen aus dem Schrank suchte und auf das Bett legte.

»Ich habe die Rückfahrt noch nicht gebucht, aber ich glaube nicht, dass ich mehr als ein paar Tage weg bin. Vielleicht vier. Ich rufe dich an, wenn ich es genauer weiß«, sagte sie abwesend und musterte kritisch, was sie herausgesucht hatte. In Stockholm war es deutlich kälter als hier, und sie würde eine Jacke brauchen und einen Pullover, vielleicht auch zwei. Socken natürlich. Sie zog die unterste Schublade heraus und zog acht schwarze, genau gleiche heraus.

Wenn sie aus Stockholm zurückkam, dachte sie, war sie vielleicht bereit, Adams Sachen wegzuräumen. Noch immer steckte sie zwischendurch ihre Nase in seine Pullover, dennoch wurde es allmählich Zeit. Die Kleider wollte sie verbrennen, denn den Gedanken, sie wegzugeben, konnte sie nicht ertragen. Was, wenn sie jemanden treffen würde, der in Adams Lederjacke herumlief, die sie aus fünfhundert Metern Entfernung erkannt hätte? Vielleicht sollte sie sie doch behalten? Er hatte so gut ausgesehen darin.

Sie und Rafaela würden die Kleider zum Gärtner hinüberfahren, der sie zu Hause verbrennen würde. Sie wollte dabei sein, es war wichtig für sie.

»Mach irgendwas Schönes, während ich weg bin«, sagte Rebecka und streckte ihren Rücken durch. »Kannst du nicht eine Party veranstalten?«

Rafaela lächelte. »Hier?«

»Ja?«

»Mal sehen. Hast du übrigens gehört, dass für Haiti Orkanböen angesagt sind?«

Rebecka hatte ihr alles von ihrer Reise erzählt, über Yelanda und über Sonjas Schulen. Da gab es vieles, das an ihre eigene kleine Initiative erinnerte, denn auch wenn die eine Woche, die sie hier verbrachten, von Luxus geprägt war, hatten die Eltern zu Hause in ihrem Alltag doch oft nichts.

Rebecka runzelte die Stirn. »Nein, woher hast du das?«

»Ich habe es in den Nachrichten gesehen. Haiti, Jamaica und Kuba. Sie evakuieren bereits so viele wie möglich.«

Rebecka legte ihre Sachen zur Seite, ging in die Küche und zog ihr iPad heraus. In nur wenigen Sekunden fand sie Informationen zu dem Orkan, den sie Matthew getauft hatten. Es wurde erwartet, dass er heftig ausfallen würde. Verdammt. Hatte dieses Land nicht schon genug gelitten? Sollte sie versuchen, Amanda zu erreichen, um weitere Details herauszufinden? Nein, die Schulleiterin hatte gewiss andere Dinge zu tun. Sie musste warten, bis es vorüber war.

Während der Reise versuchte sie auf dem Laufenden zu bleiben und fühlte sich ein wenig beruhigt. Es klang, als hätte es nur wenige Todesfälle auf Haiti gegeben, dachte sie und verstaute ihr Handy in der Tasche. Das Flugzeug sollte um sieben landen. Rebecka hatte zu Maggan gesagt, sie würde den Zug in die Stadt nehmen. Zwischen Arlanda und Farsta herrschte meist so viel Verkehr, dass es schneller ging als mit dem Auto. Die Bahn brauchte zwanzig Minuten bis zum Hauptbahnhof, und von dort würde sie ein Taxi nehmen.

Sie verzichtete auf den Kaffee an Bord, und den Kopf ans Fenster gelehnt, schlummerte sie eine Weile ein. Die Sicht war klar, und als sie über Stockholm flogen, leuchtete der Stadtkern in der Dunkelheit. Rebecka fühlte sich erwartungsfroh.

Wie immer würden sie in Sonjas Wohnung in Vasastan fahren und dort zu Abend essen. Es war eine Tradition, die sie jedes Mal aufnahmen, wenn sie gleichzeitig in Stockholm waren. Ansonsten stand die Wohnung leer, doch alle Gemälde und die meisten von Sonjas Möbeln standen noch da. Andreassons kümmerten sich darum, dass jemand ab und zu danach schaute, und das Geld dafür ging monatlich von einem ihrer Konten ab. Es gab immer frische Blumen in den Fenstern und Adventsschmuck, wenn es die Zeit dafür war, und zu Mittsommer wurde die Wohnung mit einer Schwedenfahne und auch einer Mittsommerstange auf dem Fensterbrett ausgestattet.

In Sonjas ehemaligem Atelier hingen die Bilder aufgereiht, und jetzt, da sie so viel mehr über Sonja wussten, hatten sie beschlossen, sie noch einmal durchzusehen.

Susanne war am meisten daran gelegen, zu versuchen, Luke ausfindig zu machen.

»Ich begreife einfach nicht, wie er sie so im Stich lassen konnte«, hatte sie neulich erst am Telefon gesagt. »Seine Frau hat ihre Beine verloren, und das war natürlich eine Katastrophe, aber nach so vielen Jahren hätte er sich doch wenigstens von ihr verabschieden können!«

Das fand Rebecka auch. Doch sie hatten in ganz New York vergebens nach einem Luke Danes gesucht, und auch sonst gab es niemanden im Land, der darauf passte. Vielleicht war er ausgewandert oder hatte einen neuen Namen angenommen? Vielleicht war er nur eine Erfindung ihrer Freundin?

Die Taxifahrt vom Bahnhof nach Farsta war kurz, und als Rebecka auf der Treppe des vertrauten Reihenhauses stand, vernahm sie den Essensgeruch. Sie schmunzelte und klingelte, und gleich darauf stand Maggan freudestrahlend vor ihr.

»Komm rein, Susanne sitzt schon im Wohnzimmer und Anneli ist unterwegs.« Sie nahm Rebecka den Koffer ab. »Hattest du eine gute Reise? Du hast ja gar keinen Gips mehr. Ist alles wieder verheilt?«

»Ja, alles gut«, sagte Rebecka und hängte ihre Jacke auf.

Susanne kam mit einer Champagnerflasche aus dem Wohnzimmer. »Schön, dass du da bist und noch dazu ohne Gips.« Sie wickelte den Draht ab, der den Korken festhielt. »Hol schon mal Gläser, denn jetzt lasse ich ihn knallen«, sagte sie und ließ den Korken gegen Maggans ungestrichene Kiefernholzdecke fliegen.

Als Rebecka einige Stunden später zu Bett ging, war sie nicht ganz nüchtern. Es ist schön wie immer, sie wiederzusehen, dachte sie und zog sich die Decke über den Kopf. Sie sah, dass sie einen Anruf verpasst hatte, war aber zu müde, den AB abzuhören. Das musste bis morgen warten.

In diesem Bett hatte sie schon so oft geschlafen. Maggans Haus war immer ihr Zufluchtsort gewesen. Hierhin kamen sie, wenn das Leben gerade schwierig war. Manchmal hatte Rebecka allein hier geschlafen, andere Male waren auch Sonja und Susanne mit dabei gewesen. Maggans Reihenhaus war groß und hatte viele Zimmer, was bedeutete, dass man meist, so wie heute, ein Zimmer ganz für sich haben konnte.

Sie legte ihren Kopf auf das Kissen und freute sich schon auf den nächsten Tag.

44

»Wir müssen einen weiteren Kredit aufnehmen«, sagte Paul.

»Können wir nicht erst mal mit Maggan sprechen?«, bat Michael.

»Oder vielleicht mit Susanne?« Paul blickte seinen Freund wütend an.

»Ihr seid verheiratet, wir sind nicht einmal mehr ein Paar.«

Paul gestikulierte heftig. »Was glaubst du, wie lange noch?«, fragte er. »Die Scheidungspapiere können jeden Tag eintreffen.«

Maggan hatte gesagt, sie hätte diese Woche noch einen Termin mit dem Anwalt. Allein der Gedanke daran machte Paul verzweifelt, denn er wusste, dass die Scheidung durchgehen würde, selbst wenn er sich weigerte zu unterschreiben. Daher konnte er sie unmöglich um Hilfe bitten, es wäre vollkommen sinnlos und erniedrigend gewesen. Er wollte keine Öre von ihr annehmen.

»Was ist mit Rebecka? Wir könnten ihr eine Teilhaberschaft anbieten, statt sie nur als Beraterin ins Boot zu holen. Vielleicht würde ihr das sogar besser gefallen. Wir könnten sie zumindest fragen«, überlegte Michael.

Paul hielt mitten in der Bewegung inne. Das war gar keine schlechte Idee. Er nickte. »Gerne! Lass uns mal überlegen, wie das aussehen könnte.«

Rebecka war zuverlässig. Genau der Partner, den sie brauchten. Sie hatte große Unternehmen geführt, regte sich niemals unnötig auf und verfügte zudem über die Mittel, die ihnen fehlten. Doch es war schade, dass sie Maggan nicht dabeihaben konnten. Gott, was hatte es für einen Spaß gemacht, mit ihr zusammen das Restaurant zu betreiben! Der Betrieb war so eingespielt gewesen, dass sie durchaus auch mal hatten experimentieren können, und das hatten sie ausgenutzt. Ein paarmal hatten sie den armen Parisern sogar Surströmming angeboten. Leider war das überhaupt nicht gut gegangen. Wenn Paul sich richtig erinnerte, war ein Gast grün im Gesicht geworden und auf die Straße hinausgerannt, aber damals hatten sie sich so etwas leisten können.

Anneli hatte sie nach ihrer Scheidung nie gebeten, nach Schweden zurückzukommen, doch auf dem Ohr war Maggan taub. Und so waren sie umgezogen, obwohl sie in Paris so glücklich gewesen waren. Das Restaurant zu verkaufen, war Maggans Idee gewesen, und für ihn hatte es sich damals auch richtig angefühlt. Wenn jemand anderes es betrieb, würde er es vielleicht weniger vermissen, hatte er gedacht. Daher konnte er die Schuld nicht allein Maggan geben. Sie beide hatten getan, was sie für richtig hielten, und Paul hatte es sich viel einfacher vorgestellt, in Stockholm Freunde und Arbeit zu finden, doch die Kombination, sowohl Franzose zu sein als auch schon relativ alt, hatte es ihm deutlich erschwert. Dabei war sein Englisch nahezu perfekt. Dass er darüber hinaus auch noch sehr stolz war, hatte alles noch schwieriger gemacht. Er konnte einfach nicht auf die Knie gehen.

Doch jetzt war sein Geld aufgebraucht, zumindest die Summe, die er in das Hotelprojekt hatte stecken wollen, und das aufgrund einer Fehleinschätzung, die er sich selbst zuzuschreiben hatte. Seine Rechnung war nicht aufgegangen, obwohl er die Kosten hoch angesetzt hatte, weil es ja immer teurer wurde, als man vorher dachte. Natürlich konnten er und Michael sich neues Geld leihen, doch ein dritter Teilhaber wäre die bessere Lösung.

Am Nachmittag hatten sie einen Termin mit dem Bauleiter und dem Architekten. Noch lagen sie im Zeitplan. JP hatte im *Sonjas* Mittagessen serviert, doch im Grunde war es kein tragbarer Zustand, weder für die Gäste noch für das Personal. Die Bauarbeiter fingen frühmorgens an und mussten spätestens um 16 Uhr aufhören, weil zwei Stunden später das Restaurant wieder geöffnet wurde.

Zwanzig Doppelzimmer und fünf Suiten sollte es geben, wenn alles fertig war. Ein fantastisches kleines Hotel. Paul seufzte. Lieber begrub er seine Pläne, als Maggan um Hilfe zu bitten.

Michael ging zügig. Es war schönes Wetter, und obwohl es bereits Oktober war, war es beinahe sommerlich warm. Zumindest für britische Verhältnisse. Er versuchte die wehmütige Stimmung zu verdrängen, die ihn seit dem Essen mit Susanne immer wieder befiel. Sie hatte ihm noch nicht geantwortet, ob sie sich vorstellen konnte, ihnen bei den Anfangsschwierigkeiten zu helfen, und er verstand ihr Zögern, mit ihm zusammenzuarbeiten. Er selbst hatte gar nicht darüber nachgedacht, ob es ihm guttun würde oder nicht. Er wollte sie einfach nicht verlieren. Ob getrennt oder zusammen, spielte dabei fast keine Rolle. Das Band zwischen ihnen war immer noch stark. Das musste sie doch auch spüren, dachte er.

Doch natürlich war es im Grunde lediglich ein Herauszögern, denn sie wussten beide, dass das Ende kommen würde, auch wenn sie es an jenem gemeinsamen Abend nicht so ausgedrückt hatten.

Auf Susanne konnte man sich verlassen. Dafür hatte er sie stets bewundert. Sie war der stabilste Mensch, dem er je begegnet war: immer direkt, niemals ungerecht. Und sehr, sehr lieb. Das vergaß man manchmal, weil sie es oft versteckte. Doch war man ihr erst einmal nähergekommen, verhielt sie sich absolut loyal und großzügig. Niemals verlor sie ein böses Wort über diejenigen, die sie als Freunde betrachtete.

Nicht einmal ihm hatte sie Vorwürfe gemacht. Doch, »Idiot« hatte sie ihn mehrmals während des Essens genannt. Doch sie hatte ihm geglaubt, als er ihr gesagt hatte, dass er nicht fremdgegangen war, dass er mit Camille geschlafen hatte, als es zwischen ihnen aus gewesen war. Auch hatte sie keine weiteren Fragen dazu an ihn gehabt. Er selbst wollte gar nicht wissen, ob sie in der Zwischenzeit einen anderen gehabt hatte. Es hätte ihm zu wehgetan.

Camille schien sich damit abgefunden zu haben, was er ihr am Telefon gesagt hatte. Wenn es sich abzeichnete, dass das Kind wirklich von ihm wäre, würde er seiner Verantwortung nachkommen, vorher jedoch nicht. Allerdings hatte sie darauf bestanden, näher zu ihm zu ziehen, und wie sollte er ihr das auch verbieten? Er war ein Arschloch, das eine jüngere Frau ausgenutzt hatte, um seine eigenen Bedürfnisse zu befriedigen, und musste jetzt mit den Konsequenzen leben. Doch manchmal wünschte er ihr den Tod, oder dass sie zumindest aufhören würde, zu existieren. Ja, solche Gedanken hatte er …

Die SMS mit der Ultraschall-Aufnahme erreichte ihn genau in dem Moment, als er seine Wohnung betrat. *Es ist noch sehr früh, aber ich konnte das Herz schlagen hören*, schrieb sie und schickte ein weiteres Bild, diesmal von sich selbst, wie sie glücklich in die Kamera strahlte. *Es wird ein April-Kind. Was sagst du dazu?*

»Erst mal nicht so viel, das weißt du ja«, sagte er, als er sie daraufhin zurückrief. »Es ist wirklich schwierig für mich, ich habe das so nie gewollt.«

»Du wolltest ein Leben mit Susanne«, sagte sie.

»Ja, unter anderem.«

»Warum hast du dann mit mir geschlafen? Um dich zu trösten?«

Genau diese Frage hatte er sich unzählige Male gestellt. Warum? Er war immer ehrlich zu ihr gewesen und wollte es auch weiterhin sein. »Ja, genau.«

»Aber zwei Mal? Das war schon gemein!«

»Ich dachte, wir hätten dieselbe Einstellung dazu.«

Sie schnaubte. »Wie meinst du das? Dass wir eine stillschweigende Übereinkunft hatten, Sex miteinander zu haben, aber mehr nicht? Du bist ja wohl alt genug, um zu wissen, dass es so nicht funktioniert. Auf dem Papier vielleicht, aber selten im echten Leben. Wenn ich dich nicht so toll gefunden hätte, wäre ich nie mit dir ins Bett gegangen. Ich war nicht verzweifelt, im Gegenteil. Ich habe dich mir genau ausgesucht. Schade, dass es umgekehrt nicht ebenso war.«

»Es tut mir leid«, sagte er leise. »Aber es war so, wie ich es gesagt habe.«

»Und was ist jetzt mit Susanne? Was sagt sie eigentlich dazu, dass du Vater wirst?«

»Ich habe nicht vor, mit dir über sie zu reden«, sagte er kurz.

Solange er nicht vorhatte, Susanne als Kindermädchen zu engagieren, hatte Camille nichts mit ihrer Beziehung zu tun.

Camille schien einzusehen, dass dieses Gesprächsthema erschöpft war, und fing stattdessen an, von Blutwerten, Gesundheitstipps und von Lebensmitteln zu faseln, auf die sie derzeit Heißhunger hatte.

Michael hörte ihr gar nicht mehr zu. Er sehnte sich mit jeder Faser seines Körpers danach, aufzulegen. Es fühlte sich so falsch an. Alles daran fühlte sich für ihn einfach nur falsch an.

45

»Ich muss hinfahren«, rief Rebecka am nächsten Morgen und rannte die Treppe in Maggans Reihenhaus hinunter.

»Wohin? Wovon redest du?« Maggan stand am Spülbecken. Rebecka sah völlig verstört aus.

»Nach Haiti.«

»Hast du mit Amanda telefoniert? Ist etwas mit den Schulen passiert? Sind sie tot?« Maggan zog einen Küchenstuhl heraus. »Setz dich«, sagte sie. »Und jetzt atme tief durch.«

»Ja, ich habe mit Amanda gesprochen, das Haus von Yelandas Familie ist zerstört, die Bewohner werden vermisst. Auf der Südseite herrscht die totale Katastrophe. Die Schulen scheinen in Ordnung zu sein, soweit ich es verstanden habe, aber schlechter sieht es mit den Wohnhäusern der Familien aus.« Sie setzte sich und holte tief Luft.

»Aber was könntest du dort ausrichten?«, fragte Maggan. »Wenn du hinfährst, um das Mädchen zu suchen, bist du nur im Weg. Es gibt andere, die das besser können.«

»Ja, ich weiß«, sagte Rebecka, sprang auf, ging eine Runde durch die Küche und setzte sich wieder hin.

»Du kannst nicht dorthin«, sagte Maggan nachdrücklich.

»Nein, vielleicht nicht jetzt, mitten in der Krise, aber später. Wer soll mich aufhalten?«

Susanne tappte in einem von Maggans Morgenmänteln herein. Sie kratzte sich am Kopf und gähnte ausgiebig. »Sagt mal, geht es noch? Es ist halb acht. Müsst ihr da schon so laut sein, dass andere nicht schlafen können?«

»Rebecka will nach Haiti«, sagte Maggan. »Setz dich. Ich mache uns Frühstück. Gekochte Eier oder Spiegelei?«

Während Rebecka Susanne auf den neuesten Stand brachte, summte Maggan am Herd vor sich hin. Sie konnte ihre Freude darüber, ihre besten Freundinnen am Küchentisch sitzen zu haben, nicht unterdrücken. Dann fiel ihr plötzlich etwas ein, sie ging hinaus und kehrte mit Sonjas Urne zurück, die sie ins Küchenfenster stellte.

»Die hast du immer noch hier?«

»Ja, ich wollte sie mitnehmen, wenn wir nachher in Sonjas Wohnung fahren.«

»Ist noch Asche drin?«

»Ein ganz klein wenig ist noch übrig.«

»Ich wünschte, ich könnte ihren Geist befragen, ob ich nach Haiti fliegen und nach ihren Schulen und den Kindern schauen soll«, sagte Rebecka.

Maggan holte eine Packung Eier aus dem Kühlschrank. »Ich glaube, sie würde sagen, du sollst zu Hause bleiben.«

»Das glaube ich auch«, sagte Susanne entschieden. »Du würdest nur die Rettungsarbeiten behindern.«

Einige Stunden später schoben sie eine sich sträubende Rebecka auf den Rücksitz von Maggans Volvo und drückten ihr die Urne in die Hand. Susanne fuhr, und sie entsetzte sich lautstark über all die Veränderungen in der Stadt. An ihrer alten Wohnung konnten sie nicht vorbeifahren, denn am Slussen war alles abgesperrt. In Vasastan war dort, wo sie als Kind zum Zahnarzt gegangen war, ein ganz neues Wohnviertel entstanden. Sie erinnerte sich noch genau, wie froh sie mit achtzehn gewesen war, endlich die Zahnspange los zu sein.

»Nichts sieht mehr aus wie früher«, sagte sie. »Überall neue Häuser. Bloß gut, dass Sonjas Haus noch steht!«

»Das gehört ja schließlich auch uns«, sagte Maggan und lachte. »Und solange das so ist, wird niemand es abreißen, stimmt's?«

Die Mietwohnungen in dem Haus waren sehr begehrt. Sonja hatte sie lediglich ein Jahr vor ihrem Tod kernsanieren und neue Bäder einbauen lassen, ohne deshalb die Miete auch nur um eine Öre zu erhöhen. Sie fand nicht, dass es an den Mietern hängen bleiben sollte, schließlich hatten diese während der Sanierung bereits genügend Unannehmlichkeiten gehabt.

Insgesamt verfügte das Haus über zehn Wohnungen, und Sonjas lag im Erdgeschoss.

Im Flur zog sich Susanne die Schuhe aus, dann ging sie direkt ins Atelier, wo der hohe alte Schrank stand. Sie setzte ihre Brille auf, zog die oberste Schublade heraus und hob das Schmuckkästchen herunter. Vorsichtig öffnete sie den Deckel, und da lag der Ring. Sonjas Verlobungsring, den sie in Casablanca von Luke bekommen hatte. Er funkelte noch immer.

Daneben lag die Halskette, die sie beim Aufräumen der Wohnung gefunden hatten. Susanne öffnete den Verschluss des Medaillons. Da war es. Genau wie sie es in Erinnerung gehabt hatte. Als sie es das erste Mal gesehen hatte, hatte sie nicht so genau darüber nachgedacht. Es hatte so viel anderes gegeben, das wichtiger war. Aber jetzt, da sie von Luke erfahren hatte, wusste sie, dass er es war.

»Maggan, Rebecka, kommt mal«, rief sie. »Das ist doch bestimmt Luke?«

Sie reichte ihnen das Medaillon.

»Das können wir natürlich nicht mit Sicherheit wissen, aber es ist sehr wahrscheinlich«, sagte Maggan und nahm es in die Hand. Sie hielt es so, dass Rebecka es auch sehen konnte.

»Vermutlich habt ihr recht«, sagte Rebecka und beugte sich vor. »Wie jung sie da sind. Er kann auf dem Foto nicht älter als zwanzig sein.«

»Nimmst du es an dich?«, fragte Maggan und gab Susanne die Kette zurück.

Susanne nickte und steckte sie in ihre Tasche. Wenn sie Luke irgendwann finden sollten, musste er sich das ansehen. Den Ring ließ sie im Schmuckkästchen liegen. Sie wollte vorschlagen, ihn Julie zu geben.

»Wenn eine von euch Pizza bestellt, hole ich schon mal die Sachen raus«, sagte Susanne.

Es war immer dasselbe Ritual, wenn sie in Sonjas Wohnung waren. Sie blätterten in alten Fotoalben, bestellten Pizza, tranken viel zu viel Champagner und lachten, bis sie sich beinahe in die Hosen machten.

Als sie aufgegessen hatten, legten sie sich rücklings auf den Wohnzimmerboden und schauten zur Decke. »Glaubt ihr an ein Leben nach dem Tod und dass es einen Sinn im Leben gibt, also dass das meiste vorherbestimmt ist?«, fragte Maggan.

»Manchmal ja, manchmal überhaupt nicht. Ich glaube, Sonja und Adam schweben irgendwo da oben herum und sehen uns zu, aber Menschen, mit denen ich gar keine Beziehung habe, gehen einfach nur in den großen Kreislauf ein«, sagte Susanne. »Total unlogisch, aber so ist es. Und einen Sinn im Leben? Nein, auf keinen Fall. Und du?«

»Ich weiß nicht. Manchmal glaube ich an Schicksal, aber wenn ich dann Kinder sehe, denen es richtig elend geht, denke ich, das kann nicht sein, es kann keinen Sinn haben, dass es ihnen so schlecht geht, während andere – wie wir drei – so ein glückliches Leben haben.«

Rebecka räusperte sich.

»Entschuldige, Rebecka, ich wollte nicht kleinreden, was du durchgemacht hast«, sagte Maggan. »Aber manche sehen ja in allem irgendeinen Sinn, und da komme ich einfach nicht mit.«

Susanne überlegte. Dachte an Sonja und was diese alles durchgemacht hatte. War es vorherbestimmt gewesen, dass sie mit vierundfünfzig sterben und in ihrem Leben so viel allein sein, so viele Menschen verlieren würde? Nein, sonst wäre das Schicksal einfach nur grausam. Es gab Leute, die dachten, wenn man nur die richtige Einstellung hätte, würde alles gut werden. Blödsinn. Es gab Dinge, die man nicht beeinflussen konnte. Schließlich hatten die Kinder auf Haiti, deren Häuser der Orkan zerstört hatte, nicht irgendeine falsche Einstellung gehabt.

»Geht mir genauso«, sagte Susanne schließlich und stützte sich auf die Ellbogen. »Dennoch glaube ich, dass Sonja und Luke füreinander bestimmt waren. Eine lebenslange Liebe kann doch nichts anderes bedeuten?«

Maggan wandte ihr den Kopf zu. »Ich weiß nicht. Sieh Paul und mich an. Wir konnten einander nie vergessen, und jetzt werden wir uns scheiden lassen.«

»Auf keinen Fall werdet ihr das!«, sagte Susanne und legte sich wieder hin.

»Ich werde morgen die Papiere unterschreiben.«

»Wirst du nicht!«

»Susanne«, sagte Maggan wütend. »Ich lasse mich scheiden. Das Familienoberhaupt hat gekündigt.«

»Das wiederum ist gut. Aber deshalb braucht man sich nicht scheiden zu lassen.«

Maggan wandte sich wieder der Decke zu. »Dann weiß eben nur ich nicht, wie man sonst damit umgehen soll.«

»Das kann ich dir beibringen.«

Maggan lachte laut, doch Susanne ließ sich nicht beirren.

»Wir brauchen mehr Alkohol«, sagte sie und erhob sich ächzend. »Und Süßigkeiten.« Susanne zog eine große Tüte Süßigkeiten aus ihrer Handtasche und ging dann noch einmal in die Küche, um die zweite Flasche Champagner aus dem Kühlschrank zu holen.

»Ich bin gefragt worden, ob ich mich in das Projekt in Paris einkaufen will«, sagte Rebecka, als Susanne zurück war, den Blick immer noch zur Decke gerichtet.

»Ach, wirklich? Davon haben Maggan und ich noch gar nichts gehört.«

»Wahrscheinlich werdet ihr auch nicht gefragt. Ihr seid doch viel zu eng mit Paul und Michael verbandelt.«

»Immerhin haben sie mich gefragt, ob ich sie beraten möchte«, sagte Susanne. »Da wäre eine Teilhaberschaft doch ähnlich leicht zu diskutieren?«

»Vielleicht, aber ihr steht in einem anderen Verhältnis zu Paul beziehungsweise Michael«, sagte Rebecka. »Jedenfalls habe ich beschlossen, euch die Entscheidung zu überlassen. Ich würde die Jungs gerne unterstützen, aber ihr dürft entscheiden, ob es eine gute Idee ist oder nicht.«

Nachdenklich schenkte Susanne allen mehr Champagner ein und reichte Maggan die Süßigkeitentüte, während sie selbst von einem schwarzen Totenkopf abbiss. Das würde ein langer Abend in Vasastan werden.

46

Rebecka musterte die übernächtigten Freundinnen. Sie waren sich einig gewesen, dass sie an die frische Luft mussten, doch Maggan und Susanne sahen eher aus, als bräuchten sie vor allem noch mehr Schlaf.

»Ihr seht furchtbar aus«, sagte Rebecka, als sie gemeinsam vor die Tür traten. Bei Tageslicht waren die Auswirkungen des langen Abends ihren Gesichtern noch deutlicher anzusehen. Sie selbst war schon früher eingeschlafen. Wer als Erstes schlafen ging, bekam das Bett im Atelier, so lautete die Regel. Die beiden anderen mussten sich das Bett in Sonjas Schlafzimmer teilen.

Rebecka war ein paarmal aufgewacht und hatte jedes Mal nachgeschaut, ob neue Informationen von Amanda gekommen waren. Nichts. Es war schrecklich, nichts tun zu können, doch Maggan und Susanne hatten recht. Für den Augenblick konnte sie nicht helfen, das hatte sie inzwischen akzeptiert. Sobald Amanda sich wieder bei ihr meldete, konnte sie fragen, wie sie sie am besten unterstützen konnte.

Jetzt versuchte sie sich auf das Hotel in Paris zu konzentrieren, und wie sie es auch drehte und wendete, sie kam zu dem Schluss, dass Maggan und Susanne auch mitmachen mussten.

»Ich finde, wir sollten alle drei als Teilhaberinnen mit einsteigen«, sagte sie, als sie an Bonniers Kunsthalle vorbei zum Sankt Eriksplan schlenderten.

»Nie im Leben«, sagte Maggan schnell.

»Doch, das ist eine gute Idee«, hielt Susanne dagegen. »Warum nicht, Maggan?«

»Weil es mich fertigmachen würde, mit Paul zusammen

ein Unternehmen zu führen. Das dürfte doch verständlich sein, oder?«

»Aber früher ging es doch auch gut.«

»Ja, da schon. Aber jetzt werden wir uns nie wiedersehen.«

»Aber ihr habt eine Tochter und Enkelkinder! Selbst wenn du die idiotische Entscheidung treffen würdest, dich von ihm scheiden zu lassen, werdet ihr euch immer mal begegnen. Wir wollen als Teilhaberinnen einsteigen und mitbestimmen, nicht in Paris auf ihrem Schoß hocken.«

Rebecka ließ sie zanken. Sie hätte es toll gefunden, das hier zusammen durchzuziehen. Früher hatten sie überlegt, das Londoner Hotel gemeinsam zu führen, doch nachdem sie das Erbe untereinander aufgeteilt hatten, war es anders gekommen. Umso schöner, wenn es jetzt gelänge, gemeinsam etwas auf die Beine zu stellen. Und wenn Maggan nicht wollte, musste sie sich halt überlegen, ob sie allein mit einsteigen wollte oder zusammen mit Susanne. Auch wenn Maggan das jetzt noch nicht so sehen konnte, würde sie sich irgendwann wahrscheinlich einsam fühlen, wenn sie außen vor blieb.

»Wann musst du nach London zurück?«, fragte Rebecka Susanne.

»Wenn du wüsstest, wie wenig ich in letzter Zeit muss! Ich bin in meinem Hotel vollkommen überflüssig«, sagte sie. »Das ist die Gefahr dabei, wenn man kompetente Mitarbeiter einstellt. Und du?«

»Ich bin ebenfalls arbeitslos. Wir wollen Pläne für den nächsten Sommer machen, aber Rafaela ist so gut eingearbeitet, dass sie das auch alleine schafft. Wenn ich jetzt nach Hause fahre, laufe ich nur herum und mache mir Sorgen wegen der Menschen auf Haiti. Ich würde lieber etwas mit euch unternehmen.«

»Da seht ihr mal, wie gut es ist, dass ich mein Haus in Farsta behalten habe«, sagte Maggan. »So können wir es uns dort gemütlich machen. Was haltet ihr von einem Spieleabend in meinem Hobbykeller?«

»Wie drei richtige alte Tanten«, spottete Susanne.

»Wollen wir nicht lieber nach Paris fliegen?«, schlug Rebecka hoffnungsvoll vor. »Auch wenn ihr euch nicht am Kauf beteiligen wollt, könntet ihr mich doch zumindest beraten.«

Maggan sah sie finster an. »Nur über meine Leiche.«

»Und du?«, fragte Rebecka Susanne. »Bitte!«

»Nur wenn Maggan auch mitkommt«, sagte Susanne und grinste vergnügt.

»Nein, auf keinen Fall.«

»Denk dran, dass Rebecka noch in Trauer ist.«

»Oh nein, ihr könnt hier jetzt nicht die Trauer-Karte ausspielen! Außerdem scheint sie sich ja schon wieder ganz gut berappelt zu haben«, fauchte Maggan.

»Ach, komm. Du brauchst nur erst mal etwas zu essen. Mit etwas Brunch im Magen wirst du genauso Lust auf Paris bekommen wie wir.«

Die Wahrheit war, dass Maggan wahnsinnige Angst hatte, nach Paris zu fahren. Nirgendwo war sie glücklicher gewesen, jedenfalls nicht seit Anneli von zu Hause ausgezogen war. Wenn sie dort wäre, würden jede Menge Erinnerungen hochkommen: wie sie und Paul einander wiedergefunden und sich Knall auf Fall ineinander verliebt hatten wie damals mit achtzehn. Sonjas Restaurant, in dem Maggan für das Backen zuständig gewesen war. Julie und Benny, die sich dort kennengelernt hatten und jetzt ihr viertes Kind erwarteten. Ihre Freunde Fredrik und Kicki, die ihr bei den Recherchen für ihr Buch über

Sonja geholfen hatten. Der Besuch der Enkel in den Osterferien. Susanne und Michael, Rebecka und Adam, und wie viel sie alle zusammen gelacht hatten. Alain an der Eingangstür, wie er sie willkommen hieß. Erinnerungen über Erinnerungen. Die Tränen stiegen ihr schon bei dem Gedanken in die Augen, doch sie wollte jetzt nicht weinen.

»Nein«, sagte sie, als sie sich an dem runden Tisch ganz hinten im Lokal niederließen. »Nein, nein und nochmals nein.«

»Okay. Ich nehme an, du redest immer noch von Paris?«, fragte Susanne. »Dann fahren eben nur wir beide. Was wollen wir noch unternehmen, außer uns das Sonja-Hotel anzuschauen?«

»Wir essen gut, reden und lachen ganze Nächte lang«, sagte Rebecka, und Maggan wusste, dass sie sie ärgern wollte.

»In meinem Haus dürft ihr jedenfalls nicht wohnen«, sagte sie.

»Warum nicht? Paul und Michael wohnen doch auch dort.«

»Solange die Scheidung noch nicht durch ist, ja. Es ist mein Haus. Paul kann nicht davon ausgehen, dass er weiterhin in meiner Wohnung bleiben darf.«

»Hallo, können wir bitte schnell etwas zu essen bekommen? Meine Freundin hier dreht sonst völlig durch«, rief Susanne, und Maggan trat ihr vors Schienbein.

»Was willst du denn mit deinem Haus in Paris machen? Soll es etwa leer stehen und verfallen? Willst du Sonjas Haus verkaufen? Im Ernst? Denn sonst wäre es doch blöd, niemanden dort wohnen zu lassen.«

»Es wohnen doch jede Menge Leute darin«, sagte Maggan. »Aber über die vier Wohnungen, die ich für mich reserviert habe, entscheide ich ganz allein. Paul hat jedenfalls keinen Anspruch darauf.«

»Worauf bist du eigentlich so wütend? Ich habe es immer noch nicht ganz begriffen«, sagte Rebecka.

»Wo soll ich anfangen? Ich fühle mich ausgenutzt, hintergangen, getäuscht und betrogen.«

»Du fühlst dich vor allem im Stich gelassen«, sagte Rebecka gelassen.

Dieses Wort berührte etwas in Maggan, und plötzlich konnte sie nicht mehr an sich halten. Plötzlich flossen die Tränen, gegen die sie so sehr angekämpft hatte. Welle um Welle strömte aus ihr heraus und nahm ihr beinahe die Luft zum Atmen. Beschämt rutschte sie unter den Tisch. Der Rotz lief und sie zitterte am ganzen Körper.

Im Stich gelassen.

Etwas Schlimmeres gab es nicht. Und ihr ganzes Leben lang hatte sie dafür gesorgt, dass ihr das nicht passieren konnte. Bis Paul wieder in ihr Leben getreten war. Sie hatte ihm vertraut. Hatte alles getan, damit er sie nicht verließ. Dennoch hatte er genau das getan. Er hatte sie im Stich gelassen. Das war der Kern des Ganzen.

»Du weißt schon, dass Paul nicht dein Vater ist«, flüsterte Rebecka ihr ins Ohr, als das Schluchzen langsam verebbte.

»Sag das mal meinem Herzen«, erwiderte Maggan und blickte sich vorsichtig um, ob jemand ihren Zusammenbruch bemerkt hatte. »Ich hasse die Bedeutung dieses Ausdrucks. *Im Stich gelassen.* Sag das nie wieder«, sie lächelte schief und trocknete sich die Tränen mit einer Serviette ab.

»Du fühlst, was du fühlst«, sagte Rebecka. »Aber Paul hat dich nicht verlassen. Er versucht nur, sich selbst zu retten.«

»Aber ich wollte ihn doch schon retten«, sagte Maggan. »Meine Liebe sollte ihn irgendwie stark und glücklich machen. Ihn dazu bringen, bei mir zu bleiben. Ihm hochhelfen, damit er sich um sich selbst kümmern kann.«

»Dummerchen. Er will bei dir bleiben und sich gleichzeitig stolz und stark fühlen.«

»Findet ihr überhaupt, dass er irgendetwas falsch gemacht hat?«

»Ich finde, ja«, mischte Susanne sich ein. »Er hätte dir sagen sollen, dass er sich nach Paris zurücksehnt, und er hätte dich anrufen sollen, als sich die Chance ergab, das *Sonjas* zurückzukaufen. Die Leute reden viel zu wenig miteinander, das ist das eigentliche Problem.«

»Das glaube ich auch«, sagte Rebecka.

»Es kann nicht sein, dass man einem erwachsenen Mann jedes Wort aus der Nase ziehen muss«, sagte Susanne, die jetzt richtig in Fahrt geriet. »Ich sehe nicht ein, dass sie sich, wie Paul, einfach zurückziehen und schmollen wie kleine Kinder, statt zu sagen, was los ist. Es ist nicht deine Aufgabe, das Selbstwertgefühl deines Mannes aufzupäppeln. Und wo wir schon dabei sind: Du musst auch aufhören, es zu versuchen. Lass ihn der sein, der er ist. Er ist ein Pariser Restaurantchef, kein arbeitsloser Typ aus Farsta.« Sie holte tief Luft. »Also, wann fliegen wir?«

Der vereinbarte Termin in der Anwaltskanzlei Andreasson später am Tag verlief reibungslos. Rebecka, Maggan und Susanne legten dar, welche Projekte sie in Casablanca unterstützen wollten, und die Anwälte wollten sich das alles genau ansehen. Anschließend begutachteten sie die Stiftung auf Haiti, und Maggan bekam die Scheidungsunterlagen, um die sie gebeten hatte.

»Schauen Sie sich das hier zu Hause in Ruhe an«, sagte

Andreassons Tochter und überreichte Maggan ein dickes Bündel.

»Und zu Ihnen, Rebecka: Ich hatte noch einmal Kontakt zu der Reederei und wir haben einen Deal vereinbart. Wollen Sie sich das jetzt gleich ansehen? Sonst kann ich es Ihnen auch mailen. Ich weiß auch, dass sie den Mann gefasst haben, was natürlich erfreulich ist. Dank Ihrer Zeugenaussage sowie der dreier weiterer Frauen konnten sie ihn schließlich identifizieren, sodass er vermutlich für viele Jahre hinter Schloss und Riegel kommt.«

Rebeckas Gesicht leuchtete auf. »Tatsächlich? Ich habe neulich erst überlegt, wie es wohl ausgegangen ist.«

»Ich habe die Nachricht heute Nacht bekommen.«

»Schön, dass sie den Kerl geschnappt haben«, sagte Rebecka und erhob sich. »Sind wir jetzt fertig hier?« Sie wandte sich Maggan und Susanne zu. »Ich würde gern heute Abend für uns kochen, um zu feiern, dass dieser Irre im Gefängnis sitzt.«

»Darauf freue ich mich jetzt schon«, sagte Susanne und stand ebenfalls auf.

»Ich mich auch«, sagte Maggan. »Danke für Ihre Hilfe, ich weiß nicht, was wir ohne Ihre Kanzlei tun würden.«

Die Anwältin lächelte und zog die oberste Schublade ihres Schreibtischs heraus. »Dann haben wir noch das hier.« Sie wedelte mit einem Umschlag, der unverkennbar Sonjas Handschrift trug. »Jemand interessiert?«

Neunter Brief

Das erste Lebenszeichen von Luke erreichte mich einen Monat, nachdem ich in New York gewesen war. Ich bekam eine E-Mail von ihm, in der er über den Unfall berichtete und dass es seine Schuld gewesen sei, denn er sei wütend gewesen und zu schnell gefahren, sodass er die Kontrolle über das Auto verloren hätte. Er war verzweifelt darüber, was er seiner Frau dadurch angetan hatte, aber auch uns beiden. Jetzt konnte er sie erst recht nicht verlassen, das war nun gar keine Option mehr. Doch mich nicht zu sehen, mache ihn krank, schrieb er. Und er bat mich, auf ihn zu warten.

Es verging ein halbes Jahr, bis wir uns treffen konnten. Ich war in Paris, als er anrief und mich besuchen wollte. Erst zögerte ich, denn ich war mir nicht sicher, ob ich es ertragen würde, ihn zu sehen. Stück für Stück hatte ich mich in den Monaten, die wir uns nicht gesehen hatten, wieder erholt, doch ich fühlte mich noch schwach und sehr verletzlich. Ich brauchte Kraft und Energie, um alles für Euch zu organisieren, bevor die Krankheit mich vollkommen in Beschlag nahm.
Doch ich brauchte auch Luke. Ich musste von ihm Abschied nehmen, um meinen Frieden finden zu können.
Es war sehr wahrscheinlich, dass wir uns nach dieser Begegnung nie wiedersehen würden, und so beschloss ich, mich ein letztes Mal von seiner Liebe umgeben zu lassen.
Zwei Tage hatten wir für uns, und ich sagte ihm, wie viel er mir bedeutete, dass er meine einzige Liebe sei und ich nur sein Bestes wolle. Ich sagte, dass ich verstehen würde, warum wir einander nie ganz gehören könnten und dass es Zeit sei, uns für immer voneinander zu verabschieden.
»Willst du mich verlassen?« Er hielt meine Hände fest und sah mich fragend an. »Ich habe nichts, für das es sich zu leben lohnt, wenn du gehst und mir alle Hoffnung nimmst.«

»Sag so etwas nicht. Du hast deine Kinder, und deine Frau braucht dich.«

»Aber was ist mit mir? Ein Leben ohne dich ertrage ich nicht. Hörst du? So kann ich nicht leben. Und wie willst du ohne mich weiterleben?«

Wir klammerten uns aneinander wie Ertrinkende.

Wie beschreibt man den Abschied vom Schönsten, was man hat? Es fühlt sich unmöglich an, zu vermitteln, was er mir gegeben hatte und was ich an diesem Tag in Paris aufgab.

Als er sich umdrehte und zum Fenster hinaufwinkte, wo ich stand und ihm nachsah, dachte ich, mein Herz müsste zerbrechen. Ich war am Boden zerstört.

Das Letzte, was ich von Luke sah, war, wie er in ein Taxi stieg.

47

Da gab Maggan endlich auf.

Nachdem sie Sonjas Brief gelesen hatten, stand fest, dass sie zusammen nach Paris mussten, wo Sonja Luke zum letzten Mal gesehen hatte. Und so landeten sie am darauffolgenden Tag geschlossen in der französischen Hauptstadt.

»Es fühlt sich an, als wäre sie uns nahe, obwohl sie nicht mehr da ist«, sagte Susanne und ging durch Maggans Wohnung. Am Küchenfenster blieb sie stehen, zog die Vorhänge ein wenig auf und schaute auf die Straße hinunter, wo Sonja einst Luke zum Abschied hatte winken sehen.

»Ich bin froh, dass sie ihre Erinnerungen mit uns geteilt

hat. Ich wünschte nur, sie wäre hier, damit ich ihr das sagen könnte. Könnt ihr euch noch erinnern, ob sie gegen Ende ihres Lebens traurig war? Das alles kann sich ja gar nicht so lange vor ihrem Tod abgespielt haben«, sagte sie in der Tür zum Wohnzimmer. Dann ließ sie sich neben Rebecka auf das knallrote Samtsofa fallen.

»Soweit ich mich erinnere, nicht«, sagte Rebecka. »Aber ich kann nachvollziehen, warum sie ihm ihren Herzfehler verschwieg. Es hätte ihn innerlich zerrissen, wenn er gewusst hätte, dass sie herzkrank war und er nicht bei ihr sein konnte. Wie hätte er sich entscheiden sollen zwischen seiner Frau, die ihn brauchte, und Sonja?«

»Armer Luke, arme Sonja«, sagte Susanne bekümmert. »Und die arme Frau von Luke. Auch für sie kann es nicht leicht gewesen sein.« Sie seufzte. »Glaubt ihr, das war jetzt der letzte Brief? Ist die Geschichte diesmal endgültig zu Ende? Es klang zumindest so.«

Sie aßen früh zu Abend, in einem Restaurant gleich um die Ecke, und nach ein paar Gläsern Champagner lachte Maggan sich über Susannes Gesichtsausdrücke kaputt, und Rebecka freute sich über Maggans gute Laune.

Es war ihr erster Paris-Besuch seit drei Jahren, und Alain hatte sich so gefreut, Maggan zu sehen, dass er einen Freudenschrei nicht unterdrücken konnte. Dann schnatterten sie auf Französisch miteinander, als wäre sie niemals weg gewesen. Rebecka hatte das meiste verstanden. Er hatte gesagt, dass er Maggan vermisst hätte, dass es schade sei, dass sie weggezogen wären, und schön, dass sie und ihr Mann jetzt wieder zurückkämen. Und falls er sich gewundert haben sollte, dass sie ihn um die Schlüssel für ihre alte Wohnung im fünften Stock bat, statt um die für die kleine Wohnung im sechsten, in der Paul wohnte, so ließ er es sich nicht anmerken.

»Dort ist alles in Ordnung«, sagte er nur, »allerdings ist der Kühlschrank leer. Sie hätten mich vorwarnen sollen, Madame, dann hätte ich für Sie eingekauft.«

»Was hatten wir zum Thema ›Madame‹ gesagt?«, fragte Maggan streng.

»Entschuldigen Sie. Maggan.«

»Susanne und Rebecka kennen Sie ja«, sagte sie.

»Ja, natürlich! Willkommen zurück in Paris.« Er lächelte.

Rebecka war so froh, dass Maggan sich schließlich doch dazu entschlossen hatte, mitzukommen. Sie mussten zu dritt Dinge unternehmen, nicht nur zu zweit. Über das *Sonja*-Hotel hatten sie allerdings bisher noch nicht gesprochen. Eins nach dem anderen, dachte Rebecka und linste zum hundertsten Mal heimlich auf ihr Handy. Keine Neuigkeiten aus Haiti. Seit fast drei Tagen kein einziges Wort, und das Ausmaß der Katastrophe zeichnete sich allmählich deutlicher ab. Rebecka verfolgte die Nachrichten so gut sie konnte, doch die Bilder waren nur schwer zu ertragen.

Wenn ihre Schulen den Orkan doch nicht überstanden hatten, mussten sie neue, sicherere Häuser bauen. Denn solche musste es doch geben, dachte sie. Susanne und Maggan standen unterdessen auf dem französischen Balkon, die Arme einander um die Schulter gelegt, jede einen Zigarillo im Mundwinkel. Auf dem Heimweg vom Restaurant hatten sie eine Schachtel gekauft.

»Ist das nicht eklig?«, fragte Rebecka, die niemals auch nur eine normale Zigarette geraucht hatte.

»Doch, total eklig und sehr dekadent«, sagte Susanne und blies einen Rauchring. »Wunderbar. Stimmt's, Maggan?«

»Auf jeden Fall«, sagte Maggan und hustete. »Echt gut.«

»Mmmh, natürlich«, sagte Rebecka. »Du siehst bescheuert aus, wenn du rauchst, Maggan.«

»Nicht tough, wie Susanne?«

»Überhaupt nicht.«

»Ach, dann lasse ich es«, sagte Maggan und ließ den Zigarillo auf die Straße fallen. »Ich glaube, ich bin ein bisschen angeschickert. Schon wieder. Wir müssen aufhören, so viel Champagner zu trinken.« Sie wandte sich zu Rebecka. »Morgen werde ich meinen Mann treffen, und wahrscheinlich versuche ich gerade, das zu verdrängen.«

»Du könntest doch einfach die Treppe hochgehen und bei ihm anklopfen, oder?«, schlug Rebecka vor.

Maggan zeigte auf ihre Handtasche. »Darin liegen die Scheidungsunterlagen. Er soll sie auf zivilisierte Art erhalten. Und in der Wohnung kann er bleiben, bis er etwas Eigenes gefunden hat. Es ist meine. Sonja und Adam haben sie für mich und meine Gäste renoviert.«

»Sonja hat aber auch dafür gesorgt, dass du und Paul wieder zusammengekommen seid«, sagte Susanne und schlug die Flügeltüren zu, nachdem sie fertig geraucht hatte.

»Vielleicht hat sie das getan, weil sie selbst Luke so vermisst hat«, sagte Maggan.

»Ja, kann sein. Aber pass auf, gib ihm die Papiere nicht, wenn du lediglich etwas demonstrieren willst, Maggan! Vielleicht nimmt er dich beim Wort und hält deine Spielchen nicht länger aus, und dann ist es endgültig aus zwischen euch.«

Seltsam, dachte Maggan, dass niemand mir zuzuhören scheint. Sowohl Rebecka als auch Susanne hatten irgendwelche Ansichten dazu, wie Maggans Leben auszusehen hatte. »Ob ich mich scheiden lasse oder nicht, ist keine Gruppenentscheidung. Darüber wird nicht einfach abgestimmt«, sagte sie verärgert. »Sieh lieber zu, dass du dein eigenes Liebesleben in den Griff bekommst, Susanne! Ich kümmere mich schon um meines.«

»Ja, ja, ich höre schon auf«, sagte Susanne beschwichtigend. »Aber ich muss unbedingt wissen, wie es mit Luke weiterging. Ich ertrage es nicht, dass es einfach so vorbei gewesen sein soll. Jede große Liebesgeschichte verdient ein Happy End, es *muss* hier noch eine Fortsetzung geben.«

»Ja, alles andere wäre wirklich traurig«, sagte Maggan und quetschte sich auf die Küchenbank neben Rebecka.

»Und ich glaube, es gibt tatsächlich noch mehr«, sagte Susanne. »Deshalb habe ich jetzt einen Privatdetektiv engagiert, der nach ihm suchen soll.«

»Bitte, was? Wen? Und wie?«

»Eine Freundin hat mal einen engagiert, sie hat mir seinen Namen gegeben. Ich habe ihm gemailt, als wir aus New York zurück waren, und diese Woche habe ich Nachricht von ihm bekommen, dass er sich darum kümmern wird. Ich habe ihn lediglich gebeten, Luke ausfindig zu machen, mehr nicht. Er meinte, es dürfte schnell gehen.«

»Aber was hast du ihm für Informationen gegeben?«

»Die, die Sonja uns mitgeteilt hat. Dass er eine Weile in Sydney gelebt hat, ein Jahr älter war als sie, in Vietnam gewesen ist, zwei Söhne hat und mit einer Frau verheiratet ist, die im Rollstuhl sitzt. Das ist alles. Und mehr braucht er auch nicht, meinte er. Gut, oder?«

Mitten in der Nacht erwachte Maggan mit einem Gefühl tiefer Angst, und obwohl sie nur wenige Stunden geschlafen hatte, kam sie einfach nicht wieder zur Ruhe, sie war viel zu aufgewühlt. Die Stunden vergingen, und die Gedanken in ihrem Kopf ließen sie nicht los.

Ob sie wollte oder nicht, sie musste Paul gegenübertreten, denn Rebecka und Susanne würden sich weigern, ihm die Papiere zu übergeben. Aber ins *Sonjas* würden sie mitkommen. Im Gegensatz zu ihr schienen sie sich brennend dafür zu interessieren, wie weit der Hotelausbau gediehen war. Maggan war das vollkommen egal, sie hatte einfach nur Angst, wie es sein würde, das Restaurant wiederzusehen. Vielleicht arbeiteten ihre ehemaligen Angestellten immer noch dort? Es wäre schön und zugleich schmerzhaft, sie wiederzusehen.

»Kaffee«, rief Susanne aus der Küche.

»Ich komme«, tönte es aus dem Zimmer nebenan, und Maggan begriff, dass es endlich Morgen war. Ihr wurde übel, als sie sich viel zu schnell aufrichtete, und sie musste sich am Bettpfosten festhalten, um nicht zu stürzen. Dabei war sie weder krank noch hatte sie niedrigen Blutdruck, sie hatte wahnsinnige Angst, und dies war der Ausweg, den ihr Körper ihr anbot. Das Problem war, dass er hierherkommen würde, wenn sie nicht hinfuhr. Es würde also keinen Unterschied machen, außer dass sie das *Sonjas* nicht sehen musste.

Sie atmete tief durch, ließ den Bettpfosten los und nahm den Morgenrock vom Haken an der Tür. Sie zog ihn über und knotete den Gürtel zu, sodass er beim Frühstück nicht aufgehen konnte, zog zur Sicherheit jedoch auch noch eine Unterhose an.

»Guten Morgen, gut geschlafen?«, fragte Susanne, die anscheinend schon geduscht und sich geschminkt hatte.

»Wie spät ist es eigentlich?«, fragte Maggan.

»Elf Uhr.«

»Nein! Echt? Dann bin ich wohl doch noch eingeschlafen.« Sie setzte sich auf die Bank und bekam einen Becher Kaffee.

Kurz darauf erschien Rebecka in der Tür. »Erinnert mich nächstes Mal bitte vorher daran, dass Alkohol Gift ist«, sagte sie gedämpft und schaute dann Susanne an. »Was hast du gemacht? Warum siehst du aus wie aus dem Ei gepellt?«

»Ich habe mich schon frisch gemacht, das ist alles.«

»Ah«, sagte Maggan. »Du triffst heute Michael. Deshalb.«

»Kann man sich nicht auch schminken, ohne jemanden beeindrucken zu wollen?«

»Nein«, sagten die beiden anderen wie aus einem Mund. Dann lachten sie und betrachteten ihre eigene ramponierte Erscheinung.

»Ich dusche als Erste«, sagte Maggan und kippte den Kaffee hinunter. »Ich bin sowieso zu nervös, um zu frühstücken. Ach so, haben wir überhaupt irgendetwas da?«

»Na klar, ich habe schon eingekauft«, sagte Susanne und winkte mit der Brottüte.

»Okay, dann esst ihr mal«, sagte Maggan und verließ die Küche.

Rebecka beugte sich vor, um zu sehen, ob sie außer Hörweite war.

»Sie will Paul heute die Scheidungsunterlagen geben, das müssen wir irgendwie verhindern«, flüsterte sie Susanne zu.

»Nein, ich mische mich da nicht mehr ein«, sagte Susanne.

»Du weißt, dass die beiden sich lieben. Wie kannst du es da nach Sonjas Geschichte einfach auf sich beruhen lassen?«

»Weil Liebe tatsächlich nicht alles ist, und weil sie

mich gebeten hat, mich rauszuhalten. Wenn diese beiden Sturköpfe nicht selbst begreifen, was das Beste für sie ist, dann können wir nichts machen. Luke und Sonja sind an den Umständen gescheitert. Maggan und Paul scheitern an sich selbst.«

Rebecka brach sich ein Stück Baguette ab und bestrich es dick mit Butter, dann legte sie noch eine Scheibe Käse darauf. Anschließend tauchte sie das Brot in ihren Kaffee und biss ab. Warum konnten die Leute nicht sehen, dass das Glück direkt vor ihrer Nase lag?

»Ich finde es nur so schade«, murmelte sie.

»Ich auch«, sagte Susanne. »Aber ganz egal, wie sich das zwischen ihnen entwickelt, wir müssen noch mal über das Hotel sprechen. Was meinst du? Wirst du als Teilhaberin einsteigen, soll ich nur die Beraterin machen, oder sollen wir drei zusammen einen größeren Anteil übernehmen?«

»Mehr als ein Drittel? Darauf werden Paul und Michael sich nicht einlassen.«

»Wenn wir mit einsteigen, sollten wir das Ganze unter uns fünfen gerecht aufteilen, finde ich.«

Rebecka überlegte. Über so ein Angebot hatten Paul und sie nie gesprochen. Es war immer von einem Drittel die Rede gewesen. Dass sie alle fünf gleich große Anteile besitzen sollten, wäre eine gute Idee, wenn zwischen allen Friede, Freude, Eierkuchen herrschte, doch so war es im Moment ja nicht.

»Das würde zu viel Streit geben«, sagte Rebecka. »Wie willst du mit Michael zusammenarbeiten, wenn Camille mit dem Kinderwagen das Hotel betritt?«

»Ich wäre Teilhaberin, ich würde nicht dort arbeiten«, sagte Susanne, doch Rebecka sah, wie sie bei dem Gedanken schauderte.

48

Michael schloss die Haustür in Hampstead ab, ging zum Auto und rief Paul an. Er hatte diesmal zu viel Gepäck, um den Zug zu nehmen.

»Was hat Rebecka zu unserem Angebot gesagt?«, fragte er. Er öffnete den Kofferraum und verstaute die Koffer.

»Sie hat noch nicht geantwortet, wollte es sich ein paar Tage überlegen. Wie geht es dir?«

»Danke, ich schlag mich so durch. Setze mich jetzt ins Auto.« Er warf die Kofferraumklappe zu.

»Und dass du Vater wirst?«

Michael seufzte. »Wird es sich irgendwann leichter anfühlen?«, fragte er. Er schnallte sich an und richtete den Rückspiegel aus, obwohl es eigentlich nicht nötig gewesen wäre.

»Ja, wenn das Kind da ist. Das glaube ich ganz sicher«, sagte Paul.

»Hoffentlich hast du recht. Und wie geht es dir?« Er drehte den Zündschlüssel, und der Jaguar begann zu schnurren.

»Beschissen, aber ich möchte jetzt nicht darüber reden.«

»Vielleicht später bei einem Bier?« Er warf einen letzten Blick auf sein Haus, dann fuhr er rückwärts aus der Einfahrt.

»Vielleicht.« Paul lachte heiser.

Michael war erst spätabends angekommen und ließ es deshalb am nächsten Tag ruhig angehen. Er packte seine Sachen aus, las die Zeitungen im Netz, und erst gegen sechs Uhr abends fiel ihm ein, dass er sein Handy auf lautlos gestellt hatte. Paul hatte siebenmal angerufen.

»Du musst herkommen.«

Ob es die Panik in seiner Stimme oder die Worte an sich waren, konnte Michael nicht ausmachen, doch er zog sich in Windeseile an und nahm die Treppe, statt auf den Aufzug zu warten. Im Vorbeirennen winkte er Alain zu und sprang in sein Auto.

Im Büro saß Paul zusammengesunken auf seinem Stuhl. Er hob kaum den Kopf, zeigte nur auf einen Stapel Papier auf seinem Schreibtisch.

»Sie hat sie persönlich abgeliefert«, sagte er mit zitternder Stimme.

»Wer? Was?«

»Maggan. Das da ist ihr Scheidungsantrag.«

»Ist sie hier?«

»Sie sitzen alle drei im Restaurant.«

»Wie lange sitzt du schon hier?«

»Ein paar Stunden vielleicht?«

»Während der Gastraum sich nach und nach füllt?«

Paul hob den Kopf.

»Was soll ich denn tun?«

»Keine Ahnung, aber es war doch so wichtig für dich, wieder in Paris zu leben, um deine Selbstachtung wiederzugewinnen. Dann zeig es jetzt. Geh raus zu deinen Gästen. Hör auf, dich selbst zu bemitleiden. Du bist als Partner unmöglich, wenn du dich nicht einmal zusammenreißen kannst.«

Michael setzte sich auf den Schreibtisch und sah Paul fest an. Er wusste, dass es harte Worte waren, doch er meinte, was er sagte. Sie konnten nicht zusammenarbeiten, wenn Paul sein Selbstwertgefühl nicht wiederfand.

Langsam erhob sich Paul, und Michael klopfte ihm auf die Schulter und ließ die Hand dort liegen.

»Sehr gut. Wir gehen zusammen raus.«

Als sie den Speisesaal betraten, sah Michael, wie Susannes Augen aufleuchteten. Meine Susanne, dachte er, und Wärme durchströmte ihn, wie immer, wenn er sie sah. Würde sich das jemals ändern?

Alle drei standen auf und umarmten ihn.

»Schön, dass du auch da bist«, sagte Rebecka. »Setz dich und erzähl alles.«

Er lachte.

»Ich glaube, das meiste weißt du schon.« Er streckte die Hand aus und strich Susanne zärtlich über die Wange, und ihre Blicke begegneten sich eine ewige Sekunde lang. Er räusperte sich, um den Kloß in seinem Hals wegzubekommen. »Aber ich berichte gerne über das Hotel, das ist eine deutlich angenehmere Geschichte als mein Privatleben.«

Er sah sich nach Paul um, doch der war zu den anderen Tischen gegangen, um die Gäste zu begrüßen, die sich sichtlich freuten, dass er wieder da war. Das Restaurant war auch in JP's Hand gut gelaufen, doch dass es eigentlich Pauls Restaurant war, daran bestand kein Zweifel.

Michael sah, wie Maggan ihren Mann betrachtete. Sie sah nachdenklich aus. Michael legte seine Hand auf ihre. »Ich habe es schon gehört«, sagte er.

»Es ist deine Schuld«, sagte Maggan und zog ihre Hand weg. »Wärst du nicht mit dieser Hotel-Idee angekommen …«

Er zögerte einen Moment, beschloss dann aber, nichts dazu zu sagen. Er hatte gehofft, Paul hätte gesagt, wie es wirklich war, doch das hatte er sich anscheinend nicht getraut.

»Habt ihr die Baustelle schon gesehen?«, fragte er und sah Rebecka an, die den Mund voll hatte. Sie schluckte, dann wedelte sie mit der Gabel.

»Wir können doch hingehen, sobald wir mit dem Essen fertig sind?«

»Wird man vom Restaurant direkt ins Hotel kommen können?«, fragte Susanne neugierig.

Er nickte. »Wir wollen einen Durchbruch machen, wo jetzt die Garderobe ist, sie liegt Wand an Wand mit dem Treppenhaus.«

»Gut, denn wahrscheinlich werdet ihr hier dann auch das Frühstück servieren.«

»Ja, genau.«

»Habt ihr schon angefangen, Personal zu suchen? Der Hauswirtschafter war von Anfang an bei mir das wichtigste Rädchen im Betrieb. Zum einen hatte er massenhaft Kontakte von früheren Anstellungen, und zum anderen wusste er genau, welche Art Leute im Hotel funktionieren. Frag doch mal deine Schwester.«

»Sie würde niemals hierherziehen wollen«, sagte Michael. »Sie liebt das *Hyatt* und hat dort ebenso lange gearbeitet wie ich.«

»Schade«, sagte Susanne. »Sie wäre echt super gewesen.«

Er nickte. »Das stimmt.« Dann sah er auf ihre Teller. »Seid ihr bald fertig? Den Kaffee könnt ihr doch auch nachher noch trinken?«

Paul drehte ihnen den Rücken zu, als sie an ihm vorbeikamen, und Michael verzichtete darauf, ihn zu fragen, ob er mitkommen wollte. Am besten ließen sie ihn erst einmal in Ruhe. Und Maggan auch, sie sah aus, als müsste sie platzen, wenn man versuchen würde, mit ihr zu reden, und was dann aus ihr herauskommen würde, war schwer zu sagen. Im einen Moment kam sie Michael völlig verzweifelt vor, im nächsten dagegen stinkwütend. Das war ja auch nicht weiter merkwürdig. Für sie musste es ebenso schwer sein wie für Paul. Ihr ganzes Leben hatten sie einander vermisst und dann endlich wiedergefunden, voller Erwartungen aneinander. Und dann hatten ihre Unterschiede sie eingeholt. Oder waren es ihre Gemeinsamkeiten? Er betrachtete Pauls verstockten Gesichtsausdruck und dann Maggans und hatte große Lust, sie jeweils im Nacken zu packen und zu schütteln.

»Noch müssen wir erst einmal rausgehen«, sagte er, als sie das Foyer des Restaurants erreicht hatten, wo das Porträt von Sonja wieder über dem Pult des Oberkellners hing. »Aber hier wollen wir, wie gesagt, einen Durchbruch machen, sodass der Haupteingang zum Hotel derselbe wie der zum Restaurant sein wird.«

»Ich überlege gerade, ob ich je glücklicher gewesen bin als während der Zeit, in der ich mein Londoner Hotel aufgebaut habe«, sagte Susanne und schien ganz in ihren Erinnerungen versunken.

»Vielleicht, weil du bei mir in die Lehre gehen musstest«, sagte Michael.

»Oh ja, daran erinnere ich mich noch gut«, lächelte sie und blieb stehen. »Haben wir da zum ersten Mal miteinander geschlafen?«, flüsterte sie. »Oder war das in meinem Hotel?« Sie wackelte mit den Augenbrauen.

Michael lachte auf und zog sie an sich. »Bei mir zu Hause, das weißt du ganz genau«, flüsterte er zurück, die Lippen in ihrem Haar.

Wie gut sie roch! War es eine Schnapsidee, ihr diesen Beraterjob anzubieten? Würde er in ihrer Nähe überhaupt irgendetwas zustande bekommen?

Er öffnete die Tür zur Straße und hielt sie den drei Frauen auf. Dann ging es ein paar Meter nach links und durch eine weitere Tür.

»Passt auf, dass ihr euch nicht schmutzig macht«, sagte er. »Hier ist alles voller Dreck und Sägespäne. Der Aufzug ist noch nicht eingebaut, sodass wir die Treppe nehmen müssen.«

Rebecka und Maggan gingen voraus, und Michael folgte hinter Susanne. Er streckte die Hand aus und hielt sie kurz fest.

»Komm und arbeite mit mir«, bat er leise. »Du weißt doch, was für ein tolles Team wir sind.«

Sie hielt auf der Stufe inne und drehte sich um. Bekümmert sah sie ihn an. »Genau deshalb tut es so weh«, sagte sie und legte sich die Hand aufs Herz.

49

Wieder zurück in Farsta fragte Maggan sich, ob sie wohl dabei war, verrückt zu werden. Es deutete einiges darauf hin, wie etwa ihre Launen. Es war ein ständiges Wechselbad der Gefühle. War sie nicht gerade rasend vor Wut, lachte sie so, dass ihr die Tränen kamen. Und flossen diese nicht vor Freude, so taten sie es vor Traurigkeit.

All die Belastungen der vergangenen Jahre schienen sich mit einem Mal bemerkbar zu machen. Das zumindest meinte ihr Hausarzt, als Maggan ihm die ganze Geschichte erzählt hatte, gleich am Tag, nachdem sie aus Paris zurückgekehrt war. Maggan ertappte ihn dabei, wie er heimlich auf die Uhr sah, doch es war ihr egal. Sie war panisch und brauchte Hilfe und redete und weinte eine halbe Stunde lang ununterbrochen.

Als sie mit einem Rezept in der Hand das Ärztehaus verließ, fühlte sie sich etwas besser dank der Beruhigungsmittel sowie Antidepressiva, die sie in den nächsten Tagen aus der Apotheke holen würde. Ob sie sie nehmen wollte oder nicht, konnte sie dann immer noch entscheiden.

Anneli und die Kinder würden am Nachmittag vorbeikommen, und darauf freute sie sich. Maggan war wütend auf ihre Tochter gewesen, es war ihr vorgekommen, als hätte sie Pauls Partei ergriffen, doch sie verstand natürlich auch, dass es nicht leicht für sie war, dass ihre Eltern sich zerstritten hatten. Aber das Kapitel war jetzt abgeschlossen. Aus Paris hatte sie die unterzeichneten Scheidungsunterlagen mitgebracht. Paul hatte nicht einmal protestiert. Bevor sie das Restaurant verließen, hatte er sie ihr übergeben und gesagt, dass es ihm leidtue. Mehr nicht. Jetzt stand sie am Briefkasten neben dem Kiosk und zögerte kurz, dann hob sie den Deckel des blauen Kastens für die lokale Post und ließ den Brief hineinfallen.

Nun würde sie bald eine geschiedene Frau sein, und abgesehen davon, dass sie Anneli behalten hatte, obwohl alle ihr zu einer Abtreibung geraten hatten, war dies die einzige Entscheidung, die sie ohne Rücksicht darauf getroffen hatte, was andere davon halten könnten. Anneli mit eingeschlossen.

Es zu erklären, war sinnlos, denn niemand schien ihr zuzuhören. Nicht einmal Susanne, die doch selber ihren Michael abgewiesen hatte.

Maggan fühlte sich unglaublich befreit, nachdem sie den Brief eingeworfen hatte. Ab jetzt würde sie ihr Leben wieder selbst in die Hand nehmen, ihre Unabhängigkeit genießen, und nie wieder würde sie für andere sorgen, wenn diese doch selber dazu in der Lage waren. Damit war sie fertig. Endlich. Nun wurde ihr auch klar, dass die letzten Wochen nur noch der Tropfen gewesen waren, der das Fass zum Überlaufen gebracht hatte. Dass jedoch das, was ihrer Ehe das Genick gebrochen hatte, deutlich früher begonnen hatte. Sie überlegte, ob sie den Umzug nach Farsta im Nachhinein bereute, und in gewisser Weise tat sie das. Andererseits war es mit einer Ehe, die einen Umzug nicht aushielt, vielleicht auch doch nicht so weit her.

Natürlich vermisste sie Paris und all die Delikatessenläden, in denen sie so gerne eingekauft hatte. Wenn sie im Supermarkt eine eingeschweißte Packung Schinken in ihren grünen Korb legte, dachte sie an den Schlachter auf der Rue Vivianne. Und an den Käseladen. Der Verkäufer dort hatte ihr mehr Französisch beigebracht als der Sprachkurs, den sie besucht hatte. Darüber hinaus hatte er ihr Weine empfohlen, die direkt im Regal daneben standen. In Farsta wäre ihr nie eingefallen, zum Mittagessen ein Glas Wein zu trinken. In Paris dagegen war es eher die Regel gewesen als eine Ausnahme.

Sie musterte kurz die Tube mit der Krabbencrème, die ihre Enkel so gerne mochten, dann legte sie sie in den Einkaufskorb. Anschließend ging sie zur Tiefkühltruhe und holte Lachs. Es war schon bequem, nur in ein Geschäft gehen zu müssen, argumentierte sie vor sich selbst. Auch wenn hier nicht alles frisch und aus lokalem Anbau war, so gab es doch alles, was man brauchte. Und der Spirituosenladen lag gleich gegenüber, warum beschwerte sie sich also?

Sie hatte gerade alles in ihrem Trolley verstaut und war auf dem Weg zur Rolltreppe, als ihr Handy klingelte.

»Hallo, hier ist Sofi von der Anwaltskanzlei Andreasson. Wir haben hier ein kleines Problem.«

»Oh, was ist passiert?« Sie zog den Trolley zur Seite und stellte sich vor das H&M-Geschäft.

»Paul hat sich umentschieden.«

»Wie, umentschieden?«

»Er will sich nicht scheiden lassen.«

»Aber er hat die Papiere doch schon unterschrieben?«

»Ja, aber jetzt hat er über seinen Bevollmächtigten das Amtsgericht kontaktiert und den Antrag zurückgezogen. Sie hatten ihn allerdings noch gar nicht bekommen.«

»Nein, ich habe ihn vor einer halben Stunde erst eingeworfen. Kann er das denn einfach so tun?«

»Ja.«

»Aber warum?«

»Das weiß ich nicht, das müssen Sie ihn schon selbst fragen. Ihr Antrag wird trotzdem durchkommen, aber es dauert ein halbes Jahr, wenn nicht beide Parteien unterschreiben.«

»Ich weiß, warum«, sagte Anneli ruhig und biss in ihre Zimtschnecke. »Er will kämpfen, dir seine Liebe beweisen und dir zeigen, dass er deinen Respekt verdient.«

Die Kinder waren mit je einem Butterbrot im Hobbykeller verschwunden, und nur Anneli und Maggan saßen noch in der Küche.

»Soll er doch machen, was er will. Ich habe keine Kraft, mich mit ihm zu streiten. Er ist in Paris und ich bin hier.«

»Er wird jede zweite Woche bei mir wohnen«, sagte Anneli.

»Wie bitte?«

»Ja. Die Wohnung ist groß genug, ich freue mich über Unterstützung mit den Kindern und finde, es ist eine sehr gute Idee.«

»Ach ja, findest du? Ich dachte, ich wäre ein guter Babysitter?«

»Du bist ein ausgezeichneter Babysitter, aber das ist der Opa eben auch, also könnt ihr euch die Aufgabe teilen, wenn ich Hilfe brauche.«

Dazu fiel Maggan nichts mehr ein. Anneli hatte natürlich das Recht, ihren Vater zu sehen, ohne dass sie selbst gleich austickte, auch wenn sie das Gefühl hatte, kurz davorzustehen. Sie bereute es, ihre Beruhigungsmittel noch nicht abgeholt zu haben. Immerhin konnte es sein, dass sie zusammenbrach, wenn Anneli nach Hause fuhr.

»Sag was, Mama.«

Maggan schüttelte den Kopf. Was hätte sie sagen sollen, ohne wie ein kleines Kind zu klingen? Paul konnte tun und lassen, was er wollte, sie brauchte ihn ja nicht zu treffen. Sollte Anneli doch mit seiner schlechten Laune zurechtkommen. Vielleicht begriff sie dann, was Maggan durchgemacht hatte.

Andererseits war er immer fröhlich gewesen, wenn die Kinder da gewesen waren. Nur wenn er mit ihr allein war, schien ihm das Leben eine Qual zu sein.

Nun gut, dem brauchte er sich jetzt ja nicht mehr auszusetzen.

Sie würde sich von ihm scheiden lassen. Ob es eine Woche dauerte oder ein halbes Jahr, spielte im Grunde keine große Rolle.

Als sie wieder allein war, ging sie die Treppe hinunter in den Hobbykeller, wo es nach dem Besuch der Enkel schlimm aussah.

Sie hatte sich so gefreut, Annelis altes Spielzeug herauszukramen, als die Enkelkinder kamen. Doch sie gingen längst nicht so achtsam mit den Puppen um, wie Anneli es getan hatte. Inzwischen hatten sie abgeschnittenes Haar und waren über und über mit Tinte beschmiert, weil Alex irgendwann gefunden hatte, sie sähen schöner aus, wenn sie »tätowiert« wären.

Maggan bückte sich müde. Es knackte in ihrem Rücken, und unter Ächzen und Stöhnen hob sie auf, was auf dem Boden verstreut lag, und legte es in die großen Plastikkisten, die an den nachgedunkelten Kiefernholzwänden aufgereiht waren. Anneli konnte ihnen doch wenigstens einmal beibringen, hinter sich aufzuräumen?

Vor der Wand hockend musste sie Susanne plötzlich recht geben. Kiefernholzwände *und* -decken sahen wirklich nicht schön aus.

Vielleicht sollte sie ihr Haus mal renovieren? Sie richtete sich auf. Das hatte sie noch nie getan. Natürlich hatte sie im Laufe der Jahre das eine oder andere austauschen müssen, doch sie hatte nie eine Öre für mehr als das Nötigste übrig gehabt. Sie hatte das Haus von ihrer Mutter geerbt, und die Kiefernholzwände waren ihre Idee gewesen. Vielleicht wurde es Zeit, sie abzunehmen? Maggan sah sich in dem großen Raum um. Abgesehen von wenigen Jahren hatte sie ihr gesamtes Leben hier verbracht, und jetzt hatte sie das Gefühl, blind für ihr eigenes Heim geworden zu sein. Das musste es sein. Sie hatte gar nicht gesehen, was Susanne mehrfach angesprochen hatte. Aber wie bekam man diese hässlichen Paneele ab, die die gesamten Wände bedeckten?

Das Haus nebenan stand zum Verkauf. Vielleicht sollte sie zu dem Besichtigungstermin am Sonntag gehen? Maggan kannte alle Nachbarn in der Straße, außer denen, die erst in den letzten Jahren eingezogen waren, und gerade das Haus nebenan war anscheinend tipptopp renoviert worden.

Mit diesem Gedanken im Hinterkopf und einem Notizblock in der Hand ging sie anschließend von Zimmer zu Zimmer. Wie es hier aussieht, dachte sie, als sie jetzt genauer hinsah. Jede einzelne Wand brauchte eine Frischekur. Und das Sofa. Warum hatte sie so ein hässliches Sofa? Natürlich war Leder praktisch, aber jetzt wohnte sie ja alleine hier.

Es begann sie in den Füßen zu jucken, dann breitete sich das Gefühl immer mehr aus, und es würde nicht aufhören, ehe Maggan nicht etwas unternahm. Egal, was. Die Rastlosigkeit würde nicht vorübergehen, bis sie nicht schweißgebadet und völlig erschöpft auf diesem geschmacklosen Sofa lag, das wusste sie. Die Frage war nur, ob sie damit beginnen sollte, die Paneele von den Wänden zu reißen oder zu Ikea zu fahren und sich Sofas anzuschauen. Sie entschied sich für die Paneele. Das konnte doch nicht so schwer sein?

Maggan krempelte sich die Ärmel hoch. Sie würde es mit dem Kuhfuß probieren.

50

Rebecka hielt es nicht länger aus und rief Amanda an, obwohl sie eigentlich vereinbart hatten, dass diese sich bei ihr melden würde, sobald sie Informationen zu Yelanda und ihrer Familie und deren Klassenkameraden hatte. Amanda nahm nicht ab, doch kurze Zeit später kam eine SMS:

> Nichts Neues. Keiner aus der Familie gefunden. Acht unserer Schulkinder werden weiterhin vermisst. / Amanda

Es war frustrierend, nichts Konkretes tun zu können, doch Rebecka wusste zumindest, dass sie Unterstützung leisteten, so gut sie konnten. Das Geld für die Stiftung hatte Sonja bereits vor vielen Jahren festgelegt, und als Privatperson hatte Rebecka bereits große Summen an mehrere Hilfsorganisationen auf Haiti gespendet. Sie wählte sie sorgfältig aus. Wer nachweisen konnte, wofür er das Geld verwendete und dass ein ideeller Gedanke dahinterstand, den unterstützte sie mehr als gerne. Doch sie brauchte etwas, in das sie sich hineinknien konnte. Keine Beschäftigung zu haben, tat ihr einfach nicht gut. Und hier gab es nicht einmal mehr Unkraut, das sie hätte jäten können. Sie starrte auf ihre vorbildlich gepflegten Beete.

Später am Tag wollte sie mit Susanne und Maggan über Paris reden. Paul und Michael hatten erneut auf eine Entscheidung gedrängt. Rebecka konnte sich gut vorstellen, sich in einer der kleinen Dachgeschosswohnungen in Maggans Haus niederzulassen, doch war sie wirklich bereit, ihr Haus auf Mallorca zu verkaufen, das sie mit eigenen Händen aufgebaut hatte? Natürlich hatte sie Adam an ihrer Seite gehabt, doch sie hatte alles entschieden und jedes Detail selbst ausgesucht. Für die Küchenschränke wollte sie unbedingt unbehandelte Messinggriffe haben, und es hatte eine Ewigkeit gedauert, die richtigen aufzutreiben. Sie lächelte bei der Erinnerung, wie Adam über ihren Perfektionismus gestöhnt hatte. Doch er hatte sich damit abfinden müssen. Und als es fertig war, war er beeindruckt von ihrem treffsicheren Geschmack. Er hatte sie sogar mehrfach um ihren Rat für andere Projekte gebeten, die er anschließend geleitet hatte.

Eigentlich war es noch schwerer, die Wohnung in Palma aufzugeben, denn die hatte Adam renoviert, bevor Rebecka ihn kennengelernt hatte. Sonja hatte ihm beschrieben, wer dort wohnen sollte, und davon ausgehend hatte Adam sich an die Arbeit gemacht. Außerdem war die Wohnung von der Größe her genau richtig für eine Witwe, die ab und zu Besuch bekam.

Sie sah, wie Rafaela die Terrasse betrat, und es war wie eine Eingebung. Plötzlich wusste sie, was sie zu tun hatte.

»Rafaela«, rief sie. »Komm doch mal bitte her.«

Früher hatten sie sich jeden Samstag zu Dreier-Telefonaten verabredet, doch nachdem sie alle so beschäftigt mit ihren eigenen Angelegenheiten gewesen waren, war das ein wenig im Sande verlaufen. Auf ihrer gemeinsamen Reise hatten sie beschlossen, die Samstagsgespräche wieder aufzunehmen, allerdings via Skype statt per Telefon. Nie wieder würden sie ihre Freundschaft vernachlässigen.

»Du hast Malerfarbe im Gesicht«, bemerkte Susanne, als Maggans Gesicht auf dem Bildschirm erschien.

»Ich weiß. Ich streiche probehalber die Wände in meinem Schlafzimmer. Greige, eine Mischung aus Grau und Beige. Super schick. Warte mal, ich nehme den Laptop mit und zeig es dir.«

»Und wie ist das Leben bei dir, Rebecka?«, fragte Susanne, während Maggan die Treppe hinaufpolterte.

»Danke, gut. Ich habe mein Haus weggegeben.«

»Wartet mal«, rief Maggan. »Ich muss mich setzen, irgendwie höre ich euch schlecht. Sagtest du, du hast dein Haus weggegeben?«

»Ja, an Rafaela. Unter der Bedingung, dass sie weiterhin die Aufenthalte für alleinstehende Eltern organisiert.«

»Bist du verrückt?«, fragte Maggan.

»Hat sie angenommen?«, fragte Susanne.

»Sie hat es für einen Euro bekommen.« Rebecka lachte. »Niemand hat es mehr verdient als sie«, sagte sie dann ernst. »Ich weiß nicht, ob ich ohne sie noch am Leben wäre.«

»Aber ich liebe dein Haus auf Mallorca«, sagte Susanne mit herabgezogenen Mundwinkeln.

»Ich behalte ja die Wohnung in Palma«, sagte Rebecka. »Du bist jederzeit herzlich willkommen!«

»Kein Meerblick«, sagte Susanne. »Andererseits bedeutet das aber wahrscheinlich, dass du etwas Neues planst. Also was hast du vor?«

»Ich ziehe nach Paris.«

»Hör auf«, sagte Maggan. »Ich ertrage es nicht, wenn noch mehr Leute in diese Stadt ziehen.«

»Für dich macht es doch keinen Unterschied, wenn du ohnehin in Stockholm bleiben willst«, sagte Rebecka.

»Ich fasse es nicht, dass du das Haus einfach so verkaufst!«, sagte Maggan.

»Ich kann es schon irgendwie nachvollziehen«, meinte Susanne. »Aber du hättest ja auch mich fragen können, vielleicht hätte ich es haben wollen.«

»Du kannst dir selbst eins kaufen, das kann Rafaela nicht«, sagte Rebecka. »Und wenn ich es an jemand anderen verkauft hätte, hätte sie rausgemusst und das Projekt wäre ausgelaufen.«

»Das stimmt natürlich«, sagte Susanne. »Es gibt sicher Leute, die besser mit Kindern umgehen können als ich.«

»Aber für Anneli warst du eine großartige Babysitterin«, sagte Maggan.

»Sie ist auch das einzige Kind, das ich je gemocht habe«, sagte Susanne. »Und natürlich deine Enkel«, fügte sie schnell hinzu.

»Das bringt uns wieder zu der Hotel-Frage zurück«, sagte Rebecka. »Wollen wir fünf Anteile vorschlagen oder soll ich alleine ein Drittel erwerben?«

»Ich bin für fünf. Das war übrigens meine Idee«, rief Susanne, die kurzfristig vom Bildschirm verschwunden war.

Maggan starrte in die Kamera, und es war offensichtlich, dass sie das nicht für die beste Lösung hielt.

»Du brauchst dich nicht im Geringsten aktiv zu beteiligen«, sagte Rebecka als Antwort auf die unausgesprochene Frage. »Aber entweder drei oder fünf, nicht vier, ich möchte nicht, dass du ausgeschlossen bist.«

»Wo ist denn Susanne hin?«, fragte Maggan.

»Auf Toilette«, hörten sie sie rufen, und dann hörte man erst das Wasser der Spülung, dann das des Waschbeckens, ehe sie wieder auf dem Bildschirm zu sehen war.

»Fünf«, wiederholte sie.

»Maggan?«

»Wenn ihr mir versprecht, dass ich mich nicht zu engagieren brauche.«

»Versprochen«, sagte Rebecka. »Wenn es okay ist, würde ich gerne eine von den kleinen Wohnungen im siebten Stock nehmen.«

»Bitte.«

»Und ich die andere«, sagte Susanne.

»Nehmt euch, was ihr wollt. Ich weiß nicht, ob Paul dort irgendwen einquartiert hat, aber da ihr mit ihm redet, könnt ihr das sicher herausfinden.«

»Und was machen wir, wenn sie sich nicht auf den Fünfer-Deal einlassen?«, fragte Rebecka.

»Dann musst du entscheiden, ob du trotzdem an einem Drittel interessiert bist«, sagte Susanne.

Für Rebecka schien es keine Lösung zu sein, das Projekt alleine mit Michael und Paul durchzuführen. Dann musste sie sich etwas anderes suchen. »Nein, fünf oder gar nicht, wenn es nach mir geht«, sagte sie.

»Gut, dann hätten wir das«, sagte Susanne. »Können wir jetzt mal deine Wand sehen, Maggan? Greige hört sich ziemlich seltsam an.«

Als Rebecka aus dem Schlafzimmer trat, saß Rafaela unbeweglich auf dem Rasen. Sie steht wohl noch unter Schock, die Arme, dachte Rebecka. Obwohl es schmerzte, sich von dem Haus zu trennen, wusste sie doch, dass es Zeit war. Schon einmal hatte sie ein neues Leben angefangen, und nun musste sie es wieder tun. Nicht um Adam hinter sich zu lassen – er würde für immer bei ihr sein. Sie wusste, dass er die Idee einer Veränderung gutgeheißen hätte. Ihr neues Leben musste eine sinnvolle Tätigkeit einschließen und etwas, das sie anpacken konnte, das sie dazu zwang, jeden Morgen zur selben Zeit aufzustehen. Das Hotel in Paris und ein größeres Engagement für die Schulen und Kinder in Haiti würde genau das beinhalten.

Michael hatte nicht ganz abgeneigt geklungen, als sie ihm vorgeschlagen hatte, das Paris-Projekt unter ihnen fünfen aufzuteilen, doch er hatte gemeint, dass Paul vielleicht ein Problem damit haben könnte. Die Männer wollten sich beraten und dann noch mal zurückrufen, und in der Zwischenzeit wollte Rebecka anfangen, Adams Kleidung zusammenzupacken. Die Möbel wollte sie alle hierlassen, hatte sie zu Rafaela gesagt, die Stunden später immer noch ungläubig den Kopf darüber schüttelte, dass sie das Haus bekommen sollte.

Die Stiftung, die gegründet worden war, um das Ferienunternehmen zu finanzieren und die alleinstehenden Eltern zu unterstützen, bezahlte Rafaelas Gehalt und würde es auch weiterhin tun, solange sie mit den Eltern und Kindern arbeiten wollte. Sie würde eine der wenigen Spanierinnen werden, die hier oben am Hang von Puerto Andratx ein Haus besaßen, und das freute Rebecka ungemein.

51

Vom Zaun aus betrachtete Susanne ihr hellblaues Reihenhaus. Nie würde sie von hier wegziehen wollen, dachte sie, ging hinein und schloss die Pforte hinter sich. Dennoch lebte sie gern in der süßen kleinen Wohnung in Paris, wenn sie dort war, was künftig häufiger der Fall sein würde, ob sie nun Teilhaberin im *Sonjas* werden würde oder nicht. So oder so würde sie den Jungs helfen, ihr Unternehmen in Gang zu bringen.

Es war seltsam, je mehr sie darüber nachdachte, wie es wäre, mit Michael zu arbeiten, desto besser konnte sie es sich vorstellen. Sie würden lernen, wie erwachsene Menschen ihre Lust zu kontrollieren und stattdessen eine Art Freundschaft aufbauen, davon war sie fest überzeugt. Sie mussten dem Ganzen nur ein wenig Zeit geben.

Da er gerade in London war, lud er sie zum Essen ein, und sie benahmen sich so zivilisiert, wie man es von Paaren in ihrem Alter erwarten konnte. Im Restaurant unterhielten sie sich leise und sahen sich nicht zu oft tief in die Augen. Susanne fühlte sich wohl. Es ging anscheinend problemlos. Natürlich hätte sie sich am liebsten auf ihn gesetzt, doch sie war stolz, ihr Begehren im Griff zu haben. Sie würde nie aufhören, mit Michael schlafen zu wollen, doch wenn es ihr gelang, das zu verdrängen, kamen sie gut miteinander aus.

»Habt ihr über Rebeckas Vorschlag nachgedacht?«, fragte sie beim Hauptgericht. Der Zander schmolz geradezu im Mund. Danke, lieber Gott, dass es das Essen gibt, dachte sie und bemitleidete kurz alle Leute, die auf Diät sein mussten.

»Mir gefällt die Idee, aber Paul ist noch nicht überzeugt. Er möchte erst sichergehen, dass er wirklich mit Maggan arbeiten kann, was natürlich verständlich ist.«

»Wir haben besprochen, dass sie als passive Teilhaberin mitmachen kann, aber wenn ihr plötzlich einfällt, sie könnte sich doch engagieren, könnte es natürlich schwierig werden, wenn die beiden weiterhin zerstritten sind. Wie geht es Paul?«

»Beschissen. In Farsta ist er beinahe eingegangen, weil er sein altes Leben vermisst hat, und in Paris fehlt ihm Maggan und er leidet aus anderen Gründen. Es ist wirklich hart für ihn.«

Michael war anzusehen, dass es ihn bekümmerte, und auch Susanne tat es leid. Paul gehörte zu ihnen, und es war schwierig damit umzugehen, dass er und Maggan nun getrennte Wege gehen würden. Die beiden waren für sie in gewisser Weise der Maßstab für eine gelungene Partnerschaft gewesen. In Paris hatte ihre symbiotische Beziehung etwas durch und durch Positives gehabt. Sie hatten zusammengearbeitet und sich gegenseitig ergänzt. Doch im Stockholmer Vorort hatte das nicht mehr funktioniert.

»Und wie geht es dir?«, fragte sie. In ihrer neu erworbenen Reife hatte sie das Gefühl, ihn das fragen zu müssen. Sie würde die Antwort schon ertragen.

»Willst du das wirklich wissen?«

Sie nickte.

»In allererster Linie bin ich dankbar, hier mit dir zu sitzen. Ich hatte solche Angst, dass du mich nie wiedersehen willst. Das andere, weshalb du wahrscheinlich eigentlich fragst, verdränge ich, so gut ich kann.« Er lächelte schief. »Das Paris-Projekt ist das einzig Gute, das aus dieser Sache entstanden ist. Es macht Spaß, für sich selbst zu arbeiten. Ich bin ja schon immer ein bisschen eifersüchtig auf dich gewesen, weil du alles selbst entscheiden konntest.«

»Ich habe dich oft um Rat gebeten«, sagte Susanne. »Aber es stimmt, die Entscheidungen habe ich selbst getroffen. Um wieder auf dich zurückzukommen: Wann zieht denn die Mutter hierher?« Sie merkte sofort, dass das eine dumme Frage war. Doch jetzt war es zu spät.

»Ehrlich gesagt, weiß ich es nicht. Wir haben schon eine ganze Weile nicht mehr telefoniert, und nach Europa zu ziehen, war ganz allein ihre Idee. Ich habe nie gesagt, dass ich es gut finden würde, denn ich finde die Vorstellung schrecklich.«

»Idiot«, murmelte sie mit dem Gesicht zum Teller.

»Ja, sie ist wirklich ein bisschen speziell.«

»Ich meinte dich«, sagte Susanne und hob den Blick. Sie sah ihm in die Augen. Dann lachte sie tonlos. »Ich hätte nicht fragen sollen. Lassen wir das Thema.« Sie zuckte die Achseln. »Im Moment weiß ich nicht einmal, warum wir eigentlich Schluss gemacht haben. Wenn wir es nicht getan hätten, wäre das alles nicht passiert.«

»Du hast mit mir Schluss gemacht«, sagte er.

»Wie konnte ich so blöd sein?«

»Ich weiß es nicht.« Es fühlte sich völlig natürlich an, ihre Hand in seine zu legen, und Londons zwei größte Loser blieben noch lange, nachdem das Essen abgetragen war, Hand in Hand sitzen. Was dabei von seinem Körper zu ihrem strömte, beschloss sie zu ignorieren. Es war, wie es war. Sie begehrte ihn wie immer und wusste genau, wozu diese Hand fähig war.

»Wollen wir noch spazieren gehen?« Er half ihr in den Mantel. Ließ die Hände auf ihren Schultern liegen.

»Nein, ich fahre mit dem Taxi nach Hause.«

»Ich bin mit dem Auto da, ich kann dich fahren.«

»Nein, danke. Taxi passt super.«

Sie gingen hinaus.

»Mein Auto steht da drüben.«

Die Wahrheit war, dass sie Angst hatte, denn was würde vor ihrem Haus passieren? Er berührte sie viel zu tief. Der Duft seines Rasierwassers, seine warmen Hände, das dunkle Lachen … Es war eine dumme Idee, auch wenn sie nur befreundet waren, solange sie sich nichts mehr wünschte, als von ihm verführt zu werden. Sie brannte vor Verlangen. Dieses Essen, das so harmlos begonnen hatte …

»Okay«, hörte sie sich selber sagen, »okay.«

Schweigend gingen sie zum Parkplatz. Wie immer öffnete er ihr die Beifahrertür, bevor er sich ans Steuer setzte. Ein Gentleman durch und durch. Es war ihm gleichgültig, dass sie reicher war als er, und außerhalb des Schlafzimmers behandelte er sie wie eine Ebenbürtige.

Im Bett war das allerdings anders.

Heilige Mutter!

Dieser Blick, der ihr sagte, wie sehr er sie begehrte, und seine festen, starken Hände machten sie zur Unterlegenen, und das liebte sie. Bei ihnen wurde im Bett nicht gequatscht, es herrschte einfach nur Action. Er wog einhundert Kilo und konnte sie hinwerfen wie ein nasses Handtuch, wenn er wollte.

Manchmal tat er es, wenn sie darum bat.

Sie spürte, wie es in ihrem Unterleib pochte, und schaute zu ihm hinüber, während sie unruhig hin und her rutschte. Er konzentrierte sich ganz auf den Verkehr, sodass sie in Ruhe seine Fältchen zählen, den festen Griff seiner Hände um das Lenkrad betrachten und sich fragen konnte, ob es wirklich eine so gute Idee war, sich von ihm nach Hause bringen zu lassen. Vielleicht ließ er sie an der Kreuzung aussteigen, wo man auf keinen Fall parken konnte? Dann konnte sie einfach hinausspringen und zum Abschied winken.

An der Ampel wendete er ihr das Gesicht zu und begegnete ihrem Blick. Er kannte sie so gut, dass er nicht zu fragen brauchte, woran sie dachte.

»Es ist grün«, sagte sie heiser. Mochte er es deuten, wie er wollte, sie konnte dem Sehnen ihres Körpers nicht länger widerstehen. Sollte er doch Nein sagen, sie überließ ihm die Entscheidung.

Michael schaute wieder nach vorn. Blinkte rechts. Bog zu ihrem Haus ab und parkte.

Es war neu und zugleich so vertraut gewesen. Ihr Körper hatte ihn vermisst und jubelte, noch lange nachdem sie ihn hinausgeworfen hatte. Freundlich, aber bestimmt hatte sie ihm die Tür gezeigt. Dies hier war ein wunderbarer Irrtum gewesen, den sie nicht wiederholen würden. Nachdem sie hinter ihm abgeschlossen hatte, schaute sie auf die Uhr. Sieben Stunden. Früher hatten sie es manchmal einen ganzen Tag geschafft. Das war wohl das Alter. Sie lächelte.

Sie musste am ganzen Körper Spuren von ihm tragen. Er hatte ihre Pobacken so stark gequetscht, dass sie morgen blaue Flecken haben würde, doch sie war selbst schuld. Sie wollte es, denn sie liebte es so. Sie sah seinen bewundernden Blick vor sich, als er in jeder Hand eine ihrer schweren Brüste hielt. Behutsam streichelte er die Operationsnarbe. »Also, diese Melonen«, lächelte er. Dann küsste er sie so tief und innig, dass ihre Beine sich zitternd öffneten, sie konnte gar nichts dagegen tun.

Na schön, jetzt war sie zufriedengestellt und konnte weitermachen. An ihrer Situation hatte sich nichts geändert, auch wenn er sie in jeder Stellung genommen und sie ihn zuletzt auf einem der Küchenstühle geritten und seinen Namen gebrüllt hatte. Sie war Single, und er würde Vater werden, erinnerte sie sich und sprühte ein wenig Ajax auf den Stuhl. Sie würden sich weiterhin sehen, und wenn sie in Paris war, würden sie sogar im selben Haus wohnen. Wenn das Kind kam, würden Michael und Camille wahrscheinlich zusammenziehen. Nicht aus Liebe, aber wegen des Kindes. War das nicht meistens so?

Das Klingeln ihres Handys riss sie aus ihren Gedanken.

»Hallo, Rob Lawrence hier. Ich habe Neuigkeiten zu Luke Danes.«

Es dauerte einen Moment, bis sie begriff, dass es der Privatdetektiv war, den sie in New York engagiert hatte. »Ach, Entschuldigung, ja, jetzt weiß ich, worum es geht. Haben Sie ihn gefunden?«

Sie setzte sich auf den frisch abgewischten Stuhl.

»Nicht ihn, aber seine Frau.«

Susanne schlug sich die Hand vor den Mund. »Nein! Erzählen Sie!«, sagte sie aufgeregt.

»Sie möchte mit Ihnen reden.«

»Aber ich will nicht mit ihr reden. Ich möchte Luke treffen.«

»Das habe ich ihr auch gesagt, aber sie hat darauf bestanden, dass sie erst mit Ihnen reden möchte.«

»Haben Sie eine Telefonnummer bekommen?«

»Ja, aber sie möchte nicht am Telefon sprechen. Sie will Sie persönlich treffen.«

»Dann muss ich also extra nach New York?«

»Wenn Sie mit ihr reden wollen, ja. Sie war in diesem Punkt ziemlich strikt.«

52

Maggan hatte keine andere Wahl, als eine Firma zu bestellen, die ihr bei der Renovierung half. Mit viel Mühe hatte sie im Hobbykeller ein paar Bretter von der Wand bekommen, doch sobald sie bei einer Steckdose angelangt war, hatte sie sich nicht getraut weiterzumachen. Es war die reine Wut, die sie überhaupt erst so weit gebracht hatte. Jetzt war sie nicht mehr ganz so wütend, und deshalb schloss sie die Augen und öffnete ihr Portemonnaie. Denn nachdem sie überlegt hatte, an welchem Ende sie anfangen sollte, war sie zu dem Schluss gekommen, dass sie ebenso gut alles auf einmal machen konnte. In der Küche die Wand herausnehmen, die Treppen abschleifen und die Geländer austauschen, die Außenwände neu vertäfeln, Ölfarbe auf die Veranda, die Markise austauschen und das ganze Haus außen und innen neu streichen. Im Schlafzimmer hatte sie sich letztlich für eine Farbe namens Schiefergrau entschieden, die gut zu dem neuen Bett passte. Mit weiß gestrichenen neuen Teppichleisten und einer neuen weißen Tür würde es richtig edel aussehen. Raus mit dem Alten, rein mit dem Neuen. Badezimmer und Toilette mussten gefliest werden und benötigten neue Toilettenbecken, und eine prachtvolle Badewanne mit goldenen Löwentatzen musste auch her, jetzt, da das Portemonnaie einmal geöffnet war, und im Hobbykeller sollten die Wände in einem Anthrazit-Ton gestrichen werden. Die Inspiration dazu hatte sie sich im Nachbarhaus geholt, das zum Verkauf stand und richtig schick aussah.

Sie schnappte nach Luft, als sie die Angebote durchlas, wusste jedoch, was die Nachbarn für ihr Haus bekommen hatten, das innerhalb eines Tages einen Käufer gefunden hatte. Der Endpreis hatte anderthalb Millionen über dem Ausgangsangebot gelegen. Es war reiner Wahnsinn, doch offenbar waren die alten Reihenhäuser in Farsta sehr begehrt. Ihre Mutter hatte alles abbezahlt, bevor Maggan das Haus übernommen hatte, und so würde sie tatsächlich einen Riesengewinn machen, wenn sie es irgendwann verkaufen wollte. Ihren Traum, Anneli werde es irgendwann übernehmen, hatte sie längst beerdigt. Ihre Tochter war völlig zufrieden mit ihrer Wohnung und wollte kein Vorstadt-Reihenhaus haben, wie so viele andere.

Der Bauunternehmer schätzte, dass die Arbeiten vier Wochen dauern würden, und nachdem die Stadtmission ihre alten Möbel abgeholt hatte, fühlte sie sich zu ihrer Überraschung erleichtert. Sie, die normalerweise so sentimental war, erkannte sich selbst nicht wieder, doch das war nur gut. In ihrer neuen Single-Rolle würde sie eine moderne Frau werden, die bequeme und schöne Möbel zu Hause hatte. Susanne hatte einen guten Geschmack und versprochen, ihr bei der Auswahl zu helfen.

»Und bei dir zu Hause bin ich wirklich niemandem im Weg?«, fragte sie Susanne am Telefon. Sie hatte überhaupt keine Lust, während des Umbaus zu Hause zu sein, und Susanne hatte ihr sofort angeboten, zu ihr nach Notting Hill zu kommen, als sie gesagt hatte, wie lange die Renovierungsarbeiten dauern würden.

»Nein, gar nicht. Dein Zimmer ist schon hergerichtet, deine Zahnbürste steht im Bad, und ich kaufe dir den Tee, den du so gerne magst. Beeil dich. Überhaupt solltest du bald deinen Hintern hochkriegen, wir müssen nämlich nach New York.« Susanne klang ganz aufgeregt.

»Was? Wirklich? Hast du eine Spur gefunden?«

»Nicht nur das. Ich habe Lukes Frau gefunden. Sie

will uns treffen. Ich habe gerade mit dem Privatdetektiv telefoniert.«

»Wow. Und was ist mit Luke?«, fragte Maggan.

»Wir müssen mit ihr beginnen. Ich habe mit Andreassons gesprochen, und sie sagen, wir bekommen noch einen Brief, weil wir ›Luke hinterherschnüffeln‹.« Susanne lachte. »Sonja wird sich gedacht haben, dass wir das tun würden. Ich habe Andreassons gebeten, uns den Brief zu mailen, aber sie haben gefragt, ob du nicht lieber vorbeikommen kannst, weil du doch in Farsta bist.«

»Hat der Detektiv Sonjas Namen gegenüber Lukes Frau erwähnt?«

»Ja. Er hat gesagt, dass Freundinnen von Sonja nach ihrem Mann suchen würden, und das hat offensichtlich genügt. Er hat ihr nicht gesagt, dass Sonja tot ist, denn ich möchte, dass wir es Luke selber sagen. Immerhin scheint die Frau von Sonja zu wissen. Wahrscheinlich will sie uns deshalb kennenlernen.«

»Gibt es noch weitere Briefe?«, fragte Maggan und blickte Sofi Andreasson an, als diese ihr den, den sie abholen wollte, in die Hand drückte.

»Das darf ich nicht sagen«, sagte die Anwältin lächelnd. »Mein Vater hat mir sehr genaue Anweisungen gegeben, die Briefe sind hier im Büro eingeschlossen, und immer wenn es nötig ist, hole ich einen hervor. Um wie viele Briefe es sich genau handelt, kann ich Ihnen deshalb nicht sagen.«

»Wir sind so dankbar, dass Sonja auf diesem Wege noch einmal zu uns zurückgekehrt ist«, sagte Maggan und lächelte ebenfalls. »Wahrscheinlich haben wir deshalb solche Angst, dass nach diesem hier endgültig Schluss sein könnte.« Sie stopfte den Umschlag in ihre Handtasche und stand auf. »Wir fliegen noch einmal nach New York.«

»Ich habe schon davon gehört. Gute Reise. Und viel Glück. Ich hoffe, Sie finden ihn.«

»Keine Krücke!«, rief Susanne aus, als sie Maggan in Notting Hill die Tür öffnete.

»Nein, ist das nicht seltsam?«, fragte Maggan. »Sobald ich beschlossen hatte, mich scheiden zu lassen und mein eigenes Leben zu leben, konnte ich wieder gehen.«

Susanne lachte. »Komm rein.«

»Wie war dein Wiedersehen mit Michael neulich? Ich meine jetzt vor allem, ob es nett war.« Maggan hängte ihren Mantel auf, zog sich die Schuhe aus, nahm ihre Reisetasche und ging Richtung Treppe. »Von deinem Sexleben weiß ich ohnehin mehr, als mir lieb ist.«

Maggan liebte ihre kleine Zufluchtsstätte bei Susanne, und als sie das Zimmer betrat, sah sie gleich das Foto ihrer Enkel. Strahlend drehte sie sich um.

»Das ist neu, oder?« Sie stellte die Tasche ab und nahm das Foto vom Nachttisch.

»Ja, es kam vor ein paar Tagen. Sie sehen dir nicht besonders ähnlich.«

Mit ihren dunklen Locken glichen sie Anneli aufs Haar, die wiederum Paul wie aus dem Gesicht geschnitten war.

»Dafür haben sie meine guten Eigenschaften geerbt«, sagte Maggan und stellte das Foto zurück. »Sie sind ehrlich, nett und fürsorglich. Genau wie ihre Großmutter.«

»Möchte die Großmutter ein Glas Champagner?«

»Schlafen Elche auf dem Rücken?«

»Das wirst du nie hinkriegen«, lachte Susanne. »Es muss heißen: ›Kacken Elche in den Wald?‹ oder ›Schläft Dolly Parton auf dem Rücken?‹«

»Ach so. Okay. Also ja, ich hätte natürlich gern ein

Glas. Schließlich musst du mir noch von deinem Essen mit Michael erzählen. Wann kommt Rebecka?«

Susanne schaute auf die Uhr.

»In ein paar Stunden.«

»Und wir fliegen morgen früh?«

»Der Flieger geht um zwanzig nach acht, was bedeutet, dass wir richtig früh rausmüssen. Ich habe das Abendessen für uns im Hotel für 18 Uhr bestellt. Das ist einer der vielen Vorteile, die man hat, wenn man ein Hotel mit angeschlossenem Restaurant besitzt.«

Sie gingen die Treppe hinunter in die Küche.

»Ich weiß. Als Paul und ich noch das *Sonjas* hatten, habe ich kein einziges Mal gekocht.«

»Bald haben wir es wieder«, sagte Susanne. Sie zog eine Flasche aus dem Kühlschrank und deutete auf den Schrank über der Spüle. »Gläser sind da oben.«

Nachdem Susanne den Korken hatte knallen lassen, stellte Maggan ihr die Gläser hin, damit sie einschenken konnte.

»Ich habe Lust auf etwas Salziges. Hast du Nüsse da?«, fragte Maggan und zog die Schranktür auf, hinter der bei ihr zu Hause die Lebensmittel aufbewahrt wurden. Hier herrschte gähnende Leere.

»Du hast nie irgendetwas im Haus, oder?«, fragte Maggan und grinste.

»Doch, guck mal in diesen Schrank.« Susanne öffnete eine andere Tür. »Hier gibt es lauter gute Sachen: Cookies, Salzstangen und – guck! – geröstete Erdnüsse.« Sie warf eine ungeöffnete Tüte auf den Tisch. »Hier werde ich auch gleich all die Süßigkeiten verstauen, die ich bei dir bestellt hatte.«

»Sie liegen ganz oben in meiner Reisetasche.«

»Gut, ich brauche nämlich jetzt sofort welche, sonst

sterbe ich vor Hunger«, sagte Susanne und verließ die Küche. »Wollen wir gleich anschließend die Möbel für dein Haus aussuchen?« Sie polterte die Treppe hinauf.

»Gerne.«

»Und über dich und Paul reden.«

»Sobald du mir verraten hast, wie dein Treffen mit Michael war.«

»Sehr gut, danke. So. Und jetzt können wir über euch beide reden.«

Maggan tat, als hätte sie es nicht gehört. Über das Haus wollte sie gerne reden, aber nicht über ihre Ehe.

»Bring doch bitte auch Sonjas neuen Brief mit runter«, rief sie stattdessen. »Er ist im Seitenfach. Sobald Rebecka da ist, müssen wir ihn lesen. Diesmal werden wir den Film dazu bestimmt erst im Anschluss anschauen.«

Zehnter Brief

Ich wiederhole noch einmal, was ich bereits in meinem ersten Brief geschrieben habe: Ich brauche eine zweite Chance. Ich möchte, dass Ihr Luke ausfindig macht und ihm erklärt, warum ich mich nicht mehr mit ihm treffen konnte; was ich ihm nie zu sagen vermocht habe, weil ich viel zu viel Angst vor seiner Reaktion hatte. Vielleicht weiß er, dass ich tot bin, denn es wird eine Traueranzeige in der New York Times *geben, doch ob er die noch liest, weiß ich natürlich nicht. Unabhängig davon wird er viele Fragen haben, vielleicht betroffen sein und die Unterstützung von jemandem brauchen, der mich kannte. Mit seiner Trauer allein zurechtkommen zu müssen, ist schlimm, das weiß ich aus eigener Erfahrung. Und wem sollte er sich mitteilen, wenn zwischen seinen beiden Leben eine so hohe Mauer war?*

Ich bitte Euch, ihm nicht böse zu sein, denn wer kann schon sagen, welche Art Liebe die beste ist? Muss sie den Konventionen genügen oder darf sie frei sein? Zwar habe ich nie einen anderen Mann geliebt und auch nie mit einem zusammengelebt, doch für mich ist meine Liebe die schönste der Welt.

Er war mit mir in deiner Wohnung in Palma, Rebecka. Er war in dem Hotel in London, bevor es abbrannte und für dich neu aufgebaut wurde, Susanne. Und Maggan: Natürlich war er auch in deiner Wohnung in Paris bei mir. Ich stelle mir vor, dass wir all diese Orte mit Liebe gefüllt haben, zumindest fühlt es sich für mich so an. Mein Leben wäre leer gewesen ohne mein Gefühl der Zusammengehörigkeit mit Luke. Dies hat mir über all die Jahre geholfen. Egal, ob er nah oder fern war, ich trug ihn immer bei mir.

Viele Leute haben eine genaue Vorstellung davon, wie wahre Liebe auszusehen hat. Religion, Geschlecht, Hautfarbe, Alter … Man kann sich denken, wie schwierig eine arme, schwarze, lesbische Frau es in derselben Situation gehabt hätte. Und das nur wegen ihrer Liebe. Ich habe Glück gehabt. So sehe ich es zumindest. Glück, erleben zu dürfen, wie es ist, verliebt zu sein.

Natürlich hätte ich Euch gerne von ihm erzählt. Vor allem zu Beginn, als ich noch davon ausging, er wäre tot. Doch da ich nichts gesagt hatte und er dann wieder auftauchte, erschien mir das wie ein Omen. Wenn ich ihn für mich behielt, würde er immer wieder zu mir zurückkehren. Und so kam es ja auch. Bis heute.

Wir sind nicht fertig miteinander, er und ich. Aber ist man das jemals? Ich weiß es nicht. Mein Herz beginnt langsam schwächer zu werden. Ich versuche so zu leben wie immer, aber es wird immer schwieriger.

Spürt Luke, dass mein Leben zu Ende geht? Hat er tief im Innern längst begriffen, dass unser Abschied in Paris für immer war?

Ich bitte Euch, passt auf ihn auf. Verurteilt ihn nicht. Seht stattdessen seine Liebe.
Meine hat er auf ewig.

Und zum Schluss noch zu Euch, meine Schwestern. Dies hier ist mein Abschied. Ich weine, während ich dies schreibe, denn nun wird es schnell gehen und ich habe nicht mehr viel Zeit.
Ich hoffe, Ihr habt die Reise genossen und die Orte, die ich ausgesucht habe.
Ihr werdet Euch Unsere besten Jahre *ansehen, bevor Ihr Luke kennenlernt. Erinnert Ihr Euch, wie wir über Katie und Hubble geweint haben, weil sie einander nicht bekommen haben?*
Heute denke ich, man hört nicht auf, sich zu lieben, nur weil man getrennte Wege geht.
Ich hoffe, Ihr könnt das auch so sehen.

Ich liebe Euch.
Sonja

53

»Liegt es wirklich am Hausumbau oder weicht sie mir aus?« Paul hielt das Telefon krampfhaft fest. Anneli musste es wissen, dennoch kam es Paul falsch vor, seine Tochter mit hineinzuziehen. Doch was blieb ihm anderes übrig?

»Ich weiß es nicht«, sagte Anneli wahrheitsgemäß. »Sie hat sich verändert. Sie setzt öfter Grenzen und vertritt ihre eigene Meinung. Ein bisschen erinnert es mich an 2009, als sie nach Paris gezogen ist. Von einer krankgeschriebenen Vorruheständlerin, die ausschließlich auf ihr Enkelkind fixiert war, wurde sie zu jemandem, der sein Leben in die Hand nahm. Mithilfe von Sonja natürlich, aber es war nicht das Geld, das die Veränderung hervorrief.«

»War es das Wiedersehen mit mir?«, fragte Paul hoffnungsvoll.

»Nein, das war, bevor sie dich getroffen hat. Danach wurde sie leider eher wieder ein bisschen wie früher, selbst als ihr noch in Paris wohntet. Es ist nicht deine Schuld, sie ist einfach so. Mir gegenüber und dir und allen, die ihr nahestehen. Nicht Rebecka und Susanne, glaube ich. Die lassen sich nicht so leicht manipulieren.«

»Ich wollte, dass sie sich um mich kümmert«, sagte Paul. Es war kein besonders ehrenvoller Zug, aber so war es.

»Ich weiß. Sie ist super darin, einem das Gefühl zu vermitteln, man bräuchte ihre Fürsorge.« Anneli lachte. »Ich habe erst in der Therapie begriffen, wie sehr sie über mein Leben bestimmt hat, denn sie macht das so geschickt und feinmotorisch, dass man es selbst kaum bemerkt.«

»Sie hat mir erzählt, wie du dich von ihr losgekämpft hast«, sagte Paul.

»Oh ja. Das war wirklich ein Kampf! Aber sie musste nachgeben, sonst wäre unsere Beziehung kaputtgegangen.«

»Gib mir einen Tipp«, bat er.

»Lasst euch scheiden«, sagte Anneli ruhig.

Als sie aufgelegt hatten, dachte Paul, dass sie wahrscheinlich in genau derselben Sackgasse gelandet wären, wenn er das *Sonjas* nicht zurückgekauft hätte. Er musste sich selbst gegenüber ehrlich sein. Das Ende ihres gemeinsamen Weges hatte viel früher begonnen, doch sie waren viel zu glücklich über ihre wiedergefundene Liebe gewesen und hatten gedacht, das allein würde genügen. Natürlich hatte Anneli recht. Das Beste war, wenn sie sich scheiden ließen. Doch diese Erkenntnis war so furchtbar, dass er zur Toilette rennen und sich übergeben musste, bevor er die Papiere unterschrieb. Dieses Mal endgültig.

Da Maggan auf seine Anrufe nicht reagierte, schickte er ihr anschließend eine SMS. Dass er verstanden hätte, dass er hoffe, sie könnten weiterhin Freunde bleiben, und dass die Papiere zu Hause auf sie warten würden.

Dann ging er zur Toilette und übergab sich erneut.

»Komm nach London«, sagte Michael, als er hörte, wie schlecht es ihm ging. »Ich treffe mich mit ein paar ehemaligen Kollegen. Es wird bestimmt ein netter Abend, und du kannst dich ein bisschen ablenken.«

»Das klingt super. Weißt du, wann der nächste Zug geht?« Paul schaute auf seine Armbanduhr.

»Um vier. Wenn du dich beeilst, kannst du es schaffen.«

Jetzt war es zwei Uhr. Natürlich würde er es schaffen. Rasch packte er zusammen, was er für ein paar Nächte brauchte und eilte aus der Wohnung. Als er hinter sich abschloss, dachte er mit Trauer im Herzen, dass er sich nun eine andere Wohnung suchen musste. Er konnte sich schwer vorstellen, dass Maggan ihn weiterhin in ihrem Haus haben wollte. Dass sie überhaupt darüber nachdachte, ein Fünftel des *Sonjas* zu übernehmen, wunderte ihn sehr, doch sie sollte ja auch nur als passive Teilhaberin einsteigen, und da würde sie wohl nicht allzu häufig in Paris sein müssen.

Ihm war das recht. Er hätte es nicht ertragen, mit ihr in einer Besprechung zu sitzen oder ihr Gesicht im *Sonjas* zu sehen. Es würde nur Erinnerungen an die Zeit wecken, in denen sie glücklich miteinander gewesen waren, und das würde er nicht aushalten. Paul wusste nicht, wie er ohne sie leben sollte, doch was hatte er für eine Wahl? Laut Michael, der ja in derselben Situation war, tat man es einfach irgendwie. Man lebte von einem Tag zum nächsten, und auch wenn es immer noch schlimm war, atmete man irgendwann etwas leichter. Paul hoffte, dass das stimmte.

Als Camille in Hampstead an seine Tür klopfte, dachte Michael, es wäre Paul und lächelte.

Doch sein Lächeln verschwand sogleich.

Verdammt!

»Willst du mich nicht willkommen heißen?«, fragte sie und stolzierte an ihm vorbei in den Flur, als wäre es das Natürlichste der Welt. Er hielt sie nicht auf, denn er war viel zu überrascht.

»Was machst du hier?«

»Ich suche eine Wohnung.«

»Hast du gekündigt?«

»Ja. Ich dachte, du könntest für mich sorgen.« Sie sah ihn mit hochgezogener Augenbraue an, dann lachte sie laut auf. »Guck nicht so grimmig, das war ein Spaß.«

»Sehr witzig.« Er ging in die Küche und sie folgte ihm.

»Schönes Haus«, sagte sie und sah sich um.

»Ja. Aber zurück zu meiner Frage: Was tust du bei mir zu Hause? Wir haben abgemacht, dass du erst einen Nachweis erbringst, dass ich wirklich der Vater des Kindes bin, bevor wir miteinander Kontakt haben.«

»Das hast du abgemacht. Ich möchte, dass wir uns jetzt

schon sehen und gewisse Entscheidungen gemeinsam treffen. Zum Beispiel, wie unser Sohn heißen soll.«

Er konnte nicht verhindern, dass sich etwas in ihm rührte. »Kann man das schon erkennen?«, fragte er skeptisch.

»Japp.« Sie ließ sich auf einem der Hocker an der Kochinsel nieder. »Und mir kann man es auch schon ansehen. Guck!« Sie hob ihren Pullover.

»Hör auf«, sagte er irritiert. »Ich bin überzeugt, dass du nicht so dumm bist, nur meinetwegen nach London zu kommen. Also, warum bist du hier?«

»Ich suche einen Job. Im *Hyatt* soll ja jetzt etwas frei sein«, sagte sie und grinste.

»Du wirst meine Nachfolgerin?«

»Sieht so aus.«

»Glückwunsch«, sagte er. »Das ist eine gute Stelle.«

»Du hilfst mir doch, so von Kollege zu Kollege?« Sie legte den Kopf schief.

»Ich glaube, du bist gut in der Lage, dich um dich selbst zu kümmern«, sagte Michael, immer noch an der Küchentür und jederzeit bereit zu fliehen. Sie war einfach bei ihm zu Hause eingedrungen, und er musste sie irgendwie wieder herausbekommen.

»Aber mit Baby wird das nicht einfach. Ich kann ja schlecht als Erstes in Elternzeit gehen.« Sie starrte ihn vielsagend an. Er wandte sich ab und entdeckte Paul, der aus dem Taxi stieg.

»Es ist deine Entscheidung.« Er verließ die Küche und öffnete die Haustür, ehe Paul klingeln konnte. Dann zog er sie hinter sich halb zu.

»Camille ist hier«, flüsterte er. »Sie sitzt in der Küche. Nur dass du es weißt.«

Paul nickte und schien sofort zu begreifen. Gott sei Dank, dass es beste Freunde gab!

»Okay«, flüsterte er zurück. »Wollen wir sie hierhaben?«

Michael riss die Augen auf und schüttelte den Kopf.

»Sie ist doch ganz nett«, sagte Paul, nachdem Camille endlich begriffen hatte, dass sie beim Abendessen mit den Kollegen nicht erwünscht war. »Sie tat mir beinahe leid. Du bist ganz schön hart zu ihr.«

»Ich weiß. Sie ist eigentlich wirklich gar nicht so verkehrt. Wahrscheinlich ist einfach nur die Situation so bizarr. Ich meine, sie wird jetzt sogar meinen Job im *Hyatt* übernehmen. Wüsste ich es nicht besser, würde ich annehmen, dass dies von Anfang an ihr Plan war.«

»Du bist ganz schön zynisch geworden«, sagte Paul. »Warum?«

Michaels Blick war eiskalt gewesen, als er Camille betrachtet hatte.

»Weil mein Leben von einem Tag auf den anderen völlig auf den Kopf gestellt worden ist. Aber wir haben noch gar nicht von dir geredet. Wie sieht's aus?«

»Ich bin einfach nur froh, hier zu sein. Vielleicht können wir es erst mal dabei belassen.«

Sie nahmen einen Drink, plauderten über die Bauarbeiten am Hotel, und Paul sagte, er könne sich vorstellen, die Teilhaberschaft auf fünf auszuweiten.

»Es hat auf jeden Fall wirtschaftliche Vorteile, und es wäre dumm, das zu ignorieren«, sagte er. »Mit drei weiteren finanzkräftigen Partnern können wir genau das Hotel bauen, das uns vorschwebt. Meine Bedingung ist allerdings, dass sie sich aus der Küche raushalten. Die muss weiterhin zu hundert Prozent mir unterstellt sein.«

Michael nickte. »Natürlich. Trink aus, wir müssen um acht im Restaurant sein.«

Es war ein informelles Treffen, und da Michael keine Anstalten machte sich umzuziehen, tat auch Paul nichts dergleichen. Schon bald saßen sie im Taxi Richtung Zentrum und Mayfair.

Die Stimmung am Tisch wurde schnell ausgelassen. Nette Kollegen hat er, dachte Paul, während er James zuhörte – dem Hoteldirektor des *Claridge's* –, der Michael neckte, weil dieser mit einer Frau in seinem Hotel abgestiegen war. Offenbar weiß er nicht, wie die Geschichte ausgegangen ist, dachte Paul und beobachtete, wie Michael lachte, sich dann aber seinem anderen Tischnachbarn zuwendete und das Thema wechselte.

Der Chef vom *Claridge's* beugte sich zu Paul hinüber. »Ein echter Weiberheld, der Gute.« Er zeigte auf Michael. »Du kannst dir sicher vorstellen, was das für ein Aufsehen bei uns war! Der elegante *Hyatt*-Chef kommt eines späten Abends mit einer schönen Frau im Schlepptau zu uns und lässt ein benutztes Kondom unter dem Bett liegen. Klar, dass das tagelang ein Gesprächsthema am Mittagstisch war!« James lachte polternd. »Natürlich muss er da kündigen, um nach Paris zu ziehen.«

54

»Das war doch ein netter Abend, oder?« Michael kratzte sich am Hinterkopf. Die Kollegen konnten ganz schön was vertragen. Aber diesmal hatte er darauf geachtet, selbst rechtzeitig aufzuhören. Paul dagegen …

»Ja, soweit ich mich erinnern kann.« Paul lächelte matt. »Hast du Aspirin?«

»In der obersten Küchenschublade.«

Paul stolperte dorthin und zog die Lade heraus. »Brauchst du auch was?«

»Nein, danke. Was war denn auf deiner Tischseite das heißeste Gesprächsthema? Es gibt ja doch immer etwas zu lästern.«

Paul überlegte, dann grinste er. »Dein Kondom.«

»Mein Kondom? Wovon redest du?«

»Von dem Kondom, das du im *Claridge's* unterm Bett liegen lassen hast. Eindeutig ein beliebtes Thema! Dein Alter in Kombination mit einer schönen jungen Frau und obendrein ein benutztes Kondom. James sah ehrlich gesagt ziemlich beeindruckt aus.«

»Wie, ein Kondom? Ich habe doch kein Kondom liegen lassen?« Michael wusste, wie Tratsch funktionierte und wie ein Detail zum anderen kam, bis eine Geschichte immer größer und schließlich zu einer Lüge wurde.

»Vielleicht nicht, aber so hat er es erzählt.« Paul fasste sich an die Stirn. »Wir müssen wirklich von etwas anderem reden. Meine Kopfschmerzen werden nur schlimmer, wenn ich an gestern Abend denken muss.«

Erst als Paul sein Glas ausgetrunken und wieder auf den Tisch gestellt hatte, begriff Michael, was Paul gesagt hatte.

»Kondom«, sagte er laut.

»Schon wieder das Thema?«

»Unbedingt, wenn das wirklich stimmt«, sagte Michael. Wie dumm, dass er sich nicht genauer an diesen Abend mit Camille erinnern konnte. Aber wenn jemand ein Kondom gefunden hatte … Wenn das nicht nur erfunden war … »Geh mal unter die Dusche, du stinkst«, sagte er zu Paul. »Wir fahren in die Stadt, ins *Claridge's.*«

»Nein, nicht jetzt, das schaffe ich nicht.«

»Dann fahre ich alleine.«

»Das verstehe ich jetzt nicht.«

Michael trat zu ihm und küsste ihn mitten auf die Stirn. »Das macht nichts. Das macht überhaupt nichts.«

Als Michael das *Claridge's* verließ, überlegte er, ob er wirklich ein paar Tanzschritte im Foyer gemacht hatte oder ob es ihm nur so vorgekommen war. Er hatte das fehlende Glied in der Kette gefunden, von dem er die ganze Zeit gewusst hatte, dass es vorhanden war. Nicht zu verhüten war einfach nicht sein Stil. Das hatte er tief im Innern immer gewusst, er war nur so betrunken gewesen, dass er sich nicht mit Sicherheit erinnern konnte.

Natürlich war er gezwungen gewesen, James die ganze Geschichte von vorn zu erzählen, und der hatte sicherheitshalber die Putzfrau rufen lassen, die die »Kondomsituation unterm Bett«, wie sie jetzt hieß, bestätigte.

Michael war sich sicher, dass Camille bewusst log, was seine Vaterschaft anging, denn sie hatte gesagt, dass sie kein Kondom benutzt hätten, obwohl er mehrfach nachgefragt hatte.

Die Angst, die ihn mehrere Monate niedergedrückt hatte, wich endlich von seinen Schultern. Er beeilte sich, um die Ecke der Davie's Street zu kommen. Dann beugte er sich zu seinen zitternden Knien hinab und versuchte zu atmen, versuchte die Kontrolle wiederzugewinnen. Er würde nicht Vater werden. Michael schüttelte langsam den Kopf. Er würde nicht Vater werden.

Als er eine halbe Stunde später im Auto saß, rief er sofort Camille an.

»Du hast mich angelogen«, sagte er kurz.

»Was meinst du damit?«

»Wir haben ein Kondom benutzt. Das Kind ist nicht

von mir. Verdammt, hör endlich auf zu lügen! Karten auf den Tisch, sonst sage ich im *Hyatt*, was du für eine bist.«

Diese Drohung half offenbar. Weinend gestand sie, dass sie von einem anderen schwanger geworden war, Michael jedoch als Vater besser gepasst hätte. Und da er doch mit ihr schlafen wollte …

»Du hast mich ausgenutzt. Es geschieht dir recht, dass du eine Weile Angst hattest«, schluchzte sie.

Er drückte das Gespräch weg. Es war vorbei. Es war endgültig vorbei.

Er musste Susanne anrufen.

Oder noch besser: Er musste sie *sehen*.

Als er nach Hause kam, riss er die Tür auf.

»Paul«, brüllte er. »Paul!«

»Ja, ich bin hier. Schrei nicht so. Ich habe immer noch Kopfschmerzen.«

»Wir fliegen nach New York.«

»Nein, tun wir nicht.«

»Los, komm schon! Leb mal ein bisschen! Wir teilen Susanne mit, dass ich sie liebe, dass ich nicht Vater werde, und dann schließe ich mich mit ihr im Hotelzimmer ein, während du versuchst, dich wieder mit Maggan zu vertragen.«

»Bist du jetzt vollkommen durchgedreht?« Paul stellte den Eimer Chips zur Seite und rieb sich die unrasierte Wange. Er sah immer noch völlig fertig aus.

»Nein, natürlich nicht. Aber es hat sich herausgestellt, dass ich ein verantwortungsvoller Mensch bin, auch wenn ich getrunken habe, und das will ich Susanne persönlich erzählen.«

»Wir werden in Paris gebraucht.«

»Im Augenblick nicht. Die Bauarbeiten laufen, auch

ohne dass du danebenstehst und zusiehst, wie jeder Nagel eingeschlagen wird. Das Restaurant ist bei deinem Personal in den besten Händen, also versuch es gar nicht erst.«

»Ich habe kein Visum«, sagte Paul.

»Brauchen wir nicht. Wir füllen im Internet einen Antrag aus und bekommen direkt Antwort. Deinen Pass hast du ja dabei.«

Paul sah Michael skeptisch an. »Bist du sicher, dass es gut für Maggans und meine Beziehung ist?«

»Irgendwann müsst ihr doch mal aufhören zu streiten. Es wird Zeit! Höchste Zeit, wenn du mich fragst.«

Doch eigentlich handelte Michael aus rein egoistischen Gründen. Seinetwegen konnten Maggan und Paul sich für immer streiten, er wollte nur seinen besten Kumpel dabeihaben.

Falls Susanne Nein sagen würde.

So etwas war schließlich schon vorgekommen.

Camille hatte im Laufe des Tages zehnmal angerufen, doch Michael pfiff vor sich hin und dachte nicht daran zu antworten. Als sie an seiner Tür klingelte, kurz bevor er und Paul zum Flughafen aufbrechen wollten, öffnete er ihr und sah sie wortlos an. Dann knallte er ihr die Tür vor der Nase zu und pfiff weiter vor sich hin.

»Solltest du das *Hyatt* nicht vor ihr warnen? Sie ist ja vollkommen irre!«, sagte Paul.

»Genau davor hat sie Angst. Ich könnte ihr das Leben richtig zur Hölle machen, aber manchmal reicht es, einfach nur die Tür zuzuknallen«, sagte Michael zufrieden. »Außerdem finde ich, ich bin selber schuld. Ich habe sie ausgenutzt, da hat sie schon recht. Sie war eine gute Chefin in Sydney und wird es bestimmt auch hier gut machen. Abgesehen davon ist es nicht mein Problem. Das

Hyatt ist mir inzwischen völlig egal. Ist das nicht seltsam? Seit meinem achtzehnten Lebensjahr habe ich dort gearbeitet. Mein ganzes Leben. Es wurde wirklich Zeit für einen Wechsel, und ich bin heilfroh, dass du mich in Paris dabeihaben willst. Wirklich, Paul. Es wird großartig werden!«

55

Sie hatten gerade in ihrem Hotel in Manhattan eingecheckt, als sich endlich Amanda aus Haiti meldete.

»Bitte, hab gute Nachrichten«, murmelte Rebecka, ehe sie das Gespräch annahm. »Rebecka.«

»Hallo, hier ist Amanda, und ich habe wunderbare Neuigkeiten, was die Schulen angeht. Alle Kinder sind wieder da und keinem ist etwas richtig Schlimmes zugestoßen.«

»Wirklich? Oh, da bin ich aber froh. Ich bin gerade mit Maggan und Susanne in New York und werde ihnen die gute Nachricht gleich überbringen. Und die Familien der Kinder, wie ist es denen ergangen?«

»Die meisten haben Glück gehabt, doch mit ihren Häusern sieht es nicht so gut aus. Ich gebe euch Bescheid, sobald ich Genaueres weiß. Es ist immer noch ein ziemliches Chaos hier.«

»Was ist mit Yelandas Mutter?«

»Der geht es gut.«

»Wie schön! Danke, Amanda. Dann bis bald.«

Jetzt konnte sie es endlich genießen, in New York zu sein. Maggan hatte ihnen erzählt, dass das Projekt in Casablanca gut angelaufen war, den Schulkindern auf Haiti ging es gut, und sie sollten endlich diesen geheimnisvollen Luke kennenlernen, der inzwischen fast schon eine Art Freund geworden war.

Rebecka überlegte, wie er wohl aussehen mochte. Sie hatten in Sonjas Wohnung nach Fotos gesucht, gehofft, sie hätte ihn wenigstens skizziert oder gemalt, aber nein, und das kleine Foto in dem Medaillon war ihnen auch keine große Hilfe. Die Beschreibung, die Sonja ihnen im ersten Brief gegeben hatte, konnte vierzig Jahre später auch nicht mehr aktuell sein. Die Locken konnten ihm ausgefallen sein, vielleicht war er inzwischen sogar völlig kahl.

Morgen würden sie Lukes Frau treffen, heute konnte jeder machen, was er wollte. Maggan wollte allein herumschlendern, Susanne zu *Saks* auf der Fifth Avenue, und Rebecka selbst wollte den Hudson River entlang nach Norden gehen. Es war wunderschönes Wetter, gar nicht so kalt wie zu Hause, und sie hatte Schuhe an, in denen sie bequem und lange laufen konnte.

Susanne befühlte die Kleidungsstücke in der Damenabteilung des eleganten Geschäfts. Sie spürte es sofort, wenn Wolle darin war. Es spielte keine Rolle, wie fein sie war, selbst Kaschmir kratzte. Sie trug höchstens Wollstrümpfe, wenn es einmal richtig kalt war, das war alles.

Seide dagegen … Jetzt, da die schlimmsten Hitzewallungen der Wechseljahre vorbei waren, konnte sie so etwas endlich wieder tragen. Während mehrerer Jahre hatte sie sich dreimal am Tag umziehen müssen, um frisch zu bleiben, und da war an Seidenblusen nicht zu denken gewesen. Sie musterte eine lila Schluppenbluse. Zu einer schwarzen Hose und hohen Absätzen würde sie super aussehen. Eigentlich brauchte sie nichts, doch in London ging sie nie shoppen, weil sie ständig arbeitete und bereits über eine umfangreiche Garderobe verfügte. Auf der Arbeit trug sie dieselbe Uniform wie alle anderen – marineblau mit dem gestickten Logo des *Sonjas* auf der Brust –, und wenn sie zu einer Veranstaltung ging, hatte sie reihenweise Vintage-Kleider, die noch immer todschick waren. Und ihr teilweise auch nach ihrer Gewichtszunahme noch passten.

Erst neulich hatte sie ausgemistet und mit großem Bedauern ein smaragdgrünes YSI-Kleid eine neue Trägerin finden lassen. Sie hatte noch ein weiteres, doch das würde sie niemals fortgeben. Das hatte sie auf der Einweihungsparty des *Sonjas* getragen, und es war mit zu vielen Erinnerungen verknüpft. Nie wieder würde sie ihre Brüste da hineingezwängt bekommen, doch es durfte gewissermaßen zur Zierde im Schrank hängen bleiben.

Wie glücklich sie und Michael damals gewesen waren. Und wenn sie in ihrem Kleid elegant ausgesehen hatte, so hatte er es in seinem ganz gewöhnlichen Anzug auch getan. Er hatte diese Ausstrahlung, die nur wenigen vergönnt war. Doch trotz seiner Beliebtheit beim anderen Geschlecht hatte Susanne nie zusehen müssen, wie er sich nach anderen Frauen umdrehte, es wäre ihm niemals eingefallen. Sie war oft respektlos behandelt worden, aber niemals von ihm. Deshalb war sie sich ja auch so sicher, dass er alles für sein Kind tun würde, wenn er erst Vater war. Wie schlimm er die Aussicht darauf jetzt auch finden mochte, all das würde sicher wie weggeblasen sein, sobald das Baby zur Welt kam.

Jetzt habe ich keine Wahl mehr, dachte Susanne und hielt sich die Bluse an. Ein Jahr lang hatte sie geschwankt, ob sie eine Beziehung haben wollte oder nicht. Als würde Michael ihr wehtun, wenn sie sich verlobten. Seufzend legte sie sich die Seidenbluse über den Arm und ging zu den Umkleiden.

Maggan schlenderte langsam durch die Straßen. Nicht weil ihr das Bein wehtat. Sie hatte es nur einfach nicht besonders eilig. Es gab so viel zu sehen und so viele Bänke, auf denen man sich ausruhen konnte, dass sie sich keine Sorgen zu machen brauchte, es nicht zu schaffen. Sie hatte kein Ziel, wollte einfach nur New York genießen.

Sie dachte an den gestrigen Abend. Sie, Rebecka und Susanne waren zum Umfallen müde gewesen, als sie endlich ankamen, und um nicht zu früh einzuschlafen, hielten sie sich wach, indem sie essen gingen und anschließend ein Musical besuchten. Susanne hatte sie mit Karten für das *Book of Mormon* überrascht. Maggan hatte zwei Stunden lang ununterbrochen gelacht. Es war das Beste, was sie je gesehen hatte, und die Müdigkeit war wie weggeblasen gewesen, solange sie im Theater gewesen waren. Wieder im Hotel war sie dann allerdings noch mit Mascara auf den Augen eingeschlafen und hatte neun Stunden traumlos geschlafen.

Am Morgen hatten sie alle Briefe von Sonja nocheinmal hintereinanderweg gelesen. Noch immer war es schwer zu begreifen, was Sonja all die Jahre allein mit sich herumgeschleppt hatte, und sie fragten sich, ob sie ihnen alles erzählt hätte, wenn sie länger am Leben geblieben wäre.

Und da sie jetzt Lukes Frau treffen würden, hatten sie auch darüber gesprochen, was die Arme hatte durchmachen müssen, in dem ständigen Bewusstsein, dass ihr Mann eine andere liebte.

»Glaubt ihr wirklich, dass sie es wusste?«, hatte Susanne gefragt. »Vielleicht hat sie gedacht, es wäre nur eine

Affäre, während wir dank Sonjas Briefen wissen, dass es Liebe war.«

»Das werden wir erst wissen, wenn wir mit ihr geredet haben«, sagte Rebecka.

Maggan bog in die Bleecker Street ab und sah schon von Weitem die Magnolia Bakery. Sie würde ein paar Cupcakes kaufen, die sie am darauffolgenden Tag mit zu Lukes Frau nehmen konnten. Maggan hatte über sie nachgedacht, aber auch über ihre eigene Ehe. Als sie und Paul sich nach all den Jahren wiedergefunden hatten, hatte er erzählt, dass er verheiratet gewesen sei, die Beziehung aber beendet hätte, als er spürte, dass er seine Frau nicht wirklich liebte. Im tiefsten Innern habe er gewusst, dass er immer noch in Maggan verliebt war, obwohl sie sich so lange nicht gesehen hatten.

Auch sie hatte ihn nie vergessen. Wie auch, war seine Tochter ihm doch wie aus dem Gesicht geschnitten. Aber hatte sie auch immer das Gefühl gehabt, ihn noch zu lieben? Nun ja. Eher erwachte wohl wieder etwas zum Leben, als sie sich wiedersahen, etwas, das viele Jahre tot gewesen war.

War diese Liebe jetzt für immer gestorben?

Wenn jemand sie noch vor Monaten gefragt hätte, ob sie sich scheiden lassen wolle, hätte sie definitiv Nein gesagt, was also war jetzt anders?

Am Morgen war sie mit der Antwort aufgewacht: *Sie ertrug sich selbst nicht in der Rolle als Ehefrau.* Sie war zu einer anderen geworden, einer schlechten alten Kopie der Frau, die sie einmal gewesen war und die sie hinter sich zurückgelassen hatte, als sie nach Frankreich gezogen war. Während der Jahre als alleinerziehende Mutter von Anneli hatte sie sich selbst gemocht, doch nachdem die Tochter ausgezogen war und eine eigene Familie gegründet hatte, hatte sie sich selbst nicht wiedererkannt. Nach dem Autounfall konnte sie nicht einmal mehr arbeiten, und da wurde es noch schlimmer. Dass ihr Bein zeitweise so belastbar war, konnte niemand sich erklären. Als sie zu ihrem Arzt gesagt hatte, es hinge wahrscheinlich mit ihrem sonstigen Wohlbefinden zusammen, hatte er gelacht und gesagt, das könne sie ruhig glauben, wenn sie wolle.

Heute brauchte sie die Zustimmung eines Arztes nicht.

»Mein zuverlässigster Glückomat ist mein Bein«, hatte sie am Morgen den Freundinnen erklärt.

»Bei mir sitzt er eher zwischen den Beinen«, hatte Susanne gegrinst.

Und Rebecka hatte die Augen verdreht.

Um fünf kehrte Maggan mit all ihren Tüten ins Hotel zurück und traute ihren Augen nicht, als Paul sich aus einem Sessel im Foyer erhob. Und Michael aus einem anderen.

Maggan hob die Hände. »Ich will keinen Streit«, warnte sie.

»Auf keinen Fall, Maggan, versprochen«, sagte Paul. »Ich bin lediglich mit Michael hergekommen, um ihm einen Freundschaftsdienst zu erweisen, und ich habe nichts mehr, worüber ich mich mit dir streiten könnte. Du weißt, dass ich die Papiere geschickt habe.« Er trat langsam auf sie zu.

Sie nickte.

»Gut. Schöne Grüße von Anneli und den Kindern«, sagte er und lächelte entwaffnend, als wollte er zeigen, dass er meinte, was er sagte. Dann zog er sein Handy heraus. »Sie haben einen kleinen Gruß für dich aufgenommen.«

Als sie die Kinder die *Marseillaise* singen hörte, musste Maggan doch lachen. Sie hatte fast vergessen, wie witzig Paul sein konnte.

56

»Deshalb wolltest du wissen, wo wir wohnen«, sagte Susanne lächelnd, nachdem sie Michael und Paul umarmt hatte. Sie war gerade von *Saks* zurückgekommen und an der Rezeption auf Maggan und die beiden Männer gestoßen.

»Ja. Ich habe dir etwas zu sagen, möchte das aber unter vier Augen tun.« Michael sah ernst aus.

»Am Telefon ging das nicht?«

Als er den Kopf schüttelte, bekam sie es wirklich mit der Angst zu tun. Wenn er etwas zu sagen hatte und dafür extra über den Atlantik flog, noch dazu mit seinem besten Freund im Schlepptau … Sie war nicht vorbereitet auf schlechte Neuigkeiten. Nicht ausgerechnet jetzt, da sie Lukes Frau treffen würden und vielleicht auch Luke selbst.

»Hat das noch Zeit?«

»Lieber nicht.«

Sie holte tief Luft.

»Dann treffen wir uns hier um sieben wieder«, sagte sie zu Maggan. »Kannst du Rebecka Bescheid sagen?«

Gemeinsam gingen Susanne und Michael die Treppe hinauf zu ihrem Zimmer im ersten Stock. Ihr Herz klopfte wild und sie fühlte sich heiß und verschwitzt, als sie die Tür öffnete.

»Ich brauche erst mal was zu trinken«, sagte sie und ging an die Minibar. »Was ist mit dir?«

»Wollen wir uns eine Flasche Wein teilen?«

»Gute Idee«, sagte sie, schälte sich aus der Jacke und warf sie aufs Bett. Dann nahm sie eine kleine Flasche Weißwein heraus und eine Tüte geröstete Nüsse.

»Was gibt es denn so Wichtiges?«, fragte sie nervös.

Beinahe wäre ihr das Glas aus der verschwitzten Hand gerutscht. »Sag es gleich, ohne Umschweife.«

»Das Kind ist nicht von mir.«

Das Glas fiel zu Boden. Sie drehte sich rasch um und begegnete seinem Blick.

»Sag das noch mal.«

»Das Kind ist nicht von mir.«

»Noch einmal.« Sie trat einen Schritt näher.

»Kein Kind.«

»Noch mal«, sagte sie leise, inzwischen bei ihm angelangt.

»Nicht …«

Sie küsste ihn.

»… von mir.«

Sie küsste ihn noch einmal. Und wieder. Und wieder.

»Danke, dass du hergekommen bist, um es mir zu sagen«, murmelte sie, während ihre Zungen einander umspielten und sie ihm die Kleider vom Leib riss. Viel mehr gab es dazu nicht zu sagen. Sie war so erleichtert, dass es sich anfühlte, als würde sie fliegen. *Nicht mein Kind.* Drei Worte, wie es schönere nicht gab oder wie sie keine gewichtigere Botschaft hätten enthalten können. Außer vielleicht *Nimm mich jetzt*, wie sie kurz darauf zu ihm sagte.

»Paul?« Maggan hielt ihn auf, bevor er im Aufzug verschwand.

»Ja?«, Er drehte sich um.

»Ich verspreche dir, mein Bestes zu geben, wenn du kurz mitkommst«, sagte sie.

»Wobei?«

»Bei dem Versuch, dir zu erklären, wer ich war, wer ich wurde und was ich mir über Jahre selbst angetan habe.«

Er sah sie mit seinen warmen, jetzt aber müden braunen Augen an.

»Okay«, sagte er und hielt ihr die Fahrstuhltür auf. »Ich verspreche, dir zuzuhören.«

Rebecka hatte einen schönen Tag gehabt. Sie war vom Hotel zum Ground Zero gegangen und dann am Wasser entlang, wie sie es sich vorgenommen hatte. Sie fühlte sich gar nicht mehr einsam, stellte sie verwundert fest und schaute über den Hudson River. Maggan und Susanne waren ihre rettenden Engel gewesen. Sie hatten ihr gesagt, dass sie trauern dürfe, aber nicht allein. Sie hatten sie buchstäblich herausgezerrt, obwohl sie sich mit Zähnen und Klauen gewehrt hatte, um zurück ins Dunkle zu kommen. Es lag eine große Versuchung darin. Für immer würde sie diejenigen verstehen, die sich davon angezogen fühlten. Doch sie würde auch jederzeit sagen, dass es eine andere Möglichkeit gab und dass man selbst wagen musste, Menschen, die anklopften, einzulassen. Dass Freunde der Weg aus dem Dunkeln waren. Und dass man als Freund auch wagen musste zu klopfen. Und in ihrer Begegnung mit Yelanda sah sie die Zukunft. Mädchen wie ihr würde sie künftig helfen.

Das Leben ging weiter. Noch vor ein paar Monaten hatte sich das unmöglich angefühlt.

Sie schaute auf die Uhr. Ein Stück konnte sie noch gehen, dann würde sie zu den Freundinnen zurückkehren.

Paul verstand Maggan. Er erkannte sich selbst in den unmerklichen Veränderungen wieder, die man eigentlich erst bemerkt, wenn es zu spät ist. Diese Erfahrung hatten sie beide gemacht.

»Warum haben wir bisher nie so über uns geredet?«,

fragte er und stellte sich ans Fenster. Er fühlte sich erleichtert. Doch zugleich auch traurig, weil sie aneinander vorbei statt miteinander gelebt hatten.

»Weil wir nie Freunde gewesen sind«, sagte Maggan. Sie stand vom Bett auf und trat neben ihn. »Wir haben uns mit achtzehn verliebt, und als wir uns mit über fünfzig wiedertrafen, verliebten wir uns erneut. Aber wir sind nie richtige Freunde gewesen. Dieses Stadium haben wir nie erreicht.«

»So habe ich noch nie darüber nachgedacht, aber vielleicht hast du recht«, sagte er und wandte sich ihr zu. »Glaubst du, es hätte etwas geändert?«

»Vielleicht.« Sie begegnete seinem Blick.

»Und jetzt?«, fragte er und streckte die Hand aus. »Können wir Freunde werden? Ich weiß nicht, wie ... Maggan, ich liebe dich doch. Aber auch ich möchte das, was wir zuletzt durchlebt haben, nicht wieder zurück, denn es hat uns beiden nicht gutgetan.«

»Du bist immer noch der beste Mann, den ich kenne, und ich werde dich furchtbar vermissen.« Sie wischte sich die Augen und nahm seine Hand, dann legte sie den Kopf an seine Schulter.

Es war ein seltsames Gefühl, die lärmende Stadt zu beobachten und gleichzeitig über ihr gemeinsames Leben zu Hause zu reden, dachte Paul, dann lehnte er seinen Kopf an ihren.

»Ich werde mir eine Wohnung in Paris kaufen«, sagte er.

»Du darfst wohnen bleiben, wenn du möchtest«, sagte Maggan.

»Nein, es wird Zeit, dass ich ausziehe. Ich stelle mir etwas in der Nähe des *Sonjas* vor, das komplett renoviert ist und wo ich sofort einziehen kann.«

»Habt ihr überlegt, ob ihr uns drei als Teilhaberinnen haben wollt?«

»Ja, wir könnten uns gut vorstellen, dass es dem neuen *Sonjas* guttun und es bereichern würde.«

»Susanne und Rebecka wollen im siebten Stock einziehen, sie werden sich freuen«, sagte Maggan und lächelte.

»Und wie ist es für dich?«

»Ich will erst mal reisen. Allein.« Sie sah ihn forschend an.

»Aber ich dachte, du willst nicht fort aus Farsta und du wolltest dich deshalb von mir scheiden lassen. Wahrscheinlich habe ich immer noch nichts begriffen.«

Maggan strich ihm eine Locke aus dem Gesicht. »Ich fühlte mich von dir verraten, weil du Entscheidungen getroffen hast, ohne dich mit mir zu besprechen. Nach Paris ziehen wolltest, ohne mich zu fragen, ob ich mitwollte. Du hast mich einfach hintergangen, Paul.«

»Dann war gar nicht Paris das Problem?«

Sie schüttelte den Kopf. »Nein.«

»Es hätte also ganz anders ausgehen können, wenn ich …«

»Sch«, sagte sie. »Es ist nicht deine Schuld. Ich habe Schlüsse gezogen, die ich nicht gezogen hätte, wenn es mir besser gegangen wäre. Eine Weile ging es mir ziemlich mies, das habe ich erst auf der Reise mit den Mädels begriffen. Ich muss mich selbst erst mal wiederfinden.«

»Ich liebe dich«, sagte er leise.

»Ich liebe dich auch.«

»Kommst du zu mir zurück?«, fragte er und sah zu Boden.

»Ich fahre in ein Zentrum für verlassene Mädchen in Casablanca, das mich sehr berührt hat, als wir dort zu Besuch waren. Sie haben zugesagt, dass ich dort ein paar Monate als Freiwillige arbeiten darf.«

»Und dann?«

»Dann komme ich vielleicht zurück.«

Paul hob widerstrebend den Kopf. Ihre Blicke trafen sich. Er versuchte sich davon zu überzeugen, sie loszulassen. Doch es tat weh. Unheimlich weh.

57

Sie waren etwas nervös, als sie sich zu dritt auf die Rückbank des Taxis setzten und den Fahrer baten, sie zu der Adresse in Queens zu bringen. Sie waren erst einen Häuserblock weit gekommen, da schluchzte Maggan, dass sie die Cupcakes im Hotel vergessen habe. Die anderen trösteten sie, sie wüssten ja ohnehin nicht, was sie erwartete. Vielleicht wäre es sogar unpassend, an einem solchen Tag etwas mitzubringen.

Susanne nahm Maggans Hand und hielt sie fest, während sich das gelbe Auto langsam seinen Weg durch den Stadtverkehr bahnte.

Den Lärm, der in New York rund um die Uhr zu herrschen schien, empfand Susanne als beruhigend. War es keine Feuerwehr, die ausrückte, so eine Reihe von Polizeiautos. Aus den Gullys drang Wasserdampf. Frauen eilten auf hohen Absätzen dahin. Der Taxifahrer hupte und winkte jemandem, dass er sich wegbewegen sollte, und Susanne sah, wie Maggan sich verkrampfte, als das Taxi einen Schlenker machte, um einem Fahrradfahrer auszuweichen. Erst als sie durch den Queens-Midtown-Tunnel fuhren, wurde es ruhiger.

»Es kommt mir doch ein bisschen merkwürdig vor,

dass wir jetzt die Frau treffen sollen und nicht Luke. Dürfen wir darauf hoffen, dass sie uns seine Adresse gibt, falls sie sich in der Zwischenzeit getrennt haben? Vielleicht hat er frühzeitig Alzheimer bekommen und sitzt in irgendeinem Heim?«, überlegte Susanne.

Sie hatte auf dem Stadtplan nachgeschaut und gesehen, dass Bellerose ganz zentral in Queens lag, und sie hatte gedacht, sie würden zu einer Wohnung fahren, doch der Taxifahrer hielt vor einem eingeschossigen Haus mit Rollstuhlrampe. Sie waren angekommen.

»Können Sie bitte warten, bis wir wissen, ob jemand zu Hause ist?«, fragte sie, und als der Fahrer nickte, wandte sie sich den Frauen zu. »Seid ihr bereit?«

Rebecka hob den Daumen. »Ja, ich freue mich sogar darauf«, sagte sie und öffnete die Tür auf ihrer Seite.

Maggan wirkte ein wenig nervös. »Was, wenn es eine Falle ist? Vielleicht erschießt sie uns?«

Susanne beugte sich über sie und öffnete ihre Tür, da sie selbst nicht in der Lage dazu zu sein schien.

»Hast du deine schusssichere Weste nicht angezogen? Rebecka und ich schon«, sagte sie mit ernstem Gesicht, bis sie sah, wie erschrocken Maggan sie anschaute. »Dummerchen. Komm jetzt.«

Die Hausherrin hatte schon die Tür geöffnet, und ihr Lächeln, als sie ihnen die Hand entgegenstreckte und sie hereinbat, wirkte echt. »Ich heiße Amber, aber das wissen Sie wahrscheinlich schon.« Sie deutete hinein. »Bitte, gehen Sie ins Wohnzimmer durch«, sagte sie freundlich und drückte auf einen Knopf neben der Tür, woraufhin sie sich wieder schloss. »Ich habe ein paar Erfrischungen vorbereitet.«

Es war ein schönes Wohnzimmer. Groß und hell. Susanne scannte mit dem Blick die Wände, ob sie irgendwo ein Foto von Luke entdeckte. Nichts. Dafür hingen dort große Kunstwerke. Am Fenster stand ein Esstisch, und die Sitzgruppe, zu der Amber sie dirigierte, sah bequem aus. Der Couchtisch bog sich unter der Last von Obst und Kuchen, und in der Mitte standen eine Kanne Saft und Gläser. Daneben eine Thermoskanne Kaffee sowie Becher.

»Schön haben Sie es hier«, sagte Susanne beeindruckt. »Wohnen Sie schon lange hier?«

»Seit dem Unfall. Manhattan war für den Rollstuhl nicht geeignet«, sagte Amber. Mit starken Armen hob sie sich aus dem Rollstuhl auf einen Sessel ohne Armlehnen. »Setzen Sie sich doch«, sagte sie, »bedienen Sie sich.«

»Wir wissen alle nicht so recht, warum wir hier sind«, sagte Susanne.

»Sie sind auf der Suche nach Luke«, sagte Amber ruhig. »Doch bevor ich Ihnen sage, wo Sie ihn finden, habe ich ein paar Dinge mit Ihnen zu besprechen. Ich habe so viel darüber nachgedacht, und als ich begriff, dass Sonjas Freundinnen ihn suchen, sah ich eine Chance, endlich mein Herz zu erleichtern.« Sie schob ihnen die Kuchenplatte hin. »Kann eine von Ihnen so nett sein, Limonade einzuschenken? Nehmen Sie sich, worauf Sie Lust haben. Kaffee vielleicht?«

Sie klapperten mit dem Geschirr und Rebecka streckte sich nach der Kanne, um ihrer Gastgeberin einzuschenken. »Wir hören Ihnen gerne zu«, sagte sie.

Amber trank einen Schluck. »Ich fange am besten ganz von vorne an«, sagte sie. »Unterbrechen Sie mich einfach, wenn Sie Fragen haben.« Sie stellte ihr Glas ab und lehnte sich zurück.

»Luke und ich kannten einander von Kindesbeinen an,

und ich bin immer schon in ihn verliebt gewesen. Unsere Eltern waren befreundet, und der Kontakt wurde enger, als sie nach einem Jahr in Sydney wieder in die USA zurückzogen. Luke wurde einberufen, war in Vietnam und geriet in Gefangenschaft, kurz bevor er wieder nach Hause kommen sollte. Er saß lange Zeit im Gefängnis, und ich weiß, dass meine Mutter in der Zeit, als niemand wusste, was geschehen war, eine große Unterstützung für seine war. Ich erinnere mich, dass sie sagte, wenn Luke jemals zurückkommen sollte, sollten er und ich heiraten. Sie würde dafür sorgen, dass es so käme. Und so kam es. Ich war glücklich, während er von Anfang an ein wenig abwesend wirkte, doch ich dachte, es läge am Krieg und an dem, was er dort erlebt hatte.

Natürlich wusste ich von seiner Jugendliebe – wir alle haben so eine gehabt –, doch der Unterschied war, das Luke seine nicht vergessen konnte. Sie war wie ein Gift in seinem Körper, das nie Ruhe gab. Und es wurde mit den Jahren immer schlimmer. Ich stellte vor allem seine Liebe zu mir in Frage, denn die Kinder brauchten niemals darunter zu leiden, und nach Jahren der Lügen erzählte er mir endlich, dass er sie wiedergetroffen hatte. Er bat mich um die Scheidung, doch ich weigerte mich. Wir sind katholisch. Wir lassen uns nicht scheiden. Man kann seine Ehe auflösen, aber das wollte ich nicht. Ich wollte für unsere Familie kämpfen. Ich war mit dem Ziel angetreten, dass es für immer halten sollte, und ich war bereit, alles dafür zu tun.«

Amber war blass. Susanne sah, dass das Ganze ihr sehr naheging.

»Ich glaube, ich habe niemanden je so gehasst wie Sonja«, fuhr sie fort. »Wir haben zwei Söhne, die Luke abgöttisch liebte, doch wenn er nicht mit ihnen zusammen war, dachte er an sie. Es war, als wäre sie seine Frau und ich sein Kindermädchen. Jetzt begreife ich, dass es unhaltbar war. Er konnte einfach nicht anders, so stark waren seine Gefühle für sie.«

Sie hustete, dann fuhr sie fort. »Es war mein Fehler. Ich wusste, dass seine Mutter Sonja geschrieben hatte, dass er tot wäre. Natürlich hätte ich ihn nicht heiraten sollen, heute weiß ich, dass es sowohl für ihn als auch für mich besser gewesen wäre. Doch ich war jung und verliebt und dachte wahrscheinlich, er könne sich ändern. Doch das konnte er nicht, und am Schluss tat er das einzig Richtige.« Sie nahm einen Umschlag vom Tisch. »Er verließ mich.«

»Und wo ist er jetzt?«, fragte Rebecka. »Wir würden ihn gerne kennenlernen.«

»Das verstehe ich. Ich will Ihnen nur erst den Brief vorlesen, den er mir geschrieben hat, bevor er mich verließ ...« Sie schwieg und sah sie lange an. »Am 14. Mai 2009.«

Sie reagierten gleichzeitig, schauten erst einander bestürzt an und dann Amber.

»Er hat Sie an dem Tag verlassen, an dem Sonja starb?«, fragte Susanne.

Amber nickte. »Ja, ich habe ihre Todesanzeige gelesen. Es passierte alles am selben Tag«, sagte sie. »Darf ich Ihnen vorlesen?«

Die drei nickten.

Liebe Amber,

es tut mir leid, dass ich Dich verlassen muss, aber ich ertrage es nicht mehr, nicht bei der Frau zu sein, die ich liebe. Die ich in den Armen halten möchte, wenn

ich erwache, und deren Hand ich halten möchte, wenn ich abends einschlafe. Ich hätte diesen Schritt längst tun sollen, ich habe Dir nur wehgetan, indem ich geblieben bin. Du hast so viel geopfert, weil ich während unserer gesamten Ehe eine andere geliebt habe, glaube nicht, dass ich das nicht sehe. Es ist ein Opfer, das keinem zumutbar ist. Du hättest längst jemand anderen kennenlernen können, jemanden, der Dir die Liebe schenkt, die Du verdienst.
Bis heute habe ich irgendwie überlebt, doch letzte Nacht begriff ich, was ich tun muss. Es ist eine durch und durch egoistische Entscheidung. Und feige – ich schleiche mich fort, ohne mit Dir oder unseren Söhnen darüber zu reden.
Die Jungen sind jetzt groß, doch ich fürchte, dass sie es nicht verstehen werden. Dennoch muss ich gehen. Ich bin kein guter Ehemann, darüber sind wir uns wahrscheinlich einig.

Sonja hat mich nie um irgendetwas gebeten. Aber von dem Tag an, an dem wir uns kennenlernten, hat sie mich geliebt, und nichts hat mich mehr erfüllt.
Das ist die Wahrheit.
Nichts ist auch nur annähernd so stark wie das, was ich für sie empfunden habe und sie für mich.

Wenn Du aufwachst, Amber, bin ich fort. Ich habe alles Geld, das ich besitze, auf Dein Konto überwiesen.
Ich bitte Dich nicht, mir zu verzeihen, aber ich bitte Dich, auf unsere Söhne aufzupassen. Ich bin mir nicht sicher, ob sie mich noch wiedersehen wollen.

Luke

Es war totenstill am Tisch. Amber atmete tief durch.

»Ich habe nichts davon gewusst. Als ich morgens aufwachte, lag dieser Brief da. Die Sirenen vor dem Haus hatten mich geweckt. Ich rief nach Luke, und als er nicht kam, versuchte ich selbst aufzustehen. Schließlich kam ich in den Rollstuhl und gelangte in den Flur. An der Haustür kamen mir drei Polizisten entgegen.« Sie schwieg erneut, als müsste sie sich sammeln. Dann sah sie alle drei nacheinander an. »Luke hatte nicht aufgepasst, als er hinausging, und war einfach über die Straße gelaufen, vermutlich, um zu seinem Auto zu kommen, das auf der anderen Straßenseite stand. Der Mann, der ihn überfuhr, hatte keine Chance zu bremsen, und Luke war sofort tot.«

»Am selben Tag wie Sonja«, flüsterte Susanne mit Tränen in den Augen.

»Am selben Tag wie Sonja«, sagte Amber und nickte.

Sie kauften einen kleinen Blumenstrauß. Sonjas Lieblingsblumen. Gelbe Rosen und Freesien. Vor sieben Jahren hatten sie einen Kranz aus diesen Blumen auf ihren Sarg gelegt. Sie gingen schweren Schrittes und hielten einander bei den Händen. Weiter hinten warteten Paul und Michael. Sie wollten später Abschied nehmen.

Dieser Augenblick gehörte nur Sonja und ihren drei besten Freundinnen.

Der Himmel war dunkel, Regen hing in der Luft. An Lukes Grab fing Maggan an zu weinen. Das Kreuz mit seinem Namen darauf und die glatten hellen Steine rings herum waren so schlicht wie schön. Susanne holte tief Luft. Jetzt war es wirklich vorbei. Dies war ihr endgültiger Abschied von Sonja. Hier, bei Luke, würden sie ihr für immer Adieu sagen. Rebecka schluchzte leise und lehnte sich an Maggan.

Susanne drückte den Schmuck in ihrer Hand, ihre Kehle war wie zugeschnürt. Sie hatte das Medaillon, das sie in Sonjas Wohnung gefunden hatten, mit dem letzten Rest ihrer Asche gefüllt.

Sie hatte die Kette Luke geben wollen.

Jetzt hockte sie sich hin.

»Hallo Luke, wir bringen dir Sonja«, flüsterte sie und streichelte das Kreuz. Maggan und Rebecka kauerten sich neben sie. Die Erde war porös, und rasch hatten sie eine kleine Grube ausgehoben. Es tat weh und war schön zugleich, sie weinten und gruben zusammen. *Vielleicht landet ein Korn in der Nähe von Luke.*

»Sonja, du darfst jetzt bei ihm schlafen. Seine Frau wollte es auch, und wir finden, dass das sehr großzügig von ihr war.«

Ganz vorsichtig versenkten sie den Schmuck vor Lukes Kreuz in der Erde. Dann füllten sie das Loch wieder mit Erde und legten den Blumenstrauß darauf. Schließlich richteten sie sich auf, legten einander die Arme um die Schultern und betrachteten das Grab.

Während sie langsam den Friedhof verließen, riss der dunkle Himmel auf, und als sie sich umdrehten, fiel ein Sonnenstrahl direkt auf Lukes und Sonjas Grab.

Epilog

Paris, Silvesterabend

Vor dem *Sonjas* stieg Maggan aus dem Taxi und blieb am Eingang stehen. Diesen Moment wollte sie auskosten, denn sie hatte sich so sehr darauf gefreut. Nachdenklich schaute sie die hell erleuchtete Fassade hinauf. Was wohl in den Zimmern vor sich ging? Bereiteten die Gäste sich auf die Feier vor? Zogen sie sich um, holten sie ihre schönsten Sachen aus dem Schrank? Immerhin war heute Silvester. Das Licht aus den Fenstern fiel auf die Straße, auf der sie stand. Im dritten Stock sah sie ein Kleid hinter einer Gardine. Eine Männerhand um eine Taille. Ein Fenster wurde unter Gelächter geöffnet und wieder geschlossen.

Es war kalt. Sie schlang die Arme um sich. Ihr Atem bildete Wolken. Sie schauderte, als ein festlich gekleidetes Paar an ihr vorbei ins Hotel hineinhuschte. Das Fest hatte schon begonnen. Sie hörte Gläserklirren, und bevor die Tür hinter dem Paar ins Schloss fiel, konnte Maggan im Foyer einen Blick auf die Porträts von Adam und Sonja erhaschen.

So lange war sie noch nie von ihren Liebsten fort gewesen, und sie hatte sie vermisst, seit sie zwei Monate zuvor in Casablanca gelandet war. Es war auch ihr erstes Weihnachtsfest ohne Anneli gewesen. Doch ihre Tochter und die Enkelkinder waren auf den Kanaren und schienen weder den Weihnachtsmann noch ihr Gebäck zu vermissen, und so hatte sie, statt ihre eigene Familie mit Geschenken zu überhäufen, welche für die Mädchen im Zentrum besorgt, die sie unter Freudenrufen auspackten. Ein Tannenbaum war nicht aufzutreiben gewesen, aber Rebecka hatte ihr eine Weihnachtsmann-Mütze geschickt, und an Heiligabend hatte Maggan die Mädchen im Schlafsaal mit einem lauten »Frohe Weihnachten!« geweckt.

Vier junge Frauen mit hochhackigen Schuhen kamen auf den Hoteleingang zu, lachend und einander die Arme um die Schultern gelegt. Maggan wurde ganz warm ums Herz. Ich hoffe, dass ihr auch euer Leben lang Freundinnen bleibt, dachte sie.

Dann öffnete sie die Tür und ließ sie vorausgehen in die Wärme.

Rebecka rang mit dem Knopf im Nacken. Warum mussten Knopflöcher so winzig sein? Sie ließ die Hand sinken. Sie würde Susanne bitten, ihr zu helfen. Oder Maggan. Lächelnd schüttelte sie den Kopf. Es war ein Wunder, dass sie heute Einweihung feiern konnten. Kurz vor den Weihnachtsfeiertagen hatte sie noch gedacht, sie würden es niemals schaffen. Die Bauleiterin hatte eine Reise nach Bali gebucht und konnte sie unmöglich verschieben, weil ihr Mann sie sonst erwürgt hätte, und so hatte sie sie mitten im größten Chaos allein gelassen. Die Möbellieferanten waren spät dran, die Elektrizität funktionierte nicht, wie sie sollte, Paul bekam immer mehr graue Haare und der Einzige, der einigermaßen die Ruhe bewahrte, war Michael, dessen gute Laune unverwüstlich erschien. Gott sei Dank, denn einer von ihnen musste ruhig und gelassen bleiben.

Sie sah sich in der gemütlichen kleinen Suite *Adam* um,

die heute Nacht ihre war. Ihren Ehering hatte sie zum Duschen abgelegt, doch jetzt steckte sie ihn sich wieder an. »Und, Liebster, wie gefällt es dir?«, sagte sie ins Nichts. »Ist es nicht schön geworden?«

Sie war nicht mehr auf Mallorca gewesen, seit Rafaela das Haus übernommen hatte. Auch wenn es die richtige Entscheidung gewesen war, tat es ihr im Herzen weh, wenn sie an das Stück Rasen hinter dem Pool dachte, und sie konnte sich noch nicht dazu durchringen, hinzufahren. Eines Tages würde sie es tun, doch im Moment lebte sie in Paris und fühlte sich ausgesprochen wohl. Sie hatte ein kleines Büro im Hotel bekommen. Gelbe Vorhänge, hatte sie Adam deutlich sagen hören, als sie überlegte, wie sie es einrichten sollte, und neben die Tür hängte sie seine Lederjacke, so dass sie jedes Mal, wenn sie das Zimmer verließ, ihre Nase hineinstecken konnte.

Fast traute sie sich daran zu glauben, dass es gut werden würde.

Als der Korken an die Decke knallte und rosa Champagner wie eine Fontäne aus der Flasche schoss, waren Maggan und Rebecka mit ihren Gläsern schon zur Stelle. Vier Stück. Zu Silvester stießen sie immer auch mit Sonja an.

Susanne stellte ihr Glas neben der Flasche auf dem Sofatisch ab. Sie betrachtete ihre herausgeputzten Freundinnen, die beide glücklich aussahen. Maggan war sonnengebräunt und sah sehr entspannt aus. Den goldbestickten Kaftan, den sie anhatte, hatte sie sich in Marokko gekauft, und sie hatte niemals schöner ausgesehen.

»Hast du Paul schon gesehen?«, fragte Susanne und schloss Rebeckas Knopf. Das knöchellange, ausgestellte Kleid war ein Traum, und Rebecka sah erwartungsvoll aus. Nichts hätte Susanne glücklicher machen können.

»Nein, aber ich freue mich darauf«, sagte Maggan.

»Hm«, machte Susanne und betrachtete sie. Wäre sie nicht so braun gebrannt gewesen, sie hätte schwören können, dass Maggan rot wurde.

Doch Susanne ließ es ausnahmsweise auf sich beruhen. Sie war zu beschäftigt mit ihren eigenen romantischen Plänen. Als sie etwas früher am Tag das Foyer betreten hatte, war Michael gerade im Speisesaal gewesen, und durch die geöffnete Tür waren ihre Blicke sich begegnet. Beide hatten mitten in der Bewegung innegehalten. Ihr Herz klopfte. Und sie spürte, wie sein Herz klopfte. Dass sie so wortlos miteinander kommunizieren konnten, trieb ihr die Tränen in die Augen, und ihr blieb fast die Luft weg, so überwältigt war sie von ihren Gefühlen. Hatte sie noch den leisesten Zweifel gehabt, so war er nun wie weggeblasen.

»Ich werde Michael heute einen Heiratsantrag machen«, sagte sie und nahm ihr Sektglas vom Tisch.

»Nein!«, sagte Maggan, und Susanne sah, wie gerührt sie war. »Gib mir mal eine Serviette, sonst werde ich ganz schwarz unter den Augen. Ziehst du dann auch nach Paris?« Sie tupfte sich mit dem Papiertaschentuch ab, das Rebecka ihr reichte.

»Nein, um Gottes willen! Ich will ja nicht mit ihm zusammenziehen. So, wie es gerade ist, ist es perfekt.«

»Aber du willst ihn heiraten. Oh!« Maggan legte den Kopf schief und strahlte.

Rebecka wirkte ebenfalls gerührt. »Ich finde es toll, dass du es dir überlegt hast, aber darf ich fragen, warum?«, fragte sie.

»Weil ich eine Garantie darauf haben will, dass er jedes zweite Wochenende *mir* gehört, solange ich lebe.«

»Und wenn er Nein sagt?« Rebecka grinste.

»Das Risiko muss ich in Kauf nehmen«, sagte Susanne. Sie erhob ihr Glas. »Wenn er mich nicht will, habe ich immer noch euch.«

»Auf die Freundschaft«, sagte Maggan. Sie erhob ihr eigenes sowie Sonjas Glas und stieß klirrend mit den anderen an.

»In Ewigkeit. Amen.«

Danksagung

Wie immer an erster Stelle: Danke, Jonathan. Du bist das großartigste Kind auf der Welt. Im Ernst, ich bin so glücklich, dass ich Deine Mutter sein und jedem Deiner Schritte folgen darf, jetzt, da Du dabei bist, Deine Träume zu verwirklichen.

Jörel, Sverker, Sofie, Arvid, Klara und Vidar – Ihr seid meine Westküstenfelsen.

Einen besonderen Dank an Linnea.

Und an Misse, der treu an meiner Seite lag, als ich geschrieben habe. Kurz bevor dieses Buch in den Druck ging, musste ich mich von meinem lieben Kater verabschieden, der achtzehn Jahre lang ein wichtiger Teil meines Lebens war. Jetzt steht seine Urne in meinem Bücherregal. Wirklich seltsam.

Danke an meinen Verlag Forum und mein Team dort: Teresa, Lena, Lisa, Marie, Emelie, Sara und natürlich der Vertrieb, der dafür sorgt, dass auch dieses Buch in alle Regale kommt. Danke an Månpocket. Danke an meine Agentinnen Maria und Edith bei der Enberg Agency, und alle anderen, die dazu beigetragen haben, dass dieses Buch entstanden ist.

Ohne Eure Unterstützung und Eure Ermutigungen wäre ich gar nichts.

Ein herzliches Danke auch an meine besten Freundinnen, Helen, Jein und Simona. Meine Stützpfeiler und

Vorbilder in vielerlei Hinsicht. Wie käme ich ohne Euch zurecht?

Und nun zu Euch, Ihr Frauen mittleren Alters, die Ihr vor meinen Augen aufzublühen beginnt. Ihr nehmt Euch Euren Platz, unterstützt einander, sagt Nein, geht aufrecht durchs Leben, findet Euch nicht länger ab mit dem, was andere für das Beste für Euch halten. Ihr liebt zu Euren eigenen Bedingungen, und wem das nicht passt, der hat Pech gehabt.

IHR SEID GROSSARTIG!

Und eine wichtige Anregung für alle, die noch nicht so weit sind.

Ohne Euch würde es kein einziges Buch über dieses tolle Alter geben.

Vielen, vielen Dank!

(Ich möchte betonen, dass die Männer in meinen Büchern gute Vorbilder sind. Also wenn Sie ein Mann sind und *Wir sehen uns im Sommer* lesen, vielleicht, weil Ihre Partnerin es Ihnen empfohlen hat: Schauen Sie sie sich gut an! Tun Sie es einfach. Es schadet niemandem, zu hören, dass man das Tollste auf der Welt ist. Es sei denn, es geschieht zu spät.)

Es *kann* sein, dass es die Fantasie der Autorin war, die eine Falle in den Lofoten gebaut und es ermöglicht hat, eine Freundin in Puderdosen durch die Welt zu schmuggeln, ich hoffe, dass niemand mir das übel nimmt.

Alle Fehler und Mängel, in welcher Form auch immer, sind ganz allein mein Verschulden. Wenn Ihr Euch beklagen oder in den Arm genommen werden wollt, seid Ihr jederzeit herzlich willkommen auf: http://asahellberg.blogspot.se, wo ich Tagebuch schreibe.

Oder Ihr könnt Euch meine sinnlosen Fotos auf Instagram ansehen – oft bilden sie die ungeschminkte Wahrheit ab: https://www.instagram.com/asahellberg

Und dann bin ich natürlich auch bei Facebook zu erreichen: https://www.facebook.com/asahellbergwriter

Farsta, an meinem *fünfundfünfzigsten* Geburtstag

Åsa Hellberg

Åsa Hellberg

Mittsommer-leuchten

Roman.
Aus dem Schwedischen von Katrin Frey.
Taschenbuch.
Auch als E-Book erhältlich.
www.list-taschenbuch.de

Dieses Buch macht glücklich!

Gloria dachte mit ihren 53 Jahren eigentlich, das Leben hätte keine Höhepunkte mehr zu bieten. Jetzt soll die schwedische Operndiva die Hauptrolle in »Carmen« übernehmen. Aber der Gedanke an die Proben versetzt sie in Panik – denn in den beiden männlichen Hauptrollen sollen ausgerechnet zwei ihrer alten Liebhaber auftreten. Glorias Schwester Agnes dagegen führt eine stabile Beziehung. Aber irgendwann hält sie so viel Stabilität und Ereignislosigkeit nicht mehr aus, trennt sich von ihrem Mann und flüchtet zu Gloria. Gemeinsam versuchen die beiden ungleichen Schwestern, das Gefühlschaos zu lichten …

List

»Ein lebendiger Beziehungsroman über Frauen im mittleren Alter, mit viel Stockholm-Atmosphäre und sehr gegenwärtig.«
Dagens Nyheter